मानस-मृत्यु

मानस-मृत्यु

स्वर्णलता शर्मा

नमन प्रकाशन

नई दिल्ली - 110002

पहला संस्करण : 2014
ISBN : 978-81-8129-536-1

ISBN 81-8129-536-6

9788181295361

नमन प्रकाशन
4231/1, अंसारी रोड, दरियागंज,
नई दिल्ली-110002
फोनः 23247003, 23254306

श्री नितिन गर्ग द्वारा नमन प्रकाशन के लिए प्रकाशित तथा
एशियन ऑफसेट प्रिंटर्स, मौजपुर, शाहदरा, दिल्ली में मुद्रित।

Manas-Mrityu by Swarnlata Sharma

पल-छिन मन बिलखा किया,
पर
नहीं पराजित
जीवन रण में।
उन्हीं वीरांगनाओं के
शुष्क अश्रुओं को समर्पित!

स्वकथन

बचपन के गलियारों से चलते, यौवन की पगडण्डियों पर मस्ती भरी तान निकालते जीवन की लम्बी यात्रा तय करली है, किन्तु मानस के धरातल पर कहीं धूल-धूसरित होकर पड़े भिन्न-भिन्न पात्र चीख-चीख कर उपालम्भ देते रहे हैं कि हमारा क्या दोष है, जो किसी ने भी हमारी सुध नहीं ली?

दोष तो उस पामर मानसिकता का है जिसने हमें जीवन के प्रकाश से वंचित कर भयावने अँधेरों की ओर धकेलने का भरसक प्रयास किया। दोहरा दण्ड हमारे लिए ही क्यों?

यह प्रश्न नित्य ही मुझे कचोटता है जब समाचार पत्र पढ़ती हूँ। कोई-न-कोई घटना उनके सम्बन्ध में पढ़ने को मिल ही जाती है जो कुत्सित समाज की शिकार बन बलत्कृत होती हैं। आयु की तो उन भेड़ियों के लिए कोई सीमा ही नहीं है चाहे वर्ष भर की बालिका हो अथवा अस्सी वर्ष की वृद्धा। लगता है जैसे उन पिशाचों को स्त्री की कोख ने नहीं किसी पैशाचिक शक्ति ने ही जन्म दिया है वरना स्त्री के प्रति कुछ तो सम्मान भाव उन्हें उसके दूध या लहू से मिलता।

समाज का कोई भी सम्बन्ध बहन का हो अथवा पुत्री का, साली का हो अथवा पत्नी का या विश्वास के दूसरे सम्बन्धों का, पुरुष की हवस का शिकार बन ही जाता है।

पत्नी जिसे समाज की ओर से पति के साथ संसर्ग की पूर्ण छूट है को भी यदि पति द्वारा बलत्कृत होना पड़े तो उस पत्नी की भावनाओं को, उसके मानसिक आघात को उसके अतिरिक्त और कौन समझ सकता है?

मानस-मृत्यु में जिन कथा पात्रों ने मेरे साथ यात्रा की है कभी-न-कभी मेरे परिचय के दायरे में आए ही हैं।

कल्पना भी सत्य से अछूती नहीं होती। सभी घटनाएँ किसी-न-किसी समय, किसी-न-किसी रूप में मेरी आँखों के सामने से गुजरती चली गई हैं। सम्पर्ण नहीं, उनकी छायामात्र ही मेरे अवचेतन में अपना स्थान बनाए थी। उसी छाया को कल्पना का पुट दे आपके समक्ष परोसने की घृष्टता कर बैठी हूँ।

ऐसी ही किसी एक छाया ने जब मेरे हृदय को अत्यधिक विचलित कर दिया तो शब्दों ने मेरा अनुशासन मानने से स्पष्ट इनकार कर दिया और कलम ने एक कविता की रचना कर डाली, उसी को आपके न्यायालय में उपस्थित कर रही हूँ शीर्षक है-

'एक भावी माँ'
प्रत्यूषा में
श्वेत-शुभ्र वसना
सुरसरि-सी पावन
उषा बिम्ब की रक्तिम आभा
रंजित है जिसके कपोल में
अश्रुजल का अर्घ्यदान कर
खड़ी हुई है सरिता तट पर
रवि की कोमल किरणों का
पान किए जाती निज दृग से
कौन है वह नवल बालिका?
जिसके काण-कण में ममता है
श्रृष्टि की सृजेता
नवांकुर ले पनप रही है
लज्जानत जिसकी आँखें हैं
यौवन रस छलकाती-सी
वह किसी की कुत्सित दृष्टि का
पराजित शिकार है क्या?
जिसका ना भूत है ना भविष्य है
और ना ही कोई परिहार है
वह ना कुमारी है
ना सौभाग्यशालिनी
विधवा भी नहीं है
है तो केवल
विडम्बना की मारी
समाज की दुत्कारी
असमय के बबंडर से

टूटी एक कलिका
जो
विवशता में ही सही
एक भावी माँ है।
कैसे अपने कोमल कर से
हरण करे उन नव प्राणों को?
जो
न दोषित हैं ना दूषित हैं।
दूषित है तो केवल
समाज का असम्य उदंड भाग
जिसने उसे उत्स से रहित करना चाहा।
लेकिन
उसने स्वयं को जगाया है
ललकारा है नवीन ऊर्जा भर,
उसी उदण्ड भाग की
वह सृजेता है
इसलिए
सृजन को नकारेगी नहीं।
वह गढेगी कुम्भकार की तरह
सौजन्यशालिनी मूर्ति उससे
जो दिगदिगन्तों को चेताएगी
बनाएगी एक ऐसा विश्व
जिसमें सभ्यता को
सर झुकाना ना पड़े
नेत्रों पर पड़े अन्धकार के
जालों को समेट
प्रकाश से स्नात कर
निमार्ण करेगी समता का नवीन जगत।

इस रचना के प्रकाश में आधी शताब्दी पीछे जाकर जब मैं देखती हूँ तो उस समय की तथा आज की मानसिकता में मुझे कोई विशेष अन्तर दिखाई नहीं पड़ता अपितु आज तो शिक्षित समाज भी घृणास्पद कार्यों में अधिक संलग्न दिखाई पड़ता

है। अन्तर है तो केवल इतना कि आज समाचार माध्यम अत्यधिक सशक्त हैं जो उन होने वाली घटनाओं को उद्घाटित कर देता है लेकिन तब वह इतना सशक्त नहीं था। किन्तु फिर भी आज का नर-पशु अधिक शक्तिशाली बन गया है। वह तो कुकृत्य के पश्चात् शिकार को मृत्यु के घाट तक उतार देता है जिससे उसके कृत्यों का खुलासा करने वाला ही ना रहे किन्तु..........।

मानस-मृत्यु के नारी पात्र दुर्बल नहीं हैं। वे अपने मृत मनों के साथ भी जीवन-यात्रा सम्मान तथा साहस पूर्वक पूर्ण करते हैं तथा अपने सम्पूर्ण दायित्वों को निभाते हुए चलते हैं।

बालपन में घटित घटनाओं के साक्षी पात्र भी अपनी तत्क्षण बुद्धि के सहारे स्वयं को दलदल में फँसने से बचा ही लेते हैं।

आज की परिस्थितियों में स्त्री को चौकन्ना रहकर शिक्षा के माध्यम से शक्ति बटोरनी है शारीरिक भी मानसिक भी, तभी वह इस समाज की चुनौतियों का सामना कर पाएगी। वह दुर्बल है भी नहीं। निर्बल तो उसे समाज के ठेकेदार बनाते हैं।

उसके लिए आवश्यक है कि कभी उसे माँ बन, वत्सला की भूमिका निभानी होगी तो कभी बहन बन हाथों में राखी बाँधनी होगी तो कभी मित्र बन पुरुष के ज़ख्मों पर मरहम भी लगानी होगी लेकिन साथ ही आवश्यकता होने पर चण्डीरूपा बन आतातायियों का संहार भी करना होगा किन्तु सर्वप्रथम तो उसे स्वयं को अबला समझने की मानसिकता का परित्याग करना पड़ेगा, यही अपरिहार्य भी है।

पीड़ित मन की परतों की धूल झाड़ने-पोंछने के लिए 'अम्यांतरिका' जैसी सखी साथ है जो प्रत्येक युग का सत्य है।

अधिक क्या कहूँ? पाठक स्वयं निर्णय करेंगे। उनके द्वारा की जाने वाली प्रशंसा अथवा आलोचना सभी का हार्दिक स्वागत है। वही तो भविष्य का मार्ग दर्शन कर शक्ति देते हैं।

मैं उन सभी का आभार प्रदर्शित करना चाहती हूँ जिन्होंने किसी भी रूप में इस उपन्यास की रचना में सहायता की। सर्वाधिक आभारी में उन पीड़ित पात्रों की हूँ जो मेरे मन के कोनों से निकल शब्दरूप ले पृष्ठों तक उतर आए। इति-

धन्यवाद

स्वर्णलता शर्मा

सम्पर्क-
1497, गली आर्यसमाज,
बाज़ार सीताराम
दिल्ली-110006

मैं स्मृति, सदैव समय की गति के साथ-साथ चलती हूँ। मैं सभी मानवों के अन्तःस्तल में अपनी पैठ बनाती यदा-कदा वहीं से बाहर निकल उनके मस्तिष्क में उथल-पुथल मचा देती हूँ। हर युग में हर पल का हिसाब मेरे पास रहता है। कोई भी तो उससे अछूता नहीं रह सकता। कभी मैं प्रकट तो कभी गहनतम रहस्य बनी मन-कन्दराओं में मँडराती रहती हूँ।

जैसे सुरसरि अपने साथ छोटे-बड़े नद-नालों को लेकर चलती है तथा सभी उसके साथ मिलकर उस पावन गंगा का रूप बन जाते हैं उसी प्रकार आज मैं जिस नारी पात्र से आपको मिलवाना चाहती हूँ वह भी अपने साथ बहुत से पात्रो को लेकर चलती है,ऐसे पात्र जिन्होंने अपने जीवन में कोई-न-कोई ऐसा आघात झेला है, जिसको वे समाज के समक्ष प्रकट करने में हिचकिचाते हैं क्यों कि समाज के दकियानूसी रूप को उन्होंने निकटता से देखा, जाना व पहचाना है।

इस क्रम को कहाँ से आरम्भ करूँ? चलिए मानव जीवन के बालरूप से ही आरम्भ करती हूँ। कोई भी जीव विश्व में छोटे से ही बड़ा होता है। बालपन में जो गाँठ उसके नासमझ मन को घेर लेती है। बड़ा होने पर न जाने कब क्या रूप धारण कर लेगी कोई नहीं जानता।

आइए मेरे साथ। दूसरे और-और पात्रों से परिचित होते-होते ही उसके पास भी चलेंगे। चलिए मैं और आप तटस्थ होकर देखते हैं। पात्रों को स्वयं बोलने व निपटने दीजिए।

ग्रीष्म अपने चरम उत्कर्ष पर है। कई-कई पँखे चलने पर भी जैसे ठण्डक का लेशमात्र भी अनुभव नहीं होता है। कोई करे भी तो क्या करे, प्रकृति से लड़ाई करना तो सम्भव नहीं है। लड़ना उसके स्वभाव का अनिवार्य अंग बन गया, किसी दूसरे से नहीं स्वयं से। उसके हृदय में जाने कितने तूफ़ान छुपे हैं, किसी भी अन्याय को देखती है तो अन्दर-ही-अन्दर कुढ़ती रहती है, असमर्थ, असहाय-सी। अकेला चना भाड़ को फोड़ना चाहे भी तो ....।

उसके सामने कई समाचार पत्र खुले पड़े हैं। उनको पढ़ते-पढ़ते हाँफने लगी है वह। उसके मानस में क्रोध की, विवशता की, आक्रोश की उत्ताल तरंगे उठती हैं जो उसे भस्म कर देना, डस लेना चाहती हैं।

उसने समाचार पत्रों को एक ओर पटक दिया है, किन्तु पंखों की वायु फड़फड़ा-फड़फड़ा कर उसी समाचार को निरावृत कर देती है जिससे वह दूर भागना चाहती है।

कोई भी दिवस ऐसा नहीं होता जब किसी समाचार पत्र में बलात्कार की घटना का वर्णन ना हो। एक नहीं कई-कई। कहीं पड़ोसी बलात्कार करता है तो कहीं कोई सम्बन्धी। पिता-पुत्री, भाई-बहन, सभी सम्बन्ध जैसे नगण्य हो उठे हैं आजकल और वह सोचती है क्यों घटती हैं इस तरह की घटनाएँ? फिर मन ही मन स्वयं ही उत्तर भी दे लेती है, क्योंकि वे नारी हैं, अबला-असहाय। स्त्रीलिंग धारण करना ही जैसे समाज में घोर अपराध का कारण बन गया है। उन्हीं पर अन्याय होता है और दोष भी उन्हीं के सर मढ़ा जाता है।

प्रायः सुनने तथा पढ़ने में आता है 'क्या हो गया है इन स्त्रियों को, कैसे-कैसे वस्त्र धारण करती हैं? भला किसी पुरुष का मन डाँवाडोल ना हो तो क्या हो? उनका अपना दोष ही पलट कर पुरुष के सर मढ़ दिया जाता है। श्रृंगार विहीन, सीधे-सादे कपड़े पहने नहीं रह सकतीं क्या? एकाकी निकलती ही क्यों हैं?

और तब वह विचार करती है कि नारी को लोग आज भी भाव शून्य ही समझते हैं। वह भी तो हाड़-मास की एक प्राणी है प्रकृति प्रदन्त सब भावों से युक्त। पुरुष जब केवल एक चड्ढी पहने नंगेबदन घर से बाहर भी घूमते दृष्टिगत होते हैं तो क्या उस समय नारी-मन उत्तेजित नहीं हो सकता? विशेष कर पति-विहीन नारियों का तो............। लेकिन उनके विषय में कौन सोचता है? काम पीड़ा उनके लिए तो अवैध ही है।

इस प्रकार के अनर्गल वाक्यों को पढ़कर व सुनकर उसका मस्तिष्क चकरा जाता है। वह सोचती है उन छोटी-छोटी बालिकाओं का तो इस प्रकार का कोई दोष नहीं होता जो अभी ठीक प्रकार बोलना भी नहीं सीखीं। आयु का तो जैसे समाज में कोई लिहाज़ ही नहीं रहा है।

आज के पत्रों में भी कम-से-कम दर्जन भर घटनाएँ हैं। दस-दस वर्ष के पुरुष बालक भी......और एक वर्ष की कन्याओं के साथ भी वृद्ध पुरूष तक की संलग्नता के समाचार, ऐसी कन्याएँ जो उनकी पौत्री की वयस की हैं को अपनी बीमार मानसिकता का शिकार बना डालते हैं।

उसका विचार करवट बदलता है और वह सोचती है कि बलात्कार की परिभाषा इतनी छोटी नहीं हो सकती जितनी कि समझी जाती है

बलात्कार क्या केवल शरीर का होता है? मानसिक उत्पीड़न भी तो बलात्कार की श्रेणी में ही आना चाहिए। मानसिक बलात्कार जिसका वह बचपन से अनुभव करती आई है।

तभी उसकी दृष्टि आज के उस समाचार पत्र पर पड़ती है जिसमें इसी विषय पर एक लेख लिखा है। वंदना ने अत्यधिक ध्यान से पढ़ना प्रारम्भ किया।

बलात्कार क्या केवल नारी के साथ होता है? आज तो पुरुष ने पुरुषों को भी नहीं छोड़ा। कहीं कोई कमसिन बालक मिला नहीं कि उसी का शारीरिक शोषण कुछ लोगों द्वारा प्रारम्भ हो जाता है।

यदि गहन दृष्टि से सोचा जाए तो बलात्कार को कई श्रेणियों में बाँटा जा सकता है।

धनी तथा शक्तिशाली वर्ग सामाजिक बलात्कार करता है। वह समाज के लोगों के विश्वास का बलात्कार करता है। सरकार जनता के भोलेपन के साथ बलात्कार करती है। एक बलात्कार मानसिक होता है जिसे कोई भी वर्ग किसी के भी साथ कभी भी करता रहता है।

समाज में नारी-मानस का बलात्कार ही सर्वाधिक होता है, औरत अपने ही वर्ग को पीड़ित करने में पीछे नहीं हटती। सन्तति का मानसिक बलात्कार कोई नारी कम ही करती है। यदि कहीं मिलता हो तो वह अपवाद ही होगा अथवा कोई विमाता. ......। वरना वहाँ उसकी ममता उसका मार्ग अवरुद्ध कर देती है। उसका उत्पीड़न करने में वह स्वयं भी उत्पीड़ित होती है।

कई वर्ष पूर्व मैंने माइका वाल्तरी की पुस्तक 'वे देवता मर गए' नाम से हिन्दी भाषा में पढ़ी।

इसमें मिश्र की प्राचीन सामाजिक, आर्थिक व राजनैतिक दशा का वर्णन है। मिश्र के पिरामिड़ों की आज भी विश्व के आश्चर्यों में गणना होती है जिनमें शवों को विशेष विधि से मसाले लगाकर अनन्त काल तक अमरत्व प्रदान करने के लिए रखा जाता था। ये विशिष्ट लोगों के शव होते थे किन्तु वहाँ की निम्न वर्ग की जनता भी उक्त मोह से स्वयं को वंचित नहीं कर पाती थी। जिसमें थोड़ी भी सामर्थ्य होती वही अपने शव के लिए या अपनों के शवों के लिए जीवन काल में ही कब्र की व्यवस्था कर देता।

शवों को दीर्घकाल तक बचाए रखने का कार्य मृतक-गृह के माध्यम से होता। इसके इतिहास में जाना मेरा उदेश्य नहीं है। मैं जो कहना चाहती हूँ उसी का उल्लेख केवल करूँगी।

"मृतक गृह में सबसे अधिक खुशी तब मनाई जाती थी जब वहाँ किसी जवान औरत की लाश पहुँचाई जाती। चाहे वह सुन्दरी हो और चाहे न हो फिर भी वह उनके लिए अपार सन्तोष का विषय बन जाती थी। उसे एकदम हौज़ में नही डाला जाता था। बल्कि एक रात वह उसे लेकर सोते थे। उसे साथ सुलाने कि लिए वह आपस में लड़ते और फिर गोलियाँ डालते थे। सारी रात वह लाश कइयों के पास से होकर निकाली जाती।"

कितनी घृणित है इस प्रकार की मानसिकता जब और जहाँ नारी शव को भी अपमानित होना पड़ता था।

इससे अधिक वंदना नहीं पढ़ पाई। वह अपने ही मन की गुंजलकों में उलझ गई।

ओह! कितनी गर्मी है उसने दृष्टि उठाकर ऊपर छत की ओर देखा पर सभी पंखें तो चल रहे हैं फिर भी लगता है यह गर्मी तो मार ही डालेगी। प्रकृति से लड़ाई करना तो सम्भव नहीं वैसे लड़ाई करना उसके स्वभाव का अनिवार्य अंग हो गया है किसी दूसरे से नहीं स्वयं से। उसके हृदय में जाने कितने तूफ़ान छुपे हैं। किसी भी अन्याय को देखती है तो अन्दर-ही-अन्दर कुढ़ती रहती है असमर्थ-असहाय सी। अकेला चना भाड़ फोड़ना चाहे भी तो.........।

तभी उसके मस्तिष्क में 'वेदव्यास' की वह पंक्ति कौंध गई जो उसने कहीं पढ़ी थी "दुःख को दूर करने की एक ही अमोघ औषधि है-मन के दुःखों की चिन्ता न करना" तब उसने सोचा कि अंग्रेजी की उस कहावत में कुछ शक्ति तो अवश्य लगती है," ईश्वर भी उन्हीं की सहायता करता है जो अपनी सहायता आप करते हैं।"

यह तो उसने स्वयं भी अनुभव किया है कि यदि अपनी इच्छाशक्ति में दृढ़ न रहती और समय पर अपने सुरक्षात्मक उपाय न करती तो न जाने किन पंकिल वीथियों की राही होती। यदि उसने परिश्रम न किया होता तो जिस सम्मान को प्राप्त कर निश्िंचत हो बैठी है वह क्या उसे मिलता? जी क्लीवलैंड ने भी तो यही कहा है कि "सम्मान सच्चे परिश्रम में है।"

आज एकबार फिर वह बिखर कर सिमट जाने को तत्पर हो गई। कई प्रश्न उसके मस्तिष्क में टकराने लगे। क्यों मैं इस प्रकार पराजित सी हाथ-पर-हाथ धरे बैठी हूँ? अपनी चिन्ताओं को छिटक कर कुछ तो अवश्य करना होगा। कहीं पढ़ा था "आलसी आदमी ही चिन्ताग्रस्त रहा करता है। वह आलस्य चाहे शारीरिक कष्ट से बचने के लिए हो या मानसिक।" स्वयं आदिगुरू स्वामी शंकराचार्य ने भी तो यही उपदेश दिया है कि "प्राणियों के लिए चिंता ही ज्वर है।" और उसी समय

वंदना ने प्रण किया कि मैं चिंता को शहद की मक्खी नहीं बनने दूँगी जैसा कि लेखक सुदर्शन की पंक्तियों से व्यक्त होता है कि, "चिंता शहद की मक्खी के समान है। इसे जितना हटाओ उतना ही चिपटती है।"

उक्त प्रण के पश्चात् आज वह एक नवीन स्फूर्ति का अनुभव करती किसी नवीन मार्ग का निर्माण करने का मनोबल लेकर खड़ी हुई। क्यों नहीं कर सकती मैं नया कार्य उसने सोचा? नए-नए और अमर कार्य करने वाले भी तो मेरी ही भाँति शरीर धारी प्राणी रहे हैं। आवश्यकता है तो केवल दृढ़ विश्वास तथा कठिन परिश्रम की। मुझे परिश्रम करते देख दूसरे लोग भी अवश्य ही मेरे साथ आकर जुड़ जाएँगे। हाँ अवश्य ही जुड़ेंगे, उसने आशा तथा विश्वास के साथ निश्चयात्मक स्वर में स्वनिर्णय दिया। एक-एक करके ही तो मार्ग में पूरे जत्थे का संकलन हो जाता है। जीवन से प्राप्त मेरा अनुभव भी तो कम नहीं इसलिए वह भी तो मेरा मार्ग प्रशस्त व प्रकाशित करता रहेगा।

'जोसफ बार्बर लाइटफुट' के अनुभव का सार ही हैं ये शब्द "एक अकेले हृदय की पारदर्शिता और पूरी शिद्दत से जी हुई ज़िंदगी से ज़्यादा प्रेरणादायक कोई और चीज नहीं होती।"

पूरा लेख ना पढ़ते हुए भी वंदना ने लेखक के नाम के स्थान पर अपनी दृष्टि घुमाई। स्पष्ट लिखा था 'रचना वशिष्ठ' फिर भी उसने अपनी आँखें मलकर देखा और अभीक्ष्ण देखा कि कहीं नाम पढ़ने में भूल तो नहीं कर रही। नहीं, इस लेख की लेखिका रचना वशिष्ठ ही है। रचना वशिष्ठ-रचना वशिष्ठ कई बार दोहराया तो एक प्रतिध्वनि उसके अन्तरतम में सुनाई दी। उसे निश्चय हो गया कि हो-न-हो यह वही रचना वशिष्ठ है जो उसके साथ कॉलेज छात्रावास में थी, उसकी सखी। सखी होते भी कितना समय व्यतीत हो गया एक दूसरे को देखे अथवा मिले। जीवन ने उसे कैसी-कैसी विचित्र परिस्थितियों के भँवरजाल में फँसा दिया कि उससे निकलने में ही कितने वर्ष व्यर्थ हो गए। कौन किस दशा में है, किसके साथ क्या घटित हुआ सबसे अनभिज्ञ ही है। निश्चय ही अब मैं समाचार पत्र के पते पर पत्र लिख सकूँगी और तब हम दोनों मिलकर निर्णय करेंगे कि क्या कार्य प्रारम्भ किया जाए। अपनी आन्तरिक इच्छा उसके समक्ष खुलकर व्यक्त कर पाऊँगी। आशा तथा अभिलाषा की एक ऊँची उड़ान ने वंदना के मन को सान्तवना-सी दी और फिर उसने सोचा कि रचना के लेख से तो प्रकट होता है कि जीवन में चोट उसने भी कम नहीं खाई। एक-एक शब्द ज़ख्म बन कर रिस रहा है उसके लेख में।

इस मध्य कितने वर्ष व्यतीत हो गए हैं वह गिनना चाहती है पर गिनकर भी

क्या करेगी। अपने उन दिनों की किसी भी सखी से तो कोई सम्पर्क रह नहीं गया उसका। ओह! गृहस्थी के किन-किन पचड़ों ने उसे मथ डाला है। आज सब फिर से मिल भी जाएँ तो क्या वे दिवस, वे निश्छल पल वापस लौट आएँगे?

तभी उसके मस्तिष्क में एक नवीन विचार का उद्भव हुआ तथा उसने सोचा कि वे पल न भी लौटें तो क्या? एक उत्कृष्ट ऊर्जा से स्वयं को आप्लावित कर नई दिशा तो अवश्य ही दे पाएँगे। मेरे और रचना के विचारों में कितनी साम्यता है और साथ ही कैसा विचित्र संयोग है कि आज ही जब मैं इस अग्नि की लपटों से स्वत्व को नहीं बचा पा रही थी तभी रचना के इस लेख का छपना।

अपने ही विचारों में लीन वंदना अपनी ही सोच का खंडन भी कर लेती है। सोचती है कि यह मेरी शंका भी तो हो सकती है, नाम से क्या होता है? एक ही नाम के जाने कितने व्यक्ति होते हैं। आवश्यक तो नहीं कि यह वही रचना हो जिसको मैं जानती हूँ। जो मेरी सहपाठिन थी, छात्रावास में मेरे ही कमरे की साझीदार। पर नाम के साथ वशिष्ठ भी तो है, स्वयं ही अपने मन की शंका का निवारण भी कर लेती है। यह मन भी जाने कैसे स्वप्नजाल बुनता रहता है सोच मुस्करा दी।

जो कोई भी हो पत्र लिखने में तो कोई हानि नहीं। वह ना होकर कोई दूसरी भी हो तो कुछ तो उत्तर अवश्य ही मिलेगा।

निश्चय कर वंदना उठी कि लैटरपैड व कलम उठाकर लाए। मन-ही-मन पत्र की भूमिका तैयार करने लगी। बस यही एक निर्णय नहीं कर पा रही थी कि अपनी योजना पत्र में ही लिख दी जाए अथवा मिलने के पश्चात् उसका रुख देखकर बतलाई जाए। अन्त में उसने लिखना आरम्भ किया–

सुश्री रचना वशिष्ठ जी!

आज के 'दैनिक प्रकाश' में आपका लेख पढ़कर मैं अत्यन्त चकित हो गई हूँ। मेरें मन मस्तिष्क एक दैवी प्रकाश से चमत्कृत हो उठे हैं। संयोग देखिए कि आज ही के दिन मैं भी इसी विषय को लेकर स्वयं से उलझ रही थी तथा आज ही आपका ....। समाज के इस वीभत्स रूप ने मेरे मन में जाने कितनी कुत्सा का संयोजन कर दिया है मैं स्वयं भी नहीं जान समझ सकती।

आपके पास ढेरों पत्र आते होंगे। उनका उत्तर देना एक कठिन कार्य होता होगा। न जाने सब आपके दृष्टिपथ में आते भी होंगे अथवा नहीं। अनेक शंकाओं ने घेरा हुआ है फिर भी इस आशा तथा विश्वास के साथ लिख रही हूँ कि यह पत्र आप तक अवश्य ही पहुँचेगा टेलीपैथी पर मेरा अटूट विश्वास है। आप माने-न-माने

आज के इस संयोग ने उस विश्वास को और भी अधिक दृढ़ कर दिया है।

मेरा भी एक रचना वशिष्ठ से घनिष्ठ परिचय रहा है। हृदय का विश्वास कहता है कि आप निश्चित रूप सें वही हैं। यदि यह सत्य है तो अवश्य ही पहचान जाएँगी। मुझसे किसी भी माध्यम से सम्पर्क कीजिए रचना जी। मेरी विह्वलता आपकी प्रतीक्षा करेगी

आशा के प्रकाश में

वंदना रावत

अपने निवास स्थान का पता व दूरभाष नम्बर देकर वंदना ने दैनिक प्रकाश के माध्यम से पत्र प्रेषित कर दिया।

वंदना ने एक बार लेख को पुनः पढ़ा और तब उसे निलय का स्मरण हो आया। हाँ! निलय ही तो था उसका नाम रचना का अमूल्य जीवनधन न जाने क्या हाल है अब उन लोगों का कोई भी तो समाचार नहीं, प्रत्येक जीवन स्वयं में एक लम्बी कहानी होता है। किस-किस के सम्बन्ध में सोचे कोई। अपने ही पचड़ों से कब अवकाश मिलता है और वह अपने ही भूतकाल में विचरने लगी।

अपने जन्म की कहानी तो उसे ज्ञात नहीं किन्तु जब से होश संभाला है वंदना का मन कटुताओं की शरणस्थली बन गया है। चार बहन तथा दो भाइयों में वह दूसरे नम्बर पर थी। पिता कोई बहुत धनी-मानी व्यक्ति तो थे नहीं परन्तु घर में खाने-पीने, पहनने-ओढ़ने का कोई अभाव भी नहीं था। यदि बालकों की इच्छा पढ़ने की हुई तो उसमें भी उन्होंने कभी बाधा नहीं डाली। वे रेलवे में ऊपरी दर्जे के बाबू थे। बँधा-लगा वेतन मिल जाता इसलिए निश्चिन्तता तो थी ही। गाँव में थोड़ी सी खेती की जमीन व मकान था। परिवार के रहने लिए छत की चिन्ता से मुक्त थे व वर्षभर का अनाज खेती बाड़ी से प्राप्त हो जाता। परिवार गाँव में ही रहता था जबकि वह स्वयं जहाँ उनका स्थानान्तरण होता सरकारी क्वार्टर में रहते।

कभी जब स्कूलों में लम्बी अवधि का अवकाश होता तो समस्त परिवार पिता की नौकरी वाले स्थान पर एकत्रित होता। दिन भर घूमना-फिरना, खेलना-कूदना लगा रहता। बहुत अच्छे लगते थे वे दिन। जीवन कितना सुन्दर होता है वन्दना प्रायः सोचा करती लेकिन उसकी वह सोच अधिक समय तक टिकी नहीं रही।

एक दिन उसने माता-पिता को बातें करते सुना पिता जी कह रहे थे ''अब कम-से-कम दो लड़कियों का विवाह कर उस उत्तरदायित्व से मुक्त होना चाहता हूँ।''

माँ स्तम्भित रह गई थीं कहने लगीं; ''अभी से? अभी तो दोनों की आयु विवाह

योग्य हुई नहीं है। आप यह कैसा अनर्थ करना चाहते हैं?"

"जरा सोच कर देखिए"उन्होने जोड़ा

"मैने यह कब कहा कि आज रात को ही विवाह हो जाएगा। लड़के खोजते कुछ समय तो निकल ही जाएगा। तब कंचन तथा वंदना दोनों का एक ही मढ़े में विवाह कर देंगे। खर्चा भी कम पड़ेगा।"

"वह सब तो ठीक है पर कंचन अभी सोलह और वंदना चौदह की ही हुई है इतनी छोटी आयु में लड़कियों के ऊपर गृहस्थ जीवन के उत्तरदायित्व का बोझ लादना क्या ठीक होगा?" माँ ने चिन्तित होते उत्तर दिया।

"उत्तरदायित्व का भी कोई बोझ होता है भला लड़कियों के लिए? उनके लिए तो पहले दिन से ही यही सोचकर चला जाता है और तुम तो जानती हो लड़कियाँ भी इस बात को भली प्रकार जानती हैं," पिता जी ने माँ को निरुन्तर करना चाहा।

"आपकी बात से मैं सहमत हूँ पर...... ।"

"पर क्या?"

"पर यही कि जिन लड़कों को हम वर के रूप में स्वीकार करेंगे न तो वे अपनी पढ़ाई-लिखाई ही पूरी कर चुके होंगे और न ही उनकी अपनी आय का कोई साधन होगा," माँ ने अपनी चिन्ता प्रकट की, वह इस प्रसंग से घबरा उठी थीं।

"हम ठोक-बजाकर ही विवाह करेंगे, जो लड़के पढ़ने-लिखने में रुचि रखते होंगे उन्हीं को तो पसन्द करेंगे। इसलिए तुम्हारी चिन्ता व्यर्थ है," पिता जी ने तर्क दिया।

"यदि पढ़-लिखकर भी वे कोई काम-धन्धा न करें तो?" माँ पिता जी को हतोत्साहित करना चाहती थीं, उन्होंने पुनः शंका की।

"जो पढ़ा-लिखा होगा वह काम-धन्धा भी अवश्य करेगा। पढ़ाई करना भी तो परिश्रम का ही काम है।"

"लेकिन क्या कोई सुनामी आने वाली है जो बच्चियों को यूँ ही धकेल दिया जाए?"

"सुनामी आए अथवा न आए परन्तु मेरी अपनी आयु का क्या भरोसा? मैं चाहता हूँ अपने सेवाकाल में ही सबको ....।"

माँ की सभी शंकाओं को निर्मूल कर पिता जी ने अपना ठोस निर्णय सुना दिया, इसलिए उन्होंने उत्तर दिया, एक हताश उत्तर, "आप जो करना चाहेंगे, करेंगे ही। मेरी तो सुनने वाले नहीं इसलिए व्यर्थ ......।"

पिता जी के अन्तिम निर्णय को सुन माँ हथियार डाल बैठी थीं और निरुत्तर

हो गई थीं किन्तु वन्दना ने तो सुना था स्वतः अपने ही कानों से इसलिए अविश्वास कैसे करती। पूरी रात वह सो नहीं पाई। विवाह के नाम से ही जैसे उसे कुछ घबराहट सी हो जाती यद्यपि वह उसका अर्थ नहीं समझती थी किन्तु इतना तो जानती ही थी कि जितनी लड़कियों के विवाह होते देखे हैं उसने वे सब माता-पिता के स्नेहाश्रय से दूर चली गई थीं। उसके पश्चात् वे और उनका भाग्य।

वंदना ने कंचन को समाचार सुनाया तो वह प्रफुल्लित हो गई थी। उसे लगा था जैसे किसी पिंजरे में बन्द चिड़िया को बाहर विस्तृत आकाश में, स्वतन्त्रता से उड़ने के लिए मुक्त कर दिया जाने वाला हो इसके पश्चात् वंदना-कंचन से भी इस सम्बन्ध में बात करने में संकोच का अनुभव करने लगी।

न जाने क्यों विवाह का नाम सुनने के पश्चात् वंदना को ज्वर रहने लगा। वैद्य ने देखा, उपचार किया किन्तु कोई लाभ नहीं हुआ।

पराजित से होकर वैद्य जी ने कहा, "लगता है इस लड़की को शारीरिक नहीं मानसिक कष्ट है। कोई सदमा लगा है इसे जिसके कारण ज्वर से पीड़ित रहने लगी है। आप लोग कारण खोजिए तभी उपचार सम्भव हो पाएगा।"

"सदमें जैसा तो घर में कुछ हुआ नहीं है," माँ ने उत्तर दिया।"

"सम्भव है आपके विचार से ऐसा कुछ न हुआ हो किन्तु बालमन बहुत दुर्बल होता है, कुछ तो अवश्य ही हुआ है सोचकर देखिए। उस कारण को समाप्त करना ही इसका एकमात्र उपचार होगा," वैद्य जी ने स्पष्ट करते कहा।

माँ सुनकर अवसन्न सी हो गई थीं। उनकी समझ के अनुसार घर में कोई घटना अथवा दुर्घटना भी नहीं घटी थी। स्कूल भी बन्द थे इसलिए वहाँ भी कुछ होने की सम्भावना नहीं थी। माँ अपने आप से बड़बड़ा रहीं थीं कि कंचन ने सुन लिया।

कंचन ने हँसते-हँसते माँ को बताया था "आप लोगों की अर्थात आपके और पिताजी के मध्य चलने वाला वार्तालाप इसने सुना है अतएव विवाह के नाम से ही इसे ज्वर चढ़ आया है। मुझे भी इसने चिन्तित होकर बतलाया था। मुझे तो इसमें सदमें का कोई कारण दृष्टिगत नहीं हुआ माँ सभी लड़कियों के तो विवाह होते हैं अपने गाँव में ही देखो।"

माँ ने वंदना के मन को कुछ-कुछ समझा था। शान्त रहती थीं तो क्या अनुभवहीन तो न थीं। उन्होंने तो अपनी ओर से पूर्ण प्रयास भी किया था कि पिता जी अपने मस्तिष्क से इस भूत को निकाल दें। उनका अपना विवाह भी अल्प व्यस्क में हुआ था अतएव उससे उपजने वाले सभी कष्टों का लम्बा अनुभव उन्हें प्राप्त था। नए परिवार में रहन-सहन के नए-नए तौर तरीकों के मध्य स्वयं को ढालना कड़वी

खीर के समान था। उस आयु में इतनी आत्मशक्ति भी नहीं होती कि विरोध कर सकें। किसी अँधेरे कोने-कचोने में बैठकर रो लेने के अतिरिक्त कोई चारा न था। उस पर शरीर भी तो अपरिपक्व होता है। पुरुष बल को सहन करना एक तिक्त अनुभव से गुजरने जैसा होता है। रात्रि होने से पूर्व ही भय सताने लगता है। प्रतिदिन उस पीड़ा को भुगतना..................।

माँ नहीं चाहती थीं कि उनकी पुत्रियाँ भी उसी त्रासदी से गुजरें जिसका उन्होंने लम्बा अनुभव किया था। एक बार पुनः उन्होंने पिता जी का प्रतिरोध करना चाहा पर उनकी एक न चली। स्त्री जो थीं। पिता जी ने कहकर बात टाल दी कि "यही आयु होती है जिसमें लड़कियाँ अपने को नए परिवार के अनुरूप बना लेती हैं। बड़ा होने के पश्चात तो.........।"

माँ ने कहना चाहा था कि वंदना की बीमारी का यही एकमात्र कारण है परन्तु अपनी बात समझा भी न पाई थीं कि एक कड़कदार स्वर ने उन्हें डाट दिया। वह स्वर पिता जी के अतिरिक्त किसका हो सकता था। वही तो अन्नदाता थे परिवार के सर्वेसर्वा परमात्मा स्वरूप पति।

"तुम्हें इस सम्बन्ध में बोलने की आवश्यकता नहीं है। जानती-समझती तो कुछ हो नहीं दस जनों में बैठतीं तो पता होता ना। मुझे जो उचित लगेगा वही करूँगा। लड़कियों का क्या है वे तो खूँटे की गाय होती हैं जिसके हाथ में उनकी रस्सी थमा दो उसी के साथ चली जाती हैं वही उनका स्वामी होता है। उसी को निर्विरोध अपना दूध देना आरम्भ कर देती हैं।"

"एक नहीं चार-चार छोकरियाँ पैदा कर डाली हैं तुमने, आखिर कब तक बैठाए रखूँगा। सबका टन्टा चुका मैं भी तो कभी आराम की दो रोटी खाऊँगा", एक ही श्वास में इतना सब बोल गए थे पिता जी।

प्रथम बार उसी दिन पता चला वंदना को कि पुत्रियाँ पिता पर भार होती हैं पिता के कहे शब्द "वही उनका स्वामी होता है" एक अनुगूँज बन उसके मन मस्तिष्क में समा गए और तभी इस प्रश्न ने उसके मन में जन्म लिया कि क्या पत्नियाँ अपने पति की केवल सम्पत्ति मात्र होती हैं? हाँ पिता जी का कथन तो इसी सत्य का समर्थन करता है और उसी क्षण उसने निश्चय किया कि वह किसी की सम्पत्ति बनकर नहीं रहेगी। स्त्री जाति में जन्म लिया है तो क्या हुआ, उसको भी जीवन का समान अधिकार पति के साथ-साथ मिलना चाहिए वरना तो पत्नी को अर्द्धांगिनी कहकर क्यों पुकारा जाता? अन्त में अपने संगुफन खोलते-खोलते इसी निर्णय पर पहुँची कि वह स्वयं पिता जी से इस विषय पर वार्ता करेगी।

दूसरे दिवस ही वंदना को अपने पिताजी से बात करने का अवसर प्राप्त हो गया था जब वह उसके कमरे में ऑफिस जाने के लिए तैयार होने आए।

साहस कर वंदना ने कहा; "मुझे आपसे कुछ कहना है पिता जी।"

पिता ने दृष्टि उठाकर उसकी ओर देखा क्यों कि उसके स्वर की तरलता ने उन्हें सुनने के लिए विवश कर दिया। उन्होंने पूछा, "अपने ज्वर के सम्बन्ध में कहना चाहती हो तो मैं अपनी सामर्थ्यानुसार उपचार करा रहा हूँ।"

"नहीं मुझे ज्वर के नहीं, अपनी पढ़ाई के सम्बन्ध में आपसे निवेदन करना है।"

स्तम्भित होते उन्होंने प्रतिप्रश्न किया," पढ़ाई के सम्बन्ध में? पढ़ाई तो ठीक चल रही है तुम्हारी। क्या किसी टयूशन की आवश्यकता है?"

"नहीं पिता जी! उसकी मुझे आवश्यकता नहीं है। मैं तो आपसे यही विनती करना चाहती थी कि मैं विवाह के पश्चात् भी अपनी पढ़ाई करती रह सकूँ ऐसा कोई उपाय आप करें। बस इससे अधिक मैं कुछ नहीं चाहती। स्वावलम्बी बनाना ही मेरा एकमात्र स्वप्न है।"

कुछ पल सोचकर उन्होंने उत्तर दिया" मैं प्रयत्न करूँगा कि इस प्रकार का घर वर तेरे लिए मिल सके जिन्हें अपनी वधू को आगे पढ़ाने में कोई आपत्ति न हो लेकिन वचन नहीं दे सकता", कहकर एक स्नेहमयी विवश दृष्टि पुत्री पर डाली।

"आपके इस आश्वासन ने मेरे शरीर में नवीन प्राणों का संचार किया, किस प्रकार आपका धन्यवाद करूँ?"

सर झुका कर उस दिन वंदना ने पिता का आभारपूर्ण उपकार माना और सबको आश्चर्य चकित करते उसी दिन उसका ज्वर भी उतर गया।

वर्ष भर के अन्दर ही पिता ने दोनों बहनों के लिए लड़के खोज लिए थे। दोनों परस्पर रिश्तेदार थे। माँ को केवल यही प्रसन्नता थी कि दोनों बहनें आपस में मिलती जुलती रहेंगी। पिता के सर का बड़ा भार उतर गया था। सगाई हो गई तो समझो आधा कार्य सम्पन्न हो गया। कंचन तब सत्तरह की और वंदना पन्द्रह की हो गई थी। वंदना का वर उस समय बारहवीं कक्षा की परीक्षा दे रहा था तथा वन्दना दसवी की। उन लोगों की ओर से पिता को यह आश्वासन प्राप्त हो गया था कि वे लड़के का गौना कराने में कोई शीघ्रता नहीं दिखाएँगें। लड़की जब तक चाहे पढ़ती रहे। कंचन को पढ़ने- लिखने की कोई चाह नहीं थी अतएव कभी भी विवाह हो जाता बल्कि वह तो हर्षित ही थी उस बन्धन से। उस आश्वासन के पीछे कौन सा रहस्य छुपा है तब क्या वंदना को ज्ञात था?

× – × – × – × – ×

दैनिक प्रकाश में प्रकाशित होने के लिए ही प्रायः 'आपके पत्र' शीर्षक से पत्र आते हैं, जिनको भली-भाँति जाँच कर ही प्रकाशित किया जाता है। अतएव कई दिवस पश्चात् रचना को वह पत्र मिला। पत्र सीधे उसके पास नहीं पहुँचते। पहले उसकी कनिष्ठ शेफाली ही डाक को खोलती है, उनके सम्पादकीय महत्व के सम्बन्ध में विचार करती है, काट-छाँट करती है तत्पश्चात् रचना तक पहुँचते हैं।

प्रकाशित होने वाले पत्र सम्पादक 'दैनिक प्रकाश' के पते पर आते हैं किन्तु वंदना का पत्र एक प्रकार से प्रकाशित होने के लिए नहीं आया था वह तो सीधा रचना को सम्बोधित किया गया व्यक्तिगत पत्र था इसलिए शेफाली ने विशेष के लिए रक्तवर्ण स्याही से चिह्नित कर रचना के पास प्रेषित कर दिया।

रचना को अपने लेखों के लिए आलोचकों के पत्र प्रायः प्राप्त होते ही रहते थे कोई विशेष बात नहीं थी परन्तु उस दिन वह चिह्नित पत्र सबसे ऊपर रखा था। उसकी उत्सुकता ने सभी दूसरे कार्य स्थगित कर उस पत्र को पढ़ने के लिए विवश किया।

रचना ने एक बार नहीं अपितु कई बार उस पत्र को पढ़ा "समाज के इस वीभत्स रूप ने मेरे मन में जाने कितनी कुत्सा का संयोजन कर दिया है मैं स्वयं भी नहीं जान-समझ सकती", वाक्य ने रचना को सोचने पर विवश किया।

"मुझ से किसी भी माध्यम से सम्पर्क कीजिए रचना जी!"

उपरोक्त पंक्तियों को उसने जितनी बार पढ़ा एक नवीन उलझन उसके अन्तरतम में खदबदाने लगी।

रचना की स्मृति बहुत वर्ष पीछे की उस घटना को कुरेदने लगी जब उसको वह आधा-अधूरा पत्र मिला था। वह उससे मिलने भी गई थी, तब उसकी कोई निश्चित पहचान नहीं थी, केवल नाम भर की साभ्यता थी परन्तु वह दिन जो एक रहस्य उसके जीवन में छोड़ गया था उसकी सम्पूर्ति इस बार अवश्य होगी। आज तो परिचय स्पष्ट ही है। उस दिन लौटकर उसने जो लिखा था उसको निकाल कर पढ़ना उचित समझा। हर छोटी-बड़ी बात किसी भी मनुष्य के लिए अपनी स्मृति में संजो कर रख सकना क्या सम्भव है? नहीं असम्भव ही है। हाँ उसके विशेष अंश तो स्मरण रहते ही हैं इसलिए रचना लिख कर रख लेती है उस घटना का पूरा विवरण। यही प्रवृति उसने अपना रखी है। उस दिन उसने लिखा था।

मैं कई दिन से देख रही हूँ मेरे सामने वाली खिड़की से दृष्टिगत होती एक दीवार में छोटा सा नवांकुर फूटा है। दिन-प्रतिदिन विपरीत परिस्थितियों में भी वह

स्वयं को पनपाता बढ़ता जा रहा है। वायु व प्रकाश तो उसको प्राप्त हो ही जाते हैं किन्तु अपनी पिपासा शान्त करने के लिए आवश्यक जल कहाँ से ग्रहण करता है? यह प्रश्न मेरे मन मस्तिष्क को उद्भ्रान्त करने लगा। मैंने भ्रमित होकर पीछे देखा तथा अभिभूत हो गई। मेरे स्वयं के मकान की दीवार में भी उसी के समान एक डाली एकाकी लहरा रही थी।

क्या वह एक दिन वृक्ष में रूपान्तरित हो जाएगा? एक नवीन प्रश्न ने मेरी चेतना की चौखट पर दस्तक दी। अवश्य ही! यदि किसी निर्दयी प्रभंजन ने उसको जड़सहित उखाड़ने का प्रयास नहीं किया तो। उन्तर भी स्वयं चेतना ने ही तैयार कर रखा था।

मेरे जीवन में भी उसी प्रकार नवांकुर फूटा है वह है साहित्य की ओर अग्रसर होने के लिए अतएव गत वर्षो की सभी भ्रान्तियों को मैंने हविष्य बनाकर स्मृति-कुण्ड के हवन में भस्म कर दिया है और उसी में से उठने वाले धुँए ने दृगजल से धो-पोंछकर मेरे अन्दर एक नवीन चेतना को जन्म दिया है।

मैं कौन हूँ? यह सब बातें आपको क्यों सुना रही हूँ जानना अवश्य ही चाहेंगे ठीक है न? तो कहाँ से प्रारम्भ करूँ? अपने नाम से? पर नाम में क्या रखा है कुछ भी नाम दे सकते हैं। यह पहचानने भर का साधन मात्र है। चलिए बता ही देती हूँ माता-पिता ने अपनी सुविधा के लिए मुझे रचना कहना प्रारम्भ कर दिया। वे कहते विधाता की इस कोमल रचना से ही हमारे नवजीवन की रचना प्रारम्भ होती है। मातृत्व-पितृत्व में ढालने वाली यह........आशीर्वचन उनके मुखारविन्द से उसी प्रकार उमड़े पड़ते जिस प्रकार चीटियाँ अपने लक्ष्य की ओर उमड़-उमड़ कर जाती हैं।

मैं उनकी ममता के आश्रय में पलती चन्द्रकला की भाँति दिन-व-दिन बढ़ने लगी। जब कोई चलने लगता है तो मार्ग में विभिन्न लोगों का मिलन कोई नवीन बात नहीं है। उनमें से कुछ अपनी छाप जीवन पर छोड़ ही देते हैं।

चलिए उन्हीं में से कुछ लोगों से आपका परिचय कराती पथ पर बढ़ती चलूँ। मेरा कार्य ही कुछ ऐसा है। अपने शोध कार्य का जो कठिन विषय मैंने चुना उसके लिए मुझे एक समाचार पत्र की शरण में जाना पड़ा। वहाँ मुझे उस पत्र के सम्पादक के साथ कार्य करना था तथा वहीं से मुझे अपने लिए सामग्री अथवा कुछ सम्पर्क साधने योग्य व्यक्तियों का परिचय प्राप्त हो सकता था। वही मेरा प्रशिक्षण था। नित्यप्रति कोई न कोई कहानी, लेख, कविता पत्र में छपने के लिए नवीन व पुरातन लेखक भेज ही देते। समाचारों का संसार पृथक था। उन्हीं में से मुझे पढ़-पढ़ कर प्रकाशन योग्य सामग्री को पृथक करना पड़ता था।

जिन्होंने मुझे मुग्ध किया अधिकांश में वे रचनाएँ महिलाओं के दग्ध हृदय के फफोलों से व्यक्त होती लपटें ही होतीं। जो कुछ वे स्वजीवन में किसी से न कह पातीं उन्होंने रचनाओं का आश्रय ले, घावों पर मरहम लगाना प्रारम्भ कर दिया।

उक्त कार्यों का निष्पादन करते एक दिन 'समस्या व समाधान' शीर्षक से छपने वाले कॉलम के लिए एक प्रश्नात्मक लेख दृष्टिगत हुआ। लेखिका का नाम कुछ परिचित सा लगा। उलट-पलट कर देखा तो निवास स्थान का पता तो नहीं मिला किन्तु उनके व्यक्तिगत फोन का नम्बर अंकित था जिसके माध्यम से उन्होंने उत्तर की अपेक्षा की थी। लेख को प्रकाशित करने का कहीं कोई आग्रह नहीं। मैंने उसे एक ओर रख लिया विचार कर कि अवकाश के क्षणों में दोबारा पढ़कर कुछ निर्णय लूँगी। आवश्यकता हुई तो सम्पादक के पास भेजूँगी अन्यथा स्वयं ही निपटारा कर दूँगी।

अपने पर्स में उस प्रश्न को रख मैं कई दिन तक भूली रही। अक्समात ही एक दिन मेरे मन ने ठकठकाया तो वह नाम मेरे अवचेतन से निकल चैतन्य की चौखट पर आ खड़ा हुआ। जिज्ञासा और अधिक बढ़ गई।

मैंने वहाँ से फोन नम्बर ले मिलाया तो कोई प्रतिक्रिया किसी ने व्यक्त नहीं की। मैंने अपना संक्षिप्त परिचय दे टेलीफोन एक्सचेंज को नम्बर दे पता ज्ञात कर लिया और दूसरे ही दिवस वहाँ पहुँच गई। फ्लैट पर ताला लगा था। बराबर वाले फ्लेट की घण्टी बजाई तो द्वार खुला। एक सभ्रांत महिला बाहर झाँकी मैंने उन्हीं से पूछना उचित समझा।

"मैड़म श्रीमती वंदना किस समय मिलती हैं?"

"उन्होनें तो निवास स्थान परिवर्तित कर लिया आपको ज्ञात नहीं?" विनम्रता पूर्वक उन्होंने उत्तर दिया।

"नहीं", मैंने कहा।

लेकिन फिर भी मैं वहाँ रुकी रही किन्तु संकोचवश कुछ कह नहीं पा रही थी। सोच रही थी आस-पड़ोस वालों से इस तरह का प्रश्न करना चाहिए अथवा नहीं तभी मुझे संकोच मुक्त करते उन्होंने स्वयं ही मुझसे प्रश्न कर लिया।

"लगता है आप किसी बड़ी दुविधा में हैं यदि मैं आपकी कुछ सहायता कर सकती तो.........?" कहते-कहते कुछ पल रुकीं। उनके चेहरे पर आश्वासन का भाव स्पष्ट था।

"उनके सम्बन्ध में कुछ बता सकतीं तो"...अर्थात कहाँ रहने लगी हैं? हिचकिचाते मैंने पूछा।

"इस सम्बन्ध में तो उन्होंने किसी के पास कोई सूचना नहीं छोड़ी मुझे खेद है मैं आपकी कोई सहायता नहीं कर पा रही," संकुचित होते उन्होनें उत्तर दिया।

ग्रीष्म ॠतु का सूर्य सर के ठीक ऊपर सरक आया था। मुझे प्यास भी लगी थी तथा कार्य की विफलता ने श्रम की थकान को बढ़ा दिया था। वंदना-वंदना नाम मेरे मस्तिष्क में निरन्तर घण्टी बजाए जा रहा था लेकिन क्या कहूँ एक ही नाम के तो कितने ही लोग मिल जाएँगे।

"अच्छा यदि आप मुझे उनका हुलिया ही बता देतीं तो कहीं मिलने पर सम्भवतः पहचान पाती" भिझकते-झिझकते ही बोल सकी मैं।

"बहुत गर्मी है आप अन्दर आइए, मैं आपको उनका एक चित्र दिखा सकती हूँ जो मेरे बेटे के जन्मदिवस के उत्सव पर लिया गया था," स्मरण करते उन्होंने कहा।

"अन्धे को क्या चाहिए? दो आँखें इससे अच्छी तो और कोई बात हो ही नहीं सकती मैड़म", मैंने हर्षित स्वर में उत्तर दिया।

वह पानी के गिलास के साथ-साथ हाथ में एक फ्रेन किया छायाचित्र उठा लाई थीं। वंदना की ओर संकेत कर उन्होंने बतलाया," यही हैं वंदना जी।"

कंठ सूख रहा था। पानी पी कुछ जान-में-जान आई और साथ ही साहस भी लौट आया। छायाचित्र देखते ही जैसे मैं उछल पड़ी। मेरा कौतुहल बढ़ता ही जाता था

संयमित होते एक दूसरा प्रश्न उनकी ओर परोस दिया," उनके साथ कौन कौन थे यहाँ?"

"वह स्वयं , उनके दो छोटे-छोटे बेटे तथा एक उनकी माँ बस यही चार व्यक्ति यहाँ दिखाई देते थे।"

बेटों की आयु बड़ा लगभग चार तथा छोटा दो का सा लगता है, मैंने चित्र से अनुमान लगाकर कहा तो उन्होंने मेरी बात का समर्थन किया।

"और उनके पति?" मेरे अगले प्रश्न पर एक चकित दृष्टि उन्होंने मुझ पर डाली।

"देखिए", कहकर क्षणिक रुकीं वह।

"रचना-रचना नाम है मेरा", मैंने उनकी झिझक दूर करते परिचय दिया।

"हाँ तो रचना जी, उन चारों के अतिरिक्त मैंने तो कभी किसी को देखा नहीं"।

"पति के सम्बन्ध में कुछ तो उन्होंनें बतलाया होगा कभी आपको। क्या वह

दिवंगत.....?'' वाक्य पूर्ण नहीं किया मैंने। एक अशुभ की कल्पना ने मेरे मन मस्तिष्क को जैसे सुन्न कर दिया।

''वास्तव में रचना जी! वह किसी से अपने सम्बन्ध में बात ही नहीं करती थीं। कछुवे की भाँति अपने खोल में ही सिमटे रहने वाली............बस अपने काम से काम एक सूक्ष्म सी स्मित उनके चेहरे पर उभर आती थी जब सामने पड़ जाती थीं'' उन्होनें सरलता से उत्तर दिया।

मेरे कार्यक्षेत्र के लिए 'रवीन्द्र नाथ ठाकुर' की पंक्तियाँ बारम्बार दोहराई जाती थीं कि ''अन्य के भीतर प्रवेश करने की शक्ति और अन्य को सम्पूर्ण रूप से अपना बना लेने का जादू ही प्रतिभा का सर्वस्व और वैशिष्ट्य है।''

उक्त पंक्तियों को स्मरण करते तथा उनके व्यक्तित्व से सन्तुष्ट होते मैंने अपनी वार्ता आगे बढ़ानी आरम्भ की।

''कभी किसी को आते-जाते तो देखा ही होगा आपने''? मैंने एकबार पुनः उनको कुरेदना चाहा।

''रचना जी! एक बात आपको बताना चाहती हूँ। स्मरण रखिए प्रसिद्ध लेखक दिनकर ने एक स्थान पर कहा है ''दुखः दर्द, निःसंगता और अकेलापन, ये जीनियस के भाग्य में होते हैं, क्योंकि वह काल के विरुद्ध सोचता है'' और मैं इसी को अपने जीवन में समाहित कर चलती हूँ। अतएव किसी के घावों को कुरेदना उचित नहीं समझती। बालक हैं तो पति तो अवश्य रहे ही होंगे, साथ नहीं हैं तो उसका कोई कारण तो अवश्य होगा। शिक्षित तथा आत्मनिर्भर महिला हैं सोच-विचार कर ही निर्णय करती होंगी। मैं अन्यथा किसी के जीवन में रुचि क्यों लूँ? मेरे स्वयं के लिए भी मेरे यही विचार हैं। अनावश्यक हस्ताक्षेप..............।'' कहते-कहते वह उठ खड़ी हुई। इसका अर्थ था कि वह अधिक वार्ता करना नहीं चाहतीं वह भी एक अपरिचित के साथ।

मैं उनको धन्यवाद दे बाहर निकल आई। उक्त महिला से मिलकर, ''हम पवित्र विचार करें, पवित्र बोलें और पवित्र काम करें'' अवेस्ता की पंक्तियाँ अभीक्ष्ण मस्तिष्क पर प्रहार करने लगीं। मुझे अपनी भूल पर पश्चाताप होने लगा। मैंने वंदना के वैधव्य की कल्पना कितनी शीघ्रता व सुगमता से कर डाली, एक बार भी नहीं सोचा। कितने घृणित विचार हैं मेरे, स्वयं पर लज्जा आने लगी।

बाहर सड़क पर सूर्य की तीक्ष्ण किरणों का सामना करते-करते ही कण्ठ तड़कने लगा। आस-पास कहीं पानी नहीं था फिर भी वह दण्ड तो मुझे स्वीकारना ही था। स्मृति के घोड़े चारों दिशाओं में बेलगाम दौड़ने लगे। कुछ पल इसी प्रकार

व्यतीत हुए तब कहीं जाकर स्मृति-आकाश की कुछ धूल उड़ कर इधर-इधर छितरा गई। उस विस्तृत आकाश में प्रवेश कर वे घोड़े एक ही स्थान पर ठिठक कर खड़े हो गए।

मैने अपने को कॉलेज, हॉस्टल में पाया जहाँ मैं, वंदना तथा सीमा एक ही कमरे में रहते थे। उस कमरे की चहल-पहल पूरे हॉस्टल के लिए स्पृहणीय थी। बहुत ही अच्छे मित्र बन चुके थे हम तीनों, एक-दूसरे के दुःख-सुख में साथ निभाने का वचन देकर। वचन तो आज भी अपने स्थान पर अटल व अडिग हैं किन्तु समय ने सबको पृथक कर जाने कहाँ-कहाँ पटक दिया। सब विपरीत दिशाओं में चलकर अपना-अपना जीवन जीने लगे। वचन के बन्धन ने ही तो आज वंदना से मिलने के लिए मुझे प्रेरित किया और उसे वह पत्र लिखने के लिए। स्नेह तथा अपनत्व न होता तो क्या ....। किन्तु पुरातन स्मृतियों का क्या करें? वे तो हृतगह्वर में अपना स्थाई निवास निश्चित कर चुकी थीं।

वंदना अरूणोदय से पूर्व ही उठकर पढ़ना प्रारम्भ कर देती। सीमा तो शान्त प्रकृति की थी परन्तु मैं उसी क्षण से नोक-झोंक का श्री गणेश कर देती, मेरी प्रिय निद्रा में बाधा जो पड़ती थी इसलिए।

वंदना हँसकर कहती, "रचना देखती हूँ तुम्हारी यह नींद एक दिन तुम्हें अवश्य लेकर डूबेगी। तुम कभी उत्तीर्ण नहीं हो सकती लिखकर देने को तैयार हूँ।"

"तुम तो ऐसी ही भविष्यदृष्टा पहुँची हुई साध्वी हो न, जो देखती हो सत्य देखती हो, जो बोलती हो सत्य बोलती हो", मैं खीजकर कहती।

"भविष्यदृष्टा न सही किन्तु तुम्हारे रंग-ढंग देख अनुमान तो लगा ही सकती हूँ," मुस्कराहट उसके चेहरे पर और अधिक पसर जाती।

"क्या रंग-ढ़ंग देख लिए तुमने? बोलो, बोलो तो सही," मेरा क्षोभ बढ़ने लगता।

लेकिन एक वह थी कि उसको क्षंतव्य समझ केवल मुस्कराती रहती। उसका मुस्कराना मुझे और अधिक चिढ़ा देता। फिर वह शान्त-गम्भीर मुद्रा धारण कर कहती–

"देख रचना! तुम अभी नादान हो, कुछ समझती नहीं, मेरी सखी हो इसलिए तुम्हारे शुभ के लिए कहती हूँ। देर रात्रि तक तो तुम केवल प्रेम-पत्र ही पढ़ती रहती हो और प्रातः इतनी देर तक सोती रहती हो।"

"पुस्तकों को तो हाथ लगाने का तुम्हारे पास समय ही शेष नहीं बचता। बोलो

क्या अनुचित कहती हूँ? पढ़ोगी नहीं तो उत्तीर्ण कैसे होगी? यह कोई पहेली नहीं है। अनुभवसिद्ध बात है," स्नेह से समझाती वह काश तब उसका स्नेह समझा होता ....।

"तुम इन पत्रों की भाषा क्या समझो? यही तो मुझे जीवन में सफल होने, आगे का मार्ग निर्धारित करने की प्रेरणा देते है वंदना। देखना तुम इन्हीं को पढ़-पढ़ कर मैं उत्तीर्ण होकर दिखाऊँगी," और मुस्करा देती। "मैं भी जादूगरनी हूँ यदि तुम भविष्यद्‌दृष्टा हो तो।"

उस मुस्कराहट में नोंक-झोंक की समस्त कटुता कहीं विलीन हो जाती और फिर हम साथ-साथ दैनिक कार्यों के लिए सनद्ध हो जाते।

सीमा दूर-दूर से ही हमारी वार्ता सुन मुस्कराती रहती। दोनों के मध्य हस्तक्षेप करना उसे रुचिकर नहीं था। बहुत अधिक तो वह भी नहीं पढ़ती थी, कुछ-कुछ मेरे जैसी ही थी किन्तु गम्भीरता का एक आवेष्ठन उसको घेरे रहता। अधिकतर मौन रहकर कमरे की छत में ही निर्निमेष दृष्टि गड़ा कुछ खोजने का असफल प्रयास करती रहती। पूरे दिन हमारे साथ रहती, सभी कार्यों में सहयोग करती, हर्षित रहने का नाटक भी करती।

वंदना तथा सीमा की विपरीत बहती प्रकृति धारा का प्रवाह कहीं पर जाकर एक हो जाता जो मेरी भोंथरी बुद्धि से परे था। मेरे समक्ष तो वे दोनों कम ही वार्ता करती थीं किन्तु जब कोई तीसरा वहाँ न होता तो धीमे स्वरों में न जाने किस लोक की यात्रा पर निकल पड़तीं। लगता जैसे दोनों का जीवन एक ही लीक पर चल रहा हो। दोनों के दुःख-सुख एक हों।

बहुत समय पश्चात् मैं जान पाई कि वे दोनों विवाहिता हैं, अपितु सीमा तो एक सन्तान की माँ भी बन चुकी है।

जिस दिन मैंने जाना उसी दिन सोचने पर विवश हुई कि क्यों ये अनुभवी होने का दावा करती हैं। निःसन्देह अनुभवी ही होंगी। उनके स्वयं के कटु अनुभवों ने उन्हें हॉस्टल में रहकर पढ़ने को विवश किया होगा, सीमा को तो अत्यधिक ही, वरना सन्तान को छोड़ हॉस्टल का जीवन अंगीकार करना ....। जयशंकर प्रसाद का कथन उनके जीवन के लिए अन्वर्थ ही है, "मेघ संकुल आकाश की तरह जिसका भविष्य घिरा हो, उसकी बुद्धि को तो बिजली के समान चमकना ही चाहिए"

उस दिन से मेरी वंदना के साथ नोक-झोंक तो अवश्य ही कम हो गई किन्तु उसके गत जीवन के सम्बन्धों में झाँकने के प्रति रुचि तीव्र हो गई किन्तु वह थी कि कोई ऐसी दरार नहीं छोड़ती थी कि जिसमें झाँककर मैं

कुछ जान पाऊँ। सम्भवतः उसी दिन मेरी पत्रकार बनने की आधारशिला रखी गई होगी। मैं कभी-कभी सोचती कि कैसी मित्रता है यह कि जहाँ मित्र-मित्र के मध्य भी भेदभाव रखा जाता है जबकि मैं भी उनकी मित्र मण्डली की उतनी ही महत्वपूर्ण सदस्य हूँ तो मेरे सामने क्यों प्रतिपल एक झीना पर्दा लहराता रहता है?

यूँ पूरे दिन हम साथ रहते, साथ कॉलेज जाते, साथ बाज़ार जाते यहाँ तक कि हॉस्टल में भी एक कोने से दूसरे कोने तक जाना होता तो साथ ही जाते। जहाँ कहीं भी निर्जन स्थान मिल जाता तो हमारा समवेत-गान प्रारम्भ हो जाता। कुछ चुने हुए गाने थे जो हमें याद थे उन्हीं को दोहराते रहते। वंदना को कुछ चुलबुले से गाने पसन्द आते तो सीमा को गम्भीर दर्द भरे गीत। मेरे लिए दोनों समान थे। मुझे तो केवल स्वर से स्वर मिला साथ भर देना होता था।

हमारा त्रिगुट कॉलेज और कॉलेज से बाहर भी प्रसिद्धि प्राप्त कर चुका था। वंदना तथा सीमा के तो साहस का कोई ठिकाना न था। दृढ़ इच्छाशक्ति की स्वामिनी थीं दोनों जो ठान लेतीं पूरा करके ही दम लेतीं। कॉलेज प्रिंसीपल तक को उनके तर्कों के आगे झुकना पड़ता था। ऐसी ही थीं वीर-विदुषी महिलाएँ वे। हाँ महिला ही कहना उचित होगा अब तो जब ज्ञात हो ही गया कि कुमारी की अवस्था से ऊपर उठ चुकी थीं। उन्होंने मुझे सिखाया ''संवेदनशील बनो और निर्मल भी, प्रेमी बनो और पवित्र भी,'' बायबल की पंक्तियों के ये गुण उन्होंने अपने जीवन में उतार लिए थे।

इसी प्रकार हँसते-इठलाते, कभी लड़ते-झगड़ते तो कभी अपने ही जीवन की पुरातन झलकियों में झाँकते वह वर्ष पूरा हो गया।

काल तो किसी की प्रतीक्षा नहीं करता चलते जाना ही उसका ध्येय है। छोड़ जाता है तो अपने पीछे स्मृतियों का एक पहाड़ जिसे उठाकर चलना कभी-कभी तो दूभर ही हो जाता है। जयशंकर प्रसाद ने भी एक स्थान पर कहा है ''प्रेम में स्मृति का ही सुख है। ''एक टीस उठती है, वही तो प्रेम का प्राण है।''

स्मृतियों को कुरेदने लगो तो सैनिकों की भाँति एक के पीछे एक आती चली जाती हैं। कितनी ही घटनाएँ हैं, कितनी ही बातें हैं किन-किन का वर्णन किया जा सकता है। साथ रहकर जो पाया वह केवल यही कि अपने मन की कटुता व कठोरता को उनके मधुर प्रेमपूर्ण शुभाकांक्षी व्यवहार के कारण कहीं बहुत पीछे छोड़ दिया। स्मरण रही तो स्कन्दपुराण की एक शिक्षा कि ''केवल शरीर का मैल उतार देने से ही मनुष्य निर्मल नहीं होता। मानसिक मैल के परित्याग से ही निर्मलता आती है।''

अरस्तु ने अपने जीवन का निचोड़ जैसे इन शब्दों में समाहित कर दिया है।

सत्य ही कहा है, "मनुष्य की यह विशेषता है कि केवल उसी को अच्छे-बुरे का ज्ञान है और ऐसे ज्ञान से युक्त प्राणियों के साहचर्य से ही परिवार और समाज का निर्माण होता है।"

वंदना के लिए आई थी और वंदना से मिले बिना लौट आना मन को कितना कचोट रहा था समझा नहीं सकती। जब आई थी तो किसी अनजान-अपरिचित वंदना का ध्यान ही मन में था। सोचा था किसी नवीन स्टोरी की रचना ही होगी आज के साक्षात्कार में पर उस चित्र ने तो उसे धरा पर ला पटका, तब वह कहाँ जानती थी कि वंदना नहीं उसके छायाचित्र से ही मिलना हो पाएगा तथा वह उसकी अपनी ही वंदना निकलेगी।

किस स्थिति में होगी वंदना? अवश्य ही कोई महत् घटना उसके साथ घटी होगी तभी तो समाचार पत्र के आश्रय में पहुँचना पड़ा। कॉलेज छोड़ने के पश्चात् उसके साथ क्या घटा मैं तो कुछ भी नहीं जानती। कभी मिलना ही नहीं हो पाया उससे। समय का अभाव तथा कार्य का भार इतना अधिक बढ़ गया कि उस ओर सोचने का अवकाश ही नहीं मिला। मन वेदना विगलित हो गया। क्या करूँ-कहाँ जाऊँ? किस से पूछूँ उसके सम्बन्ध में? तभी उसे सीमा का ध्यान आया सीमा का निवास स्थान उसका परिचित था। वह आरम्भ से ही अपने पैतृक निवास पर रहती आई है इसलिए स्थान परिवर्तन जैसी कोई समस्या उसके साथ जुड़ी नहीं थी। कभी-कभी सीमा से मिलना भी हो जाता था। हाँ ठीक है वही करूँ, सम्भव है उसे वन्दना के सम्बन्ध में सब कुछ ज्ञात हो। सभी तो मेरी तरह हृदयहीन नहीं होते कि अपने मित्रों से भी कट जाएँ। वैसे भी वे दोनों तो एक-दूसरे के सुख-दुःख की अधिक ही भागीदार रही हैं। निश्चय कर रचना सीमा के निवास की ओर मुड़ी। जैसे भी हो जब तक वंदना के सम्बन्ध में जानकारी प्राप्त नहीं कर लेती उसे चैन भी नहीं आने वाला है। पुराने घाव जब टीसने लगते हैं तो ....।

इस निष्कर्ष पर पहुँच उसने 'दैनिक प्रकाश' के ऑफिस में फोन द्वारा सूचित किया कि वह किसी कार्य में फँस गई है तथा उस दिन ऑफिस नहीं पहुँच पाएगी। उसके वहाँ के कार्य के सम्बन्ध में शेफाली को ज्ञात है तथा वही उसे पूरा करके दे देगी। सुगमता से रचना को अनुमति मिल गई।

मार्गभर वह सीमा के सम्बन्ध में सोचती रही। सत्य तो यह है कि सीमा से भी उसका अधिक मिलना नहीं हो पाता था। सीमा तथा वंदना का क्षेत्र जहाँ शिक्षण का था वहीं रचना का समाचार पत्र का। समय का कोई भी बन्धन इस क्षेत्र में नहीं था। किसी भी समय दिवस हो अथवा रात्रि पहुँचना पड़ता । देश की किसी भी घटना

का ब्यौरा वहाँ पहुँच एकत्रित करना होता। कैमरा व टेपरिकॉर्डर सदैव उसके साथी होते। ऐसे में यदि कोई कार्य छोड़ना पड़ा तो वह था मित्रों से मिलना-जुलना। जिस समय वह मिल सकती थी किसी के भी घर पर पहुँचना उचित न होता। औचित्य की सीमा में उसके पास समय न होता। निष्कर्ष तो यही है कि चाहने पर भी सभी मित्रों के सम्बन्ध में अनभिज्ञ ही रहती। पत्राचार भी किसी के साथ नहीं हो पाता था। दूरभाषा की सुविधा तब उनके किसी के भी निवास स्थान पर नहीं थी। वंदना तथा रचना का तो कोई निश्चित ठौर-ठिकाना था नहीं और सीमा के लिए उतना बोझा उठाना सम्भव न था। पत्रों में तो कोई अपना हृदय का भार हलका नहीं कर पाता। औपचारिक भाषा ....।

जिस समय रचना-सीमा के घर पर पहुँची संध्या हो चुकी थी। घर पर उसकी सास के अतिरिक्त कोई नहीं था। ज्ञात हुआ कि वह कहीं शहर से बाहर जाने वाली है, उसी की तैयारी में कहीं गई है। कहाँ जाएगी, कब तक आएगी इस सम्बन्ध में उन्होंने कोई सन्तोष-जनक उत्तर नहीं दिया अपनी झुंझलाहट दिखाकर ही उसका स्वागत् किया।

"मुझे क्या पता कहाँ गई है? मुझे क्या कोई कुछ बतला कर जाता है? उस पर न जाने कहाँ-कहाँ से लोग आ जाते हैं, उनको जबाव दो अलग। मैं होती ही कौन हूँ पूछने वाली आदि-आदि?"

प्यास लगे होने पर भी रचना को पानी माँगने का साहस नहीं हुआ। कितना निराशा भरा दिवस है आज उसने सोचा। सब स्थानों पर असफलता ही हाथ लगी। न वंदना से मिलना हुआ और न सीमा से। वह बिना कोई सन्देश छोड़े ही घर से बाहर निकल आई क्योंकि उसे पूर्ण आशा थी कि मैं कोई सन्देश छोडूगी तो भी उस तक पहुँचेगा नहीं। कई बार तो सीमा ने इस प्रकार का वर्णन अपनी बातों में किया था। कैसे रहती है सीमा ऐसे लोगों के साथ?

उसकी सास के शुष्क व्यवहार के कारण वह दिवस उसकी स्मृति में ताज़ा हो आया जैसे आज की ही बात हो जब एक दिन वंदना, सीमा और रचना तीनों को किसी प्रॉजेक्ट के सम्बन्ध में शहर से बाहर जाना था। हॉस्टल से प्रातःकाल ही यदि निकलते तो पहुँचते-पहुँचते संध्या हो जाती अतएव पूर्व दिवस की संध्या को ही वे चल दिए थे। यही प्रोग्राम बना था कि रात को सीमा के यहाँ रुककर सूर्योदय से पूर्व ही चल देंगे तो कार्य सुगमता से किया जा सकेगा। वहाँ व्यतीत की गई वह रात बाप रे! कितनी बम-चख की थी सौम्य की माँ ने। सीमा द्वारा विरोध करने पर सौम्य ने भी माँ का ही साथ दिया था। सीमा इस प्रकार फुसफुसा कर बोल रही थी

कि हमारे कानों तक उनके शब्द न पहुँचें किन्तु इसके विपरीत वे माँ-बेटे अपना स्वर तीव्र से तीव्रतर करते जा रहे थे। उन्हें बिल्कुल इस बात की चिन्ता नहीं थी कि घर पर अतिथि आए हुए हैं और वह भी घर की बहू की ओर से। बहू की ओर से न भी हों तो भी किसी भी अतिथि को अपने कारण होने वाले अप्रिय झगड़े को लेकर स्वयं में एक अपराध भावना का बोध तो अवश्य उदित होगा। सीमा को शायद उस दिन प्रथम बार ऐसी परिस्थिति का सामना करना पड़ा होगा वरना तो वह हम लोगों को आमन्त्रित करने से पूर्व सौ बार सोचती। उसी दिन उसे उस गृह में अपने अधिकारों का ज्ञान भी हुआ होगा। सौम्य से तो उसने कदापि इस प्रकार की आशा न की होगी। उसका अर्द्धांग उसकी कितनी परवाह करता है यह पूर्ण ज्ञान उसे प्रथम बार हुआ होगा। उसके हृदय के टुकड़ों के टूट कर गिरने की खनक भी ना हो इसलिए उसने अपने समस्त अश्रुओं को चुपचाप पी लिया था।

सीमा की उस दिन की सूरत आज भी स्मरण हो आई। वह रुआँसी सी ही थी किन्तु स्वयं को संयत रखते हमारे सामने आई। उसे विश्वास था कि हमने कुछ तो सुना ही होगा। वह उन लोगों के व्यवहार पर पानी-पानी हो धरा में समा जाना चाहती थी। हम लोगों ने ठिठोली कर उसे जताया कि जैसे कुछ हुआ ही नहीं है तब कहीं उसकी दृष्टि ऊपर उठी थी। बात भी तो कुछ नहीं थी। सर्दी का मौसम था। शायद उसके अपने घर पर रजाईयाँ कम थीं अतएव परिवार के अभाव को उजागर न होने देने के आशय से सम्मान की रक्षा करते पड़ोसियों के यहाँ से एक रात के लिए रजाई उधार ले आई थी। उसी पर अपने घर से एक कवर निकाल चढ़ा देना चाहती थी। उसकी सास के विरोध करने पर सौम्य ने भी उन्हीं का साथ दिया था। वे दोनों एक ही स्वर में कह रहे थे "जैसी है वैसी ही दे दो, कवर चढ़ाने की आवश्यकता नहीं हैं। अपने घर पर क्या हर समय कवर चढ़ाकर ही ओढ़ती हैं ये लोग? एक दिन के लिए धुला-धुलाआ कवर गन्दा करना कहाँ की अक्लमंदी है?"

उन्होंने तो न तो परिवार की बहू जो आगामी अतराधिकारिणी थी उसकी और न ही अतिथियों के आदर तथा संकोच की चिन्ता की किन्तु उनकी बड़बड़ाहट के मध्य भी उसे अनसुना कर सीमा ने कवर चढ़ाकर रजाई हमें ओढ़ने को दी तो वे दोनों निरन्तर बहुत देर तक क्रोधित हो बोलते ही रहे थे। उसी दिन सीमा के घर-परिवार की हीन दशा तथा परिवार की संकुचित मानसिकता का परिचय मिला था और साथ ही मिला था सीमा के दृढ़ निश्चय का आभास। हमारे समक्ष तो वह सामान्य दिखाई देने का नाटक कर रही थी किन्तु उसके अपने हृदय में कौन सा संघर्ष चल रहा था यह तो वही जान सकती थी। सम्भव है नित्य ही उसे इस प्रकार

की घटनाओं की छोटी-छोटी बातों के लिए सामना करना पड़ता हो। अन्दर-ही-अन्दर शोक के जिस विष का पान उसने कर लिया था उसी ने उसे पति का साथ होते हुए भी एकाकी बना दिया था। उस पति का वह क्या करे जो पत्नी के लिए केवल सन्तान उत्पत्ति का ही एक साधन मात्र हो। ऐसे वातावरण में क्या वह उस सुख का आनन्द भोग पाती होगी वंदना ने सोचा था। तभी उन दोनों को ज्ञात हुआ कि सीमा ने सन्तान का वियोग सहकर भी स्वावलम्बन का निर्णय क्यों लिया था। उन्होंने उसके निर्णय का हृदय से समर्थन ही किया। उसके मौन तथा सतत बनी रहने वाली मुस्कराहट के पीछे घुन की भाँति चट कर जाने वाली पीड़ा अन्दर-ही-अन्दर उसे खोखला करती जा रही थी।

उस दिन मैं जितनी दुराशा ले भारी मन से सीमा के यहाँ से लौटी दूसरे दिन ही उससे कई गुणा अधिक भरपाई हो गई।

रचना को 'राष्ट्रीय एकता' के सम्बन्ध में होने वाले एक सेमिनार की स्टोरी को कवर करना था जो कि आगरा में होने वाला था। यह कार्यक्रम चार दिन तक चलने वाला था जिसमें पूरे भारत से चुने हुए शिक्षक भाग लेने के लिए आने वाले थे जो अपने-अपने प्रान्त का प्रतिनिधित्व करते। उसी में सम्मिलित हो पूरे प्रोग्राम की एक वृहत रिपोर्ट उसे 'दैनिक प्रकाश' के लिए तैयार करनी थी।

रचना जब आगरा पहुँची तो लगभग आधे प्रतिनिधि पहुँच चुके थे। स्त्रियों को पृथक कमरे दिए गए थे तथा पुरुषों को थोड़ी दूरी रखकर पृथक। एक कमरे में छः व्यक्तियों के लिए स्थान निर्धारित था। रचना को जो कमरा मिला उसमें तब कोई नहीं आया था तथा उसमें उसके अतिरिक्त किसी को आना भी नहीं था क्यो कि उसका कार्य व्यवधान के मध्य होना सम्भव नहीं था, एकाग्रता आवश्यक व अपेक्षित थी। समय काटने के लिए वह मैदान में मुख्यद्वार के समीप ही एक वृक्ष की छाया में उसी के चबूतरे पर बैठ गई। तभी एक स्कूटर उसके समीप आकर रुका उससे जो सवारी नीचे उतरी उसे देखकर उसकी वाँछें खिल गईं। उतरने वाली ने तब तक रचना को देखा न था।

अकस्मात ही जो स्वर्णावसर उसे प्राप्त हो रहा था उसे वह किसी और के द्वारा झटकने देना नहीं चाहती थी। वैसे भी उसके साथ जो कुछ होता है अकस्मात ही होता है। इससे पूर्व कि प्रबन्धक आगन्तुक को कमरा दिलवाते रचना ने उनके ऑफिस में पहुँच कर उसका अपने कमरे में रहने का अनुरोध प्रस्तुत कर दिया। प्रबन्धकों को कोई आपत्ति नहीं थी इसलिए आगन्तुक के ऑफिस के कमरे में पहुँचते ही रचना ने उसे अपने कमरे में रहने के लिए आमन्तित्र कर लिया। दोनों की दृष्टि

मिलते ही परिचय की झलक कौंध गई।

"रचना तुम यहाँ?" पहचान कर सीमा बोली।

"हाँ! चल बतलाती हूँ, "मुस्करा कर रचना ने कहा।

वह उसके साथ चल पड़ी तभी मार्ग में रचना ने बतलाया था कि पूर्व दिवस पर भी उससे मिलने का प्रयत्न किया था किन्तु जैसा कि रचना को विश्वास था सीमा की सास ने उसके सम्बन्ध में उसे कुछ सूचित नहीं किया था वरना तो इतना सुनकर ही सीमा की कुछ तो प्रतिक्रिया होती।

वह बहुत ही दकियानूसी महिला थीं। सीमा को वह परिवार स्वयं पसन्द करके लाया था फिर भी सीमा सास को पसन्द नहीं थी कारण कि वह उनके आशानुरूप उनके अन्धविश्वासों का अनुसरण नहीं करती थी। नित्य प्रातः काल उन्हें स्नान कराना तथा रात्रि को टाँगे दबाने का दासों की भाँति भी कार्य वह नहीं करती थी। सीमा सोचती थी कि एक हृष्ट-पुष्ट मानव को कम-से-कम अपने शरीर सम्बन्धी कार्य तो स्वयं सम्पादित करने ही चाहिएँ। अस्वस्थ होने पर तो वह किसी अपरिचित की सेवा करने को भी तत्पर रहती थी। दास न बनी तो घर में बहू लाने का क्या लाभ यही उसकी सास का विचार था तथा उसी विचार के अनुरूप वह चलती थीं। सीमा कितना ही अच्छा कार्य क्यों न करें उसमें त्रुटि निकालना उनके लिए आवश्यक था। उनका विचार था कि घर की बहू की प्रशंसा तो कभी करनी ही नहीं चाहिए वरना वह सर पर चढ़ बैठती है। अपने इन्हीं वाम विचारों के कारण उन्होंने सीमा के हृदय से अपना सम्मान समाप्त कर दिया था। वह उनकी कटु बातों का कोई उत्तर न देकर मौन रहती थी किन्तु यह भी उन्हें पसन्द न था, सम्भवतः वह चाहती होंगी कि पूरे समय सास-बहू में लड़ाई-झगड़ा न हो तो जीने का आनन्द ही क्या? समय व्यतीत करने को भी तो कोई साधन चाहिए। चलते-चलते रचना के मुख पर मुस्कराहट फैल गई। उसे एक चुटकुला स्मरण हो आया। कहते है दों पड़ोसनों का समय व्यतीत नहीं हो रहा था। उन्होंने निर्णय किया कि उसके उपाय स्वरूप उन्हें लड़ाई-झगड़ा करना चाहिए परन्तु प्रश्न था कि किस प्रकार करें क्यों कि कारण तो कोई था नहीं।
"आ पड़ोसन लड़िए," एक ने कहा।

"लड़े मेरी जूती दूसरी," ने उत्तर दिया।

"जूती मार अपने खसम नू," पहली ने कहा। सत्य ही उनके मध्य घमासान युद्ध आरम्भ हो चुका था जो एक नाटक न रहकर सत्य का रूप धारण कर चुका था। प्रकट में उसने सीमा से कहा–

"मैं भी पूरे चार दिन यहाँ रहने वाली हूँ सीमा! यूँ तो मेरे कमरे में किसी और

को रहने की आज्ञा नहीं हैं किन्तु तुम्हें तो मैंने स्वयं ही आमन्तित्र किया है इसलिए किसी को कोई आपत्ति न होगी, इतने वर्षो का लेखा-जोखा जो करना है। अच्छा समय व्यतीत होगा।''

''सच कहती हो रचना कॉलेज के पश्चात् तो हम तीनों कभी इकट्ठे मिलकर बैठे ही नहीं। वंदना से तो फिर भी कभी-कभी भूले-भटके मुलाकात हो जाती है किन्तु तुम तो कभी मिलती ही नहीं। ईद का चाँद भी तो नहीं कह सकती, वह भी वर्ष में एक दिन तो अवश्य दिखाई देता है,'' अपने मन के भाव प्रकट किए सीमा ने।

''इसीलिए तो कहती हूँ कि इतने दिनों का लेखा-जोखा करना है। मेंरे कमरे में हम दोनों के अतिरिक्त कोई और होगा भी नहीं इसलिए शान्त चित्त बात कर सकते हैं।''

उन चार दिनों में सीमा से जो ज्ञात हुआ उसको जानकर रचना को लगा कि वंदना और सीमा दोनों के ही जीवन में जो घटित हो चुका उसने उनके जीवन की दिशाएँ ही परिवर्तित करके रख दीं।

× — × — × — × — ×

कॉलेज में जब रचना के साथ थी तब सीमा की एक पुत्री तो थी ही। तत्पश्चात् उसने एक पुत्र को जन्म दिया। दोनों के मध्य एक और बालक संसार में आना चाहता था जिसको सीमा ने समय से पूर्व ही निर्ममता पूर्वक कुचल दिया। उसका पश्चाताप उसे आज भी है।

उसने कहा था,'' रचना समाज यही समझता है समझता क्या है प्रायः यही होता है कि हमारा समाज पुत्रियों को पृथ्वी पर लाना ही नहीं चाहता। गर्भ में ही उसके भ्रूण की हत्या कर दी जाती है। आज ही नहीं बहुत वर्ष पूर्व जब लैंगिक पहचान का कोई साधन नहीं था तब भी पुत्रियों को जन्म लेते ही किसी-न-किसी प्रकार मार दिया जाता था। एक अभिशाप समझी जाती रही हैं पुत्रियाँ सदैव से ही किन्तु मैने तो पुत्र की हत्या की है। आज भी मैं उसका विस्मरण नहीं कर पाती।''

उसे ज्ञान ही नहीं था कि वह बालक उसके गर्भ में पूर्ण आकार ले चुका है। बात को आगे बढ़ाते उसने कहा था।

''जानती हो रचना क्या हुआ?''

रचना उत्सुकता से उसकी ओर देखे जा रही थी और सीमा अपनी ही धुन में बोलती चली जा रही थी।

''मेरी पुत्री का तो तुम्हें ज्ञान है ही, विवाह के पश्चात् शीघ्र ही मैंने मातृपद का गौरव प्राप्त कर लिया किन्तु उसका लालन-पालन अपनी योजनानुसार अथवा

कहूँ कि अपनी अभिलाषानुसार नहीं कर पाई क्यों कि तब मैं स्वयं तो आत्मनिर्भर थी नहीं और सौम्य? उनकी आय भी मेरे लिए तो शून्य ही थी। पति के अतिरिक्त किसी से भी आर्थिक सहायता लेना अपने आत्मसम्मान की हानि लगती। पति इस ओर ध्यान देते नहीं थे। वह यही समझते माता-पिता द्वारा दोनों समय भोजन तो मिल ही जाता है और क्या चाहिए? उस भोजन को खाते समय मेरे मन में कितनी गिलानी होती मैं वर्णन नहीं कर सकती। जीने के लिए खाना तो पड़ता ही है। जूते में परोसा हुआ खाना............। कितना कुछ सुनना तथा सहना पड़ता था पूरे दिन, ऐसी परिस्थिति में किसी भी सन्तान का पालन....। सोच कर देख रचना।''

''तो क्या सौम्य को सन्तान की भी चिन्ता नहीं थी?'' रचना ने उत्सुकता से प्रश्न किया।

''बस प्रकृति ने नियम के अनुसार एक शिशु जीवन में आ गया है पल भी जाएगा ही कौन बड़ी है? यही सोच रही है सौम्य की। सन्तान की भी कुछ आवश्यकताएँ होती हैं, पत्नी की भी कुछ आवश्यकाएँ अथवा आकांक्षाएँ होती हैं कुछ स्वप्न होते हैं जिनमें वह रंग भरकर पति का हाथ थाम चली आती है, इन सब से वह निर्लिप्त ही रहते थे,'' यह बतलाते सीमा के चेहरे पर दर्द की अमिट लकीरें खिंच गईं जैसे हृदय की बलबलाती समस्त पीड़ा बाँध तोड़ तीव्रता से बाहर निकल कर बह रही हो।

''पुत्री की छोटी-छोटी चाहतों को भी जब मैं पूर्ण नहीं कर पाती थी तो मुझे जीने का क्या अधिकार है यही सोचती रहती। मैंने उसको साथ ले घर से बाहर निकलना ही बन्द कर दिया।''

इतना बोल वह कुछ पल आँख बन्द कर मौन बैठी रही लगा जैसे स्वयं को संयत करने में जीवन भर की संचित शक्ति लुटा देगी। रचना बाधा रहित ध्यान पूर्वक उसके चेहरे पर आते-जाते भावों को पढ़ने के प्रयास में जुटी थी।

उसी ध्यान में सीमा ने बोलना प्रारम्भ कर दिया,'' सांसारिक क्रियाएँ तो चलती ही रहती हैं। पति की वासनाओं का साधन तो मैं थी ही। मेरी आवश्यकताओं से बेपरवाह पति अपनी शारीरिक आवश्यकताओं की पूर्ति अपना अधिकार और मेरा कर्त्तव्य समझते थे। उस पूर्ति में मुझे किसी प्रकार के आनन्द की उपलब्धि न होती। एक लिजालिजा सा आहसास, एक जुगुप्सा भाव मुझ में समा जाता।

कोई चाहे-न-चाहे रचना किन्तु मिलन का फल तो मिलता ही है। शीघ्र ही अपने शरीर में परिवर्तन का अनुभव होने लगा। एक और जीव के कोख में प्रवेश की शत-प्रतिशत् सम्भावना। अभी तो प्रथम सन्तान ही छोटी थी। ऐसे में दूसरी की

चाहत करना ही उस समय तो मूर्खता लगी। मैंने परीक्षण कराने का विचार बनाया और दूसरे ही दिन करा भी लिया। भाग्य की विडम्बना देख कि उस परीक्षण ने भी मुझे धोखा दे दिया। शरीर में होते परिवर्तनों को ही झूठा सिद्ध कर दिया। मैं उस ओर से लापरवाह हो गई तथा उन लक्षणों को बीमारी समझ कर उपचार कराने लगी।

गर्भस्थ शिशु दिन-व-दिन बढ़ता गया। जब मुझे उदर में हलचल लगी तो एक दूसरी लेडी डॉक्टर को दिखाया।

" चार मास का गर्भ तुम्हारे अन्दर पल रहा है," डॉक्टर ने कहा।

"इतना सुनते ही जैसे एक भूकम्प मस्तिष्क से उठकर सम्पूर्ण शरीर में फैल गया। मैं इस सबके लिए तैयार नहीं थी तथा डॉक्टर इतने समय के गर्भ के गर्भपात के लिए तैयार नहीं थी।"

"इतने समय का गर्भपात, ना-बाबा-ना आपके प्राण भी संकट में पड़ सकते हैं और मेरा पेशा भी", डॉक्टर ने सिहर कर कहा था।

किन्तु सीमा ने निश्चय किया था कि दूसरों के आश्रय में पलने के लिए और किसी सन्तान को जन्म् नहीं देगी। प्रथम सन्तान के लिए रहने वाले अभावों ने उसके अन्तर्मन को शिथिल कर दिया था।

गर्भपात के सरकारी कानून बहुत कठोर थे इसलिए गुपचुप तरीके से एक नर्स का सहारा लेना पड़ा। सीमा को जब प्रसव-पीड़ा आरम्भ हो गई तो वह कुछ आश्वस्त हुई। कुछ अन्तराल पर ही उसका स्थान रक्तस्त्राव ने ले लिया। उस असहनीय रक्तस्त्राव से मुक्ति पाने के लिए वह स्नानागार में जा बैठी। उसको आश्चर्य चकित करते एक नन्हा सा शिशु फिसलकर उसके सन्मुख आ पड़ा था। उसे देख सीमा को उस पर ममता तथा स्वयं पर धिक्कार की भावना उमड़ पड़ी।

वह नन्हा बालक अपने दोनों हाथ जोड़े, घुटने मोड़े बाईं ओर की करवट से लेटा था। उसके गौर वर्ण छोटे-छोटे हाथ व पाँव, सर पर दोनों ओर से एक समान कटाव युक्त व मध्य से गोलाई लिए काले छोटे-छोटे केश व छोटा सा गुप्तांग पुत्र होने की घोषणा कर रहा था।

"तुम तो चार मास का बतला रही थीं किन्तु यह छः मास से किसी प्रकार भी कम नहीं है। अंगो का स्पष्ट विकास इसी बात की पुष्टि करता है। अपने साथ-साथ तुमने मुझसे भी जीव हत्या करवा दी सीमा," पापबोध से घबराई नर्स ने कहा।

उसकी सूरत व नर्स के कथन ने सीमा को अन्दर तक बींध दिया।

"मैं हत्यारिन हूँ," कहती वह बेसुध हो गई थी। जब होश आया तो स्वयं को बिस्तर पर पाया। आज भी जब कभी वह दृश्य उसकी स्मृति को झकझोर जाता है तो वह एक अपराध बोध से घिर जाती है।

उसके चार वर्ष पश्चात् जब उसे विश्वास हो गया कि अब वह अपनी सन्तान के पालन-पोषण का भार उठा सकती है तो सौष्ठव को जन्म दिया।

× — × — × — × — ×

सीमा अतीत की स्मृति के मेघाछन्न आकाश में विचरण करते बहुत थक चुकी थी। वैसे भी अपने ही सम्बन्ध में बोलते जाओ तो आवश्यक तो नहीं कि दूसरा भी उसमें रूचि लेगा। प्रायः लोग शीघ्र ही ऊब जाते हैं यही अनुभव था सीमा को। रचना भी तो अपना अन्तर्मन खोलना चाहती होगी अपनी सखी के समक्ष। एक लम्बी अविधि के पश्चात् तो मिले हैं। जाने क्या कुछ इकट्ठा होगा उसके मन के तहखाने में उसने सोचा।

"हे रचना मैं ही इतनी देर से बकबक किए जा रही हूँ, कितनी चालाक हो गई हो तुम दूसरों के मन की बात निकलवाने में तथा अपने सम्बन्ध में मौन हो, कुछ अपनी भी तो सुनाओ। हाँ क्या नाम है उनका? भला सा नाम तो है। स्मरण आया 'निलय' निलय ही तो है न रचना? कैसे हैं वह? कुछ उनके और अपने जीवन का हाल तो सुनाओ," छेड़ते हुए सीमा ने प्रश्न किया।

सीमा के प्रश्न को सुन कुछ समय तक तो रचना यूँ ही बैठी रही। क्या कहे निलय के सम्बन्ध में, निलय जो मेरे जीवन के आधार थे आज कहाँ हैं? उनके स्वयं के जीवन में रचना के लिए तो कोई स्थान रिक्त नहीं है। जिसने इतनी ऊँची उड़ान उसको भरना सिखाया, उसके स्वप्नों में इन्द्रधनुषी रंग भरे आज वही आकाश के उसी इन्द्रधनुष की भाँति विलीन हो गया जो वर्षा के पश्चात केवल कुछ पलों के लिए क्षितिज के विस्तार पर उभरता है और फिर दृष्टि से ओझल हो जाता है। निलय भी तो उसे छोड़ उसी प्रकार कहीं किसी समुद्र पार के देश में जाकर बस गया है। कहाँ गया रचना को तो सूचित करना भी उचित नहीं समझा। क्या समझा था उसने कि उसके विवाह की सूचना पाकर मैं रोऊंगी-गिड़गिड़ाऊँगी। आज की रचना उतनी अबला नहीं है जितनी कि कभी थी। उसका स्वयं का क्या कोई सम्मान नहीं जो दुत्कारी जाकर पुनः-पुनः उससे लिपटती रहेगी। रचना ने भी उसी दिन निश्चय कर लिया था कि एक सशक्त नारी की भाँति ही उसे जीवित रहकर दिखलाऊँगी।

अनिश्चय की दशा में देख सीमा ने अपना प्रश्न दोहराया।" क्या बात है रचना तुम निलय को लेकर मौन क्यों हो?"

"मैं निलय के सम्बन्ध में स्वयं नहीं जानती तो तुम्हें क्या बतलाऊँगी सीमा।"

"निलय के सम्बन्ध में नहीं जानती से क्या आशय है तुम्हारा रचना क्या तुम दोनों परिणयसूत्र में नहीं बँधे?"

"नहीं उनकी परिणिता कोई और ही है," रचना ने अपनी पीड़ा छुपाते उत्तर दिया।

"उन दिनों तो........कब से जानती थी उन्हें? तुमने कोई विरोध भी नहीं किया?" स्तम्भित होते सीमा ने प्रश्न किया।

"प्रतिवाद किसका करती सीमा! मुझे तो हवा तक नहीं लग पाई उस सम्बन्ध की। हाँ कब से जानती थी इसका उत्तर दे सकती हूँ।"

"चल वही बतला, कुछ तो मन हलका होगा उसका सीमा ने सोचा।"

"हाँ प्रसंग उठ ही गया है तो गत जीवन की इस मूर्खता पर तो कुछ प्रकाश डाल ही सकती हूँ। तो सुन यह घटना स्कूल की है।"

ग्यारहवीं कक्षा का वह वर्ष समाप्त हुआ। परीक्षा देकर हम सभी सहपाठी अपने अपने घोंसलों की ओर उड़ चले। विधाता के रूप में बहेलिया मार्ग में मिल ही जाता है। उसी ने मुझे भी घोंसले तक पहुँचने से पूर्व ही अपनी जकड़ में ले लिया।

बारहवीं कक्षा में पहुँचते-पहुँचते निलय से मेरा परिचय हुआ। वह स्कूल में ही मेरे साथ पढ़ते थे। हम दोनों एक-दूसरे को देखते तो थे किन्तु मौखिक परिचय प्राप्त नहीं कर सके थे। वह मुझसे एक वर्ष सीनियर थे अतएव विदाई पार्टी में ही औपचारिक वार्ता हो पाई। जब से देखा था एक-दूसरे के प्रति आकर्षण का अनुभव करने लगे किन्तु कुछ भी कहने में झिझक का अनुभव होता।

उस दिन अनायास ही वह मुझसे टकरा गए। शोक प्रकट करते बोले," क्षमा करिए," कहकर उन्होंने प्रश्नात्मक दृष्टि से मेरी ओर ताका।

"रचना, मुझे रचना कहते हैं और आप?" प्रश्न मेरे नेत्रों में एक विचित्र सी हलचल लेकर उभर आया था।

"मेरा नाम निलय है और......।" कुछ कहना चाहते थे किन्तु उलझन अनुभव कर रहे थे।

"और क्या?" मैंने उन्हें उलझन से निकालने के लिए पूछा।

"रचना! "कहकर फिर मौन के आश्रय में चले गए। मैं उनकी ओर निर्निमेष देख रही थी।

घोंघे की भाँति अपने खोल से बाहर झाँकते बोले "रचना क्या आप इस निलय के हृत-निलय में आकर वास कर सकती हैं?"

प्रश्न इतना आकस्मिक था कि रुचिकर होते हुए भी मुझे स्तब्ध कर दिया। मेरा अन्तर्मन जिसकी अभिलाषा व प्रतीक्षा में था वही तो उनकी अभिव्यक्ति थी किन्तु उस दिन तो मैंने निश्चित रूप से आशा नहीं की थी। तभी मेरी समझ में

आया कि वह टकराव आकस्मिक नहीं था अपितु परिचय प्राप्त करने की योजना का ही भाग था। फिर भी उत्तर तो देना ही था। सोचा यदि आज मौन रही तो सदैव यह मौन कंटक की भाँति ह्रदय को सालता रहेगा। आज ही तो निलय का विद्यालय का अन्तिम दिवस है। अवसर जीवन में किसी भी कार्य के लिए केवल एक ही बार आता है। उस समय उस पर अपनी पकड़ ढीली कर दो तो भविष्य में पश्चाताय के अतिरिक्त कुछ हाथ नहीं आता। विचार कर ही रही थी कि उन्होंने प्रश्न को दोहराया।

"हाँ निलय! यह निलय तो मेरे ही सौभाग्य का सूचक है," सर झुकाए ही मौन उत्तर दिया।

"मेरे कारण आपको कभी भी पछताना नहीं पड़ेगा। जिस सुख-सौभाग्य की आपने आकांक्षा की है वह सदैव आपके अधिकार क्षेत्र का ही रहेगा विश्वास कीजिए रचना जी! ,"इतना बोलकर वह इस प्रकार हाँफने लगे जैसे मीलों का मार्ग तय कर आए हों।

एक मसृण मुस्कान हम दोनों के चेहरों पर अठखेलियाँ करने लगी। तदुपरान्त तो पूरे उत्सव में ही हम किसी-न-किसी उपक्रम से आमने-सामने आते रहे। निवास स्थान के पतों का आदान-प्रदान हुआ।

आगत को कौन जानता है इसलिए मैंने भी नहीं जाना। काशः उस अवसर को मैंने चूक जाने दिया होता। अवसर जीवन में एक ही बार आता है अवश्य किन्तु चेहरा ढककर आता है इसलिए उसको पहचानना भी सम्भव नहीं होता। सदैव सुखकर ही होगा आवश्यक तो नहीं। मैंने भी नहीं पहचाना सीमा सम्भव है इसके पीछे भी विधाता ने मेरा कोई शुभ चाहा होगा यही विचारकर मन को समझा लिया।

और क्या बतलाऊँ कॉलेज के वर्षों में जो हुआ उसका तो तुम सबको ज्ञान है ही। पृथक यदि कुछ है तो बस यह कि उस समय की कुमारी रचना आज भी उसी प्रकार अपने नाम से पूर्व कुमारी ही लिखती है जब कि मेरे साथ की सभी लड़कियाँ तुम लोगों की भाँति अपने घर परिवार में रमी हैं" उसके मुख पर एक अनिवर्चनीय पीड़ा उभर आई।

रचना के मुख के हाव-भाव देख सीमा भी उसकी वेदना से कातर हो उठी। अधिक नहीं तो कुछ तो वह रचना तथा निलय के सम्बन्ध में जानती थी। एक अन्तराल के पश्चात ही सही रचना से उसका मिलना हो जाता था किन्तु फिर भी उसके जीवन के इस त्रासद अध्याय से अनभिज्ञ ही थी। वह तो यही समझती रही थी कि वह........सीमा ही एक ऐसी थी जो रचना तथा वंदना दोनों से अभी तक

जुड़ी थी।

× — × — × — × — ×

रचना की वेदना को नेपथ्य में धकेलने के आशय से सीमा ने उससे प्रश्न किया," क्यूँ रचना कभी वंदना से मिली क्या?"

"वंदना से मिल पाती तो क्या कल संध्या समय तुम्हारे निवास पर पहुँच पाती?"

जानना चाहती थी रचना कि सीमा को उसके सम्बन्ध में ज्ञान है अथवा नहीं। वैसे तो उसे निश्चय था कि उसकी सास ने उसे बतलाया ही नहीं होगा। बहुत घाघ है वह अपने आप में छँटी हुई। एक चतुर से चतुर आदमी भी.................।

"कह क्या रही है तू मेरे निवास पर गई थी, मुझे तो किसी ने नहीं कहा, कौन-कौन मिला मेरे घर पर?" हतप्रम सी सीमा ने प्रश्नों की झड़ी ही लगा दी।

"छोड़ ना, कल ना सही आज तो मिल ही गए ना। क्या अन्तर पड़ता है किसी ने कहा या नहीं। कोई सूचित कर ही देता और आज भेंट ना होती तो तुम्हारे मन में ना जाने मुझे लेकर कितनी अकुलाहट समा जाती। सहस्त्रों प्रश्न उभर आते, भिन्न-भिन्न प्रकार की कल्पनाएँ कर डालती मैं क्या जानती समझती नहीं इसीलिए कोई सन्देश नहीं छोड़ा," रचना नहीं चाहती थी कि उसकी सास के प्रति और अधिक कटुता उसके मन में घनीभूत हो।

"बात तो वंदना की हो रही थी उसी सिलसिले में, मैं वहाँ गई थी," सीमा को हैरान करते उसने कहा।

"वंदना के सिलसिले में?" और भी अधिक आश्चर्य चकित हो गई सीमा। एक अन्वेषणात्मक भाव उसकी आँखों में भर गया।

"तुम्हें तो ज्ञात ही है कि कॉलेज के पश्चात मेरी वंदना से कभी भेंट नहीं हुई। उसका कोई पता ठिकाना हो तब ना, लेकिन मेरे लिए नहीं समाचार पत्र जिसके लिए मैं कार्य करती हूँ के पते पर एक पत्र आया था जो मेरे हाथ से गुजरा तो मुझे कुछ विचित्र सा लगा। न जाने कैसे पत्र का अन्तिम भाग ही ऑफिस तक पहुँच पाया। उसमें नाम तथा पता अंकित था। उसके अन्दर जो लिखा था उससे कुछ भी अनुमान लगाना असम्भव था। केवल वंदना नाम ही ऐसा था जिसने मेरे मन-मस्तिष्क को हिरन की भाँति चौकड़ी भरने को उकसाया।"

हम समाचार पत्र वालों का व्यवहार ही कुछ ऐसा बन जाता है कि किसी बात के मूल तक जब तक न पहुँचें तो चैन नहीं मिलता।

उस अधूरे पत्र के रहस्य ने मुझे अत्यधिक उत्कंठित व सर्तक कर दिया। मेरे

उस पते पर पहुँचने से पूर्व ही सम्बन्धित महिला वह स्थान त्याग चुकी थीं। यह आकस्मिक ही था कि पड़ोस की महिला उस समय अपने निवास से बाहर निकलीं। उनसे और तो कुछ ज्ञात नहीं हो सका लेकिन हाँ उन्होंने जो छायाचित्र दिखलाया उससे मैं पहचान पाई कि वह पत्र तो हमारी अपनी वंदना का ही था, उसके दो पुत्र भी स्पष्ट आभासित हो रहे थे। तत्पश्चात् मेरे हृदय में जो तूफ़ान उठा मैं व्यक्त नहीं कर सकती सीमा। मैंने सोचा था मुझे ना सही तुम्हें तो उसके जीवन की भूलभुलैया का मार्ग ज्ञात ही होगा। सभी तो मेरी तरह नहीं होते ना कि कभी किसी से मिलें ही नहीं। उसी दिन मैं भी अपने मन को समझ पाई कि आज भी तुम दोनों का मेरे हृदय में कौन से स्थान पर आधिपत्य है। आज तुम्हें यहाँ देखकर मन के सन्तोष का शब्दों में वर्णन नहीं कर सकती। सच सीमा तुम्हें तो वंदना के बारे बहुत कुछ जानकारी होगी," अपना हृदय खोल रचना मौन हो सीमा की ओर अपलक देखने लगी।

सीमा जो अभी तक रचना के मुख की लकीरों को पढ़ने में व्यस्त थी अपना मौन तोड़ते बोली, "तुम क्या वंदना से कभी नहीं मिलीं सच कहती हो?"

"हाँ, सत्य ही तो, मेरा काम ही कुछ ऐसा है जिसको लेकर समय-असमय घूमना पड़ता है। दूसरे उसका ठौर-ठिकाना भी तो नहीं ज्ञात है।"

रचना के चेहरे की बनती-बिगड़ती लकीरों को लक्षित करती सीमा ने कहा, "उसके पति से तो तुम्हारा परिचय है ही।"

"मेरा परिचय? नहीं तो, कब-किसने कराया?" हैरान होती रचना केवल सीमा की ओर देखती ही रह गई।

"अक्षत तो हमारे साथ ही कॉलेज में थे, तुम भली-भाँति जानती हो उन्हें," सीमा ने उत्तर दिया।

"अक्षत, वंदना के पति, यह कैसे हो सकता है?" इस बार आश्चर्यचकित होने की रचना की बारी थी।

"इसमें इतना आश्चर्य करने जैसा क्या है भला?"

"नहीं यह नहीं हो सकता, क्यों उपहास कर रही हो मेरे साथ? वंदना तो हमारे साथ कॉलेज में थी तो उसका पाणिग्रहण हो चुका था और अक्षत वह तो कुँआरे थे उस समय," जोर देते रचना ने उत्तर दिया।

"हाँ! यह सत्य है रचना उस समय वह कुँआरे थे किन्तु आज वही वंदना के पति हैं। यह उतना ही सत्य है जितना कि सूर्य का पूरब दिशा से उदय होना तथा पश्चिम में अस्त हो जाना।"

रचना उलझन में पड़ गई, "उसने तो कॉलेज में अपने पति का नाम सहदेव

लिखाया था मुझे भली प्रकार स्मरण है।''

''उस समय उसके पति का नाम सहदेव ही था। अक्षत से तो अभी कुछ वर्ष पूर्व ही विवाह किया है।''

''तब तो तुम्हें उसके सम्बन्ध में सभी कुछ ज्ञात होगा मुझे विस्तार से बतलाओ।''

''कॉलेज से निकलने के पश्चात एक बार वह अचानक ही सहदेव के साथ मेरे घर पर आ गई। मैं भी स्तम्भित हो गई कि बिना किसी पूर्व सूचना के यह कैसे आ गई। उन दोनों के सामने तो मैंने कुछ प्रकट नहीं किया किन्तु थी मैं भी हैरान-परेशान मेरे अपने घर का घुटन भरा वातावरण क्या किसी अतिथि का स्वागत करने योग्य था? उस पर भी एक पुरुष लेकिन भाग्य ने मेरा साथ उस समय दिया था कि सौम्य की माँ कहीं किसी सम्बन्धी के यहाँ कुछ दिनों के लिए गई हुई थीं वरना तो तुम्हें ज्ञात ही है उनकी प्रकृति यदि भूली नहीं होगी तो.........?''

भूलूँगी कैसे अभी एक दिन पूर्व ही तो भेंट हुई थी सौम्य की माँ से रचना ने मन में सोचा किन्तु प्रकट में कहा ''अच्छा सीमा कुछ विचित्र नहीं लगता कि ऐसे लोगों ने अपने पुत्र का नाम सौम्य रखा। सौम्य का अर्थ भी पता है क्या उन लोगों को?'' पुरानी घटना की छाया भी वह सीमा के मन पर अपनी ओर से पड़ने देना नहीं चाहती थी।

''कौन जाने किसी और ने ही नामकरण किया हो,'' मुस्करा दी सीमा।

''कहाँ पहुँच जाते हैं हम? बात तो वंदना की हो रही थी,'' मुस्कराते-मुस्कराते ही सीमा ने कहा।

हाँ तो वंदना उस दिन अचानक ही मेरे यहाँ पहुँच गई साथ में थे सहदेव उसके पति। रात में उनके सोने का प्रबन्ध पृथक कमरे में कर दिया। उन दिनों मेरे और सौम्य के अतिरिक्त घर पर कोई नहीं था। सास-ससुर किसी कार्यवश अपनी पुत्री के यहाँ शहर से बाहर गए हुए थे। मेरी अपनी पुत्री अपनी ननसाल में थी। प्रातःकालीन चायपान के पश्चात वंदना ने मुझे एक ओर बुलाकर सूचित किया कि ''मैं पानीपत जा रही हूँ तथा संध्या तक वापस लौट आऊँगी। सहदेव यही तुम लोगों के साथ रुक जाएँ तो तुम्हें कोई आपत्ति तो नहीं है?''

पानीपत के नाम से ही मैं चौंक पड़ी क्यों कि वह तो अक्षत का पैतृक निवास स्थान था।

मैंने पूछा, ''पानीपत क्यों? वहीं से तो तुम लोग आ रहे हो अभी?''

''आ तो मैं अपने मायके से रही हूँ,'' उसने उत्तर दिया।

"तो मायका तो पानीपत में ही है ना?" मैं अन्दर की बात जानना चाहती थी इसलिए कुछ घुमाकर प्रश्न किया।

"नहीं तो मायका तो आजकल रोहतक में हैं उसने सहज ही सरलता से उत्तर दिया।"

"तो पानीपत...........?" प्रश्न अधूरा छोड़ दिया मैंने।

आशय समझ उसने कहा," तुमसे क्या छुपाना सीमा वास्तव में हमारे पास झाँसी तक पहुँचने कि लिए पर्याप्त धनराशि नहीं है। वही लेने अक्षत के पास जाना पड़ रहा है। पहले तो सहदेव ने कुछ बतलाया नहीं। जब यहाँ तक पहुँच गए तभी बतलाया।"

"लेकिन क्या अक्षत के पास जाकर लाने में इन्हें कोई आपत्ति नहीं हैं?" एक और आश्चर्य मेरे सामने था।

सहदेव को तो मैंने यही कहा है कि "मैं अपनी एक मित्र के पास उधार लेने जा रही हूँ वहाँ पहुँच कर लौटा देंगे।"

"लेकिन इतनी दूर जाने के लिए कितना धन चाहिए इसकी व्यवस्था तो इन्हें करके चलना चाहिए था," मुझे यह व्यवहार कुछ अनुन्तरदायित्वपूर्ण लगा।

"छोड़ो इन बातों को। इन्होंने समझा होगा कि मेरे मायके वालों ने विदाई के समय कुछ दिया ही होगा। उसी से मार्ग का व्यय निकल आएगा," पति का पक्ष लेते वंदना ने उत्तर दिया। वह उनकी दुर्बलता को दूसरों के सामने अभेद्य ही रखना चाहती थी।

"इस प्रकार दूसरों के भरोसे........।" मैंने अधिक तर्क करना नहीं चाहा इससे उसकी भावना को भी तो ठेस पहुँचेगी मैंने सोचा।

"खैर जो भी है बताओ तुम को कितने रुपये चाहिएँ? मैं सौम्य से पूछ कर देखती हूँ यदि होंगे तो...तुम तो जानती हो मैं हिसाब-किताब के पचड़े में नहीं पड़ती इसलिए वही सब देखते हैं। इतनी दूर जाकर फिर लौटना.....और फिर सहदेव को यह भी तो लगेगा कि एक मित्र के घर पर होते किसी और से लेने क्यों जा रही है? अकारण ही सन्देह का कारण बन जाएगा।"

"दो सौ से काम चल जाएगा। मैं झाँसी पहुँचते ही लौटा दूँगी," संकोच दिखाते वंदना ने कहा।

"कह क्या रही हो तुम? लौटाने की बात तो मैंने की नहीं है।"

मैं नहीं जानती थी तब कि मैंने अनजाने ही एक बड़ा अपराध कर दिया है अक्षत से उसके मिलने का एक अच्छा अवसर वंदना के हाथ से छीन लिया।

सौम्य ने उन दिनों अपनी कोई पैतृक भूमि विक्रय की थी। सीमा को ज्ञात था कि पैसे का अभाव उन दिनेां सौम्य के पास नहीं है किन्तु परिवार की प्रकृति के जानते-समझते स्वयं कोई वचन अपनी मित्र को नहीं दे सकती थी। इतना अधिकार ही सौम्य ने उसे नहीं दिया था यद्यपि प्रेम का दावा तो अपनी आवश्यकताओं के समय अधिकार पूर्वक करते थे। निःसन्देह वह स्वयं तो उस दिन भी उतनी ही निर्धन थी जितनी कि विवाह के प्रथम दिवस पर थी।

डरते-डरते सीमा ने सौम्य से पूछा था,'' क्या तुम कुछ दिनों के लिए वंदना को दो सौ रूपये उधार दे सकते हो?''

जाने क्या सोच उन्होंने सुगमता से स्वीकृति दे दी। न केवल स्वीकृति दी अपितु तत्काल निकालकर सौ-सौ के दो नोट सीमा के हाथ पर धर दिए सीमा स्वयं स्तम्भित थी कि यह वैचित्र्य किस प्रकार घटा वरना तो सौम्य तो पैसा होने पर भी स्पष्ट मुकरते रहे हैं। सम्भव है अपनी झूठी शान बनाए रखना ही उनका उद्देश्य रहा हो। कितनी ही बार तो देखा है सीमा ने कि सौम्य के बटुवे में पर्याप्त रुपये होते थे किन्तु यदि सीमा किसी आवश्यकता के लिए माँगती थी तो कड़ाई से इनकार कर देते कि यह राशि तो उनके निजी आवश्यक कार्य के लिए है। दूसरे दिन ज्ञात होता कि वह समस्त पैसा रमी खेलने में गँवा दिया।

एक बार तो इतनी विवश हो गई सीमा कि उसके पास घर पर पहनने के लिए केवल एक सूती साड़ी थी। अतएव उसने नियम बनाया कि स्नान से पूर्व अपनी धोती धोकर सुखा दिया करेगी, जितनी देर में दूसरे कार्य सम्पन्न कर स्नान करेगी उतनी देरे में साड़ी का अधिकांश भाग सूख चुका होगा। शेष उसके शरीर पर आकर सूख ही जाएगा। दूसरी साड़ी तो क्रय कर ही नहीं सकती थी। सौम्य से कहा तो उन्होंनें बहाना बना टाल दिया।

दूसरे दिन सीमा ने खाली बटुवा खोजा तो बोले,'' किसी जेब कतरे ने साफ कर दिया।''

कुछ दिनों पश्चात जब सीमा अपनी अल्मारी का सामान ठीक करके लगा रही थी तो बटुआ सौम्य के कोट से निकला। देखकर वह हक्की-बक्की रह गई। जितना आघात उसे उस दिन लगा वह क्या जीवन भर भुलाया जा सकता था? उस दिन के पश्चात सीमा ने सौम्य से अपनी आवश्यकताएं प्रकट करना ही बन्द कर दिया। ऐसे पति का कोई स्त्री क्या करे जिसके पास अपने मनोरंजन के अतिरिक्त कोई कार्य करने को न हो, किसी के लिए कुछ विचारने को न हो। ऐसे पर्स से अपनी सखी की

आवश्यकता पूर्ति होना निश्चित ही विश्व का कोई नवीन आश्चर्य तो लगता ही।

जो पति पर्स भरा होने पर भी अपनी पत्नी की एक साड़ी का मूल्य देने के लिए स्पष्ट मुकर जाए...। तभी से सीमा ने सौम्य के साथ निकटता का सम्बन्ध समाप्त कर दिया। भूखी रहे अथवा नग्न या बीमार मौन ही रहती। उसका कथन था कि जो जीवन का अर्द्धांग कहलाता है उसके सामने भी गिड़गिड़ाना पड़े तो उससे अच्छा है कि कहीं सड़क पर अथवा किसी मन्दिर-मस्जिद के आगे भिक्षा का पात्र लेकर बैठ जाओ। आत्मसम्मान ही शेष नहीं रहा तो क्या....? जीवन का सुख एक मृगमरीचिका...........।

"कहाँ भटक गई सीमा?" कुछ देर उसको समाधिस्थ देख रचना ने प्रश्न किया।

चौंकते हुए सीमा ने उत्तर दिया," सत्य ही अतीत की किसी वादी में पहुँच गई थी हाँ तो मैंने दो सौ रुपये चुपचाप वंदना के हाथ में थमा दिए।

कृतज्ञता प्रकट करते एक बार फिर उसने कहा था," सीमा पहुँचते ही मैं मनिआर्डर करवा दूँगी चिन्ता न करना।"

उस दिन मैंने उसे मीठी सी घुड़की लगाई," मित्र हैं हम वंदना इसमें कृतज्ञता ज्ञापन जैसा तो कुछ भी नहीं। समय पर यदि सम्भव होने पर भी एक-दूसरे के काम न आ सके तो उस मित्रता का क्या लाभ? तब वंदना चुप हो गई। उसी दिन रात्रि को वे दोंनो झाँसी के लिए रवाना हो गए थे।"

"तत्पश्चात क्या फिर कभी नहीं मिले," रचना ने उत्सुकता से पूछा। वंदना को लेकर उसकी जिज्ञासा...........।

"मिले थे, उस दिन से लगभग दो वर्ष पश्चात एक दिन फिर वह अपने एक वर्षीय पुत्र के साथ मेरे यहाँ आई थी।"

"अकेली ही और सहदेव?"

"मैने अभी बतलाया तो कि अपने एक वर्षीय पुत्र के साथ आई थी। सहदेव की उस समय कोई चरचा ही नहीं हो पाई क्यों कि सौम्य तब घर पर ही थे।"

"मुझे कुछ पुस्तकों की आवश्यकता है सीमा! जो तुम्हारे पास हैं मैं जानती हूँ क्यों कि तुम्हारे पुस्तकालय में पिछली बार मैंने देखी थीं"

"मेरे पास यदि कुछ है तो उसके लिए तुम्हें संकोच क्यों पगली?

निःसंकोच कहो न," सीमा ने कहा।

उसे किसी परीक्षा की तैयारी करनी थी जिसके लिए उसने दिल्ली में ही किराए पर मकान ले लिया है उसने बतलाया था।

"लेकिन बच्चा? वह किसके पास रहेगा?" सीमा ने पूछा था।

"मैं अपनी माँ को अपने साथ ले आई हूँ। वही बच्चे की देख-रेख करती हैं। मैंने एक प्राइवेट स्कूल में नौकरी कर ली है।

वेतन तो अभी कम ही मिलता है किन्तु काम चल जाता है," उसने झिझकते से उत्तर दिया।

"और सहदेव तुम्हारे पति?" सीमा ने जिज्ञासा की।

"कभी दो-तीन इकट्ठी छुटियाँ होती हैं तो चक्कर लगा जाते हैं। झाँसी में काम करते हैं तो वहीं रहते हैं। पत्नी की उन्हें विशेष आवश्यकता नहीं है," वंदना ने निर्लिप्त-सी होकर उत्तर दिया।

सीमा को उसका उत्तर कुछ विचित्र सा लगा। अटकते से," विशेष आवश्यकता नहीं है पर आवश्यकता तो है ना और तुम्हें?" कहा सीमा ने पर उसका प्रश्न वायु में ही विलीन हो गया।

"मेरा वहाँ के वातावरण में दम घुटता है, रही आवश्यकता की बात तो यदि वही होती तो मैं यहाँ आकर क्यों रहती," कहकर वंदना के चेहरे पर रहस्यमयी मुस्कराहट तैर गई।

इससे अधिक ना उसने कुछ बतलाया ना सीमा ने ही कुछ पूछा। किसी के जीवन को अधिक कुरेदना वैसे भी सीमा को कम ही पसन्द है। हास्य के तौर पर उसने यूँ ही इस प्रकार बोल दिया होगा सीमा ने सोचा अन्यथा.....। या वह भी मेरी ही भाँति....। एक झलक तो सहदेव की भी देखी ही थी। सौम्य भी तो मेरे लिए नगण्य ही हैं । यदि समाज न होता तो वह भी.....। उनके साथ सहवास भी तो एक कष्टकारक विवशता ही है ऐसा ही उसके साथ भी कुछ.........। छोड़ो—उसने सर झटक कर अपने को संमेटा। और फिर रचना ने उत्कंठित हो प्रश्न किया। वह तो इस समय वंदना के सम्बन्ध में अधिकाधिक जानकारी चाहती थी।

"मैं कभी उसके निवास पर जा न सकी क्यों कि मेरी अपनी विवशताएँ थीं दूर-दराज के स्थानों पर जाने में समय भी तो बहुत लगता है न? लेकिन किसी से ज्ञात हुआ कि इस मध्य उसके एक और पुत्र ने जन्म् ले लिया था जो वहीं दिल्ली में उसके साथ था।"

उस दिन सीमा ने जो उपहास समझा वह उपहास न होकर कठोर सत्य था। "सम्भवतः वह मेरे पास अपना हृदय खोलना चाहती हो किन्तु मेरे घर में एकान्त का वातावरण नहीं मिला तथा वह अपने मन की बात कह नहीं सकी और मैं पूछ

नहीं सकी। उसका कष्ट मुझे आज भी सालता है रचना। हम लोग केवल कहने भर को मित्र रह गए हैं। किसी के भी अभीष्ट पलों में उसका साथ नहीं दे पाए क्या तुम्हें कभी ऐसा नहीं लगता?''

''लगता है सीमा बहुत बार लगता है। तभी तो केवल नाम की समानता ही मुझे उसके द्वार पर ले गई किन्तु उससे मिलकर उसका कष्ट कुछ हल कर पाती यह अवसर भी विधाता ने मुझे नहीं दिया।''

इतना कुछ कह-सुन लेने के पश्चात दोनों स्वयं में जैसे खो सी गईं। इतनी उलझनें थीं कि सीमा तो समझ ही नहीं पाई थी। जीवन क्या था क्या हो गया। रचना, वंदना, सीमा तीनों ही अच्छी घनिष्ठ मित्र रही हैं लेकिन समयाभाव व साधनाभाव के कारण एक-दूसरे के साथ घटित होने वाली सुखद अथवा दुखद घटनाओं की साक्षी होने से वंचित ही रहीं सदैव।

लेकिन रचना तो वंदना के जीवन का अद्यतन इतिहास जानना चाहती थी इसलिए उसी आशा-आकांक्षा से प्रतीक्षा करती सीमा की ओर निर्निमेष देखती रही। सीमा की दृष्टि उससे टकराई तो अर्थ समझ कर बोली,'' तदुपरान्त रचना कई वर्षों तक वंदना से मेरी कोई भेंट नहीं हुई। जीवन अपनी गति से चल रहा होगा यही उसने भी सोचा होगा तथा मैंने भी उसके लिए सोचा।''

× — × — × — × — ×

एक झटका खाकर रचना की तंद्रा भंग हुई तो उसने सीमा को अपनी ओर ताकते पाया। वह वंदना के जीवन में गोते लगाती कब झपकी ले बैठी ज्ञात ही नहीं हुआ। कई दिनों की भाग-दौड़ से वैसे ही थकी थी उस पर वंदना का तनाव।

''उसके बाद सीमा?'' प्रसंग का स्मरण करते पूछा।

''अब सो जाओ रचना,'' स्नेह से थपकते सीमा ने कहा।

''यदि तुम्हें आवश्यकता हो तो सो जाते हैं सीमा, वरना तो ये अमूल्य रात्रियाँ सोकर व्यतीत करने के लिए नहीं हैं न जाने फिर कभी कभी......। अभी इन तीन दिवसों में तीनों के जीवन का वहीखाता खोल कर देखना है,'' और मुस्करा दी।

''तो सुन, उसके लगभग चार वर्ष पश्चात एक दिन अचानक ही वंदना तथा अक्षत मुझ से मिलने आ पहुँचे। मुझसे मिलने का तो केवल नाम ही था अन्यथा अपने ही कार्य से आए थे।''

''अक्षत स्पष्टवादी खुले मन मस्तिष्क के स्वामी रहे हैं यह तो तुम भी जानती ही हो। वंदना के बीमार होने पर जब मैं हॉस्टल से अक्षत के निवास पर रात्रि भर

के लिए उसकी सुश्रुषा के लिए गई थी अथवा कहूँ कि उसकी सुरक्षा की भावना से गई थी तो उस दिन अक्षत तथा नलिन से अच्छा खासा परिचय हो गया था। देर रात्रि तक हम लोग सभी जागकर बातचीत में संलग्न रहे थे तभी से अक्षत भी अच्छे मित्रों की गणना में सम्मिलित हो गए थे। जितनी धनिष्ठता, तुम लोगों से रही उससे कम तो अक्षत से भी नहीं रही। नलिन से भी पत्राचार होता रहता। वह भी एक अच्छा व्यक्ति सिद्ध हुआ किन्तु कब किसके सम्बन्ध में किस कारण से विचार परिवर्तित करने पड़ जाएँगे शायद वह व्यक्ति स्वयं भी नहीं जानता होगा क्यों कि भवितव्यता को तो कोई भी जान समझ नहीं पाता।''

रचना इतनी देर से मौन रहकर केवल सुनती जा रही थी जैसे उसका पूर्ण शरीर कर्ण शक्ति बन गया हो। उस क्षणिक मौन के पश्चात सीमा क्या बोलेगी यह उत्कंठा तो थी ही। उसकी आँखें ही केवल प्रश्न बनी थीं अनेक प्रश्न।

उसका मस्तिष्क तो उस सुदूर अतीत में चला गया जिस दिन अक्षत वंदना के बीमार होने पर हॉस्टल से किसी को अपने निवास पर ले जाने के लिए आए थे जिससे वंदना पर रात्रि भर किसी पर पुरूष के यहाँ एकाकी रुकने का लांछन न लग सके। उसके मान सम्मान का ध्यान अक्षत ने उस दिन भी रखा था।

उस समय आकाश एकाएक पीत वर्ण हो गया था। पूरे दिन गर्म हवा के थपेड़ों ने जैसे झुलसा कर रख दिया। उसी दिन क्यों गर्म हवा तो कई दिन से झुलसा रही थी। पृथ्वी पर पाँव रखो तो जैसे ताज़े जले अँगारों पर रख दिया हो। हॉस्टल में कोई पंखा तक नहीं था। उस तपिश को सहने के अतिरिक्त कोई चारा न था।

वंदना, सीमा और रचना समीपतम ही एक घने वृक्ष की छाया की शरण में चले जाते जो वंदना के किसी सम्बन्धी के आँगन में लगा था। वहीं बैठकर पढ़ते तथा उस भीषण गर्मी का मुँह चिढ़ाते। वहाँ बैठने का एक लाभ और भी था वह यह कि गप-शप नहीं कर पाते थे। अनकहे ही वहाँ के बुजुर्गों का अंकुश उन्होंने स्वेच्छा से स्वीकार कर लिया था। उनका उन पर कोई विशेष अधिकार तो न था किन्तु यह समझ कर कि उन तीनों की चपल कार्य पद्धति से उन सम्मान योग्य वृद्धों का अनादर ही होगा चुपचाप शान्ति से कार्य करते रहते।

लेकिन उस दिन उसमें व्यतिक्रम आ गया। पढ़ाई के समय पर वंदना उनके साथ नहीं थी क्यो नहीं थी कारण उन दोनों को भी ज्ञात नहीं था। कॉलेज के बाद से ही वह कहीं दिखाई नहीं दी थी। न जाने कब चुपचाप उनके पास से खिसक गई और उसकी अनुपस्थिति में वहाँ जाना........

उस समय जब प्रकृति में अनायास ही परिवर्तन आ गया। आकाश पीत वर्ण हो

गया तथा वायु प्रचंड वेग से बहने लगा। भयंकर आँधी ने चराचर को घेर लिया तभी वार्डन के पास एक स्लिप लेकर चपरासी उपस्थित हुआ। रचना और सीमा उस समय उनके साथ ही थे। आओ कहकर वह मुख्य द्वार की ओर चल पडीं वे दोनों भी साथ चलीं। जाकर देखा तो द्वार पर अक्षत खड़े थे। रचना और सीमा के तो आश्चर्य का ठिकाना न रहा। अक्षत आप यहाँ? दोनों के मुख से एक साथ शब्द निकले।

"कहिए", वार्डन के नेत्रों ने प्रश्न किया।

औपचारिकता के पश्चात् अक्षत बोले, "मैड़म आपसे कुछ निवेदन करना है।

"निःसंकोच कहिए।"

"देखिए आप अनुचित न समझें किन्तु आपको सूचित करना मैं अपना कर्त्तव्य समझता हूँ।" कुछ कुछ संकुचित होते अक्षत ने अपने मंतव्य की भूमिका बनाई।

"आपका परिचय," वार्डन ने मध्य में रोककर ही पूछा।

"मेरा नाम अक्षत है, ये जो सीमा जी तथा रचना जी आपके साथ हैं मुझे पहचानती हैं। मैं इन्हीं का सहपाठी हूँ।"

"ठीक है, क्या कहना चाहते हैं स्पष्ट कहिए।"

"आज अपराह्न में कॉलेज से लौटते समय अनायास ही वंदना जी को चक्कर आने लगे, साथ ही वमन तथा शौच भी। डॉक्टर का परामर्श लिया है, इस समय पर्याप्त सुधार है किन्तु विश्राम कर रही हैं।"

" लेकिन वह है कहाँ? यह तो आपने अभी तक बतलाया नहीं," वार्डन का प्रश्न कुछ तीखे स्वर में था।

"वह मेरे घर पर हैं, मेरा कमरा उस समय समीपतम दूरी पर था इसलिए वहीं अपनी आकस्मिक आवश्यकता की पूर्ति करने के लिए रुक गईं," कुछ-कुछ घबराते से उन्होंने उत्तर दिया।

"उसी समय क्या आपको मुझे अथवा प्रिंसीपल को सूचित नहीं करना चाहिए था मिस्टर अक्षत? हॉस्टल के प्रत्येक विद्यार्थी के उपचार का दायित्व हम पर है, इतना तो आपको भी ज्ञात ही होगा," उन्होंने आक्रोश पूर्वक कहा।

"ज्ञात है मैड़म, किन्तु परिस्थिति कुछ इसी प्रकार की बन गई कि यहाँ तक आकर सूचित करना सम्भव न हो सका। उस समय हम लोग प्रोफेसर सुमेर के साथ थे। वह मेरे मामा लगते हैं। चाहें तो आप जानकारी ले सकती हैं। उन्हीं के आदेश पर ....," विनम्रता पूर्ण स्वर में अक्षत ने उत्तर दिया।

"चलिए मान लिया लेकिन सीमा और रचना ने तो मुझे कुछ नहीं बतलाया अभी तक भी। आप देख ही रहे हैं कि मेरे साथ हैं," और हैरानी से उन्होंने दोनों

की ओर देखा।

''कॉलेज से लौटते समय वंदना हमारे साथ नहीं थी,'' सीमा ने स्पष्ट किया।

कहानी कुछ अटपटी सी बनती जा रही थी। वार्डन ने चौंकते हुए उन से पूछा, ''क्या कहा? वंदना तुम लोगों के साथ नहीं थी, तो फिर कहाँ थी?''

''अक्षत बतला रहे हैं ना मैड़म कि वह उनके कमरे पर है,'' सीमा ने ही उत्तर दिया।

''कॉलेज से लौटते समय .... कॉलेज गई ही नहीं तो बीमार कब और कैसे हुई?'' कई प्रश्न वार्डन ने एक साथ ही उछाल दिए।

रचना तथा सीमा समझने के प्रयास में एक-दूसरे की ओर देख रहे थे किन्तु परिस्थिति की नज़ाकत को समझते उसे सँभालने की ख़ातिर सीमा ने ही उत्तर देना उचित समझा, रचना ऐसा कुछ ना कह बैठे कि उससे बात बिगड़ जाए इसलिए उसे मौन रहने का संकेत उसने किया।

उसने कहा, ''कॉलेज तो वंदना गई थी, हमारे साथ ही थी किन्तु अन्तिम पीरियड के पश्चात् वह प्रोफेसर सुमेर के कमरे में पिछले दिवस की कक्षा में लिए नोटस के सम्बन्ध में कुछ चर्चा करने के लिए हमसे कह कर गई थी अथवा कहूँ कि उस विषय की शंका निवारण के लिए उनसे मिलने गई थी। देखने में थोड़ी सुस्त ही लग रही थी। मैने कारण जानना चाहा तो, ''ठीक हूँ, कुछ नहीं हुआ है,'' कहकर बात को टाल दिया। आप तो जानती ही हैं कि अपने प्रति बहुत लापरवाह है वंदना।''

वार्डन की शंका का समाधान तो हो गया था किन्तु .... तभी वार्डन का स्वर कानों में पड़ा।

'' तो आप मुझसे क्या चाहते हैं मिस्टर अक्षत? वंदना को यहीं लिवा लाइये। मैं डॉक्टर का उपचार चलाती रहूँगी।यहाँ की सभी लड़कियों के भले-बुरे का उत्तरदायित्व मुझ पर है। आप निश्चित रहिए,'' वार्डन ने अपना निर्णय सुनाया किन्तु वह तो अक्षत की आशा के अनुरूप नहीं था।

कुछ क्षण विचार कर अक्षत बोले,''यदि वह यहाँ आने योग्य होतीं मैड़म तो मैं पहले ही छोड़ जाता समस्या तो यही है कि वह यहाँ आ नहीं सकतीं तथा वहाँ केवल हम दो लड़के रहते हैं। कोई महिला कर्मचारी भी हमने नहीं रखी हुई हैं वरना तो उसी को साथ रहने के लिए तैयार कर लेते। एक एकाकी लड़की वहाँ रहे तो. ....। स्वयं पर हमें विश्वास है, वंदना ज़ी पर भी है किन्तु सामाजिक औपचारिकताएँ तो निभानी ही पड़ती हैं ना,'' संकोच उनके स्वर में स्पष्ट झलक रहा था।

"मैं आपके लिए और क्या कर सकती हूँ बतलाइए। आप ही मार्ग समझाइए। यहाँ उपस्थित हुए हैं तो कोई योजना तो आपके मस्तिष्क ने अवश्य बनाई होगी। मैंने कुछ अनुचित तो नहीं कहा ना?" कुछ रुककर उन्होंने जोड़ा तथा साथ ही एक तीक्ष्ण दृष्टि अक्षत पर डाली।

"नहीं आपने कुछ भी अनुचित नहीं कहा किन्तु मैं जो कहना चाहता हूँ उसके लिए क्षमा करिए। मेरा सुझाव है कि यदि हॉस्टल से किसी को उनके पास भेज दिया जाए तो अच्छा रहेगा। किसी आकस्मिकता के लिए तो हम लोग वहाँ हैं ही इस शहर से पूर्णतया परिचित," हिचकते से अक्षत ने अपनी योजना प्रस्तुत की।

अक्षत की योजना को जान तो वार्डन दो डग पीछे हट गईं। इस प्रकार का अनुमान तो उन्होंने बिल्कुल ही नहीं किया था। कर सकतीं भी नहीं थीं। लड़कियों के लिए ही तो उन्हें वहाँ कॉलेज ने रखा है तथा उन्हीं को जान-बूझ कर भेड़ियों के सामने फेंक दूँ तो मुझे मूर्ख ही तो कहा जाएगा, उन्होंने गम्भीरता पूर्वक विचार किया किन्तु प्रकट में कहा–

"यह कैसे सम्भव हो सकता है मिस्टर अक्षत? लड़कियों को हॉस्टल से बाहर भेजने जैसा आदेश तो मुझे मिला नहीं है।"

"लेकिन मैड़म," अक्षत गिड़गिड़ाए।

जिस कार्य के लिए मुझे यहाँ रखा गया है उसके विपरीत चलूँगी तो मेरे यहाँ होने का क्या औचित्य? आप तो मेरी रोजी- रोटी ही छीन लेना चाहते हैं। आप जैसे भी हो वंदना को यहीं ले आइए। उसकी देखभाल का भार तो मुझ पर है ही," वार्डन ने अपनी विवशता प्रकट की।

"मैं तो पहले ही आपसे निवेदन कर चुका हूँ मैड़म कि आने योग्य होतीं तो मैं यहीं लाता। इतना बड़ा उत्तरदायित्व उठाने जैसा चाव तो मुझे भी नहीं है। कुछ भी प्रबन्ध करें, करना तो आपको ही पड़ेगा। कुछ घण्टों के लिए आप ही मेरे गरीबखाने को पवित्र कर दीजिए," अक्षत धीमें से मुस्कराए।

वार्डन पच्चीस-छब्बीस वर्ष की कुमारी ही थीं, अनुभवहीन बेचारी उलझन में पड़ गईं बोलीं," आपने तो मुझे विचित्र दुविधा में फँसा दिया। कोई भी राह तो दृष्टिगत नहीं होती। बिना आज्ञा तो मैं भी हॉस्टल नहीं छोड़ सकती। आप क्या समझते हैं यहाँ मेरा कोई दायित्व नहीं है? मैं भी तो नियम-कानून से बँधी हूँ।"

तभी अक्षत को मार्ग सुझाई दिया। सूझा तो निश्चित ही पहले भी होगा। सब पूर्व नियोजित ही होगा किन्तु कहने में हिचकिचाहट होगी, उन्होंने एक बार रचना और सीमा की ओर देखा फिर बोले–

''और कुछ न हो मैड़म तो रचना तथा सीमा जी को ही भेज दीजिए। ये दोनों उनकी सखी भी हैं। दो होने से किसी भय की आशंका आपको भी नहीं होगी,'' अक्षत ने गम्भीर मुद्रा बनाकर ही निवेदन किया।

''रचना को तो मैं कदापि नहीं भेज सकती। हाँ! सीमा यदि स्वयं जाना चाहे तो मुझे आपत्ति नहीं होगी। वह विवाहिता है, उत्तरदायित्व की समझ उसमें है मेरा ऐसा विचार है, लेकिन सूर्योदय के साथ ही उन दोनों को हॉस्टल में अपनी उपिस्थिति दिखानी पड़ेगी। मैं नहीं चाहती कि दूसरी लड़कियों को इनकी अनुपस्थिति के सम्बन्ध में ज्ञात हो तथा वे भी उदाहरण प्रस्तुत कर इस प्रकार का कोई लाभ उठाने का प्रयास करें यह गारंटी आपको लिखित में देनी पड़ेगी,'' उत्तर दे सीमा की सहमति के लिए वार्डन तथा अक्षत दोनों ने आशापूर्ण दृष्टि से उसकी ओर देखा।

''मुझे कोई आपत्ति नहीं हैं मैड़म, अपनी सखी के कष्ट में यदि उसके काम आ सकूँ तो हर्ष ही होगा। अक्षत तथा उनके साथ रहने वाले नलिन को मैं जानती हूँ सज्जन पुरूष हैं इन लोगों से भय का कोई कारण नहीं है,'' अपने उत्तर से वार्डन को आश्वस्त तथा भयमुक्त कर दिया।

''वंदना तथा तुम्हारा अपना दायित्व तुम पर है इसी बोध के साथ मैं तुम्हें इनके साथ जाने की अनुमति देती हूँ।''

अक्षत तो अतीव उल्लसित थे किन्तु सीमा को एक अनजाने संकोच ने जकड़ लिया। स्वयं में विश्वास संजोते उसने उत्तर दिया,'' आप आश्वस्त रहिए मैड़म अरूणोदय के साथ ही हम हॉस्टल में दिखाई देंगे। आपके ऊपर किसी प्रकार की कोई आँच नहीं आएगी,'' धन्यवाद करते सीमा अपने कमरे में तैयार होने चली गई। आवश्यक वस्तुएँ साथ ले वह अक्षत के साथ चल पड़ी।

निःसन्देह में स्मृति हूँ किन्तु पात्रों को बोलने की स्वतन्त्रता दे एक ओर हट गई हूँ जिससे आपना घटित वे स्वंय ही....। और आज रचना मुझे लेकर जकड़ी हुई है।

सीमा तो अक्षत के साथ चली गई किन्तु रचना को रात्रि के उस एकान्त में एकाकी शून्य में हाथ-पाँव पटकने के लिए छोड़ गई। इससे पूर्व मैंने वंदना को अक्षत के इतना समीप आते नहीं देखा रचना ने सोचा। अक्षत को उस दिन प्रथम बार देखा हो ऐसा भी नहीं था हमारा सहपाठी था नित्य ही कक्षा में दिखलाई पड़ता था परन्तु कभी वंदना की ओर दृष्टि उठाकर देखते तक भी मैंने नहीं देखा। अक्समात ही इतनी निकटता तथा अत्यधिक विश्वास तो नहीं किया जा सकता...............।

× — × — × — × — ×

लेकिन की यह पहेली उस दिन जीवन के उस छोर पर छूटी थी जो आज तक वैसी ही बनी थी। बनी ही रहती शायद यदि आज सीमा से भेंट ना होती।

सीमा आगे का कुछ वर्णन करती उससे पूर्व ही उसकी दृष्टि रचना की ओर उठ गई लेकिन वह तो न जाने किस स्वप्नलोक में पहुँच चुकी थी अतएव वह उसी की ओर टकटकी बाँधे देखती रही।

आज की रचना वह अल्हड़ लड़की तो रह नहीं गई सीमा ने सोचा जैसा कि हॉस्टल के उस कमरे में रहती थी। आज तो वह समाचार पत्र के लिए कार्य करती है न जाने किन-किन स्थितियों, से किन-किन घटनाओं से दो-चार होती होगी। निलय के सम्बन्ध में भी तो मौन ही है। उसके घावों को एक बार पुनः छेड़ना ही पड़ेगा वरना तो उस दर्द को कब तक अपने अन्तर्मन में संजोए रहेगी पगली। यदि अपनी सखी के साथ भी नहीं बाँटेगी तो फिर किसके साथ बाँटेगी किन्तु आज नहीं। कल तक जब कुछ संयत हो चुकी होगी तभी। आज तो वैसे भी वह वंदना की कथा ही लेकर बैठी है। वंदना के कष्ट ने उसे इतना कातर बना दिया है कि बस.......।

कुछ देर पश्चात स्वयं ही रचना हॉस्टल के उस अतीत से चौंककर उबरी तो सीमा को अपनी ओर अपलक ताकते पाया।

कुछ झेंपकर बोली,'' न जाने कहाँ पहुँच गई थी यही तो दोष है मुझ में सीमा।''

सीमा केवल मुस्करा भर दी बोली, ''यदि जागरण आरम्भ हो गया हो तो कुछ बोलूँ?''

''हाँ-हाँ क्यों नहीं, मैं तो जागरण में ही हूँ हम वंदना तथा अक्षत के सम्बन्ध में बात कर रहे थे ना,'' मुस्करा कर उसकी ओर देखा।

''हाँ तो मैं कह रही थी रचना! कि इधर-उधर की हाँकने के पश्चात ही वे अपने वास्तविक उद्देश्य पर आए।''

''वास्तविक उद्देश्य अर्थात?'' रचना ने प्रश्न कर अन्वेषक-दृष्टि से देखा। सीमा उस समय सोच में डूबी थी।

सीमा कुछ क्षण विचारती रही। समझ में नहीं आ रहा था कि कैसे कहे? उसे लग रहा था जैसे वह स्वयं किसी पापित योजना का भाग हो अथवा जो हुआ वह उसी के द्वारा रचा एक प्रपंच हो। रचना अपलक उसे देख रही थी अतएव उत्तर तो

देना ही था।

"अर्थात यही रचना कि वे दोनों परिणय सूत्र में बँधना चाह रहे थे लेकिन उसका साधन समझ में नहीं आ रहा था। वंदना ने भूमिका बाँधने का प्रयत्न किया।"

कहने लगी," सीमा तुम्हारे तो कई अधिवक्ता जानकार हैं ना, रिश्तेदार-मित्र?

"हैं तो लेकिन रिश्ते-नातेदारों की बात क्यों कर रही हो? सौम्य भी तो एक अधिवक्ता ही हैं लेकिन ऐसा क्या कार्य अटक गया जो वकीलों की आवश्यकता पड़ गई," मैंने चुटकी सी लेते कहा।

वह कुछ समय तक मौन रही तो मैंने ही फिर प्रोत्साहित करने के लिए कहा, "आप लोग तो पहेलियाँ सी बुझाते जा रहे हो स्पष्ट कहो न, मुझ से कैसी झिझक? मैं तो आप दोनों की ही मित्र हूँ यह बात क्या भूल गए?" मैंने अक्षत को सम्बोधित किया।

"सच कहती हो सीमा, आप तो हम दोनों की ही मित्र हो यह हम कैसे भूल सकते हैं? यदि भूल गए होते तो आज यहाँ आपसे सहायता के लिए बैठे न होते।"

मैं निर्निमेष उनकी ओर देख रही थी। तब अन्त में अक्षत ने ही स्पष्ट किया था—

"बात यह है सीमा यह जो आपकी मित्र है न अपराध बोध से ग्रसित है। मैं इतना समझाता हूँ कि जिन लोगों से अब कोई सम्बन्ध ही नहीं उनके लिए क्या सोचना? हम दोनों विवाह करना चाहते हैं लेकिन यही छोटी-सी बात कहने में न जाने क्यों झिझक रही है। यह कार्य आपके द्वारा ही सम्पन्न होगा हमने निर्णय किया है। हम तो किसी वकील को जानते नहीं और किसी अपरिचित के चक्कर में फँसना भी नहीं चाहते।"

"इस कार्य को तो सौम्य ही करवा देंगे लेकिन....." शंकाकुल हो सीमा ने कहा।

"लेकिन क्या सीमा?"

"यही कि एक पति के होते दूसरा विवाह तो सम्भव नहीं है। कानून इसकी आज्ञा नहीं देता। क्या तुम लोगों का तलाक़ हो चुका है?" मैंने वंदना की ओर देख प्रश्न किया।

"विधिवत कोर्ट द्वारा तलाक़ तो नहीं हुआ किन्तु हमारे यहाँ पंचायत का निर्णय ही मान्य होता है। पंचायत ने यह निर्णय दे दिया है कि मैं और सहदेव पृथक-पृथक किसी के साथ भी विवाह कर सकते हैं।"

"उसका कोई साक्ष्य यानि सर्टिफिकेट भी है?"

"देखता हूँ सीमा आप तो स्वयं ही कानूनविद हो फिर हमें किसी और की क्या आवश्यकता?" हँसते हुए अक्षत बोले।

"कानून जानने वालों के साथ रहते-रहते बहुत सी जानकारी तो हो ही जाती है," मुस्करा कर सीमा ने उत्तर दिया।

"पंचायत में लिखित निर्णय होता है। उन्होंने ही उसकी प्रतिलिपि बनावाकर दोनों पक्षों को दे दी है, जिससे शादी-विवाह में कोई अड़चन न आए।

शंकाकुल हो सीमा ने कहा "लेकिन वंदना की सन्तान?" एक आशंका ने उसके मन में करवट ली जिसे उनके सामने व्यक्त किया।

"सन्तान में दोनों ही पुत्र हैं। आज नहीं तो कल न्यायालय भी पिता के पक्ष में ही जाएगा इसलिए पिता की अपने पुत्रों को साथ रखने की प्रार्थना इसने स्वीकार कर ली है। वंशवृद्धि करने वालों को वे छोड़ने वाले तो थे नहीं। कौन जाने दूसरे विवाह से पुत्र प्राप्त हों न हों यह भय भी उन्हें सता रहा था," अक्षत ने स्पष्टीकरण दिया।

"आपकी सलाह मान वंदना ने उसका मान रखते हुए यह कदम तो उठा लिया किन्तु क्या उसके मन का निर्णय आपने जानना चाहा अक्षत? कोई भी माँ क्या सन्तान को त्याग कर शान्तचित्त रह सकती है? सन्तान ही तो एक ऐसी कड़ी है जो पति-पत्नी को परस्पर बाँध कर रखती है। उसी के कारण वह न जाने कितने अन्याय सहती है। उसके पालन-पोषण के लिए कोई भी उचित-अनुचित मार्ग अपनाने को तत्पर हो जाती है। अपने प्राण भी न्यौछावर करने पड़ें तो करती है। आज वही माँ.......।"

"हाँ सीमा! वंदना का अपना निर्णय भी यही है। मैंने अपनी इच्छा-अभिलाषा को उस पर थोपने का लेशमात्र भी प्रयास नहीं किया। यह सत्य है कि वंदना मुझे प्रथम दिवस से ही पसन्द है। उससे प्रेम भी करता हूँ किन्तु मैंने अपने प्रेम के लिए पति अथवा सन्तान के त्याग की आकांक्षा उससे कभी नहीं की। मैं तो यही विचार लेकर जीवन में चल रहा था कि मुझ से जो बन पड़े और वंदना के लिए कर सकूँ अवश्य करूँ। उसका प्रतिदान तो मैंने कभी चाहा नहीं, मांगा भी नहीं।

मेरे लिए प्रेम की परिभाषा त्याग है प्रतिदान नहीं। मैं ओशो के इस मत से शत-प्रतिशत सहमत हूँ कि," सन्तुष्टि भिखारी नहीं, राजा बनने में है। और प्यार में जब तुम देते हो तो राजा बन जाते हो।"

इस उत्तर के पश्चात तो सीमा के पास कोई शब्द शेष नहीं था। उसने एक सार्थक दृष्टि वंदना पर डाली। वंदना ने उसकी दृष्टि के प्रश्न को पढ़कर ही उत्तर

दिया," विवशता है सीमा अपनी ममता को सुलाकर ही रहना पड़ेगा।"

इससे अधिक तो सीमा उस सम्बन्ध में अक्षत की उपस्थिति में वंदना से बात नहीं कर पाई। वंदना भी तो स्पष्ट बोलने में संकट का अनुभव कर रही थी। किसी निकटतम के सामने भी जीवन के सभी पन्ने तो खोलकर नहीं रखे जा सकते और वह भी विशेषतया उस व्यक्ति के जो प्रेमी भी हो और पति बनने का सपना संजोए हो।

पुरुष प्रायः यही करते हैं कि जीवन के आरम्भ में पत्नी को अपनी चिकनी चुपड़ी बातों से लुभा, प्रेम की सौगन्ध दे उसके अतीत के सभी रहस्य जान लेते हैं तथा भविष्य में वही उनके द्वारा दी जाने वाली मानसिक-यातना का अथवा प्रताड़ना का कारण बन जाते हैं।

वंदना अनुभवी थी कोई नई नवेली अल्हड़ दुल्हन नहीं थी। किसी तो कटु परिस्थिति से अवश्य दो-चार हुई होगी जो उसे अपनी सन्तान तक को त्यागने का कठोर निर्णय लेना पड़ा। सीमा का हृदय उसके लिए स्नेह तथा सहानुभूति से ओत-प्रोत हो उठा। उसने एक वत्सल दृष्टि उस पर डाल निश्वास लिया। अक्षत को तो बालकों से उतना लगाव नहीं हो सकता था जो वंदना की ममता को तोल सकता यद्यपि उन्होंने वंदना के साथ ही बालकों को स्वीकार करने का वचन दे दिया था।

उन्होंने आश्वस्त किया था कि, "वंदना मैं पितृवत ही तुम्हारी और सहदेव की सन्तान का पालन करूँगा। मेरे जीवन को पूर्ण करने के लिए मुझे तुम्हारी आवश्यकता है। उसके लिए मैं कुछ भी करने अथवा सहने को तैयार हूँ।"

"ओह! तो इस प्रकार अक्षत की पत्नी बनी बाद में," रचना ने वंदना की पीड़ा को अनुभव करते कहा।

सीमा ने हँसते हुए कहा, "उस दिन तो पत्नी नहीं बनी। पत्नी बनवाने के लिए तो मुझे सौंदर्य को मनाना पड़ा।"

"सौंदर्य क्यों? क्या सौम्य ने इस कार्य के लिए .... ? और यह सौंदर्य क्या आश्चर्य हैं भाई। क्या मैं इनसे परिचित हूँ? मुझे कुछ स्मरण नहीं आता कि कभी अतीत में देखा है," आश्चर्य व्यक्त करते रचना ने उनके विषय में जानना चाहा।

"नहीं ऐसा नहीं है, वंदना ने स्वयं ही मुझसे अनुरोध किया था कि मैं सौम्य से इस सम्बन्ध में कुछ न कहूँ। किसी और अधिवक्ता से .... । यह तुम्हारे और मेरे दोनों के हित में होगा। कौन जाने कल को सौम्य तुम्हारे साथ मुझे लेकर तानाकशी करें अथवा सन्देह का कीड़ा अपने मन में पनपा लें अथवा हमारे मिलने में ही वाधा डालने लगें। पुरुष की उत्पत्ति ही सन्देह का कीड़ा साथ लेकर होती है। उनकी प्रकृति समझना क्या सुगम है? पल में तोला पल में माशा। समय व्यतीत

होने दो, सम्भव है अक्षत को ही सहदेव समझने लगें। एक बार ही तो देखा है। इतने वर्ष पूर्व देखी सूरत क्या उनकी स्मृति में बनी रहेगी।''

''मैने ही उसे आश्वस्त कर दिया था कि मेरे आग्रह पर सौंदर्य मान जाएँगे तथा इस घटना को किसी के सामने कभी नहीं उठाएँगे। सौंदर्य मेरे अच्छे मित्र हैं। गम्भीर, सज्जन तथा मनस्वी, अपने नाम के अनुरूप ही है उनकी प्रकृति।''

''लेकिन सौम्य की अनुपस्थिति में ही सौंदर्य से वार्ता करना। किसी भी दशा में सौम्य को पता नहीं चलना चाहिए, एक बार पुनः वंदना ने मुझे स्मरण कराया। मुझे तो स्वयं ही इस परिणय के कारण लज्जा एवं गिलानी का अनुभव हो रहा है। किसी और के सामने जो विशेषकर मुझसे परिचित हैं निकल भी नहीं पाऊँगी। अपने प्यारे-प्यारे बच्चों को छोड़कर विवाह रचाना, लगता है जैसे गो-हत्या कर रही हूँ,'' वंदना ने जोड़ा था।

अपनी इस मनः स्थिति का वर्णन उसने तब किया जब अक्षत चन्द मिनटों के लिए अनुपस्थित हो गए। उनके सामने तो कहना उनको ......। वह अक्षत के प्रति बहुत चौकस व सावधान थी।

''चिंता न करो वंदना तुम्हारी यह सखी तुम्हारे प्रत्येक दुःख-सुख में साथ है। हर स्थिति धीरे-धीरे सामान्य हो जाएगी। बच्चे तुम्हारे साथ नहीं हैं तो इसमें तुम दोनों का तो कोई दोष नहीं है। अक्षत भी तो उनका पालन-पोषण करने को तैयार थे और मुझे उनके शब्दों पर पूर्ण विश्वास है। मैं जानती हूँ वह अपने वचनों का दृढ़ता से पालन करने वाले व्यक्ति हैं। तुम्हारा सौभाग्य है कि तुम्हारा जीवन अब सुरक्षित बाहों की आश्रयस्थली में है। मैं भी तो अक्षत को आज से नहीं जानती। मेरी अनुभवी आँखें धोखा तो नहीं खा सकतीं। मैं आज ही अपितु अभी सौंदर्य से बात कर सूचित कर दूँगी। तदनुरूप तुम लोग अपने शेष कार्य निर्धारित कर लेना।''

मेरी आश्वस्ति के पश्चात् उस दिन वे दोनों चले गए। केवल एक कागजी खानापूर्ति करनी थी वरना तो साथ रह ही रहे थे। ऐसे ही चलते भी रहते यदि उन्हें अपने-अपने कार्यस्थलों पर पति-पत्नी का नाम कानूनी कागजों में जुड़वाना अथवा परिवर्तित करवाना न होता तो ......।

''अक्षत तो खैर अविवाहित थे किन्तु वंदना के तो पति के स्थान पर सहदेव ही सहदेव उपस्थित थे। विचित्र स्थिति बनी वंदना के साथ। एक माँ के लिए बालकों का त्याग कर प्रेमी को पति रूप में स्वीकारना,'' रचना ने वेदना-विगलित हो उच्छ्वास लिया।

''हाँ! है तो असम्भव सा ही रचना किन्तु संसार है यह न जाने किस-किस

के भाग्य की कौन सी त्रासदी उसके जीवन पटलपर चित्रित होगी,'' सीमा स्वयं ही जैसे क्षितिज पर भटक रही थी रचना को उस क्षण उसकी दशा से यही आभास हुआ

''लेकिन सीमा तुमने यह तो बतलाया नहीं कि तलाक़ का कारण क्या था?'' रचना की अन्वेषणात्मक प्रवृत्ति उसको शान्त नहीं रहने दे रही थी। पत्रकार के जीवन का मूल आधार.........।

मैं स्वयं भी तो आज तक इसी एक प्रश्न में उलझी हूँ। जब भी कभी उससे मिली हूँ ऐसा अवसर ही प्राप्त नहीं हुआ कि वंदना से कारण पूछ पाती। वैसे देखने में तो वह अक्षत के साथ उल्लसित ही होती थी। मेरा अनुमान है कि स्पष्ट कारण उसने अक्षत को भी नहीं बतलाया होगा ही। तलाक़ के बहुत से कारण होते हैं उन्हीं में से कोई.........। उसके उल्लास के पीछे की कहानी तो उसके अंतस को ही ज्ञात होगी।''

''और उनका परिणय तुमने करा दिया?''

''हाँ! सौंदर्य ने न्यायालय की सभी कार्यविधियाँ सुगमता पूर्वक करवा दी थीं इस क्षेत्र के तो अभिज्ञ ही हैं न वह। स्वयं उन्होंने भी तो इसी विधि से अपना वैवाहिक जीवन प्रारम्भ किया था,'' मुस्करा कर सीमा ने कहा।

इसी मंथन में उस दिन वे दोनों थकहार कर सोने का उपक्रम करने लगीं। प्रातःकाल से ही तो उन्हें अपने-अपने कार्यों में संलग्न हो जाना था। कौन जाने इसके पश्चात वार्ता को इतना समय मिलेगा अथवा नहीं। ये सभा-सेमिनार इत्यादि भी बहुत थकाऊ व्यापार होते हैं। सभी कार्य समय सीमा में बँधे रहते हैं। खैर जो भी हो-

× — × — × — × — × — ×

निद्रा क्या आमन्त्रण की प्रतीक्षा करती है। मन स्वस्थ है तो कभी भी कहीं भी आकर घेर लेती है लेकिन इसके विपरीत आकुल हृदय के साथ निद्रा का कोई सम्बन्ध नहीं है चाहे कोई कितनी भी मनुहार क्यों न करें तरसा-तरसा कर दूर-दूर से ही निकल जाती है। ठीक यही दशा रचना की थी। सीमा गहरी निद्रा में लीन हो चुकी थी किन्तु रचना क्या करे। उसे तो किसी करवट भी चैन नहीं है। वंदना के पुत्र रह-रहकर उसके नेत्रों के सन्मुख आकर खड़े हो जाते।

यह घटना जिन दिनों की है तब तो उसे वंदना के सम्बन्ध में कुछ भी ज्ञात नहीं था किन्तु आज जब बहुत कुछ जान चुकी है तो उसने गणित लगाया कि वंदना के अक्षत के विवाह के पश्चात ही का समय था वह। अपनी पूर्व सन्तान को वह

त्याग चुकी थी। पिता को चाहे कोई अन्तर न पड़ा हो किन्तु पुत्र के मन में जिस कुंठा ने घर कर लिया था उसको रचना ने बहुत ही समीप से जाना-समझा। निश्चित ही वह निबन्ध वंदना के बड़े पुत्र द्वारा लिखा गया था। बालक की उस ग्रन्थि को यदि वंदना देख पाती तो............।

रचना विगत की उस सुरंग में गहरी और गहरी धँसती चली गई। क्या सीमा को जगाऊँ? उसने सोचा किन्तु अन्ततः यही निर्णय किया कि सोने दो बाद में बता दूँगी इस घटना के सम्बन्ध में।

रचना ने मन ही मन स्मरण किया कि उस समय देश की क्या दशा थी तथा समाज का क्या विचार था। उसने सोचा-

हमारे देश में गोधन का एक उच्च स्थान है गोधन ही क्यों पशुधन ही महत्वपूर्ण है। पशुओं का सहयोग पाकर मानव ने बहुत कुछ उपलब्ध किया है जैसे बैल, भैंस, घोड़ा, ऊँट, हाथी, भेंड़, बकरी तथा और भी छोटे-बड़े पशु उसके काम आते हैं। गाय को तो माता के समान ही आदर दिया जाता है क्यों कि माँ की अनुपस्थिति में गाय के दूध पर ही बालक का पालन-पोषण होता है।

हिन्दू सनातन धर्म में मान्यता है कि गाय के शरीर में तैंतीस करोड़ देवताओं का वास है इसलिए उसकी पूजा की जाती है। पितृपक्ष में चौके की प्रथम रोटी गाय के लिए ही निकाली जाती है। पितृपक्ष ही क्यों कितने ही परिवारों में तो नित्य ही पहली रोटी गाय के नाम की होती है और उसी गाय का माँस पकाया जाए हिन्दू धर्म को सहन नहीं।

यूँ तो माँसाहारी होना ही क्रूरता की निशानी माना जाता है, उस पर भी गोमाँस धिक्कार है जनसमूह को, इसी विचार को परिपुष्ट करने हेतु उन दिनों गोरक्षा आन्दोलन अपने चरम पर था। चारों ओर देश में गाय को लेकर ही चरचा सुनने को मिलती तो ऐसे में समाचार पत्र 'दैनिक प्रकाश' शान्त कैसे रह सकता था?

"दैनिक प्रकाश" की तो यूँ भी अग्रणी समाचार पत्रों में गणना होती है। कभी निबन्ध प्रतियोगिता कभी चित्रकला प्रतियोगिता तो कभी संसद कार्यवाही तो कभी कविता-कहानी प्रतियोगिता जैसे कार्यक्रम निर्धारित करता रहता। यही कारण था कि उसके पाठकों की संख्या में निरन्तर वृद्धि होती जाती थी। यह प्रतियोगिताएँ पृथक-पृथक आयुवर्गों के लिए होतीं जिससे किसी भी आयु के बालक को निराश न होना पड़े। तीन-तीन पारितोषिक प्रथम, द्वितीय तथा तृतीय वर्ग के लिए होता।

'दैनिक प्रकाश' की विज्ञापनों द्वारा इतनी अधिक आय होती कि उस अल्प से व्यय से उसको कोई अन्तर नहीं पड़ता लेकिन प्रतिष्ठा अवश्य बढ़ जाती। इस

प्रकार देखा जाए तो समाचारपत्र के स्वामियों की दूरदृष्टि ही दिखाई देगी। यह भी उसकी आय में वृद्धि करने का ही एक साधन है। दूर-दराज से सम्मिलित होने वाले प्रतिभागिओं के लिए समीपवर्ती प्रान्तों में ही आयोजन होता। समय तथा आर्थिक स्थितियाँ किसी बालक को हताश न कर पाएँ यही 'दैनिक प्रकाश' ने अपना उद्देश्य बना लिया।

आज का बालक ही तो भावी कर्णधार बनेगा ऐसा समाचार पत्र के स्वामियों का विचार था। मक्खन प्राप्त करने के लिए जिस प्रकार दुग्ध निर्मित दही को मथना पड़ता है उसी प्रकार सम्पूर्ण देश के बालजगत के मनोमंथन से वह चुन-चुन कर हीरे इक्ठा करने का प्रयास करते ही रहते। दृढ़ नींव पर ही तो किसी ऐसी भव्य इमारत का निर्माण सम्भव होता है जो शताब्दियों तक देश का माथा ऊँचा रखने का गौरव प्राप्त करती है।

इसी लक्ष्य की प्राप्ति के लिए उत्तरप्रदेश का दायित्व रचना को सौंपा गया। राजधानी लखनऊ में प्रतियोगिता का आयोजन किया गया विषय था वही गोरक्षा। अपने-अपने विचारानुसार तथा कल्पनानुसार गाय का चित्र बना तत्सम्बन्धी कुछ पंक्तियाँ लिखनी थीं।

रचना एक पत्रकार है कहना नहीं उचित होगा कि पत्रकारिता का प्रशिक्षण ले रही है। प्रायः भिन्न-भिन्न आयु व भिन्न-भिन्न क्षेत्र के लोगों से साक्षात्कार करना ही उसके प्रशिक्षण का इस वर्ष का भाग है।

'दैनिक प्रकाश' में लगभग दो सप्ताह पूर्व ही प्रतियोगिता के सम्बन्ध में सूचना दे दी जाती। प्रतिभागी उसमें छपी स्लिप को काटकर अपना नाम, पता, आयु व स्थान व विद्यालय का नाम आदि की प्रविष्टियाँ भरकर समाचार पत्र को भेज देते। निर्णायक मंडल केन्द्र में ही होता।

निर्णायक मंडल में इस बार दो शिक्षक, एक पत्रकार व एक समाज सेवक था। सभी केन्द्रों से सामग्री मुख्य केन्द्र में आनी थी। निर्णायक मंडल उनका निरीक्षण कर अपना निर्णय देगा तभी प्रतिभागियों को परिणाम से अवगत करा उन्हें पारितोषिक भेजा जाना था।

रचना अपने लिए नियत स्थान पर पूर्व रात्रि को ही पहुँच गई। आयोजन के लिए एक बड़ा सा सभागार था जिसमें चालीस से पचास बालक तक खुलकर बैठ सकते थे। उन्हें अपने साथ कोई सामग्री लाने की आवश्यकता न थी। ड्राईंगशीट, ब्रश, रंग व ट्रे का प्रबन्ध आयोजन कर्ताओं की ओर से था।

आठ से बारह वर्ष की आयु वर्ग के उनतीस बालकों ने भाग लिया। दूसरे आयु

वर्ग के विद्यार्थी भी थे किन्तु इस कथानक का सूत्रपात करने वाला इसी वर्ग का था।

दूसरों ने जो किया उसका घटना से कोई सम्बन्ध नहीं है। निर्णायकों द्वारा जिसे प्रथम घोषित किया गया उसका नाम 'आभास' था। उसके विचारों ने निर्णायकों को अत्यन्त प्रभावित किया हो ऐसा नहीं है, किन्तु उसके ज्वलन्त क्रान्तिकारी विचारों ने निर्णायक मंडल को चकित कर दिया। उसके मनोमंथन ने उस प्रतियोगिता में जो परोसा, उसके जीवन को नष्ट-भ्रष्ट न करदे यही बाल-मनोज्ञाता शिक्षकों की राय थी। जितनी हताशा उसके अन्तःस्तल को घेरे है, वह घनीभूत ना हो इसलिए उसको प्रथम घोषित किया गया। 'आभास' द्वारा पोषित ग्रन्थि को समूल उखाड़ फेंकना चाहिए, एक बालक के भविष्य का प्रश्न है। यदि इतना कार्य 'दैनिक प्रकाश' न कर सके तो उसका सम्पूर्ण आयोजन ही व्यर्थ है।

स्वयं रचना को ही उसका पुरस्कार लेकर जाने का आदेश हुआ जिससे वह 'अभास' के छोटे से जीवन का विवरण भी प्राप्त कर सके।

'आभास' ने अपनी शीट में गाय के साथ दो बच्चों का चित्र बनाया था। एक बच्चा कुछ बड़ा था दूसरा छोटा किन्तु वह अपने बच्चों को दुग्धपान कराने की अपेक्षा उनको अपनी टाँग तथा सींग द्वारा दुत्कार रही थी। वह अपने लिए निश्चित स्थान पर बँधी न रहकर रस्सी तुड़ा भागती दिखाई गई थी। आगे चलकर वह भोजन के लिए यत्र-तत्र भटक रही थी। जो दो-चार पँक्तियाँ लिखनी थीं उनमें उसने लिखा–

''गाय हमारी माता है जो अपने खूँटे से बँधी न रहकर इधर-उधर आवाराओं की तरह गन्द में मुँह मारती फिरती है। दो-चार के झुण्ड के साथ चौराहों पर बैठ जाती है, जिससे आवागमन अस्त-व्यस्त हो जाता है किन्तु उसे वही पसन्द आता है बाज़ारू औरतों की तरह।''

सभी सदस्य एक बालक द्वारा प्रस्तुत इस अभूतपूर्व, अभिव्यक्ति से विस्मित एवं चकित थे। एक छोटे से बालक के इतने परिपक्व एवं विषाक्त विचार यही दर्शाते हैं कि अवश्य ही उसके अल्प जीवन में कुछ अघट्य घटित हुआ है। जानना आवश्यक है और इसी हेतु रचना को आदेश हुआ कि 'आभास' के जीवन के सम्बन्ध में गहन खोजबीन करे।

रचना ने सम्बन्धित पेपरों से उसका पता नोट किया। वह लखनऊ के समीपवर्ती छोटे से शहर का निवासी था।

'बस' द्वारा दूसरे दिन रचना 'अभास' के निवास पर पहुँची। निवास स्थान खोजने में उसे विशेष कठिनाई नहीं हुई। उस छोटे शहर में उसके पिता सहदेव के

नाम से सभी परिचित थे। पैदल चलकर ही उसे वहाँ पहुँचना पड़ा।

मकान का बाहरी द्वार बन्द था। बारम्बार खटखटाने के पश्चात् लगभग सत्ताईस-अट्ठाईस वर्ष की मध्यम नाक-नक्श की महिला ने बड़बडाते हुए द्वार खोला। रचना को देख एक बार तो उसने नाक-भौंह सिकोड़े लेकिन न जाने फिर क्या सोचकर पूछा—

"क्या काम है?"

"जी यदि आप अन्यथा न समझें तो हम अन्दर बैठकर बात करें," रचना ने शिष्टता पूर्वक उत्तर दिया।

उक्त महिला के उदण्ड़ हाव-भावों को उसने अनदेखा कर दिया। यह तो वैसे भी उसके कार्यक्षेत्र का एक अनिवार्य अंग था। यदि लोगों के व्यवहार के कारण अपने मान-सम्मान अहम् को महत्व देने लगें तो सहस्त्रों झंझट खड़े हो जाएँ।

युवती के पास मार्ग देने के अतिरिक्त कोई चारा न था किन्तु उसकी झिझक बतला रही थी कि किसी अपरिचित का उस समय घर पर आना उसे पसन्द नहीं आया।

एक महिला को एक महिला से भय क्यों? यह उस समय मेरी समझ से परे था। कुछ तो है, एक रहस्य का ताना-बाना सा उस भवन में पुरा हुआ था। एक चारपाई पर आँगन में ही बैठा उसने पुनः वही प्रश्न दोहराया।

"अब तो बतलाओ क्या काम है? कहाँ से आई हो? किसके लिए आई हो? हम तो तुम्हें जानते-पहचानते नहीं," स्वर में कुछ कर्कशता मिश्रित थी।

"एक साथ इतने प्रश्न? बाप रे!" मुस्करा कर रचना ने उत्तर दिया।

"बैठ जाइए आप भी, एक-एक कर मैं आपके समस्त प्रश्नों का उत्तर दे आपकी जिज्ञासा शान्त कर दूँगी, निश्चिन्त रहिए, मुझसे भयभीत होने की आवश्यकता नहीं है," रचना ने उसके भय को समझते कहा।

महिला उसी चारपाई के एक कोने पर टिक गई, इस प्रकार कि अनायास ही उठकर भागना पड़े तो कोई कठिनाई न हो, किन्तु उसकी दृष्टि निर्निमेष रचना पर टिकी थी। कुछ-कुछ अविश्वासी से वातावरण से रचना का माथा ठनका फिर भी स्वयं को संयत करते बोलना आरम्भ किया—

"देखिए आप लोग मुझे नहीं जानते यह सत्य है। मैं आभास जो आप ही का बालक है का पारितोषिक देने आई हूँ। उसने 'दैनिक प्रकाश' द्वारा होने वाली चित्रकला प्रतियोगिता में भाग लिया था यह तो आपको विदित होगा ही," अपने शब्दों पर दवाब बनाते रचना ने तिरछी दृष्टि से उसकी ओर ताकने लगा कि उसको

पारितोषिक की सूचना से कोई प्रसन्नता नहीं हुई।

"ठीक हैं, जो लाई हो मुझे दे जाओ मैं दे दूँगी।"

"यह तो आभास ही को दे सकती हूँ उसको यहीं बुलवा दीजिए। घर पर और कौन-कौन हैं उनसे भी मिलना चाहती हूँ। मुझे अपने समाचार पत्र की ओर से यही आदेश हैं।"

उक्त महिला के धैर्य का बाँध टूट गया वह और अधिक समय तक स्वयं को संयमित न रख सकीं फूट पडीं।

"देखो जी देना हो दो, ना देना हो अपना रास्ता नापो। मुझे नहीं पता किसी आभास-पाभास का। वह मेरा बेटा नहीं है, उसने कटुता से उत्तर दिया। "तब जिनका है उन्हीं को बुलवा दीजिए," नम्रता से रचना ने उत्तर दिया।

"उसकी माँ का भी मुझे नहीं पता, कौन जाने कहाँ मुँह मारती फिरती है। दो-दो पिल्लों को पैदा करके मेरे सर पर पटक दिया," उसके स्वर की कर्कशता में हृदय की समस्त कटुता चटक कर बाहर आ गई।

"आप क्या लगती हैं आभास की?" रचना ने साहस कर पूछ ही लिया।

"उसके बाप ने इन पिल्लों को पालने के लिए विवाह कर घर में लाकर पटक दिया। पहले जानती तो............।"

उसके आक्रोश ने अभी परतें खोलनी शुरू ही की थीं कि एक वृद्ध पुरुष व एक महिला किसी अन्दर के कमरे से बाहर निकले क्यों कि आँगन के सामने वाले कमरे में तो कोई था नहीं। इतनी देर से तो रचना सामने ही बैठी है।

महिला की आयु तीस वर्ष के लगभग होगी तथा पुरुष की साठ-पैंसठ के मध्य किन्तु सुडौल व हृष्ट पुष्ट दृष्टिगत हो रहे थे। महिला कुछ सहमी व थकी सी थीं। किसी अपरिचित का घर में होना उन दोनों को भी खटका। एक अनापेक्षित सा कार्य, जैसे घर में कोई आता-जाता न हो। ऐसे में रचना की उपस्थिति........। एक घुटन भरा सा वातावरण था। उस परिवेश के कारण रचना को आभास के जीवन का कुछ-कुछ अनुमान हो रहा था। उनमें से वृद्ध ने कुपित-सी दृष्टि रचना पर डाली तथा एक कड़कदार स्वर में प्रश्न किया।

"कौन है तू? किसने तुझे यहाँ आने का निमन्त्रण दिया? मेरी आज्ञा के बिना यहाँ अन्दर घुसी भी कैसे?"

आभास की विमाता भय से काँप रही थी। एक कातर दृष्टि उसने सहाथतार्थ रचना पर डाली।

रचना के कार्य में भिन्न-भिन्न प्रवृत्ति के मानवों से पाला पड़ता है किन्तु

इस प्रकार के पशुवत व्यवहार से कभी दो-चार नहीं हुई। ऐसे परिवार में कोई भद्र महिला भी रह सकती है उसे आश्चर्य हुआ? उसने संक्षेप में अपना परिचय देते, आने का कारण बतलाया तथा उन वृद्ध महाशय का परिचय जानना चाहा। सम्भवतः वही उस गृह-परिवार के मुख्य संरक्षक थे।'' क्या करेगी तू हमारे सम्बन्ध ा में छापकर बोल,'' इस प्रकार बोले जैसे किसी कुश्ती के अखाड़े में द्वन्द्व युद्ध के लिए उतर रहे हों।

''हाँ बता अखबार वाली है तो क्या अखबार में छापेगी? चल जा यहाँ से नौ दो-ग्यारह हो। आई है मेरे पोतों को बिगाड़ने।''

अपमान के घूँट को अन्दर-ही-अन्दर पी गई रचना उसने और अधिक देर वहाँ रुकना उचित नहीं समझा वैसे भी उसका श्वास जैसे अवरुद्ध हो रहा था। आभास की विमाता कुछ और कहना चाहती थी। उसकी प्रारम्भ की कटुता का बनावटी खोल उतर चुका था। सम्भवतः एक अन्तराल से छटपटाती उसकी अन्तर्आत्मा के ज्वालामुखी का लावा अवसर पा बाहर निकलना चाहता हो लेकिन व्यर्थ।

रचना ने आस-पास के पड़ोसियों से उस परिवार के सम्बन्ध में सूचना एकत्रित करने का एक असफल प्रयास और किया परन्तु प्रत्येक द्वार से उसे कोई-न-कोई बहाना बना टाल दिया गया। उसे लगा जैसे वे लोग मधुमक्खी का भयानक छत्ता हों, उसे छेड़ कर कोई भी स्वयं को कटवाने का आकांक्षी नहीं था। उस छोटे से शहर के शंहशाह के लिए कोई भी अपना मुख खोल स्वयं को साँसत में डालना नहीं चाहता था। ऐसे विषाक्त वातावरण में पलने वाले बालक के विचारों का औचित्य कुछ तो समझ में आ ही सकता था।

पारितोषिक तो उसे आभास के हाथ में ही सौंपना था। चित्र उसी द्वारा बनाया गया था इसलिए साक्षात्कार तो उसी का लेना आवश्यक था वैसे भी उससे वार्ता करने की रचना की उत्कृष्ट अभिलाषा थी। घर पर तो वह वहाँ के परिवेश की थाह भर लेने गई थी।

विद्यालय का पता उसके पास नोट था इसलिए वहाँ पहुँचने में कोई असुविधा नहीं हुई। वहाँ पहुँचने पर कक्षा अध्यापक व प्रधानाचार्य ने प्रफुल्लता पूर्वक उसका स्वागत किया। उनकी पाठशाला का तो नाम ही उज्जवल कर दिया आभास ने। समाचार पत्र में छपने का गौरव जो प्राप्त हुआ था। गर्व उनकी आँखों व बातों से छलका पड़ रहा था। अब तक की समस्त कड़वाहट धुल चुकी थी।

अध्यापकों की उपस्थिति में आभास को पारितोषिक थमा उसने उसके व प्रधानाचार्य के हस्ताक्षर लिए। तत्पश्चात् उसे पृथक ले जाकर सम्भाषण करने की अनुमति प्राप्त

की। किसी को भी इसमें क्या आपत्ति हो सकती थी। आभास के विचारों की सघनता से किसी को कोई सरोकार न था। वहाँ तो सब अपने ही गर्व गौरव में फूले नहीं समा रहे थे। उसके कृतित्व से विद्यालय ही नहीं उनके अपने मान-सम्मान में भी तो वृद्धि हुई थी।

रचना के निष्कपट स्नेह ने आभास को अपनी माँ तथा परिवार के सम्बन्ध में वार्ता करने को प्रोत्साहित किया। प्रथम पारितोषिक ने उसके विचारों की सार्थकता को प्रश्रय दिया।

आभास के कन्धे पर हाथ रख दृष्टिमिलन सहित रचाना ने प्रश्न किया, "तुम्हारी माँ का क्या नाम है बेटा?"

"जब आम ही नहीं खाने तो पेड़ों की गिनती करने से क्या लाभ है आन्टी, आप ही बतलाइए क्या मैं अनुचित कह रहा हूँ?"

उत्तर की अपेक्षा उसने प्रतिप्रश्न ही कर डाला। उसके कथन में प्रौढ़ता व उदण्डता दोनों का मिश्रण था।

"तुम्हारा कथन शत-प्रतिशत सही है व सत्य है किन्तु फिर भी मैं जानना चाहती हूँ क्यों कि तुमने मुझे आन्टी कहा ना इसलिए," रचना हतोत्साहित होना नहीं चाहती थी। बालक के मन की गहराई में तो झाँकना ही पड़ेगा वरना उसकी यहाँ तक की दौड़ ही व्यर्थ हो जाएगी।

"पूरा नाम तो मैं नहीं जानता किन्तु जब मैं बहुत छोटा था तो बन्दू-बन्दू पुकारते ही सुना था मैने," उसने झिझकते-झिझकते, अटक-अटक कर ही उत्तर दिया जैसे वह माँ के सम्बन्ध में कोई वार्ता करना ही न चाहता हो।

"तुम्हारे साथ रहती हैं तो फिर तुम ऐसे क्यों बोल रहे हो?" फिर एक अर्थपूर्ण दृष्टि उसकी ओर डाली।

"हमारे साथ रहती हैं, आपको किसने कहा?" कुछ उन्मुने से हो आभास ने उत्तर दिया।

"सभी की माँएँ तो साथ रहती हैं इसलिए तुम्हारी भी ....।"

"सबकी रहती होंगी लेकिन मेरी नहीं," माँ के सम्बन्ध में वह अधिक बात करना ही नहीं चाहता था। बहुत बड़ा आघात उसके बचपन ने झेला हो जैसे।

रचना ने वार्ता का रुख परिवर्तित करते पूछा, "अच्छा अभास! यह तो बतलाओ कि घर पर तुम्हारे साथ कौन-कौन रहता है?"

"मेरे दादा, मेरे पिता के बड़े भाई, उनकी पत्नी, मेरे पिता की पत्नी व मेरा

छोटा भाई प्रभात।''

आभास के परिवार का परिचय देते समय रचना को उसके मुख के परिवर्तित होते भावों से लगा कि जैसे कोई कड़वी-कसैली वस्तु उसके मुख में चली गई हो तथा सारा आस्वाद ही समाप्त हो गया हो।

स्वयं के साथ वह कोई भी सम्बन्ध जोड़ना नहीं चाहता था फिर भी मेरे शब्द लगाने में उसे अत्यन्त कष्ट का अनुभव हो रहा था। कीचड़ में रहते भी कमल की भाँति अपने को अछूता रखने का प्रयास।

''पिता की पत्नी तो तुम्हारी माता ही हुई,'' कह एक तीक्ष्ण वार रचना ने उस पर किया। वह चाहती थी कि उसके हृदय की संचित कटुता रचना पर उँडेल वह रिक्त हो जाए। जमा हुआ समस्त लावा पिघल-पिघल कर बह जाए।

''नहीं वह मेरी माँ नहीं है। सत्य तो यह है कि मेरी कोई माँ है ही नहीं। लोग समझते हैं कि मैं माँ के बिना सर पटक-पटक कर मर जाऊँगा,''कह उसने रचना की ओर देखा तथा व्यंगात्मक मुस्कराहट चेहरे पर फैल गई ''देखना मैं कितनी ऊँचाई पर पहुँच कर दिखाऊँगा और प्रभात को भी अपने साथ ले जाऊँगा। उसका भी तो मेरे अतिरिक्त कोई नहीं है। आपने आक का पौधा देखा है आन्टी?'' अनापेक्षित ढंग से अनायास ही उसने प्रश्न कर डाला।

गर्दन हिलाकर 'हाँ' की स्वीकृति रचना ने दी तो उसने जोड़ा ''जैसे वह अनसींचे ही विपरीत परिस्थितियों में बढ़ जाता है वैसे ही मैं और प्रभात भी......,''मध्य में ही बात उसने छोड़ दी।

और उस दिन रचना को अपनी खिड़की के सामने वाली दीवार पर उगी उस पीपल की डण्डी का स्मरण हो आया। लगभग नित्य ही वह उसको देख लेती जब घर पर होती थी। एक जुड़ाव सा उसके साथ रचना को अनुभव होता परन्तु कितने दिन? ग्रीष्म की झुलसा देने वाली आतप ने तो उसे भी झुलसा कर नष्ट कर ही दिया। उसका एकाकी अस्तित्व पर्याप्त लम्बाई तक बढ़ जाने पर भी समाप्त हो ही गया। कब तक लड़ता बेचारा आँधी-तूफान तथा धूप की तपिश से। प्रणव करे कि आभास का निश्चय पूर्ण रूपेण फलीभूत हो जाए।

आभास के साथ सम्भाषण में वह अपना वास्तविक उद्देश्य तो अभी तक स्पष्ट नहीं कर पाई। उसकी मुख्य जिज्ञासा का कारण तो आभास का गाय से बाज़ारू औरत की तुलना करना था। उसने अपने चेहरे पर एक स्नेहिल मुस्कान पसारते हुए आभास से प्रश्न किया।

''अच्छा आभास तुमने चित्र के साथ लिखा है कि गाय बाज़ारू औरत की

भाँति इधर-उधर......। क्या तुम मुझे बतला सकते हो कि बाज़ारू औरत कैसी होती हैं?"

इस अटपटे से प्रश्न पर बच्चा खिलखिला कर हँसा और बोला," आन्टी आप इतना भी नहीं जानती? बाज़ारू औरत मतलब बाज़ार में बैठने वाली," अपनी बाल-सुलभ सरलता से रचना को सन्तुष्ट किया। रचना को लगा कि उसकी उस उन्मुक्त हँसी ने उसके चेहरे पर अरूणोदय का शुभ्र-स्वच्छ प्रकाश फैला दिया। वह उसको अपलक कुछ पल निहारती रही। काशः वे पल ठिठक कर वहीं रुके रहते और उस बालक की मधुरिम कल्पनाएँ साकार हो जातीं परन्तु परात्पर को तो यह स्वीकार नहीं था।

"तुमने कभी देखी है आभास?" रचना ने उसके मन- अभ्यंतर में प्रवेश करने का प्रयास किया।

नहीं मैंने नहीं देखी, मेरे दोस्त ने देखी है मुबंई में। उसी से मुझे ज्ञात हुआ कि एक पूरा बाज़ार औरतों के बैठने के लिए निर्धारित है। वहाँ वे सज-संवर कर बैठती हैं तथा उस मार्ग से गुजरने वालों को लुभाती हैं। मैं अनुमान लगा सकता हूँ कई ब्रार मेले में गया हूँ वहीं बहुत सी दुकानें सजी-धजी होती हैं और चहल-पहल भी बहुत होती है।"

उस बालक के मन में वह संदर्भ कहाँ से आया रचना जान चुकी थी। इससे अधिक प्रश्न करना उसने उचित नहीं समझा। वह प्रभात की ढाल बना हुआ था। उसकी आकांक्षाएं ऊँची थीं। उसके स्वप्न विस्तृत थे। इतना सब जानने के पश्चात् और जानना शेष नहीं रहा। उसके परिवार के सम्बन्ध में उसको जो अनुभव हुए थे उनको लेकर तो उसने मौन रहना ही उचित समझा उसके उस समय के शान्त मुख को देखकर जिन लोगों के साथ वह रहता है उनके प्रति विष वमन कर.......। उसने एक स्नेहिल मुस्कान के साथ आभास से विदा ली।

थोड़ी जानकारी रचना ने विद्यालय के प्राधानाचार्य व कक्षा अध्यापक द्वारा एकत्रित की। अन्त में उसकी विवेचना का यही निष्कर्ष निकला कि इस दमघोटू वातावरण में बालकों का विकास सम्भव नहीं है माँ के बिना तो बिल्कुल ही नहीं। माँ के सम्बन्ध में सब मौन थे। मुखर था तो केवल आभास किन्तु वह तो अधिक कुछ जानता ही नहीं था।

गाड़ी में बैठकर जब वह वापस लौट रही थी तो वहाँ की प्रत्येक गतिविधि के सम्बन्ध में बारीकी से विश्लेषण कर रही थी। लौटते ही तो उसे स्टोरी बना कर देनी है लेकिन उस सब में कुछ ऐसा था जो उसके मन-मस्तिष्क को अभीक्षण कुरेद रहा

था। कौन सा भाव था वह जो उसको विह्वल किए जा रहा था इससे पूर्व तो उसके साथ कभी ऐसा नहीं हुआ। अक्समात ही उसके मस्तिष्क में जो कौंधा उसके सम्बन्ध में तो तिनका भर भी विचार उसने नहीं किया था। उसे लगा जैसे आभास की सूरत उसने कहीं देखी हैं लेकिन कहाँ? अपनी स्मृति के भण्डार का एक-एक कोना टटोलने लगी और तब उसे स्मरण आया वह दिवस जब वह एक अधलिखा पत्र पाकर एक महिला की खोज में निकली थी। लौटकर जो स्टोरी उसने बनाई थी अक्षरशः स्मृति पटल पर अंकित हो गई।

मुझे क्यों लगता था कि आभास से मिलने से पूर्व भी मैंने उसे कहीं देखा है उस प्रतियोगिता वाले दिवस पर भी तो बारम्बार उस ओर ही मेरी दृष्टि उठ जाती थी। क्यों आकर्षित कर रहा था इतने बालकों के मध्य वही एक बालक? असीम सौंदर्य भी उसमें नहीं हैं साधारण नाक नक्श का है फिर भी......।

हाँ स्मरण आया उस दिन जो छायाचित्र वंदना की पड़ोसन ने दिखलाया था उसी में था आभास का चित्र। उन्होंने कहा भी था कि ये दोनों उनके बालक हैं। तब तक मैं यह भी कहाँ जानती थी कि मैं जिस महिला से मिलने जा रही हूँ वह मेरी अपनी सखी निकलेगी।

उस दिन मैंने कितनी सरलता से वंदना के वैधव्य की कल्पना कर ली थी। आज ज्ञात हुआ कि उसका पति न केवल जीवित है अपितु उसने एक और विवाह भी कर लिया है। निश्चित रूप से आभास वंदना का ही पुत्र है। उसने अपनी माँ का नाम बन्दू-बन्दू करके बताया था, तब तो यही उसकी रहस्यमयी ससुराल भी हुई। कैसे संयोग हैं कि जिन्होंने रचना को एक दिन वंदना के द्वार पर तथा कुछ वर्ष पश्चात् उसकी तथाकथित पूर्व ससुराल के द्वार पर ला खड़ा किया। ऐसा विचित्र वातावरण तो इससे पूर्व उसे कहीं देखने को नहीं मिला। आभास की विमाता के भी जैसे अन्दर-ही-अन्दर कोई ज्वालामुखी धधक रहा हो जा फट पड़ने को तैयार हो। एक वृद्ध का एक युवा महिला के साथ बाहर निकलना तथा उनके हाव-भाव सभी तो एक विचित्र तिलिस्मी इतिहास की रचना कर रहे थे। कैसे रहती होगी वंदना इस घुटन में? असम्भव फिर भी दो बालकों को तो जन्म् दिया ही उसने, इतना समय क्या कम है ऐसे पशुवत लोगों के साथ रहने को। जब उसने छायाचित्र देखा था उस समय आभास लगभग पाँच वर्ष तथा प्रभात दो वर्ष जैसा लग रहा था। अतएव कम-से-कम छः वर्ष तो व्यतीत करने सिद्ध हो ही जाते हैं। वास्तविकता तो वही बतला सकती है। विधाता जाने कब मिलना होगा उससे।

उस दिन रचना की आत्मा वंदना के लिए छटपटा उठी थी और आभास? आभास तो उसके मस्तिष्क पर पूर्णतया छा गया था। बाज़ारू ओरत ....।

उसने कहा था, "आन्टी आप इतना भी नहीं जानती बाज़ारू औरत क्या होती है?"

रचना के नकारने पर उसी ने समझाया था, बाज़ारू औरत मतलब सजधज कर बाज़ार में बैठने वाली। जो सुना आगे बढ़ा दिया, इससे अधिक तो जानने की उस बेचारे की वय नहीं थी। क्यों बैठती हैं? कहाँ बैठती हैं? किस विवशता में बैठती हैं? इस बारे जानने अथवा सोचने से उसका क्या लेना-देना? वैसे भी आठ वर्ष की वय क्या समाज के लज्जाजनक विषयों पर सोचने की है?

उसके लिए मुझ ही को कुछ-न-कुछ करना होगा तथा साथ ही प्रभात को भी उस प्रमथालय से निकालना होगा। काशः उस दिन वंदना मुझ को मिल गई होती। उसका भी क्या दोष? उसने तो सूचित करने का प्रयत्न किया। मुझे ही देर से प्राप्त हुआ उसका वह आधा-अधूरा पत्र। जाने किस विवशता, किस संकट में होगी तब वह जब उसने लिखा होगा। उसने तो अपनी मित्र को नहीं एक संवाददाता को सूचित किया था। शायद कुछ प्रकाशित करवाना चाहती हो, अपनी करुणकथा का कुछ अंश।

कितने वर्ष व्यतीत हो गए इस मध्य कुछ स्मरण नहीं। उस घटना को भी रचना ने विस्मृति के कूप में धकेल दिया। "दैनिक प्रकाश" द्वारा बालकों के लिए कुछ प्रोत्साहन राशि निश्चित की हुई थी, उसके प्रयास द्वारा वह राशि आभास तथा प्रभात के लिए स्वीकृत हो गई थी। तत्पश्चात् उनके सम्बन्ध में जानने की कोई उत्सुकता भी शेष नहीं रह गई थी। उसके जीवन का जाने कितनी अच्छी-बुरी घटनाओं से सामना हुआ है, किस-किस के पीछे भागती फिरे। उसके अपने कार्य दायित्व के साथ-साथ सभी कुछ समाप्त हो जाता है। काशः वह तब समझ पाई होती कि वह वंदना द्वारा त्यक्त पुत्र हैं तो सम्भव है कुछ तो वात्सल्य की क्षतिपूर्ती करती रहती। उसके अपने एकाकी जीवन को भी एक स्नेहाश्रय प्राप्त हो जाता। कल्पना में उन बालकों के चित्र आंकने के प्रयास में जाने कब रचना को निद्रा ने जकड़ लिया।

× – × – × – × – ×

और सीमा वह भी क्या सो पाई थी। रचना ने समझ लिया था कि वह सो गई किन्तु वह भी निलय के सम्बन्ध में ही विचार कर रही थी। किस चरित्र की

समीक्षा मानव करे? न जाने किस मोड़ पर आकर अपने ही पूर्व विचारों को परिवर्तित करना पड़ता है। निलय के सम्बन्ध में, मैं तो क्या कोई भी नहीं सोच सकता था कि एक दिन वह रचना को छोड़ विदेश चला जाएगा, सात समुन्दर पार नानी अपनी कहानियों में सुनाया करती थी कि कोई परी आकर राजकुमार को अपने परों पर बैठाकर उड़ा ले गई सात समुन्दर पार। हम प्रश्न करते कि नानी, "वह गिरता नहीं था परों के हिलने-डुलने से, कितने दिन लगते होंगे वहाँ तक पहुँचने में?"

नानी उत्तर देतीं धत्! पागलों परी क्या हमारे तुम्हारे जैसी होती हैं? आँखें बन्द कर मन्त्र पढ़ती और बस राजकुमार जहाँ वे चाहें वहाँ पहुँच जाएँ।

सत्य ही रचना के राजकुमार को भी एक परी उड़ाकर सात समुन्दर पार ले गई। मैं तो सोचती थी कि सम्भवतः कार्य में इतनी उलझ गई रचना कि किसी मित्र से मिलना-जुलना नहीं होता परन्तु ज्ञात होता कि निलय को लेकर ही इतनी व्यस्त हो गई थी तो............। जीवन के झूले की वे डोरियाँ इतनी कच्ची होंगी यह तो कदापि नहीं सोचा था। इतनी ऊँची पींगे बढ़ा डाली कि ऊँचाई से धरा पर आकर ही ज्ञान हुआ कि स्वप्नों का सतरंगी विश्व तो एकाएक ध्वस्त हो गया।

निलय की अतीत की स्मृति ने उसके हृदयाकाश को आच्छादित कर दिया। रचना निलय की विवाहिता पत्नी न बन सकी जानकर ही सीमा को एक विचित्र सी टूटन का अहसास हुआ तो रचना की क्या दशा हुई होगी सोचकर ही सीमा सिहर उठी। रचना ही तो उसके उन शब्दों को दोहरा-दोहरा कर रोमांचित होती रहती थी जाने कितनी बार सुने होंगे सीमा तथा वंदना ने निलय के प्रथम शब्द-

"मेरे कारण आपको पछताना नहीं पड़ेगा। जिस सुख सौभाग्य की आपने आकांक्षा की है, वह सदैव आपके अधिकार क्षेत्र का ही रहेगा विश्वास कीजिए।"

और विश्वास करके ही वह ठगी गई। रचना ने विश्वास किया था किन्तु नियति तो सुनकर अट्टाहास कर बैठी थी। कहते हैं न 'तेरे मन कुछ और है करता के मन और' विधाता ने उसके भाग्य पर जो उपहास किया उसने तो रचना का सर्वांग ही बदल डाला।

निलय प्रायः रचना के साथ देखा जाता था। सीमा समझाती रचना अभी से इतना आगे न बढ़। तुम्हारी आयु अभी विश्व के ऊँच-नीच को नहीं समझती। अचानक ही वह हॉस्टल में आ टपकता तथा पूरे दिन रचना गायब। उसके पत्र तो नित्य ही मिलते रहते। कोर्स की पुस्तकों को तो रचना छूना ही नहीं जानती थी। बस जितना कॉलेज लैक्चर में सुन लिया पर्याप्त है। निलय के पत्रों में ही उलझी रहती।

वही निलय आज कहाँ खो गया रचना भी नहीं जानती। उसने स्वयं को कार्य में इतना डुबा दिया कि सोचने को समय ही ना मिले। सोच क्या समय की प्रतीक्षा करती है? कितनी पागल है बेचारी, कैसी बच्ची सी लग रही है सोती हुई सीमा ने एक स्नेहिल दृष्टि उस पर डाल कर सोचा। कल का कार्य निपटाकर रचना के हृदय को अवश्य हलका करना है निश्चय कर सीमा सो गई।

प्रातः काल से ही सेमिनार स्थल की चहल-पहल दर्शनीय हो गई थी। देश के प्रत्येक भाग से शिक्षक उसमें भाग लेने के लिए आ पहुँचे थे। कहीं भी कोई किसी से टकरा जाता तो परिचय का आदान-प्रदान होता किन्तु कार्यारम्भ होने पर तो सबका विधिवत परिचय ही आयोजकों द्वारा सर्व प्रथम दिया गया। यह कार्य रात्रि आठ बजे तक चला। रात्रि भोजन के पश्चात सीमा तथा वंदना अपने-अपने कार्य में व्यस्त हो गईं। निजी स्वार्थों से हटकर वह कार्य तो आवश्यक था वरना तो वहाँ तक का मार्ग नापना ही व्यर्थ था।

थकहार कर लेटीं तो भी नींद कहाँ थी। मस्तिष्क में जो एक जोंक घुस गई थी तथा निरन्तर लहूलुहान किए जा रही थी। वह सोने देती भी तो कैसे? निद्रा के घण्टे सिकुड़ कर कम हो गए थे।

सीमा ने अपने निश्चयानुसार रचना से प्रश्न किया "सुनो रचना पहले तो तुम मौन रहती थीं ठीक है किन्तु आज जब सब समाप्त हो चुका है तो तुम निलय के सम्बन्ध में क्यों मौन हो, अब तो अपनी जिह्वा खोलो। कब तक घुट-घुट कर जीवित रहोगी? सच कहो, क्या यही कारण नहीं रहा कि तुमने हम मित्रों से भी मुँह मोड़ लिया?"

"नहीं सीमा, यह तुम्हारा भ्रम है। सम्भव है थोड़ा बहुत कारण यह भी रहा हो किन्तु सत्य यह है कि तुम लोगों का क्षेत्र शिक्षण का है और मेरा समाचार पत्र का। समय का कोई भी बंधन इस क्षेत्र में नहीं है। किसी भी समय दिवस हो अथवा रात्रि घटनास्थल पर पहुँचना पड़ता है। देश की किसी भी घटना का ब्यौरा वहाँ पहुँच एकत्रित करना होता है। ऐसे में यदि कोई कार्य छोड़ना होता है तो वह है मित्रों से मिलना-जुलना। जिस समय मैं मिल सकती हूँ उस समय किसी के भी घर पर पहुँचना उचित नहीं होता। औचित्य की सीमा में मेरे पास समय नहीं है सीमा। निष्कर्ष यह है कि चाहने पर भी सभी मित्रों के सम्बन्ध में अनभिज्ञ ही रहती आई हूँ।

पत्राचार भी किसी के साथ नहीं हो पाता। पहले तो दूरभाष की सुविधा किसी के पास नहीं थी और अब नम्बर मेरे पास नहीं हैं।

जब कभी रात्रि के समय सो नहीं पाती तो तुम लोगों की स्मृति दीमक की

भाँति लाइन लगाकर चली आती है। और निलय? उसका विश्वासघात तो मुझे जीने भी नहीं देता। कभी-कभी सोचती हूँ कि इससे तो मृत्यु ही श्रेयस्कर होती। कम-से-कम सुखद स्मृतियाँ तो साथ जातीं फिर स्वयं ही अपने कथन पर धिक्कारती हूँ कि तूने प्रतिदान की आशा ही क्यों की? सत्य प्रेम क्या किसी प्रतिदान की अपेक्षा करता है? तुझे उससे प्रेम है तो करती रह वह............।

महात्मा गाँधी ने भी कहा है" प्रेम कभी दावा नहीं करता, वह हमेशा देता है। प्रेम हमेशा कष्ट सहता है, न कभी भुँझलाता है न बदला लेता है," भावनासागर में डूबते रचना ने उत्तर दिया।

"मुझे आज भी स्मरण है तुम्हारे उन पत्रों की गड्डियों का जो तुमने अतीव यत्न से सहेज कर रखे थे। मैं कहती थी कि जितना यत्न तुम इन्हें सँभालने में करती हो उससे आधा भी यदि पढ़ाई में करतीं तो जाने क्या बन जातीं। इतनी प्रेम दीवानी तो 'मीरा' भी नहीं थी जितनी मेरी रचना बन गई है," एक कोमल सी मुस्कराहट सीमा के चेहरे पर उतर आई।

"उन गड्डियों को सीमा मैनें बहुत समय तक सँभाल कर रखा मुझे विश्वास था कि कभी तो निलय लौटेंगे। जब भी समय मिलता कोई-कोई पत्र खोल कर पढ़ लेती और उन मधुरिम स्मृतियों में डूब जाती," कहते-कहते रचना की उदासी लौट आई हो जैसे।

सीमा को लगा कि कहीं कोई बड़ा आघात दिया है निलय ने तभी तो आज भी यह पगली अपने को सँभाल नहीं पाई है।

"विवाह से पूर्व निलय ने तुमसे मिलकर कुछ तो बतलाया होगा अपने सम्बन्ध में?"

"नहीं सीमा विवाह के सम्बन्ध में तो मुझे समाचार पत्र से ही ज्ञात हुआ। उसने तो कई वर्ष पूर्व ही मिलना छोड़ दिया था इसलिए कारण मुझे कभी ज्ञात ही नहीं हो पाया। हाँ कितने ही लोगों से कितनी ही तरह की सूचनाएँ अवश्य प्राप्त हुईं।"

"उन सूचनाओं से तारतम्य जोड़ तो तुमने अनुमान लगाए होंगे? क्या था उन सूचनाओं में रचना?" सीमा उसके अन्तरतम को उधेड़ना चाहती थी। उसी से तो वह भारहीन हो सकती थी।

"कई लोगों से कई लड़कियों के साथ उसके सम्बन्ध बनाने की चर्चा सुनाई दी। वह कॉलेज में प्रोफेसर बन गया था। वहाँ लड़कियों के होने की सम्भावना तो थी ही, लेकिन फिर भी मैंने उस बात पर विश्वास नहीं किया। इतना दृढ़ विश्वास था मुझे अपने निलय तथा अपने प्रेम सम्बन्ध पर। स्वभाववश 'अपना' मुख से

निकल गया। मेरा तो वह कभी था ही नहीं। उसका सारा प्रेम व्यवहार ही मृथा था एक कच्ची नींव पर टिका.......।"

"तुमने भी उससे मिलने का कोई प्रयत्न नहीं किया?" सीमा ने प्रश्न किया रचना से।

"किया क्यों नहीं अवश्य ही किया, कई बार किया। मैं अपने कार्यालय से अवकाश ले-लेकर उसके कॉलेज तक दौड़ी ट्रेन से इतनी लम्बी दूरी बार-बार तय करना, वहाँ अनजाने शहर में होटल में ठहरना मेरे लिए सुगम नहीं था। ऊँचें होटलों का व्ययभार वहन करना मेरे जैसी के लिए असम्भव था और उन छोटे होटलों के क्रर्मचारी मुझे अकेली लड़की को संदेहास्पद दृष्टि से देखते। कई-कई दिनों तक उसके कार्यस्थल वाले शहर में रही हूँ किन्तु उससे मिलना ही नहीं हुआ। मेरे वहाँ पहुँचते ही वह न जाने कौन सी कन्दरओं में छुप जाता, उसे मेरे पहुँचने का ज्ञान न जाने कैसे हो जाता। उसके मित्र तक कह कर टाल देते कि निलय तो कहीं बाहर गया हुआ है। न जाने कितने दिनों में लौटे हमें ठीक से मालूम नहीं है, क्या करती मैं बताओं थक हार कर लौट आती।"

"तत्पश्चात्?"

"तत्पश्चात् एक दिवस ज्ञात हुआ कि वह दिल्ली के ही एक कॉलेज में जिसका नाम............है में प्रोफेसर बनके आ गया है। पता ठिकाना खोज कर पहुँची तो उसकी पत्नी ने द्वार खोला देखकर स्तम्भित हुइ फिर भी अपनी जिज्ञासा शान्त करने के लिए पूछ ही बैठी कि उक्त महिला का परिचय क्या है।"

"मैं प्रोफेसर निलय से मिलने आई हूँ, उनके विषय की उसकी छात्रा हूँ।" उनके पूछने पर बतलाया।

वह मुझे प्रतीक्षा करने के लिए कहकर चली गई। मैं बहुत देर तक वहाँ रुकी किन्तु दोनों में से कोई बाहर नहीं निकला। कुछ देर बाद एक सेवक आया बोला, "साहब तो कहीं शहर से बाहर गए हैं आप फिर किसी दिन आकर मिल लीजिए," सूचित कर वापस चला गया। लेकिन मुझे मालूम था कि निलय घर पर ही हैं।

"तुम्हें कैसे मालूम हुआ कि वह घर पर हैं?" सीमा ने उत्सुक हो अपनी जिज्ञासा प्रकट की।

"जब मैं मुख्य द्वार की ओर जा रही थी तो उसे मैने पीछे के द्वार से अन्दर जाते देख लिया था किन्तु उसने मुझे देखा अथवा नहीं मैं नहीं जानती। देखा ही होगा तभी तो सेवक द्वारा अपने अनुपस्थित होने का संदेश भिजवा दिया। सदैव यही तो करता रहा है वह। एक रहस्यात्मक सा व्यवहार। अपने पत्रों में तो आकाश-कुसुम

तोड़ लाने की बातें करता रहा है,'' एक निःश्वास लेते रचना ने कहा।

''और तुमने रचना उसी धोखेवाज मनुष्य के लिए अपना समस्त जीवन होम दिया। वह तो अपनी घर-गृहस्थी सजा पत्नी के साथ आनन्दमय जीवन व्यतीत कर रहा है और तुम ....। क्या बहुत सुन्दर थी उसकी पत्नी रचना, तुमने देखी तो थी?''

''मुझे तो नहीं लगी, उसे लगती होगी कौन जाने, अपने से तुलना करना व्यर्थ है। मैने तो कभी सुन्दर होने का दम्भ नहीं दिया,'' व्यंगात्मक से स्वर में रचना ने उत्तर दिया।

सीमा उसकी ओर करुणाजनक तथा स्नेहपूर्ण दृष्टि से देखती हुई बोली, ''और कुछ बताओ रचना उसके सम्बन्ध में।''

''वह जब भी मेरे साथ होता था तो कहता,'' ''तुम्हारी आँखे, तुम्हारे बाल इतने सुन्दर हैं रचना कि यदि मैं चित्रकार होता तो चित्रों में बन्दी बना लेता। आज तो मैं स्वयं ही इनमें खोकर चित्रलिखित सा बन जाता हूँ।'' घण्टों मेरे बालों में उँगलिया फिराता रहता। मेरी आँखों में अपलक झाँकता कि मैं दृष्टि झुका लेती, लज्जा आती थी मुझे यह सब देख-सुनकर। न स्वयं सोता न मुझे सोने देता,'' आत्मविभोर हो उठी थी रचना उस क्षणिक आवेश में। स्मरण ही नहीं रहा कि जिस निलय के सम्बन्ध में वह बात कर रही है वह तो उसे कभी का झटक कर दूर फेंक चुका था।

''तुम्हारे साथ होता था का अर्थ?'' सीमा ने गम्भीर होते पूछा।

''वह यहाँ तो रहता नहीं था। जब आता कम-से-कम दो दिन के लिए आता। होटल में ठहरता था। मैं भी उतने समय कोई-न-कोई बहाना बना उसके साथ रहती,'' उसने लजाकर कहा। ''दो दिन-रात में ही महीने भर का अभाव पूर्ण कर लेता भी तथा कर देता भी। इतना प्यार करता कि मेरे शरीर का एक-एक जोड़ कई दिनों तक दुखता रहता। चौबीस घण्टे में कई बार ....। स्नान करने व भोजन के लिए कठिनाई से समय मिलता,'' विगत में डुबकी लगाते रचना ने वर्णन कया।

''अच्छा रचना! इतना सब होने पर भी तुम्हें त्याग क्यों दिया?''

''कायर कहीं का, मैं उसकी जाति से नहीं थी ना। माता-पिता से सामना करने का साहस नहीं था तभी तो मुँह छुपाता फिरता है।''

''ऐसे कायर के लिए तुमने अपना जीवन क्यों व्यर्थ किया रचना? तुम भी आज अपना परिवार लेकर बैठी होतीं तो क्या हानि थी?''

''सत्य कहती हो सीमा, मैं भी आज अपना परिवार लेकर बैठ सकती थी किन्तु ....।'' बात अधूरी छोड़ दी रचना ने।

"परन्तु क्या?"

"परन्तु यही कि अच्छा ही है कि मैं अपना परिवार लेकर नहीं बैठी आज जब तुम्हें देखती हूँ, वन्दना को देखती हूँ तो मुझे लगता है कि मैं तुम दोनों से अधिक सुखी हूँ। उस दिन तो मुझे यही लगा था कि इस भोगे हुए शरीर को लेकर किसी के सन्मुख एक कुमारी की भाँति प्रस्तुत होऊँ तो उसके साथ कितनी बड़ी प्रवंचना कितनी छलना होगी और यदि बतला कर विवाह करूँ तो मुझे विश्वास नहीं होता कि कोई भी पुरुष मुझे स्वीकार करता।"

"स्वयं पुरुष किसी के साथ भी कहीं भी कुछ भी करता फिरे तो वह उसके पौरुष का प्रतीक है, दूसरी ओर यदि स्त्री कुछ करे तो वह भ्रष्ट हो जाती है चाहे वह उसकी अपनी धोखेबाजी का ही फल क्यों न हो। दूसरों की कन्याओं को, पत्नियों को भ्रष्ट करता फिरे और अपने लिए चाहिए उसे शुद्ध-सात्विक, अछूती कुमारी। यह दोहरे मापदण्ड ही तो समाज को पतन की खाई में धकेलते हैं। ओह! मैं तो भाषण देने पर ही उतर आई पर इतना तो अवश्य मानोगी सीमा कि जितनी स्वतंत्र आज मैं हूँ। उतनी तुम लोग नहीं। स्वतन्त्रता का अल्प सा मूल्य चुकाना तो अनुचित नहीं रहा ना," इतना बोलकर रचना हाँफने लगी थी।

सीमा रचना के मुख का गहराई से अध्ययन कर रही थी, वह जानती थी कि यहाँ 'अंगूर खट्टे' वाली कहावत ही चरितार्थ होती है। कहीं-न-कहीं तो इसके हृदय में एकाकी रहना सालता ही है। कुछ समय तक मौन रहकर वह बोली—

"किसी भी कार्य के दो पहलू होते हैं रचना अच्छा और बुरा अर्थात लाभ एवं हानि। जहाँ तुम्हें स्वतन्त्रता का सुख है वहीं एकाकी जीवन व्यतीत करने के कष्ट भी। निःसन्देह हम लोग अपने वैवाहिक जीवन में कई कष्ट भोगे हुए हैं लेकिन कभी कोई बीमारी हो या कोई और कष्ट हो तो आपस में वार्तालाप कर या साथ देकर उसे बाँट तो सकते हैं लेकिन उसके विपरीत तुम्हारे स्वतन्त्र जीवन में ऐसे अवसर पर असहायता की भावना कितनी कचोटती रहेगी यह तुम्हें कुछ वर्ष पश्चात् ज्ञात होगा जब शरीर क्षीण होने लगेगा। माता-पिता तो तब होते नहीं तथा भाई-बहन कोई भी साथ नहीं दे पाता क्योंकि उनके अपने-अपने परिवार के प्रति ही दायित्व अधिक होते हैं। पति तथा सन्तान कितनी ही खराब हो किन्तु असमय में तो साथ देती है। कहते हैं 'खोटा सिक्का' व खोटा बेटा वक्त पर ही काम आता है," कहकर सीमा अपने ही अन्तर्द्वन्द्वों में खो गई।

स्वयं में लौटती सीमा ने एक और प्रश्न दाग दिया, "तुम्हारे वे पत्र रचना, उनका क्या हुआ?"

"कुछ समय तक तो मैंनें अपने पास रखे उसके पश्चात् मैंने सोचा चाहे मेरा कोई पति नहीं है फिर भी बहन-भाई तो हैं। कभी उनके दृष्टिपथ में आएँ और वे अपनी इस भाग्यहीन बहन को हीन भावना से देखने लगें तो...। इससे अच्छा है उन्हें नष्ट कर दिया जाए। इसकी भी एक कहानी है जो कल बताऊँगी। अब तो देर हो गई इसलिए सोना ही उचित है किन्तु एक बात मैं अभी बतलाना उचति समझती हूँ।"

सीमा के नेत्र प्रश्न बनकर उस पर ठहर गए। रचना ने अपने अभ्यंतर के किसी कोने को कुरेदते हुए कहा," उस समय तो मैं मूर्खा निलय के पत्रों के सम्बोधन से अभिभूत हो मुग्धा नायिका बनी रहती थी। जब भी उसको पढ़ती एक मदहोशी-सी मुझ पर छा जाती।" कई-कई बार पढ़ती और मुस्कराती यह तो स्वयं तुम दोनों ने भी नोट किया ही था। तभी तो मुझे ठकठकाती थीं कि" रचना इन्हीं पत्रों में डूबी रहोगी तो उत्तीर्ण होने से रहीं। इनका नशा तो मदिरा से भी अधिक होता है। आज झूम रही हो कल जब होश आएगा तो इनकी खुमारी भर केवल रहेगी और वही थकान का अनुभव कराने वाली भी होगी।"

"कितना सत्य कहा था तुमने सीमा। तुम्हारी बातों से मैंने अनुमान लगाया कि तुमने भी सौंदर्य से अत्यधिक प्रेम किया है किन्तु मैंने तुम्हें उन चरचाओं के मध्य स्वयं को भुलाते नहीं देखा।"

× — × — × — × — ×

दूसरे दिवस का कार्य समाप्त कर रात्रि बेला में सीमा ने प्रथम दिवस के सूत्र को पकड़कर रचना को स्मरण कराया कि वह कोई विशेष बात निलय के पत्रों के सम्बन्ध में बतलाना चाहती थी जो कि सोने के लोभ में.......।

"सत्य ही सीमा कल तो कहाँ की बात कहाँ ले पहुँची थी मैं। मैं बतला रही थी कि उसने मुझे एक पृथक ही नाम दे रखा था। मैं समझती थी कि प्रेम की पराकाष्ठा पर पहुँच गए हैं हम दोनों तभी ....। झूम उठती थी उसको पढ़कर। मन-ही-मन कितनी बार दोहराती थी इसकी कोई गणना नहीं।"

सीमा को मुस्कराते देख उसने जोड़ा, "कितनी बुद्धू हूँ मैं जो बतलाने चली थी वही नहीं बतलाया तथा इधर-उधर की हाँके जा रही हूँ। तुम भी क्या सोच रही होगी मुझे लेकर। सत्य कहा ना? हाँ तो वह मुझे 'पग्गू' कहता था। अपना नाम रखा था उसने मस्ताना। पत्र के आरम्भ में पग्गू और अन्त में मस्ताना। तब तो मुझे कुछ समझ में नहीं आया, लेकिन जब उसने मुझे राजा दुष्यन्त की भाँति नितान्त त्याग दिया तो समझ में आया कि आरम्भ से ही वह बहुत चालाक था। अपने बचाव के सभी मार्ग उसने अपनाकर ही मेरे सामने प्रेम प्रस्ताव रखा होगा। उसके किसी भी

पत्र से सिद्ध नहीं किया जा सकता कि किसने लिखे हैं अथवा किसको लिखे हैं? मक्कार कहीं का दगाबाज़ बहेलिया, शिकार फँसाना ही उसका पेशा रहा होगा। कहने को कॉलेज में प्रोफेसर है किन्तु स्खलित चरित्र का स्वामी। ऐसा शिक्षक जो स्वयं ही सद्चरित्र वाला न हो किसी को क्या शिक्षा दे सकता है? शिक्षक तो विद्यार्थियों के लिए आदर्श प्रस्तुत करने वाले होते हैं। आदरणीय, पूजनीय जिनके चरण चिन्हों पर चलकर कोई भी अपने जीवन का आदर्श मार्ग सरलता पूर्वक चुन सके।''

यह सब बोलते रचना के चेहरे पर कठोरता तथा घृणा की एक बारीक परत उभर आई जिसे वह छुपाना चाहकर भी छुपा ना सकी। अपनी सखी की सहानुभूति पा गला भरभरा गया तथा नेत्र सजल हो गए।

सीमा ने रचना को गले से लगा थपथपाया तो वह सिसक-सिसक कर रो पड़ी, उस पल यही लगा कि अन्ततः प्रलयंकारी बादलों ने अपना विकट रूप दिखा ही दिया। बरसना प्रारम्भ किया तो थमने का नाम ही नहीं ले रहे थे। कठिनाई से सँभाल पाई सीमा उसे। भावनाओं का ज्वालामुखी जो फटा तो जीवन भर का लावा एक साथ ही पिघल कर बह गया। एक प्रकार से अच्छा ही हुआ सीमा ने सोचा। अब इस पगली के मन का भार कुछ तो हलका हुआ।

लेकिन रचना ने कहा था कि निलय उसे प्रेम से पग्गू कहकर सम्बोधित करता था। यही शब्द उसके मन-मस्तिष्क में चक्कर काटने लगा यह शब्द तो उसका पहले कहीं सुना हुआ सा लगता है लेकिन कहाँ? स्मरण नहीं आ रहा। उसे इतना तो समझ में आ रहा है कि उसका अर्थ किसी अच्छी भावना का प्रतीक नहीं है परन्तु.......। चलो आ जाएगा क्या करना है? स्मृति की चाल भी विचित्र होती है जब कोई शब्द याद करना चाहो तो याद नहीं आएगा और जब आवश्यकता ना हो तो आकर उपस्थित हो जाएँगे। इस समय तो रचना भावकथित हो निद्रा की आगोश में है। सोने दो कल देखूँगी सोच मन को शान्त स्थिति में डाल वह भी सो गई।

रात्रि के अन्तिम प्रहर में जैसे स्वप्न से किसी ने जगा सूचित किया कि पग्गू तो तेरी अपनी पुत्री का बतलाया शब्द है और तब उसे पूरी घटना स्मरण हो आई। वह धीरे से मुस्कराई और पुनः सो गई।

शिविर का तीसरा दिवस था। कार्यक्रम और भी शीघ्रता से चलने लगे। सीमा, रचना दोनों ही व्यस्त हो गईं। मन का कुछ भी धर्म हो शरीर धर्म तो निभाना ही था। कर्त्तव्य जो था। भावनाओं से कर्त्तव्य ऊँचा होता है, सीमा का तो यह ब्रह्म वाक्य था जिसे उसने अपने जीवन में चरितार्थ भी किया था।

चूर-चूर होकर ही उस दिन उन्हें बिस्तर पर लेटना मिला। बातें करने की इच्छा न होते हुए भी सीमा ने रचना को पग्गू का अर्थ समझाना आवश्यक समझा।

उसने कहा "सुनो रचना बहुत थक गई हूँ मैं और तुम भी अवश्य ही थकी होगी समझ सकती हूँ। पूरे दिन की गहमागहमी में कोई भी ऐसा ही अनुभव करेगा लेकिन मुझे कुछ स्मरण आ रहा है जो मैं तुम्हारे साथ बाँटना चाहती हूँ। मौन रहूँगी तो शेष जीवन मुझे स्वयं को कोसते ही व्यतीत होगा।"

रचना ने उसकी ओर करवट ले एक वेदना निहित दृष्टि डाली। सीमा के कहने का तरीका ही कुछ ऐसा था कि रचना को लगा अवश्य ही कोई गहन-गम्भीर घटना सीमा के अन्तरमन को साल रही है। अपना मन अपनी सखी के सामने न खोले तो किसके सन्मुख खोले? सोचकर रचना ने उत्तर दिया।

"थकान क्या होती है सीमा! मैं तो भूल ही गई हूँ। कितने ही दिन-रात तो सतत् कार्य में संलग्न रहते व्यतीत करने पड़ते हैं। तुम चिन्ता न करो जो कहना है कहो मैं सुन रही हूँ। वैसे भी कल का दिन कार्य और रात्रि का अधिकांश भाग कैम्प फायर में ही चला जाएगा। नाच-कूद हाः-हाः ही-ही बहुत उबा देता है किसी भी कार्यक्रम का अन्तिम भाग मुझे। सच अब यह सब अच्छा नहीं लगता, जीवन में ही रस न हो तो............।"

"और उससे अगला दिवस समापन कार्य और वापसी। इसलिए जो समय अब हमारे हाथ में है उसे भी सोकर क्यों गँवाएँ। बताओ तत्पश्चात् तो न जाने कब मिलना हो। अब तो अक्समात ही विधाता ने यह अवसर हमें दे दिया है।" वह ध्यानमग्न हो सुनने के लिए तत्पर हो गई।

सीमा कुछ पल सोचती रही कि कहाँ से प्रारम्भ करे अपनी शब्द यात्रा फिर बोली,"कल तुमने बतलाया था ना रचना कि निलय तुम्हें अपने पत्रों में पग्गू कहकर सम्बोधित करता था तभी से मेरे मन में आलोड़न चल रहा था तथा अन्ततः स्मरण आ ही गया।

"तुम्हें संक्षेप में ही घटना की जानकारी देती हूँ।" एक अल्प कालिक मौन के पश्चात् सीमा अपने को समेट कर बोली," तुम्हें ज्ञात है अथवा नहीं मैं नहीं जानती मेरी पुत्री राजस्थान के किसी बोर्डिग स्कूल में पढ़ती थी। अपने घर के विषाक्त वातावरण से दूर रखने के लिए ही मैंने उसे वहाँ प्रवेश दिलाया था। जो मैं सह रही थी वह बच्ची क्यों सहे यही विचार कर उसे वहाँ भेजा। शहर के शोर-शराबे से दूर केवल कन्या विद्यालय था वह।"

एक दिन जब वह हर्षित मुद्रा में थी तो अपनी सखी के सम्बन्ध में वार्ता कर

रही थी तब उसने बतलाया,“ मम्मी लीना तो संगीता की पग्गू है।”

मैंने प्रश्न किया,“ यह संगीता क्या तुम्हारी कक्षा की विद्यार्थी है?”

“नहीं संगीता बारहवीं कक्षा में है और लीना को तो आप जानती ही हैं कि मेरी कक्षा में है, छात्रावास में भी मेरे कमरे में ही है।”

“हाँ लीना को तो मैंने देखा है। जब कभी तुम्हारे छात्रावास में तुमसे मिलने आती हूँ तो वह प्रायः तुम्हारे साथ होती है परन्तु यह पग्गू क्या होता है बिटिया मैं नहीं जानती तुम बतलाओं तो मुझे।”

“कैसे बतलाऊँ आपको, वहाँ बड़ी कक्षा की प्रत्येक लड़की की छोटी कक्षा वाली लड़कियों में से कोई-न-कोई पग्गू अवश्य होती है। छोड़िए ना आपकी समझ में नही आएगा कहकर वह उछलती-कूदती चली गई किन्तु मेरे मस्तिष्क के लिए अपने पीछे एक पहेली छोड़ गई।”

बहुत विचार करने के पश्चात मैं इसी निष्कर्ष पर पहुँची कि यौन-सम्बन्ध बनाने के लिए अपने जोड़ के लिए जिसे चुना जाए वह पग्गू होता है और यह स्थायी जोड़ा जब तक छात्रावास में रहा जाए तब तक के लिए होता है। यह कब-कहाँ से आरम्भ हुआ मैं नहीं जानती लेकिन इतना अवश्य समझ गई कि यह शब्द राजस्थान में किसी विशेष अर्थ के लिए प्रयुक्त होता है।

दूसरी बात जिसने मुझे कचोटा वह यह कि मेरी समझ के अनुसार वह विद्यालय अपनी छात्राओं को समलैंगिक बनाने का कारखाना सिद्ध हो रहा था। छोटी-छोटी कक्षाओं में इस प्रकार का अनुभव व ज्ञान किसी बड़ी अधोगति की ओर संकेत कर रहा था। लिंग भेद का ज्ञान भी जिस वय में नहीं होता उसमें ....। विचार कर देखा जाए तो अवश्य ही किसी अतृप्त शिक्षिका द्वारा प्रारम्भ हुआ होगा।

“ऐसे विद्यालय से उसको निकालना ही मैंने उचित समझा लेकिन तब तक बहुत देर हो चुकी थी। वासनात्मक भूख उसमें जागृत हो चुकी थी जिसकी परिणति ....।”

रचना ध्यान मग्न सुन रही थी और अपनी सखी की उस ज्वलन्त समस्या को समझ रही थी इसलिए उसने पूछा, “जिसकी परिणति अर्थात?”

“यह घटना फिर कभी, लम्बी कथा है। इस समय तो मैं तुम्हें यही समझाना चाह रही थी कि निलय ने तुमसे प्रेम किया ही नहीं, उसने तो आरम्भ से ही तुम्हें अपनी वासनात्मक क्षुधा को शान्त करने का साधनमात्र बनाया था इसलिए वह तुम्हें पग्गू कहकर सम्बोधित करता था और स्वयं को रसपान करने वाला मस्ताना भ्रमर।

सोच कर देखो यह मेरा विश्लेषण सही है अथवा गलत। निलय भी तो राजस्थान से ही है ना?"

इस विश्लेषण को सुनकर तो रचना हँस-हँस कर दोहरी हो गई बोली, "क्या बुद्धि पाई है मेरी सखी ने, सत्य ही तुम्हारा विश्लेषण स्तम्भित कर देने वाला है। कितना महान अन्वेषण कर डाला तुमने सीमा! जिस एक शब्द को मैं अपने असीम प्रेम की चरम परिणति समझती थी वह तो सेमल के पुष्प की भाँति निकला। इतने अन्तराल तक उसका खिलौना बनी रहकर भी मैं इस तथ्य को क्यों नहीं समझ पाई। चौबीस घण्टे में ही वह अपनी लम्बी क्षुधा शान्त करने के लिए मुझे निचोड़ डालता था। जंगली साँड कहीं का। आज मुझे इस शब्द का अर्थ जानकर रोना नहीं हँसी आ रही है। रो तो मैं बहुत चुकी। अब तो मैं अपने समाचार पत्र के माध्यम से इसका प्रचार-प्रसार करूँगी। जिस प्रकार रूई के समान सेमल के पुष्प के भीतर से निकले छोटे तथा हलके कण वायु के साथ उड़कर दूर-दूर तक फैल जाते हैं उसी प्रकार जिससे कोई दूसरा मेरी भाँति..........।" इतना हँसी रचना कि अन्त में बिलख-बिलख कर रो पड़ी।

सीमा ने उसको शान्त कराने का प्रयास भी नहीं किया। बह जाने दो उसकी जीवन भर की वेदना को अश्रु बनकर उसने सोचा। तत्पश्चात निद्रा ने प्रभात तक अपना धर्म निभाया।

सेमिनार के चार दिन पलक झपकते ही व्यतीत हो गए पर उन्हीं ने सीमा व रचना के मानस की कई ग्रन्थियाँ समाप्त कर दी थीं दोनों का एक ही गन्तव्य था किन्तु पूर्व आरक्षण के कारण सीमा को रेल के दूसरे डिब्बे में बैठना पड़ा। रचना का तो कार्य ऐसा आकस्मिक होता था कि आरक्षण करा ही नहीं सकती थी। जहाँ ठौर मिला वहीं बैठकर चल दी। भावी मिलन की अनिश्चितता को लेकर ही सीमा व रचना एक व्यग्र दृष्टि लेकर पृथक हुईं।

× — × — × — × — ×

गाड़ी में बैठने के पश्चात रचना तो निलय के साथ-साथ अक्षत के प्रथम साक्षात्कार दिवस पर पहुँच गई। वह दिवस आज भी उसकी स्मृति में उतना ही स्पष्ट है जितना कि उस दिन था। रचना, वंदना और सीमा तीनों ही पृथक-पृथक स्थानों से प्रवेश साक्षात्कार के लिए आई थीं उस कॉलेज में। एक और व्यक्ति भी उस दिन था जो पाठशाला में उसकी कक्षा में था। आरम्भ से ही वह उसकी कक्षा में नहीं था, बारहवीं में अनुत्तीर्ण होकर ही उसके साथ आ गया था किन्तु निलय के साथ था। उसका नाम अक्षत था। उसको वहाँ देखकर रचना चौंकी थी किन्तु चौंकने जैसी तो

कोई बात नहीं थी प्रवेश के लिए तो सभी आ सकते थे, लेकिन चौंकी थी केवल इसलिए कि वह निलय से परिचित था और निलय रचना का जीवनधन..........।

कुछ पल व्यतीत हुए होंगे कि वंदना को उससे वार्तालाप करते पाया। तब वह वंदना से ही कहाँ परिचित थी। उस समय तो यही सोचा कि इस लड़की के साथ आया होगा, कोई नाते-रिश्तेदार होगा उसका अथवा......।

आगत को कोई नहीं जानता इसलिए वंदना ने भी नहीं जाना कि भविष्य में यही अक्षत उसके जीवन का आधार बन अंत तक रहेगा। वैसे अन्त तक तो कोई भी किसी का साथ नहीं निभाता। अपने अन्तिम समय में किसी एक को पीछे छोड़ एकाकी ही चलना पड़ता है पर निलय ने तो।............

यह घटनाएँ भी न जाने कब की भूतकाल की गाथा बन चुकीं। वंदना के सम्बन्ध में जितना सीमा से जाना वहीं तक रहा उसका जीवन परिचय रचना के लिए और फिर कई वर्षों पश्चात रचना के लेख को पढ़कर वंदना का पत्र प्राप्त हुआ, रचना को तो जैसे अपने नेत्रों पर विश्वास ही नहीं हुआ। सीमा से वंदना का पता तक लेने का होश नहीं रहा था तब तो उसको, बस एक उत्सुकता थी तो उसके अतीत को खँगालने की। उसके बाद सीमा से भी तो नहीं मिल पाई। एक बार फिर से सबके लिए पराई बन गई।

हाँ तो उस दिन अयाचित ही वंदना का पत्र पा रचना हर्षातिरेक से आप्लावित हो गई थी।"मुझ से किसी भी माध्यम से संपर्क कीजिए रचना जी" पढ़कर उसका हदय अनिवर्चनीय रोमांचित हो उठा था। उसने कई बार पत्र पढ़ा, प्रत्येक बार एक नवीन मधुरता ने उसका आपाद मस्तिष्क भिगो दिया। वंदना ने लिखा था 'टैली पैथी' पर मेरा अटूट विश्वा़स है आप मानें-ना-मानें। सत्य ही तो है मुझे भी तो आज वंदना का रह-रह कर स्मरण हो रहा था। उसने दूरभाष नम्बर व पता अपनी डायरी में नोट किया व शीघ्रातिशीघ्र सम्पर्क करने का निश्चय कर कार्यालय से निकल गई। उस समय रात्रि का एक बजा था फिर भी उत्सुकता उसको ठकठका रही थी। रचना ने अपने फ्लैट पर पहुँच कर कई बार वंदना का नम्बर डायल किया तथा काट दिया। सोचा किसी भलेमानस के घर पर इस समय घण्टी बजा क्या उसकी निद्रा भंग करना उचित होगा? लेकिन अन्ततः नम्बर मिला ही दिया। रोक नहीं पाई पगली स्वयं को, अपनी सखी का स्वर सुनने की उत्सुकता तथा उत्कंठा ने ही अन्त में विजय पाई।

फोन वंदना के कमरे में ही था। अक्षत का कमरा दूसरा था। वह देर रात तक काम करके वहीं सो जाते थे और बच्चे, वे तो घोड़े बेचकर सोते थे। प्रातः जल्दी उठना हो और अलार्म लगा दें तब भी उठते नहीं थे, फोन के लिए क्या उठते इसलिए वंदना

ने विचार कर अपने ही कमरे में रखा था।

रचना के कान किसी भी कंठ स्वर को सुनने के लिए सतर्क थे उसने प्रणव से प्रार्थना की थी कि फोन वंदना ही उठाए इसलिए सशरीर प्रतीक्षा ही बन गई थी।

उधर से नारी स्वर सुन उसे कुछ सांत्वना मिली। उसने प्रश्न किया, "क्या मैं श्री मती वंदना रावत से बात कर रही हूँ?"

"जी आपने ठीक अनुमान लगाया लेकिन रात्रि की इस नीरवता में आपको मुझसे ऐसा क्या अनिवार्य कार्य आ पड़ा जो अरुणोदय की भी प्रतीक्षा नहीं कर सकती थी?" वंदना ने आश्चर्य प्रकट करते पूछा।

"जी कार्य तो अत्यन्त अनिवार्य ही है, रात्रि की इस नीरवता में यदि आपको कष्ट ना देती तो शेष रात्रि स्वयं असहनीय कष्ट में व्यतीत करती," रचना ने पहेली-सी बना कर उत्तर दिया।

इस उत्तर पर तो वंदना और भी चकित हो गई।

"आपको कष्ट क्यों होता? कौन सा अपराध आपके प्रति मुझसे बन पड़ा है? आप हैं कौन स्पष्ट कहिए ना, पहेली क्यों बुझा रही हैं?" वंदना आक्रोश में बोली।

वंदना का अनुभव था कि रात्रि में किसी भी समय व्यर्थ के कॉल आते रहते हैं तथा अनाप-शनाप बकते जाते हैं वक्ता उस ओर से। खाली समय व्यतीत करने का अच्छा धन्धा खोजा हुआ है टेलीफोन ऑपरेटरों ने। कई बार उनसे उसकी नोक-झोंक भी हुई है। विभाग को शिकायत भी लिख कर भेजी हैं फिर भी यदा-कदा आ ही जाती हैं किन्तु नारी स्वर प्रायः नहीं होते किन्तु आज के युग में कुछ भी सम्भव है। आज की लड़कियाँ जो न करें ....।

"आप तो रुष्ट हो रही हैं वंदना जी! आपके अनुरोध पर ही तो मैने आपको फोन किया है। एक शिक्षिका को इतना क्रोध शोभा नहीं देता, सोचकर देखिए," खिला-खिला कर हँस दी थी रचना उस समय।

उस हास ने वंदना को और भी अधिक चकरा दिया, "मेरे अनुरोध पर? किन्तु मैंने कब अनुरोध किया आपसे?" पत्र की बात भूल ही गई वंदना उस समय, तब तो उसने एक विचित्र उत्साह में भर लिख दिया था।

"हाँ! आप ही के अनुरोध पर। शीघ्रातिशीघ्र सम्पर्क करने का आदेश दिया था आपने मुझे। इससे अधिक शीघ्र तो मैं सम्पर्क करने में असमर्थ थी, क्योंकि आपका आदेश आज ही मेरे दृष्टिपथ में आया था," रचना ने चुहुल करते उत्तर दिया। अपनी वंदना को छेड़ने में उसे असीम सुख का अनुभव हो रहा था।

'दृष्टिपथ' शब्द वंदना के कानों से टकराकर उसके स्मृतिकक्ष में पहुँच गया

तब उसे स्मरण आया कि उसने रचना वशिष्ठ का लेख पढ़ जो पत्र लिखा था उसमें इसी शब्द को प्रयुक्त किया था और तब उसका समस्त आक्रोश वाष्प बनकर वायु में विलीन हो गया बोली, "तो अच्छा अब समझ में आया कि कौन नटखट इस समय फोन करने का साहस कर सकता है," रचना के नाम पर वह भी मौन रही।

"चलिए, समझ लिया तो बूझिए," फिर एक बार छेड़ा रचना ने।

"ओ! रचना सामने आओगी तो कान ऐंठकर इस छेड़छाड़ का उत्तर दूँगी।" "चलो पहचाना तो तुमने इस गरीब को, कहिए मैड़म क्या विषय है तुम्हारा तर्क-वितर्क करने को। तैयारी तो करके रखनी पड़ेगी ना। यह तो बताओ कि मेरा यह आकस्मिक पारितोषिक कैसा लगा?"

"मैं बहुत आह्लादित हूँ रचना। मुझे विश्वास ही नहीं हो रहा कि मैं इस समय अपनी रचना से बात कर रही हूँ।"

"मुझे भी वंदना! कितना स्मरण करती रही हूँ मैं तुम्हें वर्णन नहीं कर सकती, किन्तु तुम्हारा कोई पता-ठिकाना ही मुझे ज्ञात नहीं था। जैसे ही जान पाई बस स्वयं पर वश नहीं रहा और इतनी रात को ....। पहले तो डर रहीं थी कि कोई क्या कहेगा।"

"विस्तार से तो मिलने पर ही बातें हो सकती हैं रचना। बताओ कब आ सकती हो, मैं उस दिन अवकाश लेकर ....।"

"रविवार को तो तुम्हारा साप्ताहिक अवकाश होता ही होगा, क्यों?"

"होता है लेकिन.......।"

"लेकिन क्या?"

"लेकिन यही कि उस दिन सभी का अवकाश होता है और हम लोग शान्ति से बैठकर बात नहीं कर सकते।"

"यह भी एक समस्या है। खैर मेरा तो कभी अवकाश है ही नहीं। जब भी समय निकाल पाऊँगी, आऊँगी अवश्य। अपना हाल तो अभी तक तुमने बतलाया नहीं।"

"हाल तुमने पूछा नहीं, मैंने बतलाया नहीं। समय किसी की प्रतीक्षा नहीं करता इसलिए अपनी चाल से कट रहा है। और क्या कहूँ इससे अधिक इस समय," एक निश्वास के साथ वंदना ने उत्तर दिया।

"इतनी निराशा उचित नहीं है वंदना! वर्तमान को स्वीकारने में ही सर्वाधिक सुख होता है," सान्तवना-सी देते रचना ने कहा।

"बहुत सता लिया मैंने तुम्हें, अब सो जाओ। "मैं मिलने का समय निश्चित

कर तुम्हें सूचित करती हूँ। अपना ध्यान रखना, "कहकर उसने फोन का रिसिवर रख दिया।"

तीसरे दिवस ही रचना समय निश्चित कर वंदना के निवास पर पहुँच गई। अक्षत उस समय अपने कार्यस्थली पर गए हुए थे और अक्षत के संसर्ग से उत्पन्न दोनों बालक पाठशाला। वंदना ने बहाना बना अवकाश ले लिया था।

निवास क्या महल जैसा दुमंजिला भवन था, पूरा-का-पूरा संगमरमर से निर्मित। एक सुखद अहसास ने रचना को विभोर कर दिया। तो यह ताजमहल बनाया है अक्षत ने अपनी जीवित महारानी के लिए। सत्य ही, प्रेमभाव तो इसमें कूट-कूट कर भरा दिखाई देता है। बाहर से तो यही अनुमान लगता है कि अक्षत अपनी वंदना की झोली विश्व के संपूर्ण सुखों से भर देना चाहते हैं किन्तु आन्तरिक स्थिति क्या है यह तो वंदना ही जाने। कोई तो पीड़ा है जो उसके पत्र में स्पष्ट नहीं तो परिलक्षित तो अवश्य हो रही है। सभी सुख व उल्लास प्राप्त कर जिनके लिए उसने अपनी पूर्व संतान को भी त्याग दिया क्या वह सन्तुष्ट नहीं है? अपनी पत्रकार की पैनी दृष्टि से कुछ ही पलों में उसने उस वातावरण का विश्लेषण कर डाला। वंदना उसके लिए जल लेने गई थी उतना समय रचना के लिए पर्याप्त था।

रचना ने वंदना के कॉलेज से निकलने के पश्चात् उसको देखा ही नहीं था। दोनों के मन में एक ही प्रश्न, एक ही समय पर उदय हुआ था जब द्वार की घण्टी रचना ने बजाई। न जाने वंदना अब इतने अन्तराल के पश्चात् कैसी दिखाई देती होगी, पहचान में आएगी अथवा नहीं तथा वैसा ही वंदना रचना के सम्बन्ध में सोच रही थी। कुछ तो परिवर्तन अवश्य आया होगा उसकी रूपरेखा में। समय निश्चित न होता तो सम्भवतः मैं पहचान ही नहीं पाती। कैसी उलटी-सीधी बातें सोच डालती हूँ मैं? क्या मैने सीमा को एक ही दृष्टि में नहीं पहचान लिया था। उससे भी तो मैं कितने ही वर्षों के पश्चात् मिली थी। वह भी विधाता की ओर से दिया गया एक संयोग मात्र था वरना तो ....।

× – × – × – × – ×

वंदना ने द्वार खोला तो रचना के गले से लिपट गई जैसे युग-युग से प्यासी दो आत्माओं का संगम। काशः कोई साक्षी होता उन पलों का तो ....।

सुभीते का स्थान ग्रहण कर रचना ने पूछा, "मेरे लेख को पढ़ने के पश्चात् जिन उत्ताल तरंगों ने तुम्हें व्यथित-विकल कर दिया उनका कोई बड़ा कारण तो अवश्य ही रहा होगा वंदना, मैं आज उन्हीं से परिचित होना चाहती हूँ। बोलो क्या

है तुम्हारी समस्या मेरी सखी?"

"विशेष जैसा कुछ नहीं है रचना। मैं तो केवल उन कन्याओं अथवा महिलाओं के जीवन में आई उस विकराल झँझावात के सम्बन्ध में सोच कर ही सिहर उठी थी जिनको उससे दो-चार होना पड़ा होगा। तुम्हारे लेख में भी तो ....," वंदना ने रचना को निर्निमेष देखते कहा।

"मेरे लेख में? अपने लेख में तो मैने किसी कन्या अथवा महिला का उल्लेख नहीं किया, अपितु उस विषय पर अपना व्यापक दृष्टिकोण रखने की चेष्टा मात्र की है। वह तो केवल मेरा अपना दृष्टिकोण था। समाज उससे सहमत होगा अथवा नहीं वह तो लोगों की समीक्षाएँ आएँगी तभी ज्ञात होगा कि मैं अपने विश्लेषण में कहाँ तक खरी रही हूँ। खैर छोड़ो इन बातों को। उसको पढ़कर तुम्हारे अन्तरमन ने कौन सी तान छेड़ी उसी का वर्णन करो वंदना। मुझे लगता है तुमने भी कभी कोई इस प्रकार का अनुभव अवश्य किया है, कहो सत्य कह रही हूँ मैं अथवा नहीं?"

"देखो रचना नारी जाति को पुरूष एक खिलौना समझता है, जहाँ तक मैं समझती हूँ कोई विरला ही होगी जिसने छोटी-मोटी घटनाओं का भी सामना ना किया हो। सोच कर देखो क्या तुम्हें कभी ऐसी स्थिति का सामना नहीं करना पड़ा!"

"शरीर का प्रयोग निःसन्देह न करते हुए भी बहुत से पुरुष तो आज भी अपने नेत्रों के द्वारा ही स्त्री के सर्वांग को नाप डालते हैं, पिपासु की भाँति एकटक निहारते रहते हैं लेकिन मैं तो ऐसे पुरुषों को उन्हीं की भाषा में उत्तर देती हूँ जिससे कि उन्हें अपनी पलकें झुकानी ही पड़ती हैं।"

"लेकिन सभी तो तुम्हारे समान साहसी नहीं होतीं और तुम भी आज अपनी प्रौढ़ावस्था में यह कह रही हो वह भी तब जब एक समाचार पत्र के लिए कार्य करती हो।"

"मैं तुम्हारी अभिलाषा जानना चाहती हूँ वंदना जिसने तुम्हें व्यथित-विकल किया हुआ है। तुमने कुछ तो सोचा होगा किस प्रकार समाधान करना चाहती हो इस विकराल समस्या का?"

"समाधान कहना उचित नहीं होगा मैं सोचती हूँ कि ऐसी किसी भी त्रासद घटना से गुजरने के पश्चात किसी भी व्यक्ति का कुंठाग्रस्त होना स्वाभाविक है जिसको लेकर ही उसे अपना शेष जीवन व्यतीत करना होता है। कोई-कोई तो भयग्रस्त हो एकाकी ही रह जाती है और यदि विवाहोपरान्त सहना पड़े तो और भी विकट स्थिति हो उठती होगी उसके लिए जिसको मानसिक दबाव के कारण आत्महत्या भी असंभव नहीं लगती है।"

"तो?"

"इसलिए......" कहकर मौन हो गई वंदना।

"चुप क्यों हो गईं। बोलो इसलिए का क्या अर्थ है? जो योजना तुमने बनाई है हम उस पर ही विचार करें तो उचित होगा," रचना ने एक अन्वर्थ प्रश्न वंदना की ओर उछाला।

"मेरी योजना क्या हो सकती है रचना, तुम जिस क्षेत्र में हो उसमें रहकर तुम्हारा अनुभव निश्चित ही विशाल होगा। ऐसे भयावह अनुभव से दो-चार होने वाले कुंठाग्रस्त लोगों के लिए मेरी अभिलाषा है कि हम कोई ऐसा कार्य आरम्भ करें जिसमें वे भागीदार बन उस आजीवन पीड़ादायक भावना से मुक्त हो सकें। अपने मन की जिस ग्रन्थि को वे किसी के सामने नहीं खोल सकते वहाँ आकर खोलें अर्थात कोई संस्था.....।"कह एक सार्थक दृष्टि रचना पर डाली।

"हूँ "का उच्चारण कर रचना विचार मग्न हो गई।

"तुम्हारा मन्तव्य मैं समझ गई वंदना तुम्हारा उदेश्य नेक है किन्तु.......।" शंका रचना के हृदय को मथ रही थी। क्या वह अपने सम्बन्ध में हर किसी के सामने अपना हृदय खोल सकती है खोल भी दे तो क्या जो मेरी भावनाओं ने सहन किया ठीक वैसा ही दूसरा भी अनुभव करेगा? असम्भव। जिस रहस्य को मैने अपने अभ्यंतर में स्थान दिया है वास्तव में क्या वह रहस्य-रहस्य रह पाएगा? कदाचित नहीं। तब जिस कार्य को करने में, मैं स्वयं को असमर्थ समझाती हूँ किसी अन्य से उसकी अपेक्षा करना क्या उचित है?

विचार मग्न रचना का वंदना गहन-गम्भीर भाव से विश्लेषण कर रही थी। मनोविज्ञान ही तो उसका विषय था जिससे दिन-रात जूझती थी। सैंकड़ों विद्यार्थियों की सैंकड़ों मनःस्थितियों को समझना। तदानुसार ही उनके साथ व्यवहार करना ही उसका दैनिक अभ्यास है। कुछ समय तक प्रतीक्षा कर उसने रचना को विस्मृति से बाहर खीचते पूछा," क्या सोच रही हो तुम रचना आत्मविस्मृत होकर?"

"तुम्हारे इस संस्था के विषय को ही अपने मन में तोल कर देख रही थी। तुम्हारा कथन है कि उस संस्था में आकर कोई भी अपना सम्पूर्ण हृदय उपस्थित समूह के सन्मुख खोल स्वयं कोभारहीन कर दे। विचार अच्छा है। किसी के भी सामने जब हम अपनी पीड़ा का प्रदर्शन कर चुकते हैं तो उस दर्द से अल्प-सी राहत तो मिल ही जाती है चाहे वह कुछ समय के लिए ही हो वंदना किन्तु कुछ बातें ऐसी होती हैं जिन्हें हम अपने तक ही सीमित रखना चाहते हैं। यदि दूसरों के सामने अपने उन रहस्यों का वर्णन करेंगे तो क्या वे उसका ढिढोरा नहीं पीटेंगे, तब तो हम उपहास

की सामग्री बनकर ही रह जाएँगें, जिनसे पर्दा रखना चाहते हैं ना चाहते हुए भी उन तक परोक्ष रूप से पहुँच ही जाएँगी बल्कि कुछ बढ़-चढकर ही पहुँचेगी, तब जिस स्थिति का सामना करना पड़ेगा कल्पना मात्र से ही मैं तो सिहर उठती हूँ।''

''इतनी दूर तक तो मैंने सोचा नहीं था किन्तु हम यह तो कर ही सकते हैं कि उस संस्था के सदस्यों से वचन लें कि उस स्थान विशेष पर जो वार्ता हो उसे वहीं पर भूल जाएँ। हमारा उद्देश्य तो केवल किसी के भी दुःख को बाँटना ही है ना।''

''क्या तुम विश्वास के साथ कह सकती हो कि सभी सदस्य उस वचन का पालन करेंगे जहाँ तक मैं समझती हूँ या मेरा अनुभव है वह यही है कि जिस घटना के सम्बन्ध में किसी से कहा जाए कि किसी और को ना बतलाना तो वह किसी एक को तो अवश्य ही बतलाता है यह कहकर कि तुम किसी से न कहना परन्तु एक-एक करके वह सहस्त्रों कानों तक पहुँच जाती है। जिस बात को हम अपने तक सीमित नहीं रख सकते उसको दूसरे से सीमित रखने की अपेक्षा कैसे कर सकते हैं।''

''तब तो यह एक अन्याय करने वाली संस्था बन कर रह जाएगी और सम्भवतः तुमने ऐसे ही कारणों को विश्वासों के बलात्कार की संज्ञा दी है,'' वंदना ने उसकी ओर देखा।

''हाँ! तुमने ठीक समझा है।''

''तब फिर इसके स्थान पर दूसरा क्या कार्य कर सकते हैं रचना, तुम अपना मन्तव्य तो बतलाओ।''

''अभी तक तो मैने इस विषय में कोई विचार ही नहीं किया क्योंकि मैं तो नितान्त अनभिज्ञ थी कि तुमने मुझे क्यों स्मरण किया। वास्तव में तो तुमने मुझे नहीं अपितु रचना वशिष्ठ नाम की पत्रकार को स्मरण किया था फिर भी मुझे तो तुम्हारे ही जीवन के बहुत से पेचों को खालने की उत्कंठा थी। अक्षत का तुम्हारे जीवन में प्रवेश ....,'' बोल एक चौकन्नी दृष्टि रचना ने वंदना पर डाली।

वंदना कुछ सिहर कर बोली, ''तो तुम्हें भी मेरे इस अध्याय का ज्ञान है?'' कुछ पल के लिए वह निस्तेज-सी हो गई।

''घबराओ नहीं, भयभीत होने की आवश्यकता नहीं है।''

''लेकिन तुम्हें ....?'' वंदना ने प्रश्न किया।

''मैने हवाओं से नहीं जाना बल्कि सीमा से ....।''

''ओह!'' एक निःश्वास छोड़ा वन्दना ने।

''और तुम्हारे पुत्र वंदना?''

"छोड़ो इन बातों को, यह फिर कभी। इस समय तो मैने जिस विषय पर चरचा करने के लिए तुम्हें आमन्त्रित किया है वहीं प्रधान है।" "देखो वंदना, तुम्हारे जीवन का यह पन्ना मुझ तक उड़कर पहुँच ही गया ना इसी प्रकार दूसरों के साथ भी यही होने की सम्भावना अधिक है। मैं यह नहीं कहती कि सभी एक ही प्रकृति के होते हैं किन्तु सम्भावना तो है ही ना। जिस कार्य से हम स्वयं ही सन्तुष्ट नहीं हैं उसको औरों के सामने रखना कहाँ तक उचित होगा इसलिए यहीं बैठे-बैठे जब तुम जलपान की व्यवस्था करने गई थीं एक विचार मेरे मस्तिष्क में उभरा है। यदि तुम्हें उचित लगे तो ही निर्णय लेना क्योंकि अधिकांश कार्य तुम्हें ही करना होगा।"

वंदना ने प्रश्नात्मक दृष्टि रचना पर डाली। उसका आशय समझ रचना ने अपना प्रस्ताव अपनी सखी के सामने रखा।

"मेरा विचार है कि हम किसी संस्था का आरम्भ करने की अपेक्षा किसी पत्रिका का आरम्भ कर सकते हैं जिसके लिए अपने जीवन की गुह्यनतम घटनाओं का वर्णन अपनी ही भाषा में करने की छूट होगी। मैं जानती हूँ हर कोई लेखक नहीं होता लेकिन अटपटी भाषा में ही सही जैसा लिख सकता है लिखे। अपने मन के भावों को लिखकर अभिव्यक्त करना भारहीन होने का सर्वोत्तम साधन है।"

"लेकिन रचना, उसमें भी तो लेखक का नाम आ ही जाएगा तब उसके जीवन का दुखद काण्ड और भी अधिक दुखद हो जाएगा तथा गुप्त भी कहाँ रहा?"

तुम ठीक कहती हो लेकिन अनामी लेख भी हो सकते हैं तथा नाम बदल कर भी। तब तो कोई झँझट ही नहीं रहेगा लेकिन उसको तो कुण्ठा से मुक्ति मिल ही जाएगी।"

"तुम्हारे कथन से मैं सहमत हूँ क्यों कि किसी भी घटना को दोबारा उसी रूप में अपनी सम्पूर्ण आत्मा से जी लिया जाए तो मन को कुछ सीमा तक मुक्ति मिल जाती है तथा लेखन के समय कोई भी लेखक किसी पल को बिना जीवन्त बनाए उल्लेख नहीं कर सकता।"

"चलो तुम सन्तुष्ट हुईं तो ठीक है," रचना ने आश्वस्ति की श्वास ली।

"किन्तु आगामी योजना ....।" बात अधूरी छोड़ दी वंदना ने।

"आगामी योजना दूरभाष पर क्यों कि अब मुझे चलना चाहिए। दूसरे कार्य मेरी प्रतीक्षा में हैं," कह मुस्करा दी रचना। "और भी बहुत सी बातें कहनी-सुननी हैं। यह तुम पर मेरा ऋण रहा। तुम भी पत्रिका की रूपरेखा पर चिंतन करना मैं भी। तीन दिनों के लिए मैं बाहर जा रही हूँ। तत्पश्चात् लौटकर फोन करूँगी तब तक ....।"

× – × – × – × – ×

रचना तो उस दिन चली आई थी किन्तु वंदना अपने अतीत के पन्ने पलटने लगी थी। अपने मन की गाँठ खोलने के लिए ही तो उसने यह संस्था का आयोजन सोचा था। अन्दर-ही-अन्दर जो विष वह पीती जा रही थी, जिस दुःख का सर्प नित्य डँक मारता था उसके सम्बन्ध में तो वह अक्षत से भी वार्ता नहीं कर सकती थी। जिन बालकों का उसने त्याग कर दिया था उनके सम्बन्ध में सोच कर भी कलेजा मुँह को आता था। विमाता का कैसा व्यवहार होगा वह सोचती रहती। आभास तो उस समय ....।

सगाई के छः मास पश्चात् ही पिता ने उन दोनों बहनों को एक ही मढ़े पर परिणय सूत्र में बाँध दिया। कंचन का घर-वर तो उसकी आशा के अनुरूप ही निकला। वैसे भी उसकी आकांक्षा का क्षितिज तो संकीर्ण ही था। बाल-बच्चे, चौका-चूल्हा, सप्ताह या मास में एक बार कहीं घूम-फिर आना या सिनेमा देख लिया तो जीवन सफल था किन्तु इसके विपरीत वंदना तो शिक्षित होकर नए क्षितिज का निर्माण करना चाहती थी, परन्तु क्या हो पाया?

वंदना के श्वसुर ने पाँच वर्ष पश्चात् गौना कराने का वचन दे दिया था।

उन्होंने कहा था, "विवाह तो केवल इसलिए कर रहे हैं हम कि हमारा लड़का इधर-उधर भटक ना जाए। आकर्षण का एक केन्द्र तो रहना ही चाहिए आप भी समझते हैं। इस वय में बेटी-बेटे को प्रायः भटकते देखा है। वरना घरवार सम्हालने के लिए हमें सम्प्रति कोई आवश्यकता नहीं है। बड़े पुत्र महादेव की पत्नी तो है न। वह सब कुछ बहुत सुघड़ाई से सँभालती है। उससे हमें कोई शिकायत नहीं है। आशा करते हैं पाँच वर्ष पश्चात् आपकी कन्या भी अपने व्यवहार व कार्यकलापों से हमें सन्तुष्ट कर देगी। तब तक आप उसे पढ़ाते रहें। मुझे अथवा मेरे पुत्रों में से किसी को कोई आपत्ति नहीं है।

विदा होकर वंदना गई थी तो उस घर का वातावरण उसे विचित्र सा लगा था। नाते-रिश्तेदारों की गणना उँगलियों पर की जा सकती थी। आस-पास की महिलाएँ मुँह दिखाई के समय आईं तो सहमी-सहमी सी लगीं। विवाह के घर जैसी चुहुलबाजी का नितान्त अभाव था। उसके अपने घर में तो एक मिनट के लिए भी शान्ति नहीं थी। हँसी-मसखरी से पूरा वातावरण मुखर हो उठा था और यहाँ ....। तभी से वह पोड़सी हरिनी सी चौकन्नी हो गई थी। उसकी जेठानी भी तो सदैव गम्भीर मुद्रा बनाए दिखाई दी थी, हर पल भयभीत सी। उसकी आँखों की दृष्टि ऐसी लगती जैसी

वध के समय ले जाते बकरे की, कातर तथा विवश।

दो दिन रहकर वह वापस लौट आई तो लगा जैसे उसका श्वास लौट आया हो। उसका श्वसुर कैसा-कैसा तो लगा वंदना को जैसे नेत्रों से ही पी जाएगा उसको। उसके ज्येष्ठ की आँखें भी कहाँ नीची होती थीं नई-नवेली दुल्हन के सामने। सम्बन्धों का सम्मान तो जैसे घोलकर पी लिया था उस गृह के पुरुषों ने और सहदेव वह तो हर पल अपनी भाभी के पल्लू से बँधा रहता और भाभी, वह भी देवर पर लाड़ की बौछार किए रहती। कैसे रहेगी वंदना उस घर में? कभी तो पाँच वर्ष समाप्त होंगे ही। सभी कुछ नियति पर छोड़ उसने पढ़ाई में मन लगाने का निश्चय किया।

वंदना ने सोचा था कि पढ़-लिख कर किसी योग्य बन जाऊँगी और स्वावलम्बी हो जाऊँगी तो कदाचित उस पिंजरे से बाहर निकलने का अवसर प्राप्त हो जाए। उसने बड़ी बूढ़ियों को कहते सुना था कि पति को अपनी मुट्ठी में रखो तो सब कुछ सम्भव हो जाता है। वही उसे भी करना पड़ेगा। उसने भविष्य की योजना भी तैयार कर ली किन्तु क्या वह सब सम्भव हो पाया जो उसने सोचा था?

× — × — × — × — ×

एक ओर वंदना की तन्मयता तभी टूटी जब अक्षत ने आकर द्वार की घण्टी बजाई। ओह! कितनी शीघ्रता से व्यतीत हो गया यह समय पता ही नहीं लगा। कितने वर्ष पश्चात् मिली वह आज रचना से द्वार खोलते हिसाब लगाने लगी। आज तो वह अपने सम्बन्ध में मौन ही रही लेकिन चलो जब भेंट हो ही गई है तो अब तो प्रायः अवसर मिलते ही रहेंगे, फिर कभी सही। सन्तोष की एक श्वास ले वंदना ने द्वार खोल दिया। सामने अक्षत खड़े थे मुस्कराते। अक्षत और सहदेव के अन्तर ने उसे सहला कर शान्त कर दिया।

दूसरी ओर रचना वहाँ से निकली तो मार्ग भर अपने कॉलेज हॉस्टल में ही विचारती रही। चलो एक बार पुनः यह हमारा त्रिगुट मिल गया वरना तो यह स्तवक छिन्न-भिन्न ही हो चुका था। आत्मा से एक होकर भी कोई कहीं छिटक गया तो कोई कहीं। वंदना, सीमा, मैं और अक्षत की धाराएँ तो आ मिलीं किन्तु निलय और नलिन? निलय का तो खैर अस्तित्व ही मेरे लिए नगण्य हो गया है और नलिन?

उस दिन जब सीमा से भेंट हुई थी तब नलिन का प्रसंग भी उठा था। उसने बतलाया था कि नलिन से मेरा घनिष्ठ परिचय हो गया था। उस रात जब वंदना बीमार हुई थी तो नलिन वहाँ अक्षत के साथ ही उसे मिला था। उसके बिंदास व्यक्तित्व ने सीमा को प्रभावित किया था। कॉलेज से निकलने के पश्चात् भी उसके

साथ पत्र व्यवहार तो होता ही रहता था। यह कहना भी उचित होगा रचना कि वह मेरा ''पैन फ्रैन्ड' बन गया था। उसका अधिकांश समय दिल्ली से बाहर ही व्यतीत हुआ क्योंकि वह भारतीय सरकार की सेवा में था। इसी क्रम में जब वह पाकिस्तान में भारतीय दूतावास में था तो पत्र लिखने की सुविधा उसे अधिक थी इसलिए सप्ताह में एक पत्र तो उसका आ ही जाता था तथा मेरे लिए भी वह साथ में लिफ़ाफ़ा भेज देता था।

''और तुम सीमा,'' रचना ने प्रश्न किया था।

''सुविधा वह जुटा ही देता था इसलिए मैं भी त्वरित उत्तर दे देती थी। उसके पत्र इतने अधिक भावना प्रधान होते थे कि मुझे भी भावुक बना देते थे। उसी भाव में डूबी न जाने मैने क्या-क्या लिख मारा होगा जिसका स्वयं मुझे भी भान नहीं है,'' कह कुछ समय सीमा मौन रही।

उस भाव से निकल सीमा ने फिर कहा, ''जानती हो फिर क्या हुआ रचना?'' उसके चेहरे पर तिक्त भाव स्पष्ट लक्षित था।''

''मैं कैसे जानूँगी, जब तक बताओगी नहीं। पत्रकार हूँ कोई अन्तर्यामी तो नहीं।''

गर्दन हिलाकर अपनी गलती स्वीकारते उसने कहा, ''यह छोटा सा कथानक मैं तुम्हें इसलिए सुना रही हूँ रचना कि विश्व में किसी पर भी विश्वास नहीं किया जा सकता। पत्रों की भाषा में इतने सुलझे हुए अनुमानित होने वाले व्यक्ति के विध्वंसक कार्यकलाप भी हो सकते हैं मैं स्वप्न में भी नहीं सोच सकती थी। मैने उस पर एक सच्चे मित्र की भाँति विश्वास किया था और उसने ....।''

''और उसने?'' एक आतुर प्रश्न रचना ने किया।

नीम के पत्ते चबा लिए हों जैसे सीमा ने उसी भाव के साथ उत्तर दिया, ''एक दिन उसका फोन आया कि मैं तुमसे मिलना चाहता हूँ सीमा, मेरे लिए कुछ समय निकाल सकोगी?''

''कहाँ मिलूँ नलिन? तुम तो पाकिस्तान में बैठे हो,'' मैने हँसते हुए कहा।

''नहीं अब मैं भारत में ही हूँ और राजधानी में तुम्हारे आस-पास ही रह रहा हूँ।''

''यह सूचना तो तुमने मुझे दी नहीं नलिन, कैसे मित्र हो? वैसे इतने पत्र लिखते रहे हो और अब जब ....।''

''अब तुम्हें पत्र लिखने की आवश्यकता नहीं है सीमा। फोन पर बात कर सकते हैं सो मैने करली,'' उसने ठंडा सा उत्तर दिया।

"पर तुम्हें आए तो कई महीने हो गए," सीमा ने शंका की।

वह मौन रहा जिसका अर्थ था कि सीमा सत्य कह रही थी।

"समझलो कि अतिव्यस्तता के कारण, परन्तु अब तो मिलने का दिन समय बतलाओ।"

"मेरी पूरी समय सारिणी की जानकारी तो तुम्हें है उसी के अनुसार अवकाश के अतिरिक्त किसी भी दिन," सहज उत्तर दिया सीमा ने।

"तो ठीक है परसों बुद्धवार दो बजे। मैं तुम्हें तुम्हारे कार्यस्थल से ले लूँगा उसके पश्चात् जो प्रोग्राम बनेगा देख लेंगे।" नलिन के मस्तिष्क में क्या पक रहा है कैसे जान पाती।"

"मैने तुम्हारे मुख पर आते-जाते भावों का अध्ययन किया है सीमा और अपने अनुभव से कह सकती हूँ कि तत्पश्चात उसने तुम्हारे विश्वास के साथ बलात्कार किया होगा। यही होता आया है, होता है, और होता रहेगा। नारी जीवन की यह भी एक त्रासदी है। किसी पर अटूट विश्वास और उसके पश्चात उसके किरचे बटोरने में ही जीवन शेष हो जाता है। क्या नहीं?" रचना का अत्यन्त जिज्ञासु प्रश्न वायुमंडल में चक्कर काटने लगा।

"सत्य कहती हो रचना। उस नियत समय पर वह टैक्सी लेकर मुझे लेने आया। सम्भवतः अपनी पद-प्रतिष्ठा का प्रभाव मुझ पर डालना चाहता हो। उस दिन तो मेरे साथ ऐसा कोई व्यवहार उसने प्रदर्शित नहीं किया कि मेरे विश्वास का बलात्कार हो," उत्तर देकर सीमा ने निराशापूर्ण दृष्टि रचना पर डाली।

"तब?"

"उस दिन वह सीधा मुझे अपनी प्रेमिका के निवास तक ले गया, समीप पहुँच कर उसने मुझे वह स्थान दिखा विनती की कि मैं उसकी प्रेयसी से उससे मिलने के लिए आवेदन करूँ,"वाक्य पूर्ण करते एक विवश भाव उसके मुख पर छा गया।

मैंने कहा, " तो उसी के साथ इतने समय से इतना अधिक व्यस्त थे कि मुझे फोन तक करने का अवकाश नहीं मिला,"चुटकी सी लेते ही पूछा।

"यही समझलो, लेकिन अब वहाँ जाओ तो उससे मिलने के लिए मेरे प्राण छटपटा रहे हैं और तुम............?" नलिन के नेत्रों में एक अवशभाव घर कर गया।

"और तुम चल पड़ीं घटना मनोरंजक है। जिसे जानती नहीं, पहचानती नहीं उसे उसके प्रेमी से मिलाने का अथक प्रयास, वाह मान गए तुमको सीमा," और रचना मुस्करा दी।

" हाँ उस दिन बहुत धर्मसंकट में फँस गई थी मैं। यदि ना जाती तो अपने

मित्र के संकट में उसका साथ न देने का बोध होता रहता। जाने पर एक अपरिचित के यहाँ कैसे स्थिति को सँभालूँगी। मान लो वही सामने पड़ जाए साथ में कोई और भी हो तथा उन्हीं से पूछूँ कि,“ क्या लावण्य से मिल सकती हूँ? तो क्या कह कर अपना परिचय दूँगी? सन्देह की स्थिति निश्चित ही बन जाएगी, जो लावण्य को पहचानती भी नहीं वह उससे क्यों मिलना चाहती है जैसे कितने ही प्रश्न उठ खड़े होंगे। एक उहापोह की स्थिति................।”

“तो लावण्य नाम था उसका। नाम तो सुन्दर है, रूप रंग भी उसके अनुरूप ही रहा होगा वैसे हमारे देश में प्रायः विरोधाभासी नाम रखने की प्रवृत्ति देखी जाती है,” बीच में ही सीमा की बात काटकर हँसते हुए रचना बोल उठी थी।

“आयु का अनुमान व रूप रंग की अल्प सी जानकारी मैंने नलिन से ले ली थी जिससे किंचित तो पहचान सकूँ,” एक अल्प सा विराम लेने के लिए सीमा रुकी। तदुपरान्त स्मरण करके कहने लगी,“ भाग्य ने उस दिन मेरा साथ दिया रचना, जिस स्थिति को लेकर मैं घबरा रही थी उसका सामना नहीं करना पड़ा। घण्टी बजाने पर जिसने द्वार खोला वह एक प्रौढ़ा स्त्री थी। नलिन के बतलाए हुलिए से उसका मिलान नहीं हो रहा था, प्रश्न उसकी दृष्टि में मँडरा रहा था।”

“कहिए?”

“जी लावण्य से मिलना है,” आत्मविश्वास समेट मैंने उत्तर दिया जिससे प्रश्नकर्ता को किसी प्रकार का सन्देह न हो।

“आप कौन हैं? मैंने आपको पहचाना नहीं।”

“मैं उसकी मित्र हूँ।”

अब चकित होने की उसकी बारी थी, कहने लगीं,“ मित्र हो आप, कहाँ बनीं मित्र? मैंने तो आपको इससे पूर्व कभी देखा नहीं।

सीमा ने उत्तर के स्थान पर एक प्रश्न ही दाग दिया,“ आप लावण्य की क्या लगती है?”

“मैं उसकी बड़ी भाभी हूँ।”

सन्तोष की श्वास लेने जैसा उपक्रम कर सीमा ने मुस्कराते हुए उत्तर दिया “ओह! नमस्ते भाभी जी, आप पहचानेंगी कैसे पहले कभी हम मिले ही नहीं। वास्तव में लावण्य मेरी सहपाठिन है, उसके विवाह का समाचार जान मैं स्वयं को रोक नहीं पाई सोचा अपनी सखी को बधाई तो दे ही आऊँ। बात ऐसी है कि मैं दिल्ली से बाहर रहती हूँ। कभी-कभी आना-जाना होता है तो मिलने का समय ही नहीं मिलता लखनऊ में मेरी ससुराल है। इतनी दूर से रोज-रोज आना.........आप समझ सकती हैं।”

विवाहित होने के कारण उनका भय समाप्त हो गया। आमन्त्रित करतीं बोलीं "आप बैठक में बैठिए मैं लावण्य को भेजती हूँ। चाय पीकर ही जाइए," उस समय उनके मुख पर मुस्कान नाच रही थी। कितने यत्न से वह अपनी ननद को रख रही हैं एक गर्व तथा सावधानी का भाव उस मुस्कान में था।

"पर आपका नाम?" जाते-जाते रुककर उन्होंने पूछा।

"मेरा नाम उमा है," मुस्कराते हुए एक बार फिर छला उसने उनको।

"एक किला तो तुमने विजित कर लिया सीमा, एक शेष रहा उसकी विजयगाथा सुनाओ मनोरंजक है।"

"हाँ दूसरे किले की प्रतीक्षा मुझे भी थी। मैं लावण्य के रंग रूप की कल्पना में डूबी थी कि एक लड़की मेरे सामने आकर खड़ी हो गई। अपरिचय का भाव उसके मुख पर स्पष्ट परिलक्षित हो रहा था। नलिन ने जैसा वर्णन किया था उसका सर्वांग उसके विपरीत था। तो क्या भाभी जी ने भी मुझको परीक्षा में डाल दिया। जैसे मैंने उन्हें पग-पग पर छला है वह भी मुझे......।" पल भर में ही सोच गई।

फिर भी मैं साहस कर बोली क्यों कि वह पहले मेरे शब्दों की प्रतीक्षा में थी "लावण्य जी जिस प्रकार आप मुझे नहीं जानतीं उसी प्रकार मैं भी आपको नहीं जानती।"

"फिर भी आपके आने का उद्देश्य," इधर-उधर ताका उसने।

"नलिन को आप जानती-पहचानती हैं यह तो सत्य है। उसी ने मुझे भेजा है। वह चाहता है कि आप इस विवाह से विमुख हो जाएँ। वह आपसे अतीव प्रेम करता है और विवाह करना चाहता है। किसी प्रकार एक बार आप उससे मिल लें। चाहें तो अभी ही, वह बाहर अपकी प्रतीक्षा कर रहा है। आपकी भाभी को कोई सन्देह नहीं होगा। उनको मैंने विश्वास दिला दिया है कि आप मेरे साथ पढ़ती थीं" मनुहार सी करते मैंने उत्तर दिया। "मुझे किसी नलिन से नहीं मिलना उमा जी! आप जाकर बोल दीजिए कि मेरे स्वप्न देखने बन्द करे। भूखा भेड़िया! कहीं का। मैं वैश्य हूँ और वह चौहान, इसलिए वैसे भी उसके साथ मेरा सम्बन्ध नहीं हो सकता। मेरे अभिभावक मेरे शुभेच्छु हैं, जो कर रहे हैं सोच-समझकर कर रहे हैं। मैं उसके लिए अपना जीवन बलिदान नहीं करना चाहती," कहने के साथ ही वह जिधर से आई थी उधर ही वापस लौट गई। मेरे पास भी लौट आने के अतिरिक्त कोई चारा न था। जो नलिन ने चाहा था वह तो पूरा नहीं हुआ किन्तु सीमा को सन्तोष था कि एक मित्र के लिए उसने सच्चा प्रयास किया था।

रचना जो उत्सुक होकर सुन रही थी, खिलखिला कर हँस पड़ी, "वाह! क्या

सच्चा प्रेम है और उसकी परिणति और भी मधुर। तुम्हारे उस नलिन की क्या प्रतिक्रिया हुई सीमा?''

''प्रतिक्रिया में वह निराश होकर वापस लौट गया। उसका प्रेम-भवन पलभर में ही ताश के पत्तों की भाँति ढेर हो गया था और मैं ....,'' उस समय के भाव को स्मरण करते सीमा ने कहा।

''और तुम?''

''जिस आदर से टैक्सी में गई थी वह धरा-का-धरा रह गया। नलिन ने पलटकर यह भी जानने का प्रयत्न नहीं किया कि मैं कैसे वापस जाऊँगी, मुझे मार्ग का ज्ञान भी है अथवा नहीं। लेन के बाहर तक हम मौन साथ-साथ आए और उसके बाद उसने एक खाली आटोरिक्शा को रुकावाया और बैठकर नौ-दो-ग्यारह हो गया। मैं देखती-की-देखती रह गई।

ठीक उस क्षण मुझे लावण्य के शब्द 'भूखा भेड़िया कहीं का' स्मरण आए जो मार्ग भर मुझे घेरे रहे। उन शब्दों के अर्थ का विश्लेषण करने के प्रयास में ही न जाने कब मेरा बस स्टॉप आ गया। नित्य का अभ्यास था इसलिए उतर गई वरना तो . ...। मन क्षुब्ध हो गया था, मस्तिष्क शून्य, पाँव लेकिन चलकर निवास तक पहुँच गए,'' उसने बतलाया था।

''तो यह कहानी है तुम्हारे विश्वास के टुकड़े-टुकड़े होने की,'' रचना ने सहानुभूति सी दर्शाते कहा।

''नहीं रचना इससे मेरे विश्वास का एक अंग तो अवश्य भंग हुआ किन्तु उसका ही अपनी प्रेयसी के उत्तर से अधिक हुआ। मेरा तो उसके पश्चात् ....।''

''उसके पश्चात् भी और शेष है, कथा रोचक बनती जा रही है सीमा। अक्षत का वह मित्र इस प्रकार की मनोवृति वाला है तो अक्षत भी ....,'' रचना ने गुरू गम्भीर स्वर में अपनी प्रतिक्रिया व्यक्त की।

''वंदना से अधिक मिलना हो ही नहीं पाता जो अक्षत के सम्बन्धों का ज्ञान हो पर नलिन का तो ....। उस घटना के लगभग दो मास के पश्चात् एक दिन अनायास ही नलिन का फोन आ गया। मैं चकित हो गई क्योंकि मैं तो समझ चुकी थी कि वह सम्भवतः अब स्वयं को मुख दिखाने के योग्य ही न समझे। उसका व्यवहार ही कुछ ऐसा रहा जिसने सोचने को विवश किया।''

''फिर तुमने क्या किया सीमा?''

''करती क्या, बोलना तो पड़ता ही वरना तो वह बार-बार नम्बर मिलाता। स्वर सुनकर मैंने कहा—''

''ओह! तुम नलिन मैं तो समझी थी कि तुम अब संसार से विरक्त हो चुके हो,'' अपने मन की समस्त कटुता इस एक वाक्य में उड़ेल दी मैने।

''हास्य छोड़ो सीमा! मैं विरक्त क्यों होऊँ भला? किसी के विश्वासघात से पराजित हो मैं संसार से मुँह क्यों मोड़ूँ? लज्जा तो किसी और को आनी चाहिए। खैर छोड़ो, कब मिल रही हो बतलाओ।''

''उसके दुस्साहस पर मैं और भी स्तम्भित हो गई बोली, ''मेरे पास समय का नितान्त अभाव है नलिन, घर-बाहर दोनों का उत्तरदायित्व है मेरे कन्धों पर तुम जानते ही हो। जब चाहो फोन द्वारा ही एक दूसरे का हाल जाना जा सकता है।''

''उसके बाद?'' रचना ने प्रश्न किया।

''नलिन के ढीठपन ने मुझे चिढ़ा ही दिया, प्रत्युत्तर में कहा'', ''सत्य यह है सीमा कि तुम कायर हो, मेरे निवास पर आते तुम्हें भय लगता है।''

''निवास की बात तो तब तक हुई नहीं थी फिर भी उसके उन शब्दों ने अग्नि में घृत का कार्य किया। मेरा दृढ़ व्यक्तित्व इस ललकार को सहन न कर सका तथा नलिन का अभीष्ट पूर्ण हो गया। यही तो चाहता था वह मैने कहा'', ''देखो नलिन सत्य यही है कि मेरे पास समय नहीं है। तुमसे भयभीत होने का तो कोई कारण मुझे नहीं मिलता। तुम्हारे निवास पर आने का अर्थ है अपने कार्य से अवकाश लेना, वैसे भी बच्चों के कारण बहुत अवकाश हो जाते हैं, फिर भी यदि कोई अत्यावश्यक कार्य है तो दिन व अपना पता नोट करा दो मैं पहुँच जाऊँगी। सीमा के शब्दकोष में भय जैसा कोई शब्द नहीं है इसलिए अपने मन से उसको निकाल दो। वैसे भी भय और सीमा का छत्तीस का सम्बन्ध है नलिन। ज़ल्दी बोलो कार्य मध्य में ही छोड़कर तुमसे बात कर रही हूँ।''

''परसों अर्थात बुद्धवार को मैं ऑफिस नहीं जा रहा। तुम पहुँच जाना। लंच हम साथ ही करेंगे। मेरा पता है ....। ठीक है? मैं प्रतीक्षा करूँगा,'' ''स्वीकारोक्ति के पश्चात् उसने फोन रख दिया। मेरे उत्तर की प्रतीक्षा भी नहीं की।''

''उसके बाद?'' रचना भी घटनाक्रम से अत्यधिक उत्तेजित हो गई थी। नलिन के चरित्र का विश्लेषण नहीं कर पा रही थी। कभी एक विचार बनाती तो दूसरे ही पल वह ध्वस्त हो जाता तथा नए सिरे से आरम्भ करती। विचित्र जीव है यह नलिन भी उसने सोचा।

''मैं नियत समय पर उसका पता ढूँढ़ कर पहुँच गई। उसे मेरे साहस पर विश्वास नहीं था या अपने भाग्य पर कौन जाने। वह मेरी प्रतीक्षा नहीं कर रहा था उसका विचार था कि टालने भर को मैने उसे वचन दिया है पहुँचूँगी नहीं।''

''तो तुम आ ही गईं सीमा! तुम्हारे साहस पर बधाई देने की अभिलाषा है एक

बार भी तुमने यह नहीं सोचा कि मैं यहाँ अकेला रहता हूँ? आस-पास के निवासी क्या विचार करेंगे हमारे सम्बन्ध में?''

''मैं हतप्रम थी रचना, बुलाया और विश्वास भी नहीं था। कोई मित्र क्या ऐसा भी होता है?''

''तत्पश्चात्''

''कुछ समय तक इधर-उधर की बघार कर हमने उसी कॉलोनी के मार्केट में एक छोटे से रैस्तराँ में बैठ लंच लिया। वास्तविक उद्देश्य पर तो वह उसके बाद आया। उसने सोचा होगा कि 'भूखे भजन न होई गोपाला' अथवा शिकार के लिए चारा डालना आवश्यक है या कि स्त्रियाँ खाने की लोभी होती हैं। उन्हें खिला-पिला कर अपने किसी भी ओछे-से-ओछे उद्देश्य की भी पूर्ति कर लो।''

वापस लौटने के पश्चात् कुछ समय तक मौन रहकर उसने मेरे शरीर के साथ छेड़-छाड़ आरम्भ कर दी। सर्वप्रथम हाथ-पर-हाथ धरा। वहाँ तक तो मैने सहन किया। वैसे भी औपचारिकता में बहुत से लोगों से हाथ मिलाना पड़ता था, आधुनिक सभ्यता की माँग थी वह किन्तु जब उसने जंघा पर हाथ धरा तो मैने एक दाहक दृष्टि से नलिन की ओर देखकर कहा–

''देखो नलिन यह सत्य है कि मैं आस-पास वालों की परवाह नहीं करती। वह मेरे किसी सुख-दुःख के भागीदार नहीं हैं, ना ही उनके द्वारा मेरा जीवन निर्वाह होता है। तुम और मैं यहाँ अकेले हैं इसका यह अर्थ कदापि न लगाना कि सीमा दुर्बल है। तुम्हारी घृष्ट चुनौती का उत्तर देने ही उपस्थित हुई हूँ, तुम्हारी कामवासना को शान्त करने वाली पुंश्चली नहीं हूँ। तुम्हारे हृदय में ऐसा ओछा विचार आया भी कैसे? ठीक ही कहा था तुम्हारी उस कथित प्रेमिका ने 'भूखा भेड़िया' तभी तो उसने भी प्रेम-पीड़ित होने के बाद भी तुम्हें त्याग दिया। तुम्हारा वास्तविक रूप और उसके शब्दों का अर्थ आज पूर्णरूपेण समझ में आ गया।'' झटके से उसका हाथ हटाते मैने एक घृणित दृष्टि उस पर डाली।

''और वह सुगमता से मान गया?''

''नहीं वह पूरा निर्लज्ज था। अपनी शारीरिक शक्ति का प्रदर्शन कर मुझे विवश करने का साहस तो उसको नहीं हुआ परन्तु मनुहार पूर्वक बोला'', ''सीमा तुम्हारे साथ कोई शक्ति परीक्षण करने की मेरी अभिलाषा नहीं थी किन्तु अपनी मित्र से विनती तो कर ही सकता हूँ।''

''तुम और मित्र नलिन? बहुत बड़े धोखे में थी किन्तु अब तो सब स्पष्ट है। आँख खुल गई हैं मेरी भी, मैं तो तुम्हें सज्जन पुरुष समझ बैठी थी, नहीं जानती थी

कि ग़लत हूँ," घृणा से ओष्ठ सिकुड़ गए।

"मैं अन्यथा नहीं कहता सीमा, मुझे डॉक्टर से परामर्श मिला है।"

"यही कि अपनी मित्र के साथ बलात्कार करो, उसके विश्वास के साथ बलात्कार करो," बीच में ही उसकी बात काटते मैंने कहा।

"नहीं क्यो कि मुझे स्वप्नदोष का रोग है इसलिए उसने किसी के साथ.... ....।" दृष्टतापूर्ण स्वर में उस अनपत्रप ने उत्तर दिया।

"तो उसका उपाचार मैं नहीं हूँ। एक परिणिता और वह भी दो बच्चों की माँ के सामने ऐसा प्रस्ताव रखने का साहस भी किस प्रकार किया तुमने नलिन? धिक्कार है तुम्हें। यदि कोई दुःस्साहस दिखाओगे तो मुझे भी कोई कठोर और अपरिहार्य मार्ग अपनाना पड़ेगा जो तुम्हें जीवन पर्यन्त नपुंसक बनाने के लिए पर्याप्त होगा। न जाने पुरुष जाति स्त्री को मिश्री की डली क्यों समझती है कि मुख में डालो, चूस लो, और समाप्त। आज समझ में आ रहा है कि उस छिपकली-सी साँवली लड़की में तुमने क्या देखा और उसने तुम्हारी इस पशुवत भूख से घबरा कर......। कोई भी डॉक्टर यह परामर्श नहीं देता कि उपचार मात्र के लिए अपनी मित्रों का चीर हरण करो। यदि ऐसा ही कोई रोग है तो वेश्यालय में जाकर शान्त करो। तुम जैसे निकृष्ट लोगों के लिए वही उचित स्थान है परन्तु वहाँ तो धन का अपव्यय होता है, सौ रोग पृथक में लगते हैं। फोकट में ही............। जाओ आज से सीमा के जीवन से तुम्हारा अध्याय समाप्त हो गया। सीमा का मित्र बनने की योग्यता तुम में नहीं हैं," उत्तेजित होकर बाहर निकल आई सदैव के लिए अलविदा कहकर। शायद अपनी ललकार के लिए मन-ही-मन पछता रहा हो।

रचना "दैनिक प्रकाश" के कार्यालय पहुँच चुकी थी अपना सब व्यक्तिगत बाहर के संसार में छोड़कर।

× – × – × – × – ×

रचना ने पत्रिका के सम्बन्ध में अपने कई सहयोगियों के साथ विचार विमर्श किया। सभी ने इस विचार तथा प्रयास की सराहना की लेकिन एक बड़ी समस्या जो इसके कार्यान्वयन में आ रही थी वह थी आर्थिक बाधा। यह सत्य है कि धन के अभाव में तो बड़े-बड़े धन-कुबेर कई बार व्यवसाय में डूब जाते हैं तो मध्य वर्गीय वंदना तथा रचना इसको कैसे स्थायी बना पाएँगी।

उससे मिलने के तीन दिन पश्चात इस समस्या पर विचार करने के लिए उसने वंदना को अपने ऑफिस में ही बुला लिया जिससे वार्ता के साथ-साथ वह

अपना कार्य भी निपटाती रहे। उसका अपना अनुभव भी तो यही था कि आर्थिक दृढ़ता अपरिहार्य है। उसके अपने समाचार पत्र "दैनिक प्रकाश" को चलाए रखने के लिए ही कितने सारे विज्ञापनों का जुगाड़ पत्र के स्वामियों को करना पड़ता था। कर्मचारियों का वेतन, मशीनों का व्यय, कागज़, स्याही भत्ते, और न जाने क्या-क्या। चलो यदि पत्रिका के लिए कर्मचारियों की आवश्यकता न भी हो वंदना या और उसकी कोई सहयोगी मिलकर ही उस कार्य का निष्पादन करलें तो भी कागज़ मीटिंग्स में चाय-पान का व्यय छपाई का व्यय। मीटिंग स्थान का प्रबन्धन व्यय वह तो करना ही पड़ेगा। उस भार को क्या वंदना अकेली उठा सकेगी और अक्षत? अक्षत क्यों अपने परिश्रम का धन इस व्यर्थ के कार्य पर व्यय करेंगे। मैं अपने नहीं अक्षत के विचारों को ही दोहरा रही हूँ। उनके लिए इस प्रकार के खर्च व्यर्थ ही होते हैं। कहेंगे किसी ने अपने मन की बात लिख भी दी तो कौन सा अपना या पराया किसी का भी भला होने वाला है। लोगों के सामने ढिंढोरा पीटना है तो वैसे ही पड़ोसियों के घर पर बैठकर जोर-जोर से बोलना शुरू कर दें आस-पास के दस लोग तो अवश्य ही सुन लेंगे। तुम लोगों का लक्ष्य भी पूरा हो जाएगा क्यों रचना? रचना से भी अपनी बात का समर्थन माँग कर वंदना के विचारों को शून्य कर देंगे।

वंदना ने ही उस दिन बतलाया था कि अक्षत पैसे-धेले के मामले में बहुत चौकस हैं। स्वयं चाहें तो लाखों खर्च कर दें लेकिन मुझे सौ रूपये खर्चने का भी अधिकार नहीं है। मैं जो साड़ियाँ पहनती हूँ सब अक्षत की लाई हुई हैं मेरी अपनी कोई पसन्द नहीं है। दुकान पर साथ रहने पर भी मैं अपनी पसन्द नहीं बतला सकती और कभी कह दूँ कि यह साड़ी मुझे पसन्द आ रही है तो उसमें कई कमियाँ निकाल देंगे लेकिन क्रय नहीं करेंगे।

"तुम तो स्वावलम्बी हो, तुम्हारी अपनी आय है उसमें से तुम क्यों नहीं खरीद कर लातीं? रचना ने कहा था।"

हँस कर वंदना ने उत्तर दिया, "मेरी अपनी आय? जानती हो पहली तारीख को ही ले लेते हैं। यदि कभी आने-पाई साथ में मिलते है और वह मैं यह सोचकर नहीं देती कि इन दो-चार आनों का क्या देना है तो मालूम है क्या करते हैं?

रचना ने उत्सुक एवं हैरान होकर देखा वंदना को। वंदना ही फिर बोली," अपनी पे स्लिप तो दिखाओ हिसाब से तो इतना बनता है और तुमने दिए कम हैं। जब तक उन दो-चार आनों को भी नहीं निकलवा लेते सन्तोष की साँस नहीं लेते और मैं अदृश्य क्रोध में एक-एक पाई निकाल कर सामने पटक देती हूँ।"

हैरान हो गई थी रचना इस बात को सुनकर सोचा वाह री "नारी स्वतन्त्रता"

या अक्षत उस मानसिक आश्रय का प्रतिदान माँग रहे हैं जो उन्होंने वन्दना को उसकी असहाय परिस्थिति में दिया था पर वंदना से कह न सकी सोचा व्यर्थ ही उसके मन की पीड़ा द्विगुणित हो जाएगी, तो क्या नारी की आत्मनिर्भरता भी व्यर्थ है? नहीं यह तो किसी-किसी के साथ ही होता होगा। मैं तो अपनी आय की स्वतन्त्रत इकाई हूँ। वंदना ने आगे बतलाया था कि यदि प्रतिवाद करो तो उत्तर देते हैं।

"वँदू बतलाओ तो किस वस्तु का अभाव छोड़ा है मैंने तुम्हारे लिए? गाड़ी है, बंगला है, सुन्दर और महँगे वस्त्र पहनती हो, अच्छा खाना खाती हो। आभूषणों की भी कोई कमी तुम्हारे पास नहीं है। कहीं घूमने जाना चाहती हो तो क्या मैं तुम्हें पूरे पैसे देकर नहीं भेजता बोलो?"

"और तुम्हारा प्रत्युत्तर वन्दना?"

"मेरा प्रत्युत्तर क्या रचना..........अधिक हुआ तो कह दिया कि मेरी अपनी आय पर भी मेरा अधिकार नहीं है, मेरी अपनी कोई स्वतन्त्र इच्छा कभी.....। बस अक्षत इसीलिए कह दिया वरना मुझे तुमसे कोई.......। यही कह वंदना मौन हो जाती।"

"मेरी तुम्हारी आय क्या दो हैं? घर का सम्पूर्ण भार मुझ पर है। पूरे दिन सर खपाता हूँ , खटता हूँ तो क्या केवल अपने लिए बोलो?"

क्षमा माँग वन्दना चुप हो जाती है झगड़े को क्या बढ़ाना सोचती है। एक को छोड़ दूसरे का आश्रय थामा अब और कहाँ जाएगी? दो पुत्र वहाँ छोड़े एक पुत्र और एक पुत्री यहाँ हैं किस-किस का त्याग करेगी। अभी तो उसी घायल ममता के घाव नहीं भरे और सहने की शक्ति भी उसमें शेष नहीं है। जिन्हें ज्ञात है वे तो सब यही कहते हैं कि कैसी निर्मम माँ है अपने सुख-आराम के लिए बालकों को विमाता के चंगुल में फँसा दिया। स्वयं तो ऐश्वर्य में डूबी है और पुत्र.............।

ओह! क्या बात चल रही थी और मैं पहुँच कहाँ गई। बात तो पत्रिका की हो रही थी। हाँ तो रचना ने वन्दना को पत्रिका के सम्बन्ध में विचार-विमर्श करने के लिए अपने ऑफिस में बुला लिया था वह निश्चित समय पर पहुँच भी गई थी। सदैव से ही वन्दना समय की बहुत पावन्द है इसलिए उसका समय पर पहुँचना किसी को आश्चर्यचकित नहीं करता।

उसका कथन हैं ,"समय अमूल्य धन है भाई उसको व्यर्थ करने से कैसे चलेगा। जो पल व्यतीत हो गया। वह क्या लौट कर आने वाला है फिर हाथ मलकर पछताते रहो।"

उसकी इसी प्रकृति का ध्यान कर रचना अपना अत्यन्त आवश्यक कार्य पूर्ण कर समेट चुकी थी। छोटे-मोटे कार्य तो बीच-बीच में आते ही रहते हैं। उन्हें तो उसी

समय करना पड़ता है। समाचार पत्र का कार्य ही ऐसा है जिसमें दिन-रात का भेद ही समाप्त हो जाता है।

चपरासी को पहले ही निर्देश दे चुकी थी कि उससे कोई महिला मिलने आएँ तो तुरन्त ससम्मान उसके पास छोड़ जाए। चाय-पान आदि के बारे में भी पहले ही आदेश दे चुकी थी। चपरासी के साथ वन्दना को देखते ही रचना अपनी सीट से खड़ी हो उसके स्वागतार्थ द्वार तक आई तथा उसे निकट रखी कुर्सी पर बैठा स्वयं अपनी सीट पर बैठ गई।

मुस्करा कर पूछा,'' पहुँचने में कोई कठिनाई तो नहीं हुई वंदना?''

'' इसी शहर में रहती हूँ रचना, स्थानों से भी परिचित हूँ। समाचारपत्र का कार्यालय खोजना तो बिल्कुल ही कठिन नहीं होता। आस-पास के लोग या आस-पास से गुजरने वाले लोगों की इतने बड़े-बड़े वर्णो में लिखे दैनिक प्रकाश पर दृष्टि पड़ती ही होगी,'' प्रत्युत्तर दे मुस्करा दी।

''अब अपने विषय पर बात करें वन्दना जिसके लिए तुम्हें इतनी दूर दौड़ाया है।''

वंदना ने गर्दन हिलाकर स्वीकारोक्ति दी।

''मैं इस पत्रिका के विषय में कई दिन से विचार कर रही हूँ। अपने सहकर्मियों के मध्य भी चरचा की है। सभी का मत है कि हृदय की गुप्त गुफाओं के द्वार खोल उनमें स्वच्छ वायु व प्रकाश के पहुँचाने का लेखन से अधिक उत्तम साधन कोई और नहीं है लेकिन.....।'' कहकर अटक गई रचना।

''लेकिन क्या रचना?''

''मुख्य समस्या इसके कार्यान्वयन की है। किसी भी पत्रिका को चलाए रखने के लिए व्यावसायिक विज्ञापनों की अत्यन्तावश्यकता होती है वरना तो इस पर होने वाले व्यय का वहन कौन करेगा? हम लोगों में से कोई भी आर्थिक रूप से इतना सशक्त नहीं है कि इस पर प्रतिमास आने वाले व्यय का सामना कर सकें। क्या यह सही नहीं हैं?''

''यह समस्या तो अपने आप में बहुत गम्भीर है रचना चलो और कोई?'' विचार करने के लिए समय मिल जाएगा सोचा वन्दना ने।

''दूसरी इसकी सदस्य संख्या। किस माध्यम से हम बतलाएँगें कि ऐसी किसी पत्रिका का शुभारम्भ हो रहा है कि जिसके माध्यम से कोई भी अपनी पीड़ा लेखन के माध्यम से प्रस्तुत कर उन्हें उस प्राणघाती भावना से मुक्ति दिलाएगी। और तीसरा है उनके विश्वास पर विजित होना।''

"इसके अतिरिक्त," वंदना ने जिज्ञासु प्रश्न किया।

इसका नामकरण

"और तुमने इस सम्बन्ध में क्या उपाय सोचे हैं? इस क्षेत्र में मेरा अनुभव तो तुमसे अधिक नहीं है रचना।"

वंदना उहापोह में पड़ गई। वह क्या करे कि पीड़ित अन्तर्रात्माओं को कुछ राहत दिला सके। इस सेवा से ही तो उसे भी अपनी कुंठित भावनाओं से मुक्ति मिलेगी तथा यही उसका अपने अतीत के लिए प्रायश्चित भी होगा जिसमें एक वत्सला के रूप को लांछित किया है उसने, लेकिन वह भी क्या करती? उसकी विवशता ने उसे पराजित कर दिया वरना कौन माँ अपने नन्हें, कोमल फूल से पुत्रों को त्यागना चाहेगी जब कि इस देश में पुत्र की कामना में न जाने कितने लोग देवी-देवताओं के द्वारा पर मन्नत माँगते, माथा टेकते अपने कई जोड़ी जूतों का बलिदान कर देते हैं, वहीं उसको देवता का प्रसाद बिना किसी मन्नत के ही मिल गया। पुत्री होती तो .... वंदना सोचते-सोचते बुदबुदा रही थी। सम्भव है उसके ससुराल गृह में धरती चूमने के साथ ही उसका गला घोट कर मार डाला जाता। आज प्रथम बार उसका ध्यान उस ओर गया। छः-सात वर्ष के अन्तराल में उसने किसी के यहाँ भी कोई पुत्री नहीं देखी । अपने विवाह के समय भी उसने लड़कियाँ कहाँ देखीं? न सहदेव की किसी बहन का कोई प्रसंग कभी आया और न ही बुआ का। ओह तो मेरा विचार सत्य ही लग रहा है और उसके रोयें-रेशे उद्वेलित हो उठे। नियन्ता ने उसके जीवन का एक पक्ष तो उजला कर ही दिया वरना पुत्री वध की वह त्रासदी क्या वह सह पाती। अभी तो पुत्र-त्याग की अग्नि ही सागर जैसे उसके तरल हृदय में बडवानल की भाँति धधक रही है तब तो वह बधिक की श्रेणी में ही खड़ी हो जाती। केवल अपराध करना ही नहीं अपराध सहना भी उतना ही घातक होता है। सब कुछ मेरी आँखों के सामने ....।

"कहाँ हो तुम वन्दना?" बहुत देर से विचारलीन देख रचना ने झकझोरा।

"हाँ, किसकी पुत्री की बात कर रही थीं तुम?" वन्दना ने पूछा।

"पुत्री? पुत्री नहीं पत्रिका की बात कर रहे थे हम। तुम क्या स्वप्न देख रही थीं?" स्तब्ध-सी थी रचना अपनी सखी की अर्धचेतना पर।

"स्वप्न नहीं, युगसत्य का अन्वेषण कर रही थी," भावजगत से वास्तविक जगत में आते वंदना बोली, "खैर छोड़ो, तुम प्रचार विषयक कुछ कह रही थीं," उसने जोड़ा।

"हाँ, किसी भी वस्तु को विक्रय करने से पूर्व उसका प्रचार आज की सर्वोपरि आवश्यकता है। उसकी विज्ञप्ति के लिए हम कौन से साधन अपना सकते हैं इन

पर विचार करना होगा वंदना, तुम्हारा क्या सुझाव है सर्वप्रथम तुम ही बतलाओ क्यों कि कल्पना तुम्हारी है इसलिए..........।"

"केवल कल्पना से क्या बनता है रचना," फिर से उसी धुन्ध में पैंठने लगी थी वंदना कि रचना ने हल्की सी चिकोटी भरी।

"मैं सोचती हूँ हम लोग अपने परिचय के दायरे में इसका वर्णन करें तथा उनसे अनुरोध करें कि वे अपने परिचितों से.....। इस प्रकार एक श्रृंखला बन जाएगी और अधिक लोग तत्सम्बन्धी विषय की जानकारी प्राप्त कर सकेगें," वन्दना ने अपने विचार प्रकट किए।

कुछ विचार कर रचना ने उत्तर दिया," सम्भव है तुम्हारी यह योजना सफल हो जाए किन्तु मुझे सन्देह है।"

वंदना ने अर्थपूर्ण दृष्टि से रचना की ओर देखते पूछा, "कारण?"

"लोग प्रायः ऐसी बातों को एक कान से सुनकर दूसरे से निकाल देते हैं। उनको क्या पड़ी है कि जो मिले उसी से अनुरोध करें, उस समय उन्हें यह स्मरण भी आएगा आवश्यक तो नहीं। कोई सच्चा सहयोगी ही साथ दे सकता है जो कम ही मिलते हैं।"

"तब?" कई प्रश्न वंदना की दृष्टि में उभर आए।

"यदि हम पैम्फलेट छपवा कर हर द्वार पर पहुँचाएँ तो....।"

"हाँ रचना हमारी पाठशाला में इतने विद्यार्थी हैं कि उन्हीं को एक-एक उनकी अपनी माँ के लिए व एक-एक पड़ोसी के लिए दें तो भी लगभग दो सहस्त्र लोगों में जानकारी पहुँचेगी।"

"इस सम्बन्ध में तो मैंने सोचा ही नहीं योजना अच्छी है लेकिन..........।" रचना ने विचार करते कहा।

"ओफ! अब भी लेकिन," हैरान होने की वंदना की बारी थी।

"हाँ वंदना! हम अखबार वालों में यही तो दोष है कि चतुर्दिश सोचते हैं। इसलिए अब भी लेकिन शेष है क्यों कि तुम्हारे यहाँ एक सीमित क्षेत्र से विद्यार्थी आते हैं और हमारा उद्देश्य है पूरे नगर को समेटना, हो सके तो नगर के बाहर भी..........। पैम्फलेट छपवा कर यदि समाचार पत्र के मध्य में रख दें तो जहाँ-जहाँ पत्र जाएगा, सूचना भी जाएगी, फिर भी एक लेकिन अब भी शेष रहेगा।"

" वह क्या? मुस्करा" कर वंदना ने पूछा।

"उसके लिए जिस धन की आवश्यकता होगी कहाँ से जुटाएँगें इस दिशा में

विचार करना होगा। केवल छपाई ही नहीं समाचार पत्र में डालने में भी व्यय होगा,'' अपने अनुभव का निचोड़ रचना ने परोसा।

''हाँ मैं समझ सकती हूँ। मुझे विश्वास है अक्षत ही इतना तो......... । माँगने पर तो वह कायनात भी लुटा देते हैं पर सम्पूर्ण आय उनके अधिकार क्षेत्र में रहनी चाहिए, इसी से उनके पुरुषत्व के अहंकार का तुष्टीकारण होता है। मैं केवल उनके हृदय में स्वामिनी हूँ शेष सब कुछ के वे,'' मुस्कराई वंदना।

''अब दूसरी समस्या पर चलें,'' चाय का घूँट लेते रचना ने प्रश्न किया।

''दूसरी समस्या अर्थात विज्ञापन यह वास्तव में ही कठिन व्यापार है। एक विज्ञापन तो हमें अक्षत के व्यापार से ही मिल जाएगा जिसे **वह छद्म** नाम से चलाते हैं, शेष उनके परिचित शायद....... ।''

शायद से तो कार्य चलेगा नहीं, हमें ठोस वचन चैक सहित मिलने चाहिएँ। इस विषय में तुम अपने विद्यालय के विद्यार्थीयों का प्रयोग कर सकती हो।''

वंदना की प्रश्न भरी दृष्टि रचना पर टिक गई।

''तुम अपने श्यामपट पर एक अनुरोध पत्र लिखो बारी-बारी से सभी कक्षाओं के विद्यार्थियों से कहो कि अपनी नोटबुक पर उतार अभिभावक से हस्ताक्षर करा कर लाएँ। सम्भव है उनमें से जो व्यवसायिक घराने के हो हमें विज्ञापन दे दें, या किसी से दिलवा दें। पत्रिका का व्यय निकलता रहे तो पर्याप्त है। लाभ हमें नहीं चाहिए। हमारा उद्देश्य व्यापार करना नहीं है। केवल नामकरण शेष रहा तुम भी सोचो मैं भी सोचूँ आलोड़न से कुछ तो निकलेगा।''

''मैंने संस्था बनाने का विचार किया था जिसको तुमने सिरे से नकार दिया उसके लिए मैंने कुंठा निवारण केन्द्र या कुंठा मुक्ति केन्द्र नाम सोचा था इसलिए यदि इसका नामकरण भी हम कुंठा निवारिका अथवा कुंठा मुक्तिका करें तो....... ।'' कह संशक दृष्टि से रचना की ओर देखते चाय समाप्त की वंदना ने।

वंदना के इस नामकरण पर तो रचना की खिलखिलाहट आरम्भ हुई तो रुकने का नाम ही नहीं लेना चाहती थी। वंदना मूर्खों की भाँति झेंपती सी उसकी ओर देखती रही कि क्या अनुचित कहा उसने जो यह...... । वंदना ने उसे झकझोरा कहा.

''ऐ दीवानी हँसने जैसा क्या है इस नाम में बता तो?''

''इसमें ऐसा कुछ नहीं है वंदना पर मुझे स्थान-स्थान पर लिखे जाने वाले उन विज्ञापनों का स्मरण हो आया जो यत्र-तत्र दीवारों पर लिखे दिखाई दे जाते हैं, जैसे बाँझपन दूर करने का शत्-प्रतिशत् उपचार अथवा यहाँ केवल पुत्र उत्पन्न होने का उपचार किया जाता है अथवा दमा व बवासीर मिटाने की शत्-प्रतिशत् गारंटी।''

"पर इस नाम से हम ऐसी तो कोई गारंटी नहीं दे रहे।"

"यह सत्य है वंदना कि हम गारंटी शब्द का प्रयोग नहीं कर रहे पर ध्वनि तो निकल रही है ना कि कुंठा का शत्-प्रतिशत निवारण हो जाएगा अथवा मुक्ति मिल जाएगी। बारीकी से विचार करके देखो तुम," रचना ने समझाया।

"हाँ तुम ठीक कह रही हो, इतना गहन विश्लेषण तो मैने किया नहीं, इसीलिए तो कहा था तुम्हारा अनुभव ....। तो अब तुम्हीं सुझाओ। मेरा मस्तिष्क इससे आगे नहीं जाता।"

"'वेदनाभिव्यक्तिका' अथा 'कुंठाभिव्यक्तिका' नाम दें तथा प्रकोष्ठ में छोटे वर्णों में लिखें कुंठा मुक्ति अथवा निवारण का एक प्रयास तो?"

"यह तो अत्युत्तम है रचना! मेरी सूक्ष्म बुद्धि में तो यह आया ही नहीं। इसीलिए तो मैने कहा था ....।"

तभी शेफाली किसी कार्यवश अन्दर आई वार्ता के विषय को समझ मध्य में ही बोली, "क्षमा करिए मैड़म बात काटने के लिए यदि आप उचित समझें तो मैं कुछ सुझाव दूँ?"

"हाँ-हाँ, क्यों नहीं शेफाली? तुम भी तो इस विषय में बराबर साझीदार हो और वैसे भी यह पत्रिका तो सर्वजन तथा सर्वजन हिताय है, बोलो तुम्हारा सुझाव इसके लिए क्या है? उचित होगा तो ....।"

"मेरे विचार से मैड़म इस पत्रिका का उद्देश्य मानव मन के अन्दर तक पैंठ बना उसके हृदय की ग्रन्थियों को खोलना ही है, है न?"

"हाँ, रचना ने उत्तर दिया। ठीक ही समझा है तुमने, तब?"

"तब यही कि इसका नाम अभ्यंतर तक पहुँचने वाली 'अभ्यान्तरिका' रहे तो आप लोगों के विचार में कैसा है?"

उछल पड़ीं वंदना तथा रचना दोनों ही इस नामकरण पर। शेफाली की बुद्धि का लोहा मान उसे उस अमूल्य सहायता के लिए धन्यवाद दिया शेफाली मुस्कराती चली गई।

"अब सभी विषयों पर हमने विचार कर लिया केवल प्रयास तथा कार्यान्वयन शेष है। तुम भी अपने ढंग से करो मैं भी करूँ। सीमा को भी इससे अवगत करा सहायता का आग्रह करूँगी। अब मैं चलूँ, तुम्हारे भी कार्य में व्यवधान आ रहा है," उठते-उठते ही वंदना ने कहा।

रचना ने उसे द्वार तक छोड़ा तथा लौट कर अपने शेष कार्य में तल्लीन होने का प्रयास करने लगी।

परन्तु कार्य में आज उसका मन रम नहीं रहा था। वंदना की फुसफुसाहट उसके कानों से होती हुई अन्तरतम तक पैंठ गई थी। पुत्री होती तो .... पुत्री होती तो ध्वनि अभीक्ष्ण उसे कचोटे जा रही थी। रचना ने इतना ही समझा कि पुत्र की कामना तथा पुत्री का हनन जैसी घटना अवश्य इसके साथ घटी है। इसके ही क्यों हमारे देश में तो अभी भी पुत्र जन्म ही महत्व रखता है। स्वयं नारी होकर भावी नारी की अवमानना कितना हास्यास्पद व घृणित भाव है यह। लड़की जो सृष्टि को आगे बढ़ाने के लिए, विश्व में संतुलन बनाए रखने के लिए आवश्यक है, उसी की जन्म् से पूर्व ही मृत्यु की कामना ....। लेकिन यह व्यापार धड़ल्ले से फल-फूल रहा है। सरकार सोचती है कि हमने कानून बना दिया कि भ्रूण हत्या करना दण्डनीय अपराध है किन्तु क्या रुक पाया यह जघण्य व्यापार? एक ओर तो देवियों के नौ के नौ रूपों की पूजा वर्ष में दो बार व्रत-उपवास रख की जाती है। उन पर श्रद्धा सुमन चढ़ा गर्व की अनुभूति होती है तथा दूसरी ओर उसी ही हत्या का षड़यन्त्र। धन्य हैं वे लोग जिनके कर्म तथा वचन में दिन-रात का अन्तर है। ऐसे ही व्यक्तियों को तो आज महामण्डित किया जाता है। किस रसातल में पहुँचेगी हमारी संतति ऐसे लोगों के मार्गदर्शन में चलकर। उस माँ की वेदना को, पीड़ा को कौन समझेगा जिसे इस त्रासदी को सहकर भी मुस्कराने को विवश किया जाता है। आज उसे उस नारी के दर्द भरे शब्द स्मरण आ रहे हैं जिसे उसने कई वर्ष पूर्व देखा था। वह उसके अपने ही नीचे वाले फ्लैट में रहती थी। उस दिन ....

× — × — × — × — ×

उस दिन गिरीश के घर से सुनाई देने वाले अवसादपूर्ण स्वरों ने तड़के ही उसको जगा दिया। दोबारा सोना .... चाहने पर भी नींद कहाँ आएगी सोचकर गाउन पहना और सीढ़ियाँ उतर गई।

अभी अन्तिम सीढ़ी पर क़दम रखा ही था कि एक नर्स को कमरे से बाहर निकलते देखा। सम्पूर्ण मामला उसकी समझ में आ गया, इसलिए उलटे पाँव वापस आकर बिस्तर पर लेट गई। वह क्यों किसी के फटे में अपने पैर फँसाकर बुरी बने। तब तक उसने 'दैनिक प्रकाश' के लिए कार्य करना आरम्भ नहीं किया था, वरना तो उसी के माध्यम से गिरीश को पाठ पढ़ाती।

ममता को पूर्ण विश्वास था कि इस बार वह पुत्र को ही जन्म् देगी। नौ मास से आशा तथा उत्साह में प्रसन्न चित्त थी। वह गर्भवती है किसी को हवा तक नहीं लगने दी। वमन करती तो भी छुप-छुप कर। उस प्रथम दिवस से ही जब उसके मासिक धर्म का लंघन हो गया उसी नर्स के उपचार में थी जो अभी निकल कर गई

है। उसने उत्तरदायित्व लिया हुआ था कि यदि गर्भ में कन्या बीज रूप में होगी तो भी उसकी औषधि से पुत्र में परिवर्तित हो जाएगी।

किन्तु दैवी शक्ति के समक्ष एक नर्स जैसी छोटी सी इकाई क्या कर सकती है? एक मोटा सा सीधा-सादा सिद्धान्त भी गिरीश और ममता समझ नहीं पाए कि खेत में किसान गेहूँ का बीज डालेगा तो कनक ही उगेगी चना कैसे बन जाएगा। सृष्टि में मानव, पशु, पक्षी, कीट, पंतंग सभी तो इसी एक नियम के आधीन हैं। वह नर्स उसके विपरीत जादू का कौन सा खेल दिखा देती। प्रकृति वश यदि पुत्र हो जाता तो उसके नाम तथा प्रशंसा के भँड़े गड़ जाते और नए-नए ग्राहक उसके जाल में फँस जाते।

जिस प्रकार वह सर उठाकर कमरे के द्वार से निकली उससे यह भी अनुमान नहीं हुआ कि कहीं कोई आत्मगलानि जैसा भाव उसके मुख पर हो। रचना ने स्पष्ट ही तो कहते सुना था—

''मेरे उपचार में तो कहीं कोई कमी नहीं थी भाईसाहब, आप लोगों से ही कहीं कोई चूक हुई होगी। आज तक बहुत सी स्त्रियों को पुत्रवती बना चुकी हूँ फिर आप ही के साथ........?''

गिरीश का स्वर सुनाई पड़ा था, ''मेरी बात नहीं सुनी न, पहले ही कहा था कि 'अल्ट्रासाउन्ड' करा लो, माना होता तो आज यह दिन न देखना पड़ता।''

ममता के रोने की आवाज़ सुन वह वापस आ गई थी। मद्धिम स्वर अब भी उसके कानों से टकरा रहे थे। सीढ़ियों के बराबर ही तो उसका कमरा था। फ्लैट की दीवारें किसी के रहस्य को कब रोक पाती हैं?

''कितनी बार गर्भपात कराऊँगी गिरीश? मेरा शरीर क्या लोहे का बना है?'' ममता का बुझा सा स्वर सुनाई पड़ा।

''वंश वृद्धि के लिए कष्ट तो उठाने ही पड़ते हैं,'' गिरीश के स्वर का आक्रोश रचना के विचारों को भी झकझोर गया।

''प्रथम सन्तान ही तो है, कौन से दस-बीस बच्चे जन जुकी अब तक,'' रुँधे गले से ममता ने उत्तर दिया।

''तुम्हारा वश चलता तो कुत्ते-बिल्ली की भाँति वह दृश्य भी देखने को मिल ही जाता''

''कहते- कहते ही'' क्रोध से पैर पटका गिरीश ने।

''पिछली बार की घटना भूल गए क्या? अभी तो बहुत समय व्यतीत नहीं हुआ,'' भर्त्सना की ममता ने।

ममता के कटाक्ष ने गिरीश को चुप करा दिया था।

रचना को स्मरण आया कि इससे पूर्व भी तो ममता दो बार गर्भपात करा चुकी है। चार मास से पूर्व तो अल्ट्रासाउण्ड में भी लिंग ज्ञान नहीं हो पाता तब तक इतनी देर हो चुकी होती है कि गर्भपात में जीवन से भी हाथ धोना पड़ सकता है।

उस बार ममता ने किसी दाई से ही कार्य सम्पन्न कराया था, लेने के देने पड़ गए। अभी बहुत समय नहीं गुजरा था कि वह दोबारा गर्भवती हो गई। पुरूष का क्या? वह तो केवल अपनी वासनापूर्ति चाहता है। पत्नी की दशा का विचार तक नहीं करता। आजकल का पढ़ा लिखा समाज भी अपनी इस दूषित मनोवृत्ति से पूर्णतया उभर नहीं पाया है। बेटे की ललक ने पागल बना रखा है। वही बेटा बड़ा होकर जब .... ।

आजकल के कुछ डॉक्टर भी तो लोभी हो गए हैं। कर्त्तव्य बोध तो जैसे उनसे पिण्ड ही छुड़ा बैठा है। गर्भपात करवाना ही अपना पेशा बना लिया है उन्होंने। आय भी तो बहुत होती है चोरी छुपे किए और करवाए जाने वाले इस निर्मम कार्य में। धोखा देने में भी संकोच नहीं करते और वही हुआ ममता के साथ भी।

डॉक्टर ने अल्ट्रासाउण्ड कर घोषणा कर दी कि गर्भ में कन्या पल रही है। फिर क्या था गिरीश जोश में आ गया।

''अभी इसी समय सफाई कर दो डॉक्टर साहेबा। मैं व्यर्थ में समय गँवाना नहीं चाहता।

अँधे को क्या चाहिए केवल दो आँखें ही न? डॉक्टर तो अवसर की खोज में रहते ही हैं।

ममता ने विरोध किया, ''ऐसी क्या जल्दी है गिरीश विचार तो कर लें उसके पश्चात भी हो जाएगा,'' ममता को विश्वास था कि वह गिरीश को मना लेगी कि इस बार उस पर दया करे। अभी उसकी दशा वैसा कष्ट झेलने योग्य नहीं है किन्तु गिरीश तो पूरी तैयारी करके आया था।

'' पैसे का प्रबन्ध भी तो करना है न गिरीश, दस हजार माँग रही है डॉक्टर,'' ममता ने अन्तिम दाव फेंका लेकिन................।

''उसकी चिन्ता तुम्हें करने की आवश्यकता नहीं है मैं तो पहले ही जानता था कि पुत्र जनने की योग्यता तुम में नही है। इसलिए प्रबन्ध करके ही आया हूँ।''

ममता की एक न चली, घेर-घारकर डॉक्टर और गिरीश ने उसे बलि का बकरा बना ही तो दिया। डॉक्टर लिंग जान चुकी था परन्तु पैसे की हवस में अन्धे होकर पुत्र हो अथवा पुत्री गर्भ में ही उनकी हत्या करना उनका प्रतिदिन का कृत्य बन गया है।

आँख के अन्धे गाँठ के पूरे भी तो मिल ही जातें हैं उन्हें। यदि समाज बढ़ावा न दे तो वह क्या कर लेंगे। इसीलिए यह अपराधिक धन्धा जोर-शोर से चल निकला।

क्या हो गया है आज की पीढ़ी को जो कन्या को हेय समझने लगे हैं। कन्या ही तो है जो माता-पिता का ध्यान रखती है। वृद्धावस्था में निस्वार्थ भाव से सेवा भी करती है। पुत्रों का तो लहू वैसे ही श्वेत हो चुका है। आज तो हर क्षेत्र में कन्या कन्धे से कन्धा मिलाकर चल रही है । बल्कि कितने ही क्षेत्रो में तो पुरूषों को धूल चटा देती है। बल, बुद्धि, शौर्य किसमें कम है? हाँ केवल उसका जननी रूप उसको दुर्बल बना देता है। भावना प्रधान होती है न। सभी पर जल्दी ममता उमड़ आती है और उसी का लाभ उठाते हैं समाज के भेड़िए, रचना ने विश्लेषण किया।

ममता ने ही एक बार रचना को बतलाया था। हमउम्र थी इसीलिए कुछ घनिष्ठ हो गई थी उसके साथ। गिरीश जान लेता तो..........।

तब ममता की चीत्कार ने क्लिीनक को सर पर उठा लिया था। असमय और कृत्रिम गर्भपात, एक बार पुनः अधमरी हो गई वह।

और गिरीश........? गिरीश आकाश से धरा पर आकर चित हो गया जब डॉक्टर ने उसे चार मास के पुत्र शिशु को ट्रे में लाकर दिखाया।

उसने आँखे तरेर कर डॉक्टर को देखा था किन्तु,“ मशीन में ही कोई गड़बड़ी हो सकती है जो स्पष्ट दिखाई नहीं पड़ा मेरा तो कोई दोष नहीं है,” कहकर पल्ला झाड़ लिया उस हत्यारिन ने।

अपनी ही मूर्खता से पुत्र भी खोया और ऋण का बोझ भी सर पर लाद लिया। सर धुनने के अतिरिक्त कोई चारा नहीं था, डॉक्टर तो अपनी फीस पहले ही जमा करा चुकी थी और न जाने किस फार्म पर हस्ताक्षर करा अपने को सुरक्षित कर चुकी थी। किसी न्यायालय की शरण लेने योग्य भी नहीं था गिरीश क्योंकि नितान्त गैर कानूनी कार्य में सम्मिलित जो था वह। तभी तो इस बार आकाश से गिरा और खजूर में आ अटका जो इस धोखेबाज और अनाड़ी नर्स के पँजे में फँस गया। बहुत गर्व के साथ इश्तहार पढ़ कर सुनाया था ममता को।“पुत्र की गारंटी, असत्य सिद्ध होने पर......।” परात्पर के अतिरिक्त किस न्यायालय में जाए वह।

ममता ने अपने मातृत्व की विजय पर एक तीखी मुस्कराहट के साथ हेय दृष्टि से गिरीश को देखा।

ममता और गिरीश के वाकयुद्ध के स्वर धीमे पड़ गए। थकहार कर नियति के निर्णय को मानने के अतिरिक्त कोई दूसरा मार्ग न था, था तो वह भी बध की ओर ही जाता था।

× — × — × — × — ×

वाक्‌युद्ध के स्वर तो धीमे पड़ गए किन्तु अब नींद कहाँ आती और रचना अपने बचपन की एक धुमिल सी स्मृति को कुरेद कर स्पष्ट करने के प्रयास में लीन हो गई और तभी उसे लगा जैसे किसी ने स्वप्नजगत में धकेल दिया। एक अँधेरी गुफा में धँसती जा रही थी उस पुरानी घटना को स्मृतिपट पर उकेरने के प्रयत्न में।

रचना के पिता अपनी सरकारी सेवा में स्थानान्तरित होते रहते थे। उस समय वह जिस स्थान पर थे न बहुत बड़ा शहर था न बहुत छोटा। वह जिस मकान में रहते थे उसके नीचे वाले तल पर पाँच पुरुषों के साथ एक महिला रहती थी जिसको लोग जब परस्पर वार्तालाप करते तो द्रौपदी कहकर सम्बोधित करते किन्तु उसके सामने बोलने का साहस किसी में न होता। ऊपर के तल में दो महिलाएँ और थीं जब सब साथ बैठतीं तो न जाने कहाँ-कहाँ की बातें करतीं। एक दिन रचना भी उनके समीप बैठी थी।

उसने सुना, "अच्छा लीला! तुम्हारे पति तो पाँच भाई हैं तेरे देवर और जेठ का विवाह क्यों नहीं हुआ? "माँ ने प्रश्न उठाया।

"हमारे यहाँ तो ऐसा ही होता है बहन जी किसी एक का विवाह हो जाए तो भी बड़ी बात है, सब को रोटी बनाकर खिलाने का जुगाड़ तो बैठ जाता है।"

"क्यों भला?"

"लड़कियों का हमारे प्रदेश में इतना अभाव है कि बस क्या कहूँ आपसे। जिसके पास धन होता है उसे तो विवाह के लिए कोई कन्या अवश्य मिल ही जाती है।"

"लड़कियों की कमी क्यों है लीला, कभी जानने का प्रयत्न नहीं किया तुमने?" माँ कि जिज्ञासा बढ़ती जा रही थी। माँ अधिक पढ़ी-लिखी तो नहीं थी किन्तु बाल की खाल निकालने में उस्ताद थीं। ऐसे कानूनी पेच खोल जातीं कि क्या कोई कानून विद खोलेगा। मेरे विचार से यह सब पिता जी के साथ भिन्न-भिन्न स्थानों पर घूमने के कारण हुआ। आस-पास के परिवेश में विभिन्न पेशों के लोगों के साथ सामना करना पड़ता था। सुन-सुन कर ही बहुत कुछ सीख गई थीं।"

उनकी जिज्ञासा पर लीला ने उत्तर दिया था," पूछा तो किसी से नहीं परन्तु बड़े-बूढ़ो को कहते सुना है कि इस इलाके में किसी का अभिशाप फलता है। लड़कियाँ जन्म तो लेती हैं किन्तु जीवित नहीं बचतीं जन्म के पश्चात ही मर जाती हैं।"

"और लड़के?"

"लड़को को कुछ नहीं होता वह तो जीवित रहते हैं।"

एकदम उलटी बात लगी माँ को, उनके यहाँ तो यदि किसी का गर्भपात हो जाए तो कहते हैं कि लड़का होगा गर्भ में इसीलिए समय से पूर्व ही ....। लड़कियाँ तो बेशर्म होती हैं, उन्हें कुछ नहीं होता जन्म ले ही लेती हैं। बीमार भी हो जाएँ तो लोट-पीट कर निरोग हो जाती हैं।

लीला बोले जा रही थी," किन्तु विवाह भी सुगमता से नहीं होता, कोई अपनी लड़की देना ही नहीं चाहता।"

माँ का मस्तिष्क दूसरी दिशा में चक्कर काट रहा था किन्तु दृष्टि तो लीला पर ही टिकी थी, वह निर्निमेष उसकी ओर ताक रही थीं। सुसुप्तावस्था से जागृति की ओर आते प्रश्न किया," क्यों?"

"कहते हैं वह विधवाओं का शहर है इसी भय से, अभिशप्त जो है।"

अभिशप्त पर आकर उलझ गया माँ का मस्तिष्क। एक ओर अभिशापित हो लड़कियाँ जन्म लेते ही मृत्यु का ग्रास बन जाती हैं तो दूसरे किसी स्थान पर पुरुष विवाहोपरान्त अधिक समय तक जीवित नहीं रहते। विचित्र सी विडम्बना है, तो क्या नियति कन्याबध का प्रतिशोध लेने के लिए पुरुष बध अपने बल द्वारा कर देती है अथवा कई-कई पुरुषों द्वारा भोग्या बन स्त्री किसी गुप्त बीमारी का ग्रास बन जाती हैं तथा उनके द्वारा पुरुष .... और फिर मृत्यु। परन्तु बीमारी का ग्रास बन स्त्रियाँ मृत्यु को क्यों नहीं ....। विचित्र पहेली है, सुलझाना कठिन है।

सब कुछ जानते-पूछते भी लीला के माता-पिता ने उस शहर में उसका विवाह क्यों किया। अपनी पुत्री के वैधव्य की आशंका क्या उन्हें बिल्कुल नहीं हुई? माँ सोचे जा रही थीं। अन्त में उन्होंने लीला से चिन्तातुर हो पूछ ही लिया, "तुम्हारा विवाह क्या सोचकर किया तुम्हारे माता-पिता ने?"

"हाँ बताओ लीला, तुम्हारे विधवा हो जाने का भय क्या उन्हें बिल्कुल नहीं लगा?" दूसरी पड़ोसन ने कटाक्ष किया।

"वह तो हमारे परिवार के लोग शहर छोड़कर बाहर निकल आए थे इसीलिए बहन। अभिशाप का प्रभाव दूर तक तो साथ नहीं जाता," कटाक्ष को ना समझते सहज भाव से स्पष्टीकरण दिया लीला ने।

"तुमने अभी कहा था लीला कि धनवानों के विवाह तो हो ही जाते हैं। तो क्या तुम्हारे पिता ने भी तुम्हारे बदले पैसा लिया था," हिचकिचाते हुए पूछ ही लिया माँ ने।

लीला समझकर भी अपने पिता के सम्बन्ध में मौन थी। अपने परिवार के रहस्य भला कौन लड़की खोलना चाहेगी? अपमान की बात जो होती है किन्तु कुछ न-कुछ उत्तर तो देना ही था। शंका के कीट किसी के दिमाग में कुलबुलाते रहें यह भी तो उचित नहीं इसलिए शंका निवारण करते उत्तर दिया,'' इस सम्बन्ध में मुझे कोइ जानकारी नहीं है बहन, वैसे मेरे पिता की आर्थिक स्थिति बहुत अच्छी भी नहीं कही जा सकती।''

''विषयान्तर करते माँ ने प्रश्न किया, तुम भी तो माँ बनने वाली हो लीला, लड़का या लड़की के बारे में तुम्हारे परिवार का क्या मत है?''

हँसकर ही पूछा था माँ ने किन्तु लीला के मन की गहराई में कोई अनदेखा काँटा रड़कने लगा, अभी उसी दिन की तो बात है जब सास अपने पुत्रों को समझा रही थी–

''देख लला! बेटा हो तो ही पालना। बिना बात का बोझ सर पर रखने की ज़रूरत नहीं हैं।''

''बेटी ही हो गई माँ तो हम क्या कर लेंगे?'' समवेत स्वर निकले थे पाँचों भाइयों के।

''जो घुट्टी मैने सँभाल कर रखी है वही चटा देना अथवा ज़मीन पर लिटा गर्दन पर चारपाई का पाया रख देना। बस काम तमाम हो जाएगा। जान ही कितनी होती है नवजात में?''

''ऐसा करने से तो महापाप लगेगा माँ। एक देवी की हत्या का पाप। जन्म-जन्मों तक भी मुक्त नहीं हो पाएँगे उससे,'' बड़े पुत्र ने मन्तव्य प्रकट किया।

''तुम में शक्ति नहीं है कायरों तो यह सब मुझ पर छोड़ दो। लोग पूछेंगे तो कह देंगे मरी हुई बच्ची ने जन्म लिया था न जाने कैसे पुरूष हो तुम लोग,'' झुँझलाती सास बाहर निकल गई।

एक नारी ने नारीहत्या का षड़यन्त्र रच डाला था उस दिन

''कहाँ पहुँच गई लीला?'' अपनी दृष्टि के प्रश्न से पड़ोसन ने ललकारा।

''बस यही लड़कियों के अभाव के विषय में सोच रही थी।''

पहला प्रश्न अधर में ही लटका रह गया। उसका मौन ढेर सा समाधान कर चुका था इसलिए किसी ने भी पुनः उस विषय को कुरेदना नहीं चाहा। इतनी समझ तो सब में हो ही जाती है।

''अभाव तो हमारे इलाके में भी है पर इतना नहीं, बट्टे में शादी करते हैं,'' दूसरी महिला ने कहा था।

"बट्टे में?" नई बात सुनी माँ ने।

"हाँ बहन जी बट्टे में।"

"अर्थात?" माँ ने पूछा।

"अर्थात प्रतिग्रहण द्वारा। लड़की के बदले में लड़की दो तो ही बेटा विवाहा जाएगा।"

"यदि किसी के यहाँ लड़की न हो तो अथवा उस परिवार में विवाह योग्य लड़की उस समय न हो तो.....। अन्वेषक की सी दृष्टि उठाई माँ ने।"

"आवश्यक नहीं बहन जी उसी घर की लड़की या लड़का हो। सरीके में किसी के यहाँ भी हो तो बदल लेते हैं। लड़की लो लड़की दो यही नियम चलता है पूरी विरादरी में।"

"विचित्र बात सुनी यह तो लड़की का भाग्य तो बँध गया। बदले में जिसके पास जाएगी वह लड़का दुराचारी हुआ तो........?" एक नवीन अनुभव माँ की मंजूषा में जमा हो गया।

"परम्परा चली आ रही है बहन जी, अपना-अपना भाग्य।"

कठिनाई से पखवाड़ा गया होगा कि रात्रि के समय दाई आती दिखाई दी थी।

और प्रातः कालीन प्रथम रश्मि के साथ ही एक कलरव सुनाई पड़ा। लीला की सास गला फाड़-फाड़ कर रो रही थी।

"हाय विधाता यह क्या किया तूने । अभी तो बेचारी ने अपनी बच्ची का ठीक से मुखड़ा भी नहीं देखा था कि उसकी गोद सूनी कर दी। नौ महीने के परिश्रम पर क्षण भर में ही पानी फिर गया। हाय! हाय! मैं तो कहीं की न रही। अब मुझे कौन दादी कहकर पुकारेगा....................?"

उस शोर को सुनकर उस दिन भी रचना की सवेरे-सवेरे नींद खुल गई थी। पूर्व श्रुत कानाफूसी का अर्थ लीला उस दिन समझ पाई थी।

दोनों बार षड़यन्त्र की विजय हुई। अन्तर था तो केवल इतना कि एक में विनाश था और दूसरे में सृजन।

× — × — × — × — ×

शेफाली द्वार खोलकर अन्दर आई तो संशोधन वाली सामग्री रचना के सामने वैसे की वैसे ही रखी थी जैसी कि वह छोड़कर गई थी और रचना? किस लोक की यात्रा कर रही थी उसे शेफाली बिचारी कैसे समझ पाती। यदि वह किसी लोक में विचरण ना कर रही होती तो उसके द्वार खटखटाने पर कोई प्रतिक्रिया तो देती उसके मौन के उत्तर में ही उसे विवश होकर बिना आज्ञा अन्दर आना पड़ा। क्या हो गया

मैड़म को जो आवश्यक कार्य भी भूल गईं। समय भी कम ही रह गया है। शीघ्र ही प्रिंट सैक्शन में ना भेजा गया तो...... ।ढीठ बन उसे रचना को झकझोरना पड़ा था नियम विरुद्ध था तो भी....... । गहन निद्रा से जागी रचना जैसे चौंक कर दृष्टि उठाई तो शेफाली को सामने पाया।

"कहो शेफाली कोई कार्य है क्या?" विस्मृति में डूबी रचना ने पूछा।

"यह लेख मैड़म जिस पर आपको दृष्टि डालनी थी उसी को लेने आई हूँ परन्तु देखती हूँ आपने तो शायद इसे छुआ तक भी नहीं।" "ओह! हाँ, अभी देखती हूँ तुम ठहरो यहीं," रचना ने अपनी गलती को पहचान उसका निराकरण करना चाहा।

"हाँ मैड़म शीघ्र ही करिए प्रिंट सैक्शन वाले शोर मचा रहे हैं। उन्हें स्पेस भी तो देखना होता है ना मैटर के अनुसार।"

"बस पाँच मिनट, न हो तुम ही चैक करलो। मेरा मन आज कुछ ठीक नहीं है," अपने व्यवहार पर स्पष्टीकरण-सा दिया रचना ने।

शेफाली को ही उस दिन उस लेख को सही करना पड़ा लेकिन एक अनजानी विह्वलता की परत उसके मन पर आकर ठिठक गई जिसको जानने की उत्सुकता उसे बनी ही रही जब तक................।

× — × — × — × — ×

वंदना ने दिन-रात एक करके अपनी पत्रिका के संचालन के एक सोपान पर विजय प्राप्त कर ली थी। उसने अक्षत को इस कार्य के लिए मना लिया था इश्तहार छपवा कर सभी स्थानीय दैनिक समाचार पत्रों के माध्यम से पाठकों को प्रेषित कर दें यद्यपि पहले तो अक्षत को यह विचार ही अटपटा लगा कि पत्रिका का शुभारम्भ किया जाए।

"पत्रिका की क्या आवश्यकता है बन्दू, करने को और इतने सारे कार्य हैं उन्हें करो न," हतोत्साहित सा करते वह बोले।

"केवल आवश्यकता ही तो बड़ी बात नहीं होती अक्षत, बस मेरी अभिलाषा है कि कोई ऐसा कार्य करूँ कि मेरे नाम का भी प्रचार-प्रसार हो।"

उसने मुख्य उदेश्य अक्षत के सामने नहीं रखा था वरना तो एक-एक बाल का रेशा-रेशा अलग कर डालते। क्या दुःख है तुम्हें, कौन सा अभाव है, कौन सी कमी रह गई है मेरे प्रेम व त्याग में बतलाओ तो जो तुम्हारे मन में इस प्रकार का विचार उठा। कोई कुंठा तो तुम्हें भी अवश्य घेरे होगी तभी तो...........।

जिस कुंठा ने उसके यौवन के प्रारम्भ में ही जीवन में घर कर लिया था उसका

वर्णन क्या वह किसी के सामने भी कर सकती थी? कदापि नहीं, अपने दोनों पुत्रों को उसने अक्षत की दृष्टि में तो भुला ही दिया था पर क्या वास्तव में वह उनको भूल पाई? कोई दिवस भी तो ऐसा नहीं जाता जब वह उनकी स्मृति में कराहती न हो। उनका जन्म दिवस हो या कोई तीज-त्यौहार तब तो वंदना की व्यग्रता सीमा पार करने लगती है किन्तु असमर्थ ही तो है। उस दिन प्रायः वह घर से बाहर ही रहती है इस भय से कि कहीं अक्षत उसके मुख के भावों को पकड़ कर न बैठ जाएँ। अपने द्वारा सन्तान को दिए दण्ड व अक्षत के त्याग को भी तो वह छोटा करके नहीं देख सकती। उसी प्रकार और भी तो बहुत सी होंगी बेचारी जिन्हें इतना आश्रय भी न मिला होगा। यह जीवन और संसार दुःखों से भरा पड़ा है। ओह! कहाँ का दर्शन शास्त्र लेकर बैठ गई।

प्रचार की बात का प्रभाव अक्षत पर पड़ा था।

"नाम कमाने का मौका है तो मैं व्यय कर सकता हूँ बन्दू तुम्हारे इस क्षेत्र के लिए। तुम्हारा हर्षोल्लास और सुख ही तो मेरे जीवन का मुख्यध्येय है, इस बात को तुम भी जानती हो।"

"जानती हूँ तभी तो अपने मन की बात तुम्हारे सामने उजागर कर लेती हूँ अक्षत, वरना तो अधिकतर पत्नियाँ मन की बात मन में ही रखती हैं," अपने प्रेमास्त्र का प्रयोग किया उस समय वन्दना ने।

"लेकिन क्यों वन्दू? तुम तो स्त्रियों के सम्बन्ध में सभी बातों से अवगत होगी," अनभिज्ञ बनते अक्षत ने पूछा।

"हाँ। सब कुछ तो नहीं पर इतना तो समझती ही हूँ कि भय ही इसका मुख्य कारण होता होगा।। उन्हें भय होता है कि उनका पति उनकी समस्या का कृष्ण पक्ष देखने लगेगा तथा उनका वैवाहिक जीवन छिन्न-भिन्न हो जाएगा जो उनके तथा सन्तान दोनों के लिए अहितकर होगा।"

"सच क्या ऐसा होता है?" आश्चर्य प्रकट किया अक्षत ने।

"अधिकतर पति शंकालू होते हैं अक्षत! तुम जान भी कैसे सकते हो। सभी को अपने समान समझते हो ना।"

खैर वन्दना ने प्रथम आर्थिक सोपान पार कर लिया। उस इश्तहार की भाषा सामग्री क्या होगी इस पर तो रचना के साथ बैठकर ही निर्णय किया जाएगा। अच्छा होगा यदि वही उसको तैयार कर दे। उसका तो नित्य का कार्य है। कम-से-कम शब्दों में अधिक-से-अधिक विवरण समा जाए बस। हमारा ध्येय सुगमता पूर्वक समझ में आ जाए तो हमें और क्या चाहिए।

वंदना ने फोन पर बधाई देते रचना को बतलाया था।

"अच्छा तो गागर में सागर भरना चाहती हो," हँसकर ही उत्तर दिया रचना ने।

"वह तो करना होगा ही रचना, जितनी चादर हो उतने ही पाँव फैलाने तो उचित हैं।"

"ठीक कहती हो वन्दना, तुम भी लिखो मैं भी लिखती हूँ, शेफाली से भी कहूँगी। इसके पश्चात् तीनों का विवरण सामने रखकर उसमें से उत्तम-उत्तम अँश छाँट कर एक नवीन ब्यौरा तैयार कर लेंगे। तीन व्यक्तियों की पृथक-पृथक वर्णन शैली का अनुमान भी हो जाएगा।"

तीनों को यही उचित लगा। एक ऐसा दिन निश्चित कर लिया जब वे एकत्रित हो विचार कर सकती थीं। शेफाली ने पत्रिका का जो नाम सुझाया था उससे दोनों ही प्रभावित हुई थीं इसलिए वन्दना ने उसी दिन से अपने मस्तिष्क में भाषा रचना आरम्भ कर दी। सर्वप्रथम तो उसी को उस निर्मम त्रासदी से मुक्ति चाहिए थी जो दीमक की भाँति उसे चट करती जा रही थी। सोच-विचार कर उसने लिखा–

मेरी बहनों!

जीवन समतल-सपाट भूमि नहीं है। उसमें तो विकट मोड़ आते ही हैं। कभी छिन्न-भिन्न कर देने वाला भूकम्प भी आता है और तब जीवन असहनीय लगने लगता है तथा आत्महनन का मार्ग अपनी ओर आकृष्ट करता है लेकिन जीवन इतना सस्ता भी तो नहीं होता बहनों। मानव जीवन पृथ्वी पर एक बार मिलकर सम्भव है दोबारा ना भी मिले तो?

क्यों ना हम उसके काँटो को चुनकर पृथक कर दें जिससे जीने की ललक वाटिका पुनः हरी-भरी हो जाए। तो आओ जानें कि अपने ही अन्तर्मन में उठते ज्वार की ललकार का सामना किस प्रकार करें। एक जिगीषा का जन्म, उसका निराकरण हो सकता है।

बहनों मैं आपको अपने-अपने हृत-गह्वर में जमी धुन्ध को साफ करने के मार्ग पर आमन्त्रित करती हूँ। उन जालों को समेटने का कलम तथा कागज़ सर्वोत्तम उपाय है। जो कंटक रडक-रडक कर आपके जीवन को विगलित करते हैं, तत्सम्बन्धी कोई लेख, कहानी अथवा कविता लिखकर स्वयं को भार मुक्त करिए। इस पत्रिका का नाम इसीलिए तो 'अभ्यान्तरिका' है कि मन के अन्दर तक पैंठ हमें उन भावों से मुक्ति दे सके जो हमें निरन्तर क्षीण व दुर्बल करते जा रहे हैं।

जिन रहस्यों को आप हृदयतल में इतने लम्बे समय से छुपाए हैं उनकी

अभिव्यक्ति करना असम्भव है, यह प्रश्न आपके अन्तरमन में अवश्य उठेगा। अभिव्यक्ति के कारण जीवन चौपट हो जाएगा। पारिवारिक सुख अपना मुख छुपा लेंगे, इस भय से ही तो मौन हैं न अब तक? तो चलिए उसका भी उपाय है। अपना नाम-पता देने की आवश्कता नहीं है। चाहें तो छद्म नाम से लिखें। आप देखेंगी कि किसी सखी के समक्ष हृदय खोलने से भी अधिक हलका हो जाएगा आपका मन। अपने ही लेख को जितनी भी बार पढ़ेंगी उतनी ही अधिक मुक्ति उस पीड़ा से मिलेगी। अनुभव सिद्ध हे यह औषधि। इससे अधिक तो मैं भी स्पष्ट नहीं कर सकती छोटे से कलेवर में। चाहें तो पत्रिका की आजीवन सदस्यता भी ले सकती हैं। प्रबन्धकों की भी आवश्यकता है।

आप ही की प्रतीक्षा में
आप ही की अपनी
अभ्यांतरिका

दूरभाष ....। समय ....।
पता ....।

उक्त विवरण ने ही वन्दना को पर्याप्त भारहीन कर दिया। उसे लगा जैसे आकाश के विस्तार में तैर रही है और शीघ्र ही क्षितिज का स्पर्श भी कर लेगी। एक इश्तहार के मसौदे को लिखने से ही जब वह स्वयं को इतना हलका अनुभव कर रही है तो उन अनुभवों को बाँटकर जिन्होंने उसके जीवन को छलनी कर दिया है तो न जाने कैरा-कैसा तो लगेगा। ठीक ही कहा था रचना ने कि लेखन अपनी पीड़ा मुक्ति का अमोघ अस्त्र है। इसीलिए क्या वह इस पत्रकारिता के क्षेत्र में आई है? हाँ निलय के सम्बन्ध में तो उससे कोई वार्ता हुई ही नहीं। वन्दना ने अपने सम्बन्ध में भी तो मौन ही धारण कर रखा है। चलो अब तो यह पत्रिका ही समस्त रहस्यों का उद्‌घाटन करेगी। किसी के अतीत को कुरेदना.....................।

निश्चित समय पर वन्दना व शेफाली अपना-अपना विवरण लेकर उपस्थित हुईं। तीनों की सामग्री पढ़ी गई तो देखा कि रचना व शेफाली ने तो समाचार पत्र वाली भाषा का ही प्रयोग किया था लेकिन वन्दना का लेखन सुनकर तो रचना व शेफाली दोनों ही इतनी प्रभावित व दंग हुईं कि अपने भाव उन्हें शुष्क व भावहीन लगने लगे। वंदना के एक-एक शब्द में जीवन दर्शन भरा पड़ा था। उसके हृदय की

समस्त पीड़ा भी जैसे उन शब्दों में बलबला रही थी।" इन शब्दों को पढ़कर कौन ऐसा है जो इस ओर आकृष्ट न हो वंदना। ! अत्युत्तम है तुम्हारी ही इश्तहार सामग्री। एक दिन तुम बहुत बड़ी लेखिका बनोगी मैं भविष्यवाणी करती हूँ मित्र," शेफाली ने भी रचना का समर्थन किया।

इश्तहार छपवाने का कार्य अक्षत ने अपने हाथ में ले लिया था। सप्ताह भर में ही वे पाठकों के हाथ में पहुँच चुके थे।

हाँ! सप्ताहभर में ही अभ्यान्तरिका के इश्तहार पाठकों के हाथ में पहुँच चुके थे। उनकी प्रतिक्रिया स्वरूप आशा से कहीं अधिक फोन आए। अधिकतर महिलाएँ ही थीं जिन्होंने पत्रिका सम्बन्धी सभी जानकारी चाही थी। पुरुषवर्ग की ओर से भी जब उसमें सम्मिलत होने की आकांक्षा प्रकट की गई तो वन्दना अभिभूत हो उठी। प्रथम प्रयास में ही उसे सफलता का अन्तिम सोपान भी दिखने लगा। उसका अपना उत्साह देखते ही बनता था। समस्त दुःख-पीड़ा, कटुता दूर-दूर तक भी उसके साथ नहीं थी। कार्य में लीन व्यक्ति दुःख-सुख से दूर एक वीतरागी योगी के समान होता है। यह व्यस्तता भूत तथा वर्तमान सभी कष्टों का हरण कर लेगी। सदस्य बनने के इच्छुक व्यक्तियों ने विज्ञापन देने अथवा दिलवाने का भार अपने ऊपर ले लिया। जन-जन के सहयोग से पत्रिका आकाशमार्ग की ओर अग्रसर होने लगी। दुःख-कष्ट क्या केवल नारियों का भाग है? वन्दना ने सोचा भावना शून्य तो पुरुष भी नहीं होते।

फोन द्वारा रचना व शेफाली वन्दना का मार्गदर्शन कर देती थीं किन्तु सम्पादन का समस्त कार्यभार वन्दना के कन्धों पर ही था। वे दोनों पत्रिका की नियमित सदस्य बन गई थीं जिससे उसमें छपने वाली सामाग्री से परिचित रह सकें। जितनी वन्दना से दूर थी रचना अब उतनी ही निकट आ गई। परन्तु उसके अतीत की थाह तो आज भी नहीं ले पाती। आगरा में भेंट होने के पश्चात रचना का सीमा से भी मिलना नहीं हो पाया। फोन पर हाय हैलो हो जाती बस।

× — × — × — × — ×

एक बार अभ्यान्तरिका में एक संस्मरण प्रकाशित हुआ जिसका शीर्षक था 'बुमुक्षा'। शीर्षक ने ही रचना को अपनी ओर इतना आकृष्ट कर दिया कि अनेक व्यस्तताओं के होते भी उसको शीघ्रातिशीघ्र पढ़ने का लोभ संवरण नहीं कर पाई।

लिखा था-

सर्वप्रथम तो मैं भाषा के लिए पाठकों से क्षमा माँगती हूँ क्यो कि मैं कोई लेखिका नहीं हूँ। बस अपने मन की गाठों का सरल भाषा में वर्णन करने का अल्प सा प्रयत्न कर रही हूँ। उद्देश्य तो उन कटु स्मृतियों से छुटकारा पाना है जो आज तक मन को सालती रही हैं तथा उस स्थान पर खड़ी हूँ जहाँ किसी पर भी विश्वास नहीं कर पाती। अपनत्वहीन जीवन................।

जीवन की आजतक की यात्रा में कामपिपासु पुरुषों की गणना करने लगूँ तो. ....। कहाँ तक करूँ एक पुस्तिका ही बन जाएगी? बहुत सी घटनाएँ तो विस्मृति के गर्त में चली गईं लेकिन फिर भी कितनी ही ऐसी हैं जिनको चाहकर भी खुरच नहीं सकी। कभी-कभी सोचती हूँ ऐसा मेरे साथ ही होता है अथवा और भी बालिकाएँ युवतियाँ अथवा प्रौढ़ा स्त्रियाँ धरापर हैं जिनको अपनों के द्वारा ही ठगा गया हो। अवश्य ही होगीं किन्तु मैं तो अपनी बात कर रही हूँ। आज इस पत्रिका के माध्यम से भारमुक्त होने का अल्प सा प्रयत्न कर रही हूँ। देखती हूँ सफल होती हूँ अथवा नहीं।

यूँ तो पग-पग पर ठग बैठे हैं लेकिन उनका व्यवसाय तो धन ऐंठना ही होता है, वे कहीं भी आपसे किसी भी प्रकार से सम्बन्धित नहीं होते लेकिन काम बुभुक्षा के लिए ठगना तो अक्षम्य तथा जघन्य कर्म है। विश्वास करके ही तो घर के बुजुर्ग अपनी कन्याओं को उनके आश्रय में छोड़ जाते हैं कि यह निरापद सम्बन्ध हैं। निश्चिंत होकर अपने कर्म में रत हो सकते हैं, किन्तु जहाँ बाड़ ही खेत को खाने लगे तो उस खेत की रक्षा कौन कर सकता है?

ऐसा ही हुआ था मेरे साथ। मेरे अपने निकट सम्बन्धी के साथ मेरी माँ ने मुझे भेज दिया था। वह मुझे किसी दूसरे सम्बन्धी के यहाँ छोड़ कर आने वाले थे। शुक्रवार का दिन था तथा अवकाश रविवार को होता और उसी दिन वह वहाँ मुझे छोड़ते। उनके साथ उनका एक व्यस्क पुत्र भी रहता था जो उस समय छुट्टी लेकर आया हुआ था जो कि फ़ौज में एक सैनिक था।

उस दिन मुझे अपने पुत्र के पास यह विचार कर कि रिश्ते में भाई लगता है और मैं अल्प वय हूँ छोड़ अपने कार्यस्थल पर निश्चिंत होकर चले गए। उसे मेरे भोजन आदि का निर्देश देकर ही गए थे।

उस शठ को अपने पिता के वापस लौट आने का समय ज्ञात था इसलिए अपनी योजना सुगमता से निर्द्वन्द्व पूर्ण कर सकता था। मैं अभी सोकर भी बिस्तर

से नहीं उठी थी कि वह मेरी बगल में आकर लेट गया। अगले ही क्षण जो मेरे साथ होने वाला था आज भी सोचकर काँप जाती हूँ। विधाता को धन्यवाद देना चाहती हूँ कि सात वर्ष की आयु में भी उसने मुझे सजग कर बलात्कार जैसी घटना से सुरक्षित बचा लिया।

वह मेरे बराबर लेट गया तथा अपना पाजामा खोल मेरा हाथ उसके अन्दर ले गया। एक लिजलिजे से स्पर्श ने मुझे चौंका दिया। यौनिकता जैसे किसी शब्द अथवा कार्य के सम्बन्ध में मुझे कोई ज्ञान नहीं था किन्तु मुझे लगा कि जो कुछ हो रहा है वह लज्जा का विषय है।

अपने गुप्तांगों का प्रदर्शन ....। मैं शौचालय तक जाने का बहाना बना उठ आई थी। समय का कोई अभाव उसकी दृष्टि में नहीं था इसलिए सुगमता से आज्ञा दे दी। मैं कमरे से बाहर निकली। प्रातः कर्म से निवृत हो, मुख्य द्वार खोल गेट के पास बाहर आकर बैठ गई। मैं इतना तो समझती ही थी कि चलते मार्ग पर वह मुझे कुछ नहीं कह सकता।

कुछ समय तक प्रतीक्षा करने के पश्चात् वह बाहर मुझे बुलाने आया लेकिन मैने भीतर जाने से स्पष्ट इनकार कर दिया। दोपहर बाद जब उसके पिता वापस लौटे तभी मैं अन्दर गई, भोजन इत्यादि किया। उसके पश्चात् तो मैं सम्पूर्ण रूप से सजग हो गई थी। दूसरे दिन तो मैं उसके पिता के साथ ही आग्रह कर चली गई थी।

इस प्रकार उस काम बुभुक्षित से स्वयं को सुरक्षित किया। मैं तो कर पाई लेकिन सभी को तो उस प्रकार का सुयोग नहीं मिलता। गिद्ध की भाँति अनायास ही कोई झपट्टा मारे तो बेचारी छोटी-छोटी अबोध बच्चियाँ क्या कर सकती हैं?

आज भी जब समाचार पत्र में इस प्रकार की किसी घटना के सम्बन्ध में पढ़ती हूँ तो उन बीते हुए पलों में पहुँच कर सिहर जाती हूँ।

दूसरी घटना उसके कुछ समय पश्चात् की है। मैं छोटे से शहर में रहती थी। नाम तो आज स्मरण नहीं किन्तु वे दिन स्मृति में शेष हैं। प्रायः मुझे बाज़ार से कुछ-न-कुछ छोटी-मोटी वस्तु क्रय करने के लिए जाना पड़ता था। घर से कुछ क़दम चलकर ही चौराहा था। बाज़ार तक जाने का मार्ग तीन ओर से पड़ता था चाहे घूमकर ही जाना पड़े। प्रायः छोटे मार्ग से ही जाती थी पर घूमकर भी जाना चाहती तो भी चौराहे पर तो जाना ही पड़ता था।

प्रायः जब भी घर से निकलती लगभग बारह वर्ष का एक लड़का अपनी निक्कर से अपना गुप्तांग निकाल कर खड़ा हो जाता। घर पर किसी से भी कहने से हिचकिचाती थी इसलिए उसके समीप से भागकर ही निकलती। तब तक भागती जब

तक कुछ बड़े लोग इकट्ठे ना मिलते। बहुत दिन तक चलता रहा यह सिलसिला। उसके उद्देश्य से अनभिज्ञ न जाने कब यह सिलसिला समाप्त हुआ स्मरण नहीं, लेकिन पुरुष जाति के लिए मन में एक और आक्रोश जमा हो गया। आज सोचती हूँ तो हैरानी होती है कि केवल बारह वर्ष की आयु में ही ऐसे निकृष्ट कार्य करने के पीछे कौन से कारण थे। निश्चित ही अपने अंग के प्रयोग से वह भी अनभिज्ञ ही रहा होगा वरना तो .. ..। माता-पिता व दूसरे रिश्तों द्वारा की जाने वाली लापरवाही ही छोटी वय में बालकों को दुराचार के मार्ग पर धकेल देती है।

कैसे होते हैं बचपन के अल्हड़ दिन भी। स्वयं अपराधी न होने पर भी भयभीत रहना। अन्दर-ही-अन्दर घुटन को पीना, इसके पीछे भी तो कोई गम्भीर कारण तो अवश्य होगा। क्या माता-पिता का बालकों के प्रति कठोर दृष्टिकोण व व्यवहार?

यह प्रश्न तो अधर में ही लटका है। कभी किसी 'महिला गोष्ठी' में चरचा की जाए तो शायद भिन्न-भिन्न विचारों से अवगत हो सकूँ। खैर छोड़ो यह तो एक अल्हड़ बालक के साथ घटित घटना थी परन्तु जब .... ।

और लेख पढ़ते-पढ़ते रचना उस घटना काल में विचरण करने लगी जब वह भी केवल बारह वर्ष की थी।

हाँ रचना तब बारह वर्ष पार कर चुकी थी। श्रृंगारिक कार्यकलापों से नितान्त अनभिज्ञ किसी बहन-भाभी या किसी समव्यस्का को भी इस विषय से सम्बन्धित कोई चुहुलबाजी करते देखा-सुना नहीं इसलिए कहा जा सकता है कि निपट अनाड़ी ही थी। वह अपनी माँ के कार्यालय के समीप ही किसी शिक्षक से ट्यूशन लेने जाती थी। माँ के कार्यालय का समय उसके ट्यूशन के समय से आध ा घण्टा पहले ही आरम्भ हो जाता था इसलिए वह उन शिक्षक महोदय के निवास पर जाकर कुछ समय तक स्वाध्याय करती रहती। दूसरी लड़कियाँ क्योंकि समीपवर्ती स्थानों की थीं इसलिए समय पर ही पहुँचतीं। भय की कोई सम्भावना माँ को मेरे वहाँ रहने में दृष्टिगत नहीं हुई क्योंकि शिक्षक महोदय की आयु लगभग पचास से अधिक ही होगी। उस समय उनकी पत्नी भी अपने स्कूल गई होती थीं। रचना लगभग आधा घण्टा एकाकी ही उस कमरे में व्यतीत करती। वैसे उसकी प्रकृति थी कि वह बाज़ार की ओर खुलने वाले द्वार के कपाट पर टेक लगाकर ही बैठती। वही उसको सुविधाजनक लगता लेकिन अनुभवशील पुरुष के लिए एक बालक को फुसलाना अत्यन्त ही सुगम व लघु कार्य था। यह रुकावट तो नगण्य ही थी।

रचना को उस समय पर जाते लगभग एक मास व्यतीत हो चुका था। उन्होंने

इतने समय में सबके विश्वास पर विजय प्राप्त कर ली थी और तब एक दिवस .... ।

उस दिन उन्होंने एक सन्दूक खोल उसमें से कुछ निकालने का उपक्रम किया लेकिन ढक्कन था कि बार-बार गिर जाता।

उन्होंने रचना से सहायता का अनुरोध करते कहा, "बेटी जरा इधर आकर इस ढ़क्कन को पकड़े रहो तो मैं अपने वस्त्र निकाल लूँ।"

रचना बेचारी भोली-भाली अल्हड़ बालिका उठकर उनकी सहायता करने उक्त स्थान तक पहुँची ही थी कि उन्होंने उसको कसकर पकड़ लिया। एक हाथ से उसका मुख थाम अपने अशान्त - ज्वलन्त अधर टिकाकर चूसना आरम्भ किया तो दूसरे से उसके प्रारम्भिक दौर में उभरते छाती के दोनों उभारों को दबाकर मसल दिया। कितना घिनौना लगा था यह व्यवहार रचना को। वह छटपटाकर उनके चंगुल से निकलने का भरपूर प्रयास करने लगी, लेकिन एक अल्प वयस्क बालिका एक भरपूर शक्तिशाली पुरुष के आगे क्या कर सकती थी?

किन्तु भाग्य ने उस दिन उसका साथ दिया था। उनके कमरे के द्वार पर किसी के आने की आहट का अनुभव उन्होंने किया तथा रचना को बंधनमुक्त कर दिया। वह दौड़कर अपने स्थान पर आकर चिपक गई। समस्त आदर व श्रद्धा उस दिन उस गुरू के लिए उसके हृदय से विलीन हो गई। उसको सोचकर ही चक्कर आने लगे थे। पूरा समय बेमन से ही निकला। रचना ने सुन रखा था कि किसी स्त्री को कोई पुरुष यदि स्पर्श करले तो वह गर्भवती हो जाती है। इस बे सिर-पैर के भय की सिहरन ने उसे अन्दर तक कँपा दिया। वह गिरते-पड़ते डग से ही घर तक पहुँची तथा जाकर बिस्तर पर लुढ़क गई। उसने निश्चय कर लिया था कि ऐसे गुरुओं से शिक्षा ग्रहण करने की अपेक्षा तो वह अनपढ़ रहना ही श्रेयस्कर समझती है। उसने भयभीत हो घर पर किसी को कुछ नहीं बतलाया तथा अपने अन्तरमन में दारुण घुटन लेकर ही जीती रही। अन्तर था तो केवल इतना ही कि उसने अपनी माँ को स्पष्ट कह दिया था कि कल से वह ट्यूशन पढ़ने नहीं जाएगी। उस समय उसकी दृष्टि माँ की ओर उठ न सकी।

"लेकिन क्यो?" माँ ने प्रश्न किया।

"उनका पढ़ाया ही जब मेरी समझ में नहीं आता तो पैसा और समय व्यर्थ करने से क्या लाभ माँ?" स्पष्टीकरण दे दिया रचना ने।

माँ ने अधिक कुछ जानना भी नहीं चाहा। रचना की तो भूख-प्यास ही न जाने कहाँ छूमन्तर हो गई थी। सर में जो चक्कर आने आरम्भ हुए थमने का नाम ही नहीं

ले रहे थे। उठती थी तो लड़खड़ा जाती थी। माँ को कहीं कोई सन्देह ना हो यह भय ही अधिक सता रहा था। बताए भी तो क्या बताए एक भ्रष्ट गुरू की निर्लज्ज गाथा। वह स्वयं तो उनकी तरह निर्लज्ज नहीं है। शब्दातीत था उसका उस दिन का वह निकृष्ट अनुभव। उस दिन तो रचना की समझ में नहीं आया था किन्तु आज आ रहा है कि यदि दैव ने उसकी सहायता ना की होती तो उस अँधेरे कोने में कौन सा घिनौना कृत्य उसके साथ हो जाता। बाल-बाल बची वह अबोध बालिका।

सब घटनाएँ उसी के साथ घटीं अथवा सम्पूर्ण नारी जाति की बिडम्बना है यह कि बालपन से ही इस त्रासदी से दो-चार होना पड़ता है किन्तु भयभीत मूक बनी जीवन रंगमंच के नाटक का केवल पात्र बनी ही घूमती हैं।

आज रचना का किसी सम्बन्ध पर भी विश्वास नहीं रहा है। जिस क्षेत्र में वह कार्य करती है वहाँ कितनी ही करुण कथाओं का श्रोता उसको बनना पड़ता है। कहीं कोई मृतबालिका शौचालय में पड़ी मिलती है तो कहीं कूड़े के ढेर में अथवा कूड़ेदान में। इसके विपरीत यदि कोई जारज पुत्र होता है तो उसे जीवित ही कहीं छोड़ दिया जाता है यह सोचकर कि इसको तो कोई भी सन्तानहीन परिवार सहर्ष पाल लेगा। तो क्या किसी पापकृत्य का चिह्न होते हैं वे बालक समाज की घृणित दृष्टि के शिकार? यह प्रश्न कभी-कभी मन को बहुत सालता है। काश! उनकी माँ की विवशता का भी कोई विवेचन कर पाता तो ....। धिक्कार के शब्द तो उनके लिए सभी निकाल लेते हैं। लेकिन रचना समझ सकती है क्यों कि उसके अपने साथ भी तो ....।

उन दिनों पहली-पहली बार प्रगति मैदान में प्रदर्शनी लगी थी प्रदर्शनी में किन वस्तुओं के स्टॉल थे ज्ञात नहीं। वे तो देखने के पश्चात् ही पता लग पाता किन्तु ....।

हुआ यूँ कि मेरा एक ममेरा भाई घर पर आया। माँ से मुझे प्रदर्शनी दिखाने की आज्ञा सुगमता पूर्वक प्राप्त करली बोला—

"बुआ जी रचना कहीं आती-जाती नहीं है, आप लोग भी नहीं जाते। शहर में कहाँ क्या हो रहा है इस सब से अनभिज्ञ रहती है। मैं प्रदर्शनी देखने जा रहा हूँ। आपकी अनुमति हो तो अपने साथ ले जाऊँ?"

माँ को क्या आपत्ति हो सकती थी, उनका अपना सगा भतीजा आदेश माँग रहा था।

कुछ दिन पूर्व उन्होंने मेरे विश्वास पर भी अपने व्यवहार से विजय प्राप्त कर ली थी। मामा, बुआ, चाचा-ताऊ के पुत्र तो सगे भाई ही होते हैं। रक्त का सम्बन्ध जो

होता है उनसे। वैसे तो वह विवाहित थे एक सन्तान के पिता भी लेकिन ऑफिस के समय के पश्चात् ट्यूशन पढ़ाने का कार्य भी करते थे जिससे गृहस्थ जीवन का निर्वहन भली प्रकार कर सकें। ऐसे परिश्रमी व्यक्ति पर अविश्वास करना ....। मुझसे लगभग दस वर्ष बड़े थे। बड़े भाई को तो वैसे भी पिता के समान ही माना जाता है। शिक्षण काल में कई लड़कियों को भी पढ़ाने का संयोग उन्हें मिला।

उनमें से एक लड़की के साथ उनके प्रेम सम्बन्ध स्थापित हो गए। कब और कैसे उन्हें अवसर मिला यह कहानी तो मुझे बहुत बाद में ज्ञात हुई वरना तो मेरी यह दुर्भाग्य गाथा ....। खैर कहने का तात्पर्य यह है कि उस लड़की का विवाह किसी और के साथ निश्चित हो गया। पढ़ने-पढ़ाने का कार्य भी समाप्त हो गया इसलिए उनसे मिलना भी उसका प्रायः बन्द सा हो गया। उस वर्ष उसे दसवीं कक्षा की परीक्षा देनी थी। उक्त कन्या ने पत्र द्वारा अपनी चिन्ता अपने प्रेमी को व्यक्त की तो उन्होंने उस समस्या के निराकरण के लिए मुझे माध्यम बनाया। मैने अपने सीधेपन में उनकी सहायता का वचन दे दिया। कैसे करनी होगी सहायता इससे मैं भी परिचित नहीं थी।

दूसरे ही दिन वह मेरे स्कूल में आ टपके तो मैं उहापोह की स्थिति में घिर गई। उपाय भी उन्होंने ही सुझाया। झूठ बोलकर मैंने प्रिंसीपल से एक घण्टे का अवकाश लिया तथा उनके साथ उनकी तथाकथित प्रेमिका से मिलने उसके स्कूल पहुँच गई। उनका रहस्यमय संदेश उस तक पहुँचा मैं अपने स्कूल लौट आई।

ओह! मैं प्रदर्शनी देखने जाने वाले दिन की घटना का वर्णन कर रही थी और खोल बैठी उनकी प्रेम गाथा। उसके सम्बन्ध में भी थोड़ा प्रकाश बाद को डालूँगी जिसका पूर्ण ज्ञान मुझे भी पर्याप्त समय के पश्चात् ही हुआ।

उनकी सहायता करने से न जाने उन्होंने मेरे सम्बन्ध में क्या धारणा बनाई किन्तु मैं तो भाई को भाई ही मानकर चल रही थी तथा उनकी उलझन में उनकी सहायता अपना कर्त्तव्य।

यथा समय हम प्रदर्शनी देखने चल पड़े। संध्या का समय था। प्रदर्शनी दोपहर बाद से प्रारम्भ हो रात्रि दस बजे तक चलती थी। मैं नई दिल्ली के मार्गों से नितान्त अपरिचित थी इसलिए वह कहाँ ले जा रहे हैं समझ नहीं पाई।

उन्होंने कनाटप्लेस के एक रेस्तराँ के सामने अपना ताँगा रुकवाया तथा मुझसे कहा, "प्रदर्शनी में घूमने में थकान हो जाती है अतएव क्यों ना एक-एक कप चाय यहाँ पर रुककर पी ली जाए?"

चाय में मुझे आपत्ति जैसा कुछ नहीं लगा। हम लोग सीढ़ियाँ चढ़कर उपर

की मंजिल के एक केबिन में जाकर बैठ गए। किसी भी रैस्तराँ में जाने का मेरा प्रथम अवसर था इसलिए वहाँ के तौर-तरीकों से नितान्त अनभिज्ञ थी। केबिन में बैठना मुझे कुछ अच्छा तो नहीं लगा पर शायद यही होता होगा ऐसे स्थानों पर सोचकर मौन रही।

उन्होंने वहाँ बैठ चाय के स्थान पर 'बीयर' तथा कुछ स्नैक्स का आदेश दिया तब भी मैं मौन ही रही। बीयर मेरे लिए नवीन पेय था इसलिए आपत्ति कर बुद्धू बनना नहीं चाहती थी। शराब को मैं केवल शराब के नाम से ही जानती थी। उसमें भी भिन्नता होती है, यह तो मुझे आज ज्ञात है तब नहीं था।

उन्होंने एक गिलास भरकर अपने सामने रखा तथा दूसरे में आधी मात्रा में मुझे दी बोले, "तुझे यह शर्बत स्वादिष्ट लगे तो और ले लेना। पहली बार पी रही है ना सम्भव है स्वादिष्ट न भी लगे इसलिए आधा ही दे रहा हूँ, पीकर देखेगी तो इसके आनन्द का ज्ञान होगा।" झिझकते-झिझकते उस कड़वे पेय को मैने पी लिया।

उन्होंने पूछा, "कैसा लगा, और मँगवाऊँ ना?"

मैने कहा, "ठीक ही है किन्तु और अधिक पीना नहीं चाहती।"

मैं तो प्रदर्शनी देखने आई थी। इस प्रकार समय व्यर्थ करना अच्छा नहीं लगा किन्तु जहाँ अधिकार न हो ....।

किन्तु वह तो सब प्रकार के प्रलोभन दे अपनी योजना की भूमिका बना रहे थे पर मैं विश्वास के कारण ठगी जाती रही। वहाँ से निकल ताँगा ले हम प्रगति मैदान की ओर चल पड़े। अन्दर के प्रकाश की रेखाएँ बाहर तक तो फैल रही थीं किन्तु वहाँ के सघन अन्धकार को दूर नहीं कर पा रही थीं क्योंकि मैदान के बाहर के भाग में ऊँची तथा घनी झाड़ियाँ थीं।

वहाँ पहुँच वह मुझे झाड़ियों के किनारे पर खड़ा कर अन्दर घुस गए कहते हुए कि, "जरा टायलेट जाना है उससे निवृत हो अभी चलते हैं।"

मैं चारों ओर का निरीक्षण करती निश्चिंत तथा लापरवाही से खड़ी हो गई। कोई संरक्षक साथ हो तो भय कैसा? मैं उन रंग-बिरंगे प्रकाश वृत्तों को अपने नेत्रों में समा लेना चाहती थी। मेरे जीवन का वह प्रथम अनुभव था जिसमें उस चकाचौंध पूर्ण जगमगाहट से अभिभूत हो मैं सघन अन्धकार के एक कोने में निर्विघ्न खड़ी थी कि अनायास ही त्वरित गति से किसी पँजे ने मुझे उसी प्रकार उस जंगल में घसीटा जिस प्रकार काई चीता अपने हाथ आए शिकार को। मेरी चीख निकले उससे पूर्व ही दूसरे हाथ ने मेरा मुख अपनी पकड़ में ले लिया।

भाई कहलाए जाने वाले उस दुर्दान्त पशु ने मुझे निकट ही झाड़ियों में गिराकर लिटा दिया तथा मेरे ओष्ठ और गालों पर अपनी लिप्सा शान्त करने लगा। मैं बुरी तरह छटपटा तथा हाँफ रही थी फिर भी अपनी साड़ी को उसके लाख प्रयत्न के बाद भी अपने पाँवों पर सँभाले थी। मेरे हाथ, पाँव, सर सभी तो हथियार बने थे। कुछ मिनटों के पश्चात् न जाने क्या सोच उसने अपनी पकड़ ढीली की तो मैं भाग खड़ी हुई। सम्भव है मेरे असहयोग से उसके उत्साह पर पानी पड़ गया हो। जिसको उसने सुलभ समझा, वही उसके लिए दुर्लभ सिद्ध हो रही थी। उस घटना का पूर्ण चित्र खींच पाना तो शब्दातीत ही है। निःसन्देह मेरा पूर्ण बलात्कार नहीं हुआ किन्तु अर्द्धबलात्कार द्वारा ही मेरे शरीर, मेरे विश्वास, मेरे सम्बन्ध तथा स्नेह सभी के साथ एक साथ बलात्कार हुआ और वह भी मेरे रक्त सम्बन्धी पिता समान भाई द्वारा।

उसके साथ वापस लौटना मेरी विवशता थी। इस घटना के पश्चात् प्रदर्शनी में उपस्थित होने का तो प्रश्न ही नहीं था। मेरे केश, मेरे वस्त्र सभी तो तुड़-मुड़ गए। भय था तो केवल यही कि माँ के प्रश्नों का क्या और कैसे उत्तर दूँगी। वह तो वहीं ढेर हो जाएँगी जब उन्हें ज्ञात होगा कि उनका अपना भतीजा ....।

उस दिन प्रणव ने इस साक्षात्कार से तो बचा ही लिया। जब मैं घर पर पहुँची तो अन्धकार का साम्राज्य था तथा माँ-पिता जी निद्रालीन थे निःशंक। उस अन्धकार में ही मैने अँधों की भाँति टटोल-टटोल कर वस्त्र बदले व हाथ-मुँह धो अपने केश ठीक किए और चुपचाप जाकर अपने बिस्तर पर सो गई। कहना चाहिए कि सोने का नाटक करती रही वरना तो नींद कहाँ आने वाली थी।

वह एक ऐसी घृणित त्रासदी थी जिसने पुरुष जाति के प्रति सदैव के लिए मेरे मन तथा शरीर दोनों को अनुत्तेजक बना दिया। यूँ साँसारिक रीत निभाना एक पृथक विषय है।

आज जब पीछे मुड़कर देखती हूँ तो उस घटना के स्मरण मात्र से ही आज के बलात्कारों की घटित घटनाओं को पढ़ती अथवा लिखती हूँ तो उन नारियों अथवा कन्याओं द्वारा भोगी समस्त पीड़ा को स्वयं में मंचित होता अनुभव करती हूँ। मेरे मन में यह प्रश्न विद्युत की भाँति करंट मारता रहता है कि आख़िर ऐसा क्या है नारी जाति में जिसको पाने के लिए पुरुषवर्ग मानव से पशु बनना स्वीकार करता है?

मेरी पीड़ा उतने पर ही आकर समाप्त नहीं हुई। प्रातःकाल अरुण प्रकाश में माँ ने मेरे गाल पर एक घना नीला चिह्न जिसका मुझे भी ज्ञान नहीं था देखा तो शंकित हो उठीं।

अपनी दृष्टि मेरे दृगों में गाड़ प्रश्न किया कि, "बेटी तेरे गाल पर पड़ा यह नीला चिह्न कैसा है? क्या तेरे साथ ....?"

क्या उत्तर देती माँ को? उसको जीते जी मारना मेरे अन्तरमन ने उचित नहीं समझा।

मैने चौंककर प्रतिप्रश्न किया, "नीला चिह्न कहाँ, कैसा?" उन्होंने मुझे दर्पण दिखाया तो मुझे एकाएक ही समाधान सूझा। मैने मुस्करा कर उत्तर दिया, "ओह यह! आपको तो ज्ञात ही है, कि मेरी त्वचा कितनी कोमल है। रात को थककर इतनी गहरी नींद आई कि सोते हुए पता ही नहीं चला कि मेरे गाल का यह भाग पाए पर लगातार टिका है। शायद उसी से यह चिह्न बन गया।"

उन्होंने निश्चिन्तता की एक ठण्डी श्वास लेते कहा, "मैं तो कुछ और ही समझ बैठी थी। बेटी की माँ हूँ ना, सदा शंका ही शंका में जीती हूँ।"

माँ की शंका का समाधान तो कर दिया किन्तु अपने ही उस घाव की टीस का क्या करूँ जो निरन्तर मेरे अभ्यंतर में एक कोने से दूसरे कोने तक विद्युत की भाँति संचरण करती है। यही सोच रही थी कि ऑफिस जाते समय वह अनपत्रप फिर आ धमका।

पूछा, "बुआ जी को तो कुछ नहीं बतलाया रचना! यही जानने आया हूँ। मुझे अपने कृत्य के लिए अत्यन्त लज्जा का अनुभव हो रहा है। न जाने कैसे वह सब ....। क्या तू मुझे क्षमा कर सकती है? वरना तो आजीवन मैं छटपटाता ही रहूँगा।"

घृणा से मुस्करा कर मैने उत्तर दिया, "योजना बना कर किया गया कृत्य जाने कैसे कहने से ही तो क्षम्य नहीं हो जाता। माँ की ही शपथ मार्ग में तुमने दी तो माँ के सामने ....। वैसे भी उस घृणित कृत्य का वर्णन करना मेरे लिए तो करने वाले से भी अधिक लज्जा का विषय है। मैं तुम्हें क्षमा कर भी दूँ तो वह केवल शाब्दिक ही होगा। मेरा अन्तःस्तल तो कभी भी ....। इसके पश्चात् जब भी कभी तुम्हारा वर्णन आएगा केवल नाम से ही पुकार पाऊँगी। भाई शब्द का सम्बोधन तो तुम्हारे लिए मेरी जिह्वा कभी कर नहीं पाएगी। एक पुनीत सम्बन्ध को कलंकित करने वाले के लिए ऐसा पवित्र, स्नेहिल शब्द ....।"

"कल रविवार का दिन है इसलिए एक बार मेरे घर पर चन्द मिनटों के लिए आ जाना। मैं समझूँगा तूने मुझे क्षमा कर दिया वरना तो आजीवन यह मुख तुझे नहीं दिखाऊँगा," कहकर बिना उत्तर की प्रतीक्षा किए चला गया।

मैंने सोचा अपने कारण दूसरे लोगों के सम्बन्धों को क्यों झुठलाऊँ इसलिए

कुछ समय के लिए उसके घर पर जाकर उसकी पत्नी से बात कर लौट आई। दूसरा कारण था कि किसी शठ से शत्रुभाव रखना सदैव के लिए विपत्ति को निमन्त्रण देने के समान है। ऐसे अशालीन लोग समाज में अपना उच्च मान बनाए रखने के लिए किसी भी सीमा तक जा सकते हैं। बस इसी सोच ने मेरे क़दम उसके घर की ओर मोड़ दिए।

वह तो इतने भर से सन्तुष्ट हो गया किन्तु क्या मैं ....? यह प्रश्न तो आजीवन मुझे किसी पर भी विश्वास नहीं करने देगा।

यह तो उस दुष्ट भाई को लेकर मेरे साथ घटी घटना थी। और भी कई को उसने किस प्रकार कलंकित किया यह तो उसकी पत्नी ने बहुत बाद में एक दिन मुझे सुनाया था।

जिस लड़की के लिए उसने मुझसे सहायता चाही थी उन्होंने बतलाया कि विवाह के समय वह गर्भवती थी और उसके पति के बच्चे की माँ बनने वाली थी। उसकी पत्नी के सहयोग के कारण ही उसका गर्भपात कराना सम्भव हो पाया। उसकी पत्नी के हृदय की दुर्दशा का केवल अनुमान ही लगाया जा सकता है।

अपनी पत्नी की उपस्थिति में ही उसकी छोटी बहन के साथ होने वाले दुराचार को सहन करना क्या उसकी पत्नी के लिए सम्भव रहा होगा?

लेकिन धन्य है तू नारी! धरती के समान धीर और गम्भीर। अनेक दुष्कृत्यों को अपने मन पर सहकर भी पति की दीर्घायु की कामना में व्रत-उपवास रखती है। पूजा-पाठ करती है किस फल की कामना में? क्या सात जन्मों का बन्धन मान, सात जन्मों तक दुराचारी पति को सहना ....।

और भी कई कथाएँ उसके साथ जुड़ी हैं जो उसकी पत्नी ने हँस-हँस कर सुनाई थीं। किस-किस का वर्णन करूँ? वह तो यौवन का अन्त होते-होते दिवंगत हो गए लेकिन मेरे तथा उनकी पत्नी के हृदय पट पर पड़े वे घिनौने दाग क्या कभी धूमिल होंगे? सम्भव है पत्नी ने क्षमा कर दिया हो किन्तु मैं तो ......।

मार्ग में 'बस' से आते-जाते न जाने क्या-क्या छोटा-मोटा घटित होता ही रहा है, उनकी तो गणना ही व्यर्थ है, लेकिन हाँ पुरुष जाति के कर्मों पर कभी-कभी जब उसका खुलकर हँसने का मन होता है तो वह घटना स्मरण हो आती है जिसका वर्णन करना अनिवार्य सा लग रहा है।

कैसे-कैसे अनुभव बटोरे हैं रचना ने जीवन के इस ऊबड़-खाबड़ से पथ पर। उस दिन दोपहर के समय वह अपने कार्यालय का कार्य समाप्त कर बस-स्टैण्ड की ओर जा रही थी। मार्ग उस समय लगभग जनशून्य सा हो जाता था क्यों कि ग्रीष्म

की दोपहर में सब अपने-अपने फ्लैटों के द्वार बन्द कर विश्राम करने चले जाते हैं। पुरुष वर्ग तो कार्यालय में होते ही हैं।

हाँ तो उस मार्ग पर वह बस स्टैण्ड की ओर बढ़ रही थी। नित्य ही जाती थी निर्भय निश्चिन्त कोई नवीन बात नहीं थी लेकिन उस दिन साइकल पर बैठे एक हट्टे-कट्टे पुरुष ने अचानक ही पीछे से आकर एक छोटा सा परचा उसके सामने कर दिया। उस पर किसी का पता लिखा था जिसकी स्थिति के सम्बन्ध में वह जानना चाहता था। रचना ने अपनी जानकारी के अनुसार मार्ग का नक्शा समझा दिया। वहाँ से तब तो वह चला गया लेकिन कुछ सैकिन्ड पश्चात ही आकर दोबारा पूछा–

"मैड़म क्या यह सड़क है?"

रचना ने दृष्टि उठाकर उसकी ओर देखा तो हैरान रह गई। उसने अपने गुप्तांग को पैण्ट से बाहर कर एकदम सीधा खड़ा किया हुआ था। जाने चन्द सैकिण्डों में ही उसने स्वयं को कैसे उत्तेजित कर लिया? हैरान हो गई वह। रचना बिना कोई उत्तर दिए ही तीव्र गति से चलती बस स्टैण्ड पर खड़ी भीड़ में सम्मिलत हो गई।

ऐसी घटनाएँ तो उसके साथ कई बार घटी हैं कि लोगों ने उसका पीछा किया किन्तु अपनी तत्क्षण बुद्धि-कौशल के कारण सदैव ही स्वयं को सुरक्षित कर लिया।

शेफाली ने द्वार खोलकर उस दिन के कार्य कलापों का स्मरण कराया तो वह अतीत से बाहर निकली ओह! कहाँ भटक गई थी वह उसने सोचा तथा बाहर आ उसके साथ गाड़ी में बैठी।

× – × – × – × – ×

वंदना के अथक प्रयास व अक्षत के भरपूर सहयोग से अभ्यांतरिक साहिल को छू लेने के मार्ग पर सतत त्वरित गति से बढ़ रही थी। समाचार पत्रों में उनके द्वारा वितरित पैम्फलेट को पढ़ बहुत सी स्त्रियों ने दूरभाष द्वारा भिन्न-भिन्न शंकाओं को उठाया था।

वंदना व अक्षत ने निर्णय लिया कि उक्त महिलाओं को आमन्त्रित कर एक सभा का आयोजन कर लिया जाए जिसमें सर्वप्रकार की शंका तथा उपाय खोज लिए जाने का विश्वास होता है। एक मानव की बुद्धि अनेक के समान तो नहीं होती तथा वैसे भी भिन्न-भिन्न परिवेश से लेखों को भेजने वालों की शंकाएँ भी भिन्न ही होंगी। हमें समाधान के लिए अधिक सामग्री प्राप्त हो सकेगी।

अतएव उन्होंने उनको मिलने वाले सभी फोनों के नम्बरों की एक सूची तैयार

कर उन सब को एक निश्चित समय पर अभ्यांतरिका के कार्यालय में उपस्थित होने के लिए आमन्त्रण दिया।

पीड़ित हृदय महिलाओं ने पहुँचने में न तो कोई आना-कानी की और न ही विलम्ब जैसे सभी को भारमुक्त होने की प्रतीक्षा थी। सदियों का जमा कुहासा...।

सभा में किसी कोने से कोई शंका उठती तो किसी से कोई। अपने मन में कसकने वाले किसी भी शूल को कोई भी सर्वविदित करने को तैयार नहीं था। उन्होंने एक सटीक शंका उठाई थी कि चाहे कोई अपना नाम पता लेख में ना भी लिखे तो भी डाक से भेजे जाने वाले पत्रों द्वारा पते का कुछ-कुछ अनुमान तो लग ही जाता है। अतएव अन्त में सर्वसम्मति से एक प्रस्ताव पास हुआ कि कार्यालय के बाहर एक बन्द डिब्बा लगा दिया जाए जिसमें जब भी, जो भी चाहे अपने लेख को अज्ञात रूप से उसमें डाल जाए।

लेखों की काट-छाँट का कोई नियम नहीं रखा गया। जो भी जैसी भी सामग्री मिलेगी सभी को पत्रिका में स्थान अवश्य मिलेगा। कलेवर को ध्यान में रख नम्बर आने में कुछ देर अवश्य लग सकती है किन्तु छपने की शत-प्रतिशत गारंटी थी। इससे किसी को कोई अन्तर पड़ने वाला नहीं था। उनका अपना मन तो हल्का हो ही चुका होगा।

उपरोक्त उपायों ने पत्रिका की आय, ख्याति तथा प्रसार के नवीन द्वार खोल दिए। प्रशंसात्मक पत्र भी मिलने लगे कि लेखन के इस उपचार ने बहुत से लोगों को कुंठा मुक्त कर दिया है। अब वे उन्मुक्त गगन में उड़ान भरने को तत्पर हो गए हैं।

वंदना तो अपने कार्य में डूबकर ही जैसे सब कुछ भूल चुकी थी। दूसरों की वेदना को अपनाकर उसे अपना दुःख-शोक नगण्य लगने लगा। फिर भी कई दुःख ऐसे होते हैं कि वे मूक रहने को विवश कर देते हैं। समस्त कार्य में तल्लीन होकर भी वह अपनी पूर्व सन्तान को तो भुला नहीं पाई। मुख्य काँटा तो उसके हृदय को भी वही साल रहा था।

उसकी मुख्य चिन्ता अक्षत थे कि वह उस लेख को पढ़ न जाने अपने मन में कौन से विचार पाल लें कि उनकी आज तक की निष्ठा, त्याग, तपस्या ही निष्फल हो जाए। स्वयं कष्ट पाकर भी वह अक्षत को कोई मानसिक कष्ट नहीं देना चाहती थी।

अक्षत ही तो हैं जिन्होंने उसके जीवन की डगमगाती नैया को अपने प्रेम की पतवार द्वारा जीवन-सागर के उस पार पहुँचाने के लिए अपना सर्वस्व त्याग दिया वरना एक कुँआरे युवक को दो बालको की माँ से विवाह करने की विवशता और

कोई तो थी नहीं। उन्होंने ओशो के उस कथन को अपने जीवन में उतार लिया जिसे कई वर्ष पूर्व पढ़ा था।

प्रायः कहते थे कि वंदना, "सन्तुष्टि भिखारी नहीं राजा बनने में हैं। और प्यार में जब तुम देते हो तो राजा बन जाते हो।" वह वंदना के लिए अपने सभी सम्बन्धियों द्वारा उत्कृष्ट हो चुके थे फिर भी मस्त, निश्चिन्त प्रेम मार्ग पर अपनी प्रेमिका पत्नी के मार्ग के काँटों को चुन-चुन कर अपनी झोली में डाल रहे थे। धन्य हैं अक्षत। ऐसे उदाहरण तो विश्व में विरला ही मिलते हैं।

× — × — × — × — ×

अपने-अपने कार्य में लिप्त वंदना व रचना दोनों ही सीमा को भुला बैठे थे। तीनों के दुःख-सुख साँझे होते हुए भी अलग-अलग पगडण्डियों पर चल रही थीं। मार्ग में किसी जीवन-तिराहे अथवा चौराहे पर भेंट हो जाती तो कुछ समय के लिए रुककर विश्राम कर लेतीं। अपने-अपने जीवन का कच्चा चिट्ठा कुछ समय के लिए खोलकर पढ़-पढ़ा लेतीं और फिर अपने-अपने मार्ग पर बढ़ जातीं। कितना विचित्र होता है यह जीवन भी। त्रिगुट के नाम से प्रसिद्ध तीन शरीर एक आत्मा भी छटपटाहट की वेदना अपने आँचल में समेटे थीं अव्यक्त-असहनीय। सर्व साधारण के सामने तो जीवन के रहस्य खोल कर नहीं रखे जा सकते ना।

उस दिन उसने समाचार पत्र खोला, उसके अन्दर रखा पैम्फ्लेट सरक कर सीमा के चरणों को चूमने लगा तो उसका ध्यान उस ओर आकृष्ट हुआ। यूँ तो नित्य ही कोई-न-कोई परचा आता रहता है पर उसकी विषय सामग्री कुछ भिन्न थी। उसके नीचे दिया गया दूरभाष नम्बर व पता परिचत सा लगा। वह मस्तिष्क पर दबाव डाल स्मरण करने का प्रयत्न करने लगी।

बहुत विचार करने के पश्चात ही उसे वंदना का स्मरण आया। उसके पुराने पते पर तो सीमा बहुत बार गई है परन्तु इस नवीन कोठी में आने के पश्चात तो जा ही नहीं पाई। इस प्रकार फँसी है जीवन-पाटों के मध्य कि पिसते जाना ही उसका भाग्य बनकर रह गया है।

रचना के कारण 'दैनिक प्रकाश' पढ़ना वह कभी नहीं भूलती उसने भी रचना का वह लेख पढ़ा था जिसके कारण वंदना को इस पत्रिका की पृष्ठभूमि में लोगों की पीड़ा बाँटने का विचार मिला। सीमा ने तो पढ़ा, कुछ देर सोचा और एक ओर रख दिया क्योंकि उसमें से कटिंग उस दिन उसे करनी थी। रचना का कुछ भी 'दैनिक

प्रकाश' में छपता है तो वह काट कर रख लेती है बल्कि उसने एक पृथक ही फाइल बना रखी है रचना की सामग्री सँजोने की।

सीमा ने अवकाश मिलते ही पैम्फलेट में छपे दूरभाष नम्बर को मिलाया। वह अपनी शंका का निवारण कर लेना चाहती थी। पता तो कोई और भी दे सकता है कोई किराएदार अथवा सम्बन्धी।

उधर से 'हैलो' के स्वर ने उसे उत्साह से भर दिया। वह वंदना का स्वर पहचान चुकी थी, मुस्करा कर चुहुल करती बोली, "मैड़म आज के समाचार पत्र में मिले एक पैम्फलेट से मैने यह नम्बर लिया है। क्या आप ही इस पत्रिका की प्रबन्धिका हैं? मैं इसके सम्बन्ध में विस्तार से जानना चाहती हूँ।"

स्वर वन्दना को भी पहचाना सा लगा किन्तु निश्चित नहीं कर सकी कि किसका है।

"आपका परिचय मैडम? मैं ही पत्रिका की प्रबन्धिका हूँ।"

ओह! परिचय तो गोपनीय रखने की शर्त है ना इस पत्रिका के लिए। आप विस्तार से प्रकाश डालिए। शेष उसके अनुरूप..............।

कुछ क्षण मौन रही वन्दना, अपने आई. डी. कॉलर पर आए नम्बर की जाँच की तो स्मरण आ गया कि वह नम्बर तो सीमा का है, उसने कितनी ही बार तो बात की है। उसी की भाषा में उत्तर दिया," परिचय गोपनीय रखने की ही शर्त है सीमा जी आप निश्ंचित रहिए। मैं स्वभाव वश परिचय पूछ बैठी। क्षमा करिए। वैसे किस बिल से निकल कर बोल रही हैं आज आप?"

उत्तर सुनकर सीमा हँसे बिना न रह सकी कहा,"जिस बिल में आप बैठी हैं वन्दना जी उसी से..........., "दोनों ही एक साथ खिलखिला कर हँसी जिसकी खनक अक्षत तक भी पहुँच गई।

"अब मुझे पूर्ण परिचय मिल गया लेकिन यह दूर की कौड़ी कहाँ से मारी है? क्या सूझा है बैठे-बैठे?"

"खाली बैठे नहीं सीमा, मिलने पर ही पूरी बात हो पाएगी। अक्षत भी तुम्हें अभिवादन भेज रहे हैं।"

"ओह! तो अक्षत समीप ही हैं तभी। ठीक है किसी दिन समय निकाल कर तुम्हारी इस नवीन धारणा पर चर्चा करूँगी। अब रखती हूँ। कितने लम्बे समय बाद हमने बात की है वन्दना! मुझे बहुत अच्छा लगा। चलो तुम व्यस्त हो जाओगी तो...।"

हाँ यही सोचकर समभलो कि इस कार्य की ठानी है। "मैं तुम्हारी प्रतीक्षा

करूँगी," कहकर फोन रख दिया।

सीमा का जीवन भी पगडण्डी की भाँति टेढ़ी-मेढ़ी सी लकीरों का एक जाल ही तो है। कितने ही लोगों को आश्रय दिया है उसने किन्तु स्वयं........। एक निःश्वास स्वतः ही निकल गया वंदना के मानस से।

सीमा सोच रही थी कि जनमानस के काँटो को कुंठित करने का अच्छा प्रयास किया है वन्दना ने इस पत्रिका को प्रारम्भ कर। मैं भी इसकी नियमित लेखिका बनना चाहूँगी। और कुछ नहीं तो दूर बैठे इतना सहयोग तो दे ही सकती हूँ अपनी सखी को। आवश्यक तो नहीं कि अपने ही जीवन की करुण कथा लिखी जाए। दूसरों के दारुण दुःख जो उसने देखे-सुने व अनुभव किए हैं उनका वर्णन भी तो वर्जित नहीं है जिनका भार मेरे मन पर आज भी विद्यमान है। तभी उसे स्मरण आया कि कुछ घटनाएँ जिन्होंने उसके मन पर अपनी खरोंच छोड़ दी हैं सीमा ने लिखकर रखी हुई हैं। उन्हीं में से एक-एक कर प्रतिमास भेजेगी तदुपरान्त.............।

× — × — × — × — ×

पत्रिका के भूलभाव को ग्रहण करते सीमा ने प्रथम अंक के लिए जिस एक कदाख्य पिता के काले कारनामे को लिपिबद्ध किया था अपनी सामग्री से छाँटकर बाहर निकाला। उस भाग्यहीन बालिका के नाम से ही उसने उस घटना का वर्णन किया हुआ था।' रत्ना की शादी' लेकिन अब काल्पनिक नाम देकर शीर्षक लिखा।

उसने लिखा था - 'माला की शादी'

उस दिन दीदी आई थीं। उनका आना कोई नवीन समाचार नहीं है। प्रायः आती ही रहती हैं जब कभी उन्हें कोई आवश्यकता होती है। धन का अभाव उन्हें इस-उस से मिलन सम्बन्ध बनाए रखने को विवश करता है जो प्रायः रहता ही है। उसी अभाव के चलते सन्तान को समाज में कोई उच्च स्थान दिलाने की धुन में उनको अन्तरमन के ऊपरी तल पर सभी के लिए प्रेम-स्नेह व सहानुभूति दर्शानी होती है। वही तो उनका वह ब्रह्मास्त्र है जिससे सभी के मनों पर राज करती हैं। उस प्रेम और स्नेह की सघनता को मापने की सामर्थ्य लगता है किसी में नहीं है। उनकी व्यवहार कुशलता दूसरे के अस्तित्व को मकड़ी के जाले की भाँति एक बारीक ताने-बाने में जकड़ देती है। अनचाहे ही उस जाल में उलझ ही जाता है सामने वाला। खैर!

उस दिन जो उन्होंने सुनाया चौंका देने वाला समाचार ही था। कुछ समय तक भूमिका बाँधती रहीं, कुशल मंगल जाना। स्नेह में पूर्ण रूप से लिपटा कर ही वास्तविक तथ्य की ओर आईं।

दीदी ने कहा, "कल माला की शादी है सीमा, सभी मोहल्ले वाले मिलजुल कर उसको कर रहे हैं।"

"मैं निस्तब्ध थी पूछा,"क्या कहा आपने दीदी! किसकी शादी है?" कानों पर विश्वास नहीं हुआ सोचा, कुछ गलत सुन लिया है।

" अरे! अभी तो बतलाया मैने तुझे, इतनी जल्दी भूल गई माला की शादी है" मैं आँखें फाड़े अपलक देख रही थी।

उन्होंने मेरी दृष्टि का आशय समझ कहा, "वही जो मेरी पीछे वाली गली में सामने के बड़े मकान में रहती है। समझ गई ना या कुछ शंका है," कहकर एक रहस्यमयी मुस्कान बिखरा दी उन्होंने।

"हाँ- हाँ समझ गई लेकिन...........।"

"इसीलिए तो मैं आई हूँ।"

"मेरा भी निमन्त्रण है क्या वहाँ?" मैंने घटना को हँसी में लेते कहा तथा उनकी ओर देख मुस्करा दी।

"निमन्त्रण वहाँ किसी का नहीं है सीमा," कह कुछ क्षण मौन रहीं, तत्पश्चात उन्होंने जोड़ा, "तू तो मेरी दशा से भलीभाँति अभिज्ञ है। मेरे पास तो देने को कुछ है नहीं। सभी गली वाले तो मिलजुल कर निपटा रहे हैं उसका विवाह। तेरे पास कन्यादान के लिए कुछ हो तो दे दे।"

मुझसे स्पष्ट नकारते नहीं बनता इसलिए मैने दीन स्वर में कहा, "आप तो मेरी आर्थिक स्थिति के सम्बन्ध में भी भलीप्रकार से जानती हैं दीदी," फिर हँसकर जोड़ा, "आप ही मिंया माँगने, बाहर खड़े दरवेश।"

बहुत आशा लेकर आई थीं वह क्योंकि मुझे सुगमता से फुसला सकती थीं कहने लगीं, "खाली हाथ कैसे जाऊँगी भला। लोग हँसेंगे कि रहती तो इतने ठसके से है और ....।"

मुझे भी उनकी बात सुन दुःख हुआ, "रुपये-पैसे तो नहीं हैं दीदी, हाँ दो-चार बर्तन कहो तो निकाल सकती हूँ। मेरे अपने दहेज के रखे हैं।"

"वही दे-दे कुछ तो मुख दिखलाने वाली बनूँ। पिछवाड़ा ही सही, मेरे तो सभी कार्य-कलाप उधर ही होते हैं। तू स्वयं भी तो उसी मार्ग से मेरे पास आती है। उधर ही के लोगों से सम्बन्ध हैं। दूसरी ओर तो मैं विवशता में ही जाती हूँ। जानती तो है तू सब।"

मैने स्वीकारोक्ति में गर्दन हिलाई। उनकी बातों की विवेचना करने में तब तक मैं पर्याप्त चतुर हो चुकी थी। जाल में फँसा अपने गहन सम्बन्धों को भी वह दूसरों के माध

यम से ही साधती हैं। मैने पाँच बर्तन अपने सन्दूक में से निकाल कर उन्हें थमा दिए लेकिन मेरी उत्कंठा तो शान्त नहीं हुई। उनका स्वार्थ साधने के पश्चात् प्रश्न किया—

"माला का विवाह, यह अप्रत्याशित योग बना कैसे दीदी? मैं समझ नहीं पा रही। मेरे लिए तो यह एक पहेली जैसा है," प्रश्नों का सैलाब उमड़ा पड़ रहा था मेरे मन में।

दीदी जिस मकान में रहती हैं दो गलियों से जुड़ा है। दीदी के पास मकान का जो भाग है उसका एक दरवाज़ानुमा खिड़की दूसरी गली में खुलती है। वह उसी का प्रयोग करती हैं। एक स्टूल रख उतरती व चढ़ती हैं। मकान के दूसरे रहने वालों से उनका सम्बन्ध कम ही है। बन्द करके कहीं जाना हो तब भी वह पीछे से ही जाती हैं। मकान वाले समझते हैं कि वह घर पर हैं पर ....। उस ओर के द्वारा प्रायः बन्द ही रखती हैं। अपने जीवन को कई रहस्यों से आवेष्ठित किया हुआ है उन्होंने। हाँ उनके पति अवश्य मुख्य द्वार का प्रयोग करते हैं। नल से पानी भरना हो अथवा शौचालय जाना हो तभी वह अपनी सूरत उधर दिखाती हैं। उनके रहस्यमय व्यवहार के कारण मुख्य पड़ोसी उन्हें पसन्द नहीं करते। अपनी पुत्रियों को उनसे मिलने-जुलने भी नहीं देते।

बात तो माला की हो रही थी, पहुँच गई दीदी के चरित्र विश्लेषण पर। वह लड़की माला दीदी के पिछवाड़े की गली में रहती है। विवाह की आयु तो उसकी बहुत पहले निकल चुकी है। कब बचपन बीता, कब यौवन आया कुछ ज्ञान नहीं है उसको। सभी तो उसके लिए एक समान हैं। जब भी किसी कन्या की बारात आती है तो वह भी किसी स्वप्न संसार में भ्रमण कर आती, एक ऐसे लोक में जो केवल उसकी कल्पना में ही बस सकता था, वास्तविकता से कोसों दूर।

जब वह छोटी थी उसकी माँ उसे निराधार छोड़ मृत्युलोक में चली गई थीं। अबोध बालिका के कन्धों पर घर-गृहस्थी का समस्त भार आ पड़ा। सभी गृहकार्य तो उस बेचारी को ही करने पड़ते। ठीक प्रकार से न होने पर पिता की मार खानी पड़ती अलग से।

पीट-पीट कर पिता ने उसे इतना सहमा दिया था कि उचित-अनुचित जो भी हो सहना उसका भाग्य बन चुका था। इसी स्थिति का लाभ उसके पिता ने उठाना प्रारम्भ कर दिया। अभी तो वह जीवन व यौवन की गुत्थियों को समझ भी नहीं पाई थी कि पिता ने मद्यप बन उसका कौमार्य भंग कर दिया। कोई पिता ऐसा कुत्सित कर्म अपनी इकलौती सन्तान के साथ करेगा कोई भला मानव सोच भी नहीं सकता था।

ऐसी घटनाएँ लाख छुपाने पर भी छुपती नहीं हैं। किसी-न-किसी प्रकार उद्घाटित हो ही जाती हैं। शनैः-शनैः यह राज भी पड़ोसियों पर खुलने लगा। अल्पायु में ही जो वह सहन कर रही थी उसने उसे पीतवर्ण कर दिया। किसी पड़ोसन को माला पर दया आई तो वह उसे डॉक्टर के पास ले गई। डॉक्टर ने जिस अकल्पनीय रहस्य का उद्घाटन किया किसी को भी धराशायी करने के लिए पर्याप्त था।

"इसकी आयु कितनी है बहन?" डॉक्टर ने जाँच कर, पूछा था।

"यही लगभग बारह वर्ष की होगी," पड़ोसन ने अनुमान लगा कर उत्तर दिया।

"इतनी छोटी वय में ही इसका विवाह भी हो चुका," हैरानी डॉक्टर के प्रश्न में स्पष्ट झलक आई थी।

"विवाह! नहीं तो डॉक्टर, अभी से विवाह की बात कहाँ उठेगी? अभी तो यह बहुत छोटी है।"

"लेकिन इसका परीक्षण तो कुछ और ही कह रहा है," इस बार हैरान होने की बारी पड़ोसन की थी।

"स्पष्ट कहिए डॉक्टर।"

"यह लड़की माँ बनने वाली है। अल्पव्यस्का माँ। इसमें तो इसके प्राणों को भी ख़तरा है बहन," पड़ोसन की उत्सुक आँखों में झाँकते डॉक्टर ने स्पष्टीकरण दिया।

और पड़ोसन माला को ले लौट आई थी। उसने माला से विस्तार में जानना चाहा तो उसने डरते-डरते बतलाया था। सहवास से वह अबोध परिचित नहीं थी।

उसने कहा, "अधिक तो मैं नहीं जानती चाची। रात को मेरा बाप मेरे सारे कपड़े उतार फेंकता है और गन्दगी से नहला देता है मुझे। साथ ही उसने यह भी कह रखा है कि किसी से कुछ कहेगी तो मुझे जान से मार देगा," कहकर माला भयभीत हो रो पड़ी थी क्योंकि उसने पिता के विपरीत आचरण किया था।

"मुझे बहुत गन्दा लगता है चाची। दर्द भी बहुत होता है। मैं रोती, गिड़गिड़ाती हूँ तो पीटता है कसाई," पिता को गाली देते उसने जोड़ा था।

पास पड़ोस के सभी लोग दूसरे दिन गली में एकत्र हो गए थे जब उन्हें माला पर होने वाले दुराचार की काली करतूत का ज्ञान हुआ। वही सब मिलकर माला के पिता को बाहर गली में घसीट लाए थे इस आशय से कि सभी के सामने उसे लज्जित करेंगे किन्तु वह इतना निर्लज्ज निकला कि पल भर के लिए भी झेंपकर अपनी पलकें नीची नहीं कीं। अपने पितृत्व पर उसे गर्व था।

अपनी भर्त्सना पर अकड़ कर बोला, "आप लोग कौन होते हैं मेरे या मेरे परिवार के मामले में बोलने वाले। हाँ मैं उसे भोगता हूँ तो ....?"

"तेरी पुत्री है, उसके साथ ऐसा गर्हित कृत्य .... थू-थू," और प्रधान ने सत्य ही थूक दिया उसके सामने।

"मेरी अपनी सन्तान है ना। बीज मैने ही लगाया था इसलिए जब वह वृक्ष बन फलने लगा तो उसके फल पर भी तो मेरा ही अधिकार है। क्या कर लेंगे आप? जाइए अपने-अपने घर। आप लोग क्या करते हैं, मैं तो किसी का हिसाब रखने नहीं जाता, ना ही कोई टोका-टोकी करता हूँ तो मेरे घर में टाँग अड़ाने ....?"

मोहल्ले वालों ने चाहा कि इसकी इस अकड़ को तो निकाल ही दें चाहे पिट-पिट कर अधमरा ही क्यों न हो जाए।

लेकिन एक ने कहा, "पीटने से कुछ नहीं बनने वाला उलटा कानून अपने हाथ में लेने वाली घटना होगी। हम ही फँस जाएँगे। जिसकी आँखों में पानी ही नहीं उसका तो कुछ बिगड़ने वाला नहीं।"

दूसरे ने अपना मत दिया, "इस कृत्य के लिए तो सुगमता से पुलिस के हवाले किया जा सकता है।"

लेकिन अन्त में सभी ने मिलकर यही निर्णय किया कि इस अभागी लड़की का जो टूटा-फूटा आश्रय है वह भी समाप्त हो जाएगा। कई वर्षों से इसकी अस्मिता के साथ जो खिलवाड़ हो चुका है उससे अधिक और क्या होगा? गर्भवती तक तो इतनी छोटी आयु में हो गई। उस निर्लज्ज पर तो कोई प्रभाव पड़ने वाला नहीं। विधाता ही कोई मार्ग निकाले तो ....। जो उत्तर उसके जन्मदाता ने दिया था क्या कोई भी सलज्ज दे सकता था।

इतना वर्णन कर दीदी कुछ क्षण चुप रहीं जैसे उन पलों को दोबारा जी रही हों।

"इसके बाद सीमा ने पूछा?"

"किसी उपाय से उस कसाई ने उसका गर्भपात करा दिया। एक बार नहीं, कई बार उसका गर्भपात कराया सीमा! सभी तो जानते हैं पिता-पुत्री के उन अनैतिक सम्बन्धों की गाथा।"

माला के सम्बन्ध में सोचते-सोचते न जाने सीमा कहाँ खो गई। स्वयं में लौटते आशंकित सा प्रश्न किया, "उसका पिता दीदी, वह पुत्री के विवाह के लिए कैसे तैयार हो गया?"

"वह क्या अब इन्सानों जैसा रह गया है सीमा, शीघ्र ही न जाने किस दिन उसकी जीवन लीला समाप्त हो जाएगी। खा-पी भी नहीं सकता, उठ-बैठ नहीं सकता,

चन्द दिनों का मेहमान है। उसके अपने जघन्य कर्मों का फल तो उसे इसी जीवन में मिल रहा है।"

"आशय यह कि वह इस सम्बन्ध के लिए तैयार है और माला?" सीमा ने प्रश्न किया।

"वह बेचारी तैयार नहीं होगी तो क्या करेगी। स्कूल की सूरत तक भी उसके पिता ने देखने नहीं दी। स्वावलम्बी तो वह बन नहीं सकती। धन्धा करने के अतिरिक्त और कौन-सा मार्ग खुला है उसके लिए भला? इसी भय से तो उस दिन पुलिस के हवाले नहीं किया मोहल्ले वालों ने। सोचा पुलिस तो नारी निकेतन भेज देगी। उन संस्थाओं का हाल कौन नहीं जानता? अभी तो एक ही भोग रहा है फिर निराश्रय समझ न जाने कितने लोग रात के अँधेरे में अपने श्वेत वस्त्रों को कालिख से बचाते, काले कारनामे करेंगे। कब तक सहन करेगी अभागी उन कारनामों को। गर्भपातों ने उसके यौवन को समय से पूर्व ही तो नष्ट प्रायः कर दिया।"

"कुछ समय सोचकर सीमा ने पुनः प्रश्न किया, इतना सब होने के पश्चात् भी विवाह के लिए आगे बढ़कर आया ऐसा महापुरुष कहाँ मिला दीदी? माला की गाथा तो वायु के एक-एक झोंके में समाई है।"

"किसी ने कोई झूठ नहीं बोला। एक-एक बात खोलकर उसके सामने रख दी जिससे आगामी जीवन में माला को किसी कठिनाई का सामना न करना पड़े।"

"फिर भी वह तैयार है। आज के युग में ऐसे देवता पुरुष भी होते हैं दीदी! आश्चर्य है," सीमा निर्निमेष उनको देख रही थी।

"वह माला के लिए नहीं, अपने स्वार्थ के लिए ही सब कुछ जानकर भी विवाह के लिए तैयार है। अपने बच्चों के लालन-पालन का स्वार्थ है ना इसीलिए केवल। तीन बच्चों का पिता वह कुमारी कन्या कहाँ से लाएगा। दोनों ही परस्पर स्वार्थ से बँधे हैं। पिता ने भोगा या किसी और ने उसके लिए एक समान है। पिता तो कुछ समय पश्चात् ही संसार से कूच कर लेगा। उसके पश्चात् उसका इधर से सम्बन्ध ही समाप्त हो जाएगा।"

नारी जीवन की ऐसी कुत्सित त्रासदी भी होती है यह प्रश्न सीमा के लिए छोड़ दीदी चली गईं किन्तु ....।

विवाह के बाजों का नाद उसके बलात्कार की चीत्कार के साथ गड़मड़ हो सीमा की कल्पना में ही उसे बौखलाए दे रहे थे तो माला तो बेचारी भुक्त-भोगी थी उसने आकाश की ओर हाथ जोड़ प्रणव से ही प्रश्न कर डाला, "हे विधाता तूने नारी को नारी क्यों बनाया और बनाया भी तो उनमें अबलाओं का निर्माण ....?"

अभ्यांतरिका के प्रथम अंक के लिए ही पर्याप्त सामग्री आ चुकी थी। वंदना के तो उत्साह का कोई ठिकाना ही न था। उसको उस पत्रिका की सफलता में कोई आशंका नहीं रह गई। सीमा ने उक्त घटना का विवरण अपने नाम के साथ ही भेजा था फिर भी उसके कथा पात्रों का नाम परिवर्तित कर दिया था।

× — × — × — × — ×

पत्रिका केवल वेदनाओं को व्यक्त करने का साधन ही नहीं रही। विभिन्न दिशाओं से लेखिकाएँ अपने मन के झरोखों को खोलने लगीं। उन्हीं के मध्य एक अलमस्त नारी का लेख आया। उसने 'विदाई' शीर्षक देकर लिखा था। बहुत ही विचित्र सी कथा लगी वंदना को। आप भी जानिए—

आज वह अपने बंगले में अकेली है। अभी दो दिन यही खामोशी। यही सन्नाटा मिलने वाला है उसे। शेष सभी तो कई दिन से गए हुए हैं किन्तु रसिक अभी-अभी बैग लेकर निकले हैं। अभी तो वह एयरपोर्ट पहुँचे भी नहीं होंगे कि उसका हृदय हर्ष-उल्लास से बल्लियों उछलने लगा। वह हर्ष विभोर हो उठी। विचित्र दीवानगी, विचित्र नशा उसके अस्तित्व पर छाने लगा।

दो दिन ही सही उसके जीवन में ऐसी अलभ्य घड़ियाँ उत्सव की तरह आती हैं। बहुत भाता है रश्मि को एकाकीपन। कहीं कोई बाधा नहीं, स्वच्छन्द पक्षी की भाँति हृदय के उन्मुक्त गगन में विचरने का स्वर्णावसर ....। इतने बड़े भाँय-भाँय करते बँगले में अकेली, विचार कर ही सिहरन से मन खिल उठा। जब चाहे खाओ, जब चाहे सोओ। उसकी कलम की धार भी तो तभी पैनी होती है। ऐसे ही दुर्लभ प्राप्य में वह कोई कविता, कोई कहानी लिख डालती है। मानव विहीन गृह में विचार हैं कि उमंगे चले आते हैं, समझना ही कठिन होता है कि किसका निरुपण करे किसका न करे।

आया करें विचार उसकी चेतना ने अँगड़ाई ली। आज तो वह भरपूर निद्रा का आनन्द लेगी। रात्रि भी तो अपनी ही है, घर-बाहर सभी जगह नीरवता। एक सघन शान्ति का अनुभव किया उसने। शहर के विस्तृत प्रांगण में जब सभी जन थकहार कर निद्राहीन होंगे तो वह जागरण का आनंदोत्सव मनाएगी।

अल्प समय में ही रश्मि के मस्तिष्क ने सोच-सोच कर कार्य निर्धारित किए ही थे कि तभी टेलीफोन की घण्टी बज उठी रसिक का स्वर सुनाई दिया।

''मैं एयरपोर्ट पहुँच कर सभी आवश्यक प्रक्रियाओं से गुज़र चुका हूँ बस अब अन्दर जाने वाला हूँ सोचा तुम्हें सूचित कर दूँ। अकेली हो इस समय इसलिए चिन्ता

हो रही है। डरना-घबराना नहीं, दो ही दिन की तो बात है। आते समय मैने गार्ड को सावधान कर दिया था, निश्चिंत होकर रहना। ठीक है, रखता हूँ।"

रसिक के रिसीवर रखने से पूर्व ही रश्मि ने कहा, "नहीं रसिक भयभीत होने जैसा तो यहाँ कुछ नहीं है। आप मेरी ओर से निश्चिन्त होकर जाइए और कार्य समाप्त कर आइए भी।"

"हाँ क्यों नहीं? जाऊँगा तो आऊँगा भी अवश्य," वह उत्तर देकर हँसा। "अच्छा फिर दो दिन के लिए ....।"

"बाय रसिक," टेलिफोन का चोंगा रख वह रिक्त हो गई। चलो यह भी कार्य समाप्त हुआ। मन पूर्ण शान्त हो गया।"

रश्मि स्नानघर में गई। शावर के नीचे खड़े हो विगत के सुन्दरतम पलों को बन्द आँखों के सामने खींच-खींच कर लाती रही। कितना समय इसी प्रकार व्यतीत किया कोई गणित नहीं। गणित लगाकर करना भी क्या है, समय ही समय है रश्मि के पास। लम्बे गीले केश पीठ पर फैलाए, बिना शरीर पोंछे ही गाउन पहन बाहर निकल आई।

दो दिन, यह अयाचित दो दिन तो वह मृदुल को लेकर ही जीएगी। केवल मृदुल! और किसी के लिए उसके कल्पना लोक में कोई स्थान नहीं है।

काशः मृदुल होता यहाँ किन्तु वह तो ....। ऐसा ही तो करती है वह जब मृदुल को उसके पास आना होता है। उसके आगमन से पाँच मिनट पूर्व स्नान करने जाती है, यद्यपि प्रातः स्नान किए होती है तो भी। मृदुल की पसन्द का खयाल रखना तो उसके जीवन का प्रथम धर्म है। गीले बाल, गीला शरीर जब वह अपने आगोश में भर लेता है तो ठण्डा-ठण्डा अहसास मृदुल के मन-प्राण को भिगो जाता है और उसके शरीर की उन्मादी सुगन्ध रश्मि अपने नथुनों में भर उन्मत्त हो उठती है। कुण्डी भी वह स्वयं ही खोलता है, रश्मि इस प्रकार द्वार बन्द कर छोड़ देती है कि हिलाने भर से खुल जाए। कोई और आएगा तो घण्टी बजाएगा रश्मि जानती है द्वार खुलता है तो वह गाउन पहन बाहर निकलती है पर आज तो ....।

रश्मि ने अपने पर्स के गुप्त पॉकेट से मृदुल की फोटो निकाल उसकी अनुपस्थिति के दर्द को भुलाना चाहा।

"देखो मृदुल मैं सद्यस्नाता तुम्हारे समक्ष खड़ी हूँ और तुम हो कि दूर जा बैठे हो।"

"दूर कहाँ हूँ मैं रश्मि, प्रतिपल तो तुम्हारे साथ हूँ। अपने अन्तस को टटोलो,

क्या तुम्हें वहाँ कोई और मिलता है?'' मृदुल का मधुर स्वर उसके कानों में गूँज गया हो जैसे।

''सच कहते हो मृदुल,'' और कहते-कहते रश्मि ने मृदुल के फोटो को अपने सीने से चिपटा लिया जैसे वह सशरीर वहाँ उपस्थित हो। उसकी स्मृतियों में डुबकी लगाती न जाने वह किस कल्पना लोक में विचारने लगी।

रश्मि रसिक की पत्नी बनकर आई तभी वहीं अपनी ससुराल में ही तो मृदुल से परिचय हुआ था। मृदुल और रश्मि दोनों की वेदनाओं का संगम स्थल ही तो है यह सम्बन्ध। दोनो अपनी-अपनी वेदनाओं के सागर में गोते लगाते रहते और न जाने कब एक तूफ़ानी लहर ने एक ही तट पर लाकर इस प्रकार पटका कि एक-दूसरे का आश्रय पाकर ही सँभल पाए। पहल तो उस दिन रश्मि ने ही की थी। मृदुल तो तब भी अन्तरर्मुखी ही था, घोंघे की भाँति स्वयं को अपने ही खोल में समेटे, बुद्धू कहीं का।

''जीवन के इस सागर तट पर मृदुल कौन सा दर्द आँखों में भरे बैठे हो, कहो तो,'' रश्मि ने उसके अस्तित्व को मथ कर उसकी पीड़ा को निकालने का अल्प-सा प्रयास किया था।

''दर्द कैसा रश्मि! मुझे तो कोई दर्द नहीं सताता, देखो तो तुम्हारे सामने भला-चंगा खड़ा हूँ।''

''तुम जो कह रहे हो मृदुल! सत्य हो सकता है किन्तु तुम्हारी आँखें तो उसके विपरीत ही चुगली कर रही हैं,'' कहकर रश्मि ने भेदक दृष्टि से उसकी ओर देखा।

मृदुल ने दृष्टि झुका ली थी, उत्तर देने को शब्द उसके पास से चुक गए थे जैसे। रश्मि ने उसकी पीठ पर हाथ धर अभयदान दिया तो उसके धैर्य का बाँध टूट गया। उसी बहाव के साथ पीड़ा की वे हिम चट्टानें बहती रश्मि की ओर आईं जो एक साथ पिघल जाना चाहती थीं।

वह अस्फुट स्वर में बोला, ''मेरा तो अस्तित्व ही निर्मूल हो चुका रश्मि! इससे अधिक और क्या कहूँ तुमसे?''

''अर्थात, मृदुल इस पहेली को खोलकर समझाओ। मुझ जैसी मूढ़ के समझ में इतनी बारीक बात नहीं समाती जानते तो हो,'' मुस्करा कर कहा रश्मि ने। वह उसकी पीड़ा का भार हलका करना चाहती थी।

''अर्थात यही कि जिसको अपना सर्वस्व समर्पित कर दिया वही धोखा देकर ....।'' कंठ अवरुद्ध हो गया मृदुल का।

''धोखा देकर किसी और के साथ ....,'' वाक्य अधूरा छोड़ दिया रश्मि ने।

"हाँ, उसे मेरी विपन्नता रास नहीं आई। किसी धनाढ्य के साथ अपने प्रेम सम्बन्ध स्थापित कर लिए। उसने प्रेम तथा ऐश्वर्य में से ऐश्वर्य को चुन लिया," एक खिसियाई सी मुस्कराहट उसके चेहरे पर पसर गई।

"तुम्हारा उसके साथ कितने समय का सम्बन्ध था मृदुल?" हास्य छोड़ गम्भीर हो गई थी रश्मि उस समय।

"यही कोई तीन वर्ष से साथ-साथ घूमते-फिरते, एक दूसरे के भार को बाँट जीवन नौका से रहे थे।"

"और इन तीन वर्षों में तनिक भी उसकी महत्वाकांक्षा को समझ नहीं पाए तुम मित्र?" एक उदासीन मुस्कराहट के साथ ही रश्मि ने मृदुल के साथ मैत्री सम्बन्ध स्थापित कर लिया।

"नहीं समझा तभी तो ठगा गया, आज तो मुझे नारी जाति के नाम से ही वितृष्णा हो उठी है, मुझे क्षमा करना रश्मि तुम्हारे मुख पर ही ....।"

"क्षमा याचना जैसी इसमें कोई बात नहीं है मृदुल! मैं तुम्हारी मनोभावना को समझ सकती हूँ। जानती हूँ कोई भी भग्नहृदय इसी प्रकार सोचेगा किन्तु ....।"

"किन्तु क्या?" मृदुल ने दृष्टि उठा रश्मि के नेत्रों में झाँका।

"किन्तु यही कि क्या एक बार पुनः मृदुल किसी नारी पर विश्वास कर सकोगे? तुम्हारी यह आज की मित्र ....। इसकी भी परीक्षा लेकर देखो। तभी जान पाओगे कि कभी हानि का खाता आरम्भ नहीं किया था," कहते-कहते रश्मि का गला भर्रा गया, उसके अधर कपकपा गए।

"हाँ रश्मि! तुम्हारे अन्तर्मन की छलकती आह! वर्तमान की साक्षी बनी खड़ी है कि तुम पर विश्वास कर घाटा नहीं उठाना पड़ेगा, तुम्हें देखकर आज ही समझ रहा हूँ।"

"समझ गए हो तो हाथ बढ़ाओ जिससे मैत्री की यह गाँठ दृढ़ हो सके।"

उस दिन दोनों के हाथ मिलकर एक सशक्त बल तथा संबल दोनों ही बन गए। एक समवेत स्वर निकला—

"इस नील गगन की छाया में प्रणव को साक्षी मान हम प्रणबद्ध होते हैं कि सदैव एक-दूसरे के लिए, एक-दूसरे के साथ तत्पर मिलेंगे जब भी कोई कष्ट कहीं भी, किसी पर भी मँडराएगा किन्तु अपना-अपना निजी जीवन अबाध गति से चलता रहेगा। उसमें किसी का कोई हस्तक्षेप नहीं होगा"

और उसी दिन से वे दोनों अभिन्न मित्र, दुःख-सुख के साथी बन गए थे। छायाचित्र को सीने से लगाए-लगाए ही रश्मि ने मृदुल के साथ यह प्रथम दिवस की

यात्रा कर डाली। वह सोच रही थी अभी कुछ ही दिन तो हुए हैं जब उसने निश्चय किया था कि मृदुल के इस छायाचित्र को ठिकाने लगा देगी।

परात्पर की अभिलाषा को कौन जान सकता है? न जाने कब अनायास ही समय करवट बदले और उसे सृष्टि को अन्तिम प्रणाम करना पड़े। तब रश्मि की सन्तान व रसिक उसके पर्स को खोल उसके अन्दर रखा सामान चैक करेंगे ही और जब उसमें से यह छायाचित्र निकलेगा तो मृदुल व रश्मि दोनों के लिए ही तो लज्जा का विषय बन जाएगा। नहीं यह तो वह कदापि नहीं चाहेगी कि उसका यह पावन सम्बन्ध कलुषित भावनाओं का जन्मदाता बन जाए। नहीं ऐसा तो वह न जीवनकाल में होने देगी और न मृत्योपरान्त और वह भी एक छोटे से लोभ के कारण। चित्र भी क्या कभी किसी का जीवन आश्रय-बन सकते हैं? एक ही दशा में सदैव जड़वत ही तो मिलते हैं। उसके पास अभाव कहाँ है? न जाने मृदुल के कितने गोपनीय अलभ्य चित्र वह अपने हृदय-कोटर में छुपाए बैठी है जिन्हें मिटाने की सामर्थ्य तो स्वयं ईश्वर में भी नहीं है। फिर लोभ क्यों ? सोचकर उसने लापरवाही से वायु के झोंको के हवाले कर दिया था उस दिन तथा निश्चिन्त हो लेट गई थी।

तीन दिन के अवकाश के पश्चात जब वह ऑफिस गई तो उसको हैरान करता मृदुल का छायाचित्र मार्ग के एक वृक्ष की टेक लगाए उसकी खिल्ली उड़ाता, मुस्कराता खड़ा था। वह वहाँ कैसे पहुँचा यह भी तो रश्मि के लिए रहस्य ही बन गया। उसने तो अपने बँगले की बाल्कनी से उसे उड़ा दिया था कि प्रातः ही सफाई कर्मचारी ले जाएगा। फाड़ने अथवा जलाने का साहस वह नहीं कर पाई थी। उसका अति प्रिय मृदुल.........।

रश्मि ने चारों ओर चोरों की भाँति दृष्टि घुमाई और झुक कर चित्र को उठा लिया।

“ तो तुम इस प्रकार भी मेरा साथ नहीं छोड़ना चाहते मृदुल वह स्वयं में बुदबुदाई।”

और आज? आज वह उसी अधूरे कार्य का निष्पादन करेगी। उसने एक दृढ़ निश्चय किया और उसी सम्बन्ध में सोचते-सोचते ही न जाने कब सो गई।

जब रश्मि की आँख खुलीं तो उसने अपने चारों ओर का जायजा लिया। पूर्ण जाग्रत अवस्था में आने पर ही वह सम्पूर्ण घटनाक्रम के तार जोड़ पाई।

रश्मि ने उठकर चाय बनाई, स्वयं पी और कल्पनालोक के मृदुल को भी पिलाई। सूर्य अस्त हो चुका था। सम्पूर्ण शहर पर अन्धकार का साम्राज्य था जिसको भेदने के लिए बड़े-बड़े बल्वों से प्रकाश निसृत हो रहा था। वह पीछे वाले बगीचे

में आई। एक गड्ढा खोदा तथा करीने से मृदुल का चित्र रख कर उस पर आज ही माली द्वारा लाया हुआ सूरजमुखी का पौधा रोपा तथा उसके दाएँ-बाएँ रात की रानी के पौधे लगाए। स्वयं ही इनको सींचा करेगी रश्मि तथा इनके बढ़ने की प्रतीक्षा करेगी। किन्तु..........। किन्तु क्या? उत्तर खोजने लगी हृदय में। किन्तु यही कि यह भी तो सन्देह का कारण बन जाएगा। आज तक तो उसने कभी बगीचे में . ...। ओह .... हो उसके मुख से निकला।

मृदुल को विदा करते समय उसके शब्द मुखर हो उठे जिनको सुनने के लिए केवल वही वहाँ उपस्थित थी।

"वायु के ये मृदुल झोंके मृदुल तुम्हारे अन्तरमन तक मेरे स्वरों की पुनरावृत्ति अवश्य करेंगे। यही मेरा विश्वास है। मैने आज अपने दिए वचन को पूर्ण करते तुम्हारे प्रेम को लज्जित होने से बचाया है। मृदुल के छायाचित्र को विदाई देते उसने कहा था–"

"विदा मृदुल! यह विदाई केवल तुम्हारे छायाचित्र के लिए है। जब-जब भी ये सूरजमुखी के पुष्प मुस्कराएँगे एक नई प्रातः मेरे अन्तरमन तक पहुँच कर मुझे सुवासित कर देगी और बाहर की यह पौध समस्त वातावरण को सुरभित करती रहेगी। तुम तो सदैव ही मेरे साथ थे, साथ हो और रहोगे। हर प्रातः तुम सूरजमुखी के पुष्पों के बीच मुस्काओगे। हर निशि रात की रानी झर-झर कर तुम्हें सहलाएगी तथा महकाएगी। इस प्रकार होता तुम्हारा अभिषेक मृदुल मेरे श्वासों के स्पन्दन को निरन्तरता देता रहेगा। ये सब पुष्प जिस दिन मुरझा जाएँगे समझना कि रश्मि जो इन कुसुमों के मुस्कराने का बहाना बन गई थी वह भी मुरझा कर चिर निद्रा में निमग्न हो गई है। तब तक के लिए हे मित्र विदा।"

× — × — × — × — ×

अभ्यांतरिका में छपने के पश्चात् इस विदाई वाले किस्से ने बहुत सी महिलाओं के हृदयों को स्पन्दित कर दिया। विचित्र-सी प्रेमकथा की विचित्र सी विदाई। इस प्रकार की कल्पना तो कभी किसी के मन में आई नहीं। इसको पढ़ने के पश्चात् मिलने वाली प्रतिक्रियाओं को यदि छापा जाता तो एक पूर्ण मासिक अंक उसी से भर जाता। असाधारण कल्पना की असाधारण प्रतिक्रिया। अभ्यांतरिका का बीज रोपते ही पल्लवित हो गया था तथा यौवन की उमंगों की ओर द्रुतगति से बढ़ रहा था। अपने-अपने मन के शूलों को निकाल फेंकने का उत्तम साधन महिलओं को प्राप्त हो गया था।

उस पत्रिका में छपने के लिए जितनी सामग्री की आवश्यकता होती उससे अधिक ही आकर इकट्ठी होने लगी। उसकी ख्याति के कारण विज्ञापनों से मिलने वाली आय में भी चार चाँद लग गए थे। आर्थिक समस्या भी पूर्ण रूपेण हल हो गई।

वन्दना को तो अब अवकाश ही नहीं मिलता था। अक्षत उसकी पूर्ण सहायता करते। रचना को तो अपने समाचार पत्र से ही अवकाश न मिलता। वह उसके प्रकाशन में तो कोई सहायता न दे सकी, किन्तु अपने विगत के अनुभव जिनको उस दिन स्मरण कर वह कुंठित हो गई थी शब्द रूप दे पत्रिका के लिए प्रेषित कर दिए। नाम देने अथवा ना देने जैसी कोई शर्त ना होते हुए भी उसने सामग्री अपने नाम से ही भेजी। वह उसकी नियमित पाठक तो बन ही गई अपितु समय-समय पर अपना अभिमत प्रकट कर उसके रूप-रंग को निखारने में सहायता देती।

रचना अपनी सखी की व्यस्तता को लेकर सन्तुष्ट थी। उसके जीवन का सर्वांग न जानते हुए भी जितना सीमा द्वारा जान पाई थी उतना ही ....।

सभी प्रसंगों का यहाँ उल्लेख ना करते हुए भी जो विशेष लगा उनका उल्लेख मैं इस समय कर रही हूँ।

सीमा उसकी नियमित लेखिका व पाठक थी। उसके प्रकाशन के सम्बन्ध में तो वह भी कुछ न बोलती लेकिन वंदना के लिए प्रसन्न थी। वह जानती थी कि किसी दिन वन्दना भी किसी-न-किसी लेख द्वारा अपने हृदय का भार हलका अवश्य कर पाएगी। और कुछ नहीं तो दूसरों के कष्टों को देख इतना तो लगता ही है कि हम से भी अधिक कष्टों को भोगने वाले इस विश्व में पड़े हैं फिर हमारा दुःख तो नगण्य ही है। हम क्यों हाय-हाय कर रहे हैं। सान्त्वना पाने का इससे उत्तम मार्ग और कौन सा हो सकता है? इसलिए धीरे-धीरे उसके मन के घाव भी पुरने लगेंगे।

× – × – × – × – ×

'तलाक़' शीर्षक से छपने वाली एक घटना का उल्लेख मैं इसमें अवश्य करना चाहूँगी क्योंकि पुरुष के प्रत्येक घिनौने रूप का दण्ड अन्ततः नारी को ही भुगतना पड़ता है। यह एक श्वसुर के कुत्सित कर्मों से प्रारम्भ होता है किन्तु उसका परिणाम आजीवन पुत्र तथा पुत्रवधू को सहना पड़ता है। विशेषकर पुत्रवधू को क्यों कि पुत्र भी किसी-न-किसी रूप में उस षड़यन्त्र का भागीदार बन ही जाता है। लेकिन निर्दोष पुत्रवधू नारी होने का....। तो जानिए जैसा कि उसमें लिखा था—

"मैं अपनी ही धुन में आस-पास की आवाजाही से निर्लिप्त बनी चली जा रही

थी। किसने क्या पहना है, कैसे हाव-भाव हैं देखते हुए भी मैं कभी देख नहीं पाती। यदि कोई साथ होता है तो कहता है- देखा अमुक स्त्री व पुरुष ने कैसी ड्रैस पहनी है, कैसा आभूषण पहना है तो मैं मूर्खों की तरह मुँह वाये उसकी ओर देखती रह जाती हूँ स्वयं में मस्त। अपने ही विचार संसार में लीन रहती हूँ सदैव।''

उस दिन भी यही हुआ। चाँदनी चौक की भीड़ भाड़ में केवल यातायात का ही ध्यान रखते इतना आभास भर हुआ मुझे कि कोई महिला मेरे बराबर से निकली है। उसकी साड़ी का नीचे का वार्डर दिखाई दिया था। तभी पीछे से आने वाले स्वर ने मुझे चौंका दिया।

''बुआ जी, बुआ जी।''

शायद कोई मुझे ही बुला रहा है सोच पीछे मुड़ कर देखा तो हैरान हो गई।

पहचानते हुए उत्तर दिया अरे! मधुरिमा तुम?

''हाँ बुआ जी! मैं तो देखते ही आपको पहचान गई थी।''

''कैसी हो, कहाँ जा रही हो?'' मैंने पूछा।

''कैसी हो सकती हूँ, यह क्या आपको ज्ञात नहीं होगा,'' उपालम्भ सा देते उसने प्रतिप्रश्न कर दिया।

''कैसी बात कर रही हो मधुरिमा, क्या ज्ञात है मुझे?'' मैं आश्चर्य से भर उठी।

''तो लगता है बुआ जी! आप से भी छुपा कर रखा है उन्होंने, मैं तो समझती थी कि मैं ही पराई हूँ किन्तु अब तो देखती हूँ कि आप भी मेरे ही गुट की हैं।''

मधुरिमा मेरे लिए एक रहस्यमय पहेली बनती जा रही थी और मैं अलपक उसको निहार रही थी। इससे पूर्व एक बार और मिली थी वह मुझे अपने पति के दादा की मृत्यु के पश्चात् जब शोक करने आई थी। इतने कम परिचय में कोई किसी के सम्बन्ध में कितना जान सकता है भला? मुझे स्मरण आया उस दिन भी तो वह बुझी-बुझी सी थी परन्तु वह माहौल किसी प्रकार की कोई बात करने का नही था इसलिए अपरिचित-सी बनी ही लौट गई थी। अकेली क्यों आई चन्द दिनों पूर्व की ही विवाहिता वधू, यह प्रश्न तब भी मेरे मस्तिष्क में कौंधा था।

मैं उसके विवाह में अवश्य गई थी किन्तु ऐसे समारोहों में भिन्न-भिन्न सम्बन्धों के मध्य कोई भी किसी का परिचय पा स्मरण नहीं रख सकता है। एक झलक देखाभर था उसने, उसी में उसने क्या देख लिया मुझ में कि मुझे विश्वास योग्य समझा यह तो वही जान सकती है। बस इतना सा परिचय ही उसके साथ मेरा था।

मुझे मौन देख वही बोली,'' बुआ जी यदि आपके पास समय हो तो मैं आपसे कुछ बात करना चाहती हूँ,'' झिझकते-झिझकते ही उस बेचारी ने इतना कहा।

"हाँ मधुरिमा! तुम्हारे लिए समय का अभाव क्यों होगा? वैसे भी घर ही तो जा रही हूँ। चाहो तो मेरे साथ ही चलो। यहाँ से समीप ही तो है। निश्चिन्त हो बैठकर बहुत सी बातें कर सकते हैं।"

"नहीं बुआ जी घर पर नहीं जाना चाहती। यदि आप उचित समझें तो....."वाक्य अधूरा छोड़ दिया उसने।

स्वयं को समेटकर फिर बोली,"कितने ही दिन से मैं आपसे मिलना चाह रही थी। पता भी इसीलिए लिया था परन्तु साहस नहीं बटोर पा रही थी। मृत्यु के आयोजन में तो अवसर ही नहीं मिल पाया कुछ कहने-सुनने का।

" तुम चाहो तो किसी रेस्तराँ में........." कहकर उसकी ओर देखा।

" हाँ! वही ठीक रहेगा घर पर तो दूसरे और लोग भी होते हैं। चुगली करने वालों का अभाव तो संसार में कहीं भी नहीं है ना।

हम समीप ही एक छोटे रेस्तराँ में बैठे गए। मेरी दृष्टि का प्रश्न वातावरण में चक्कर काट रहा था।

"आपसे बात कर लगा कि आप भी उस विषय में कुछ नहीं जानतीं। आप भी उनके विश्वास के योग्य नहीं होंगी। आप उतनी अधम हो भी नहीं सकतीं तभी तो मेरे मन ने आप पर विश्वास करने को विवश किया," यह कहकर एक उदासीन मुस्कराहट उसके चेहरे पर कौंध गई।

उसकी बातों के ढँग से मैं भी विचित्र- सी उलझन में फँस गई थी, "कौन सी उलझन है स्पष्ट कहो मधुरिमा! सत्य समझो मैं किसी भी घटना अथवा दुर्घटना के सम्बन्ध में अनभिज्ञ ही हूँ।"

"तो आज जान लीजिए कि उस पामर ने मेरे साथ क्या किया है।"

"मेरी समझ में तो अब भी कुछ नहीं आया मधुरिमा, किस पामर की ओर इंगित किया तुमने?"

"वही बुआ जी! वही आपका भतीजा प्रकाश जो मुझे अग्नि को साक्षी मान सप्तपदी के बन्धन में बाँध लाया था। सभी वचन कच्चे धागे की भाँति तोड़ दिए उसने। मन तो चाहता था कि उसी समय उसका गला दबा देती जब उसने इतने ओछे शब्दों का प्रयोग मेरे लिए किया।"

मैं प्रश्नचिन्ह बनी रही तो वही फिर बोली," कहता है अधम कि मैं दुश्चरित्रा हूँ इसलिए मुझसे तलाक़ लेगा।"

"ऐसा क्या देख लिया उसने तुम में कि विवाह के चन्द दिनों पश्चात ही .....। मुझे तो कोई खोट तुम में दृष्टिगत नहीं होता। अच्छी खासी तो पढ़ी-लिखी

सुन्दर कन्या हो।''

''यह आपका मानना है उनका नहीं। तभी तो मैं आपसे मिलना चाहती थी। वह तो अपने पिता के बहकावे में आ अपना तथा मेरा दोनों का जीवन नष्ट करना चाहता है।''

''पिता का क्या किस्सा है मधु?'' मैंने कुछ अपनत्व दिखाया तो उसकी आँखें नम हो गईं।

''मुझे अकेले में अपने कमरे में आने का आमन्त्रण देता है कमीना,'' उसकी आँखों में शोले भड़क उठे।

''यह तुमने प्रकाश को बतलाया?''

''वह पितृभक्त मेरी बात सुनने व मानने को तैयार ही नहीं। उसे तो उसने ही बतलाया है कि मैं शौचालय के रोशनदान से झाँक-झाँक कर पर पुरुषों से बतियाती रहती हूँ। आपने तो वह स्थान देखा ही है बुआ जी?'' उसने मुझे से ही प्रश्न कर डाला।

''हाँ देखा है मधु, तुम्हारे कद से अधिक ऊँचाई पर है। मुझे स्मरण है कि उसके पीछे दूसरे क्वार्टर का पिछवाड़ा पड़ता है और वहाँ भी शायद शौचालय ही बना है। यह कृत्य क्या ऐसा है कि कोई योजना बनाकर घड़ी देखकर वहाँ जाएगा। उस समय कोई दूसरा चला गया तो उसे रोका तो नहीं जा सकता। उस पर फोन की सुविधा भी नहीं है। यह आरोप तो निराधार ही है।'' मैंने अपना मन्तव्य प्रकट किया।

''इसीलिए तो बुआ जी! मुझे भी क्रोध आ गया है, मैंने भी निर्णय ले लिया है'' उसने आवेश में भरकर कहा।

''क्या निर्णय लिया तुमने मधु?''

''यही कि आने दो नोटिस तलाक़ क्या वह अकेला ले सकता है? मैं तो हामी नहीं भरूँगी। हिन्दू धर्म में मात्र तलाक़-तलाक़ तलाक कहने से ही तो तलाक़ नहीं हो जाएगा। क्या कर लेगा? मेरा जीवन तो नष्ट हो ही गया। चैन से दूसरा विवाह उसे भी नहीं करने दूँगी। जीवन निर्वाह उसके द्वारा अर्जित धन से ही करूँगी, देख लेना आप।''

उसके दृढ़ मनोबल के सामने मेरे पास उत्तर देने को कुछ भी नहीं था किन्तु जो प्रश्न मुझे कचोट रहा था उसे स्पष्ट करना चाहा।

''अपने कमरे में किस आशय से उसका पिता तुम्हें आमन्त्रित कर रहा था मधु?''

''अंकशायिनी बनाने के लिए बुआ जी? और क्या? उस दुश्चरित्र की

अभिलाषापूर्ति ना होने से भयभत हो मुझ ही पर दोषारोपण कर दिया," उत्तेजित हो उसने उत्तर दिया।

"और प्रकाश की माँ मधु, वह कहाँ होती हैं?"

"वह बेचारी उस लम्पट व्यभिचारी के सामने भीगी बिल्ली बनी रहती है मन-ही-मन कुढ़ती है, बोल कुछ नहीं पाती। न जाने कौन सी नस उस दुष्ट ने उसकी दबा रखी है।"

"अब समस्त स्थिति मेरे समक्ष स्पष्ट हो गई थी। मुझे मधुरिमा की कही बात शत-प्रतिशत सत्य लगी लेकिन उसको इतना ही आश्वासन दे पाई कि प्रकाश से बात कर देखती हूँ यदि समझ जाए तो..........।"

"व्यर्थ है बुआ जी, फिर भी आप प्रयत्न कर देखिए! आप मुझे अपनी लगीं तो भड़ास निकाल ली। मन कुछ तो भारहीन हो गया," कह एक हलकी लेकिन उदासीन मुस्कराहट ने उसे घेर लिया। उसकी मुस्कराहट ने मेरे पूरे शरीर में जैसे काँटों का जंगल खड़ा कर दिया हो।

दूसरे ही दिन वह अवसर मुझे अनायास ही मिल गया। प्रकाश अपने दादा के घर आया था तथा मैं भी किसी कार्यवश वहाँ गई थी।

भूमिका बाँधे बिना ही मैंने उस पर अपना प्रश्न उछाल दिया," यह क्या मूर्खता की तुमने प्रकाश? कोई इस प्रकार अपना जीवन समाप्त करता है क्या? पूरी छान-बीन किए बिना ही अपनी पत्नी पर दोषारोपण करने वाले जैसे अपढ़-गँवार तो लगते नहीं हो।"

अनायास ही किए गए प्रश्न से एकबार तो वह सिटपिटा गया किन्तु तुरन्त ही सँभल कर बोला," तो आपको भी सामचार मिल ही गया। उसी ने कान भरे होंगे," तलखाहट पूर्ण स्वर में प्रकाश ने उत्तर दिया।

"वह क्या मुझे जानती है प्रकाश जो कान भरेगी।ऐसी बातें क्या छुपा करती हैं? मुझे तो कोर्ट के माध्यम से ज्ञात हुआ" मधुरिमा को बचाते मैंने स्पष्टीकरण दिया प्रकाश को।

"जो भी हो बुआ जी पिता जी का कहा भी तो ठीक ही होगा वह क्या मेरे शत्रु हैं?"

"कानों सुनी बात पर तो विश्वास नहीं करना चाहिए प्रकाश। स्वयं तुमने कुछ देखा-जाना नहीं और ले लिया निर्णय, इतने मूर्ख भी तुम हो सकते हो मैं तो कल्पना भी नहीं कर सकती," प्रकाश की आँखों में झाँकते मैंने कहा।

उसके उत्तर से मैं भड़क गई थी इसलिए कहना आरम्भ किया," जो आज तक

किसी से नहीं कहा प्रकाश, तुमसे कह रही हूँ, तुम्हारा पिता निश्चित रूप से चरित्रहीन है। यह मैं हवा में नही अनुभव के आधार पर कह रही हूँ। अभी कुछ नहीं खोया है तुमने। अपनी पत्नी को ला गृहस्थी बसाओ अन्यथा पछताने के अतिरिक्त कुछ तुम्हारे हाथ नहीं आएगा,'' मैं अत्यधिक उत्तेजित हो गई थी उस पल।

मुझे वह दिन स्मरण हो आया जब मैं अबोध बालिका थी और वह लम्पट मेरे साथ दुष्कृत्य करने की योजना बना रहा था। मेरे बुद्धि कौशल ने ही उस दिन मुझे बचा लिया था। यह बात तो आज मेरी समझ में आ रही है उस दिन तो बस...। जो दुष्ट बहन जैसे पवित्र सम्बन्ध की अवहेलना कर सकता है उसके लिए वधू क्या अर्थ रखती है?

प्रकाश ने मेरी बात नहीं समझी और अन्त में यही हुआ कि वह अविवाहित की भाँति आजीवन रहने को विवश हुआ। अभियोग लम्बा चला था। मधुरिमा ने अपने श्वसुर का कच्चा चिट्ठा बयान करते उस पर आरोप लगाया था कि वह जिस प्रमाणपत्र के आधार पर सरकारी सेवा में है वह परीक्षा उसने कभी उत्तीर्ण ही नहीं की। परीक्षा तो उसके नाम पर उसके भाई ने दी थी जो शत-प्रतिशत सत्य था।

मधुरिमा ने कोर्ट को बतलाया था कि वह पहले अपने मूल नाम से फौज़ में था तथा दुश्चरित्र होने का प्रमाण मिलने पर वहाँ से निकाल दिया गया था। वह कहीं नौकरी नहीं कर सकता अथवा परीक्षा में नहीं बैठ सकता का चरित्र प्रमाणपत्र मिला था। नाम परिवर्तित कर भाई ने हाईस्कूल की परीक्षा उसके लिए दी।

छानबीन हुई। सभी आरोप सत्य सिद्ध हुए और उसे सरकारी सेवा से अपमानित ढंग से निष्कासित कर दिया गया।

मधुरिमा तो उस दिन के पश्चात मुझे कभी नहीं मिली किन्तु प्रकाश कई बार मिला कहा,'' बुआ जी काश आपका कहा मान लिया होता तो इतना अपमान ना सहना पड़ता। आज अपने पिता के चरित्र को जान लज्जा से सर झुका जाता है।''

''अभी भी अपनी पत्नी को ला सकते हो प्रकाश। उसने आजीवन तुम्हारी प्रतीक्षा करने की शपथ ली है।''

''मैं उसके समक्ष सर उठाने योग्य अब नहीं रहा बुआ जी, किस अधिकार से उसको स्पर्श करूँगा। प्रतिक्षण उसे सामने देख तो हृदय की यह ज्वाला और अधिक भड़कती रहेगी।''

प्रकाश को तो मैं उत्तर न दे सकी किन्तु मधुरिमा के निश्चय को सर झुका प्रणाम किया। उसने तो पति के अपराध के लिए स्वयं को उत्सर्ग कर दिया था। ''धन्य हो तुम मधुरिमा जहाँ भी हो। तुम्हारे जैसी वीरांगनाओं के दम पर ही यह धरा

विद्यमान है वरना तो अपराधों की संख्या और भी अधिक हो जाएगी।"

× — × — × — × — ×

वन्दना स्वयं ही अभ्यांतरिका का सम्पादन कार्य करती थी। यूँ तो उसकी सहायता को कई महिला आगे आ गई थीं तथा उसने उनकी सहायता स्वीकार भी कर ली। एकाकी तो वह भी उस कार्य को नहीं कर सकती थी। अपने ऑफिस के पश्चात जितना भी समय मिलता वह उस पत्रिका के संयोजन में लगा देती। सरसरी दृष्टि सभी आई हुई सामग्री पर डालती लेकिन कोई विशेष लगती तो उसे पूरा-का-पूरा पढ़ डालती। किसको छापना है किसको नहीं ऐसी छँटाई का कोई नियम इस पत्रिका के लिए नहीं था। लिखने वाले मँजे हुए लेखक ही हों ऐसी भी कोई शर्त नहीं थी क्यों कि उसका मुख्य उद्देश्य तो लेखक के मन की चुभन को उभार कर किसी सीमा तक समाप्त करना ही था, अटपटी भाषा में लिखी गई हो तो भी। सभी की सामग्री पत्रिका में छपनी ही चाहिए अन्यथा उनके हृदय का भार तो और अधिक बढ़ जाएगा। इस ओर से भी निराशा मिलेगी तो पत्रिका का संचालन भी तो कठिन हो जाएगा और उसका उदेश्य भी समाधि ले लेगा। निराश होकर सामग्री भेजने वाले ही नहीं रहेंगे तब? दूसरा आर्थिक समस्या भी खड़ी हो जाएगी। सभी लेखक सदस्य मिलकर ही तो उस भार को वहन कर रहें हैं कोई चन्दा देता है तो कोई विज्ञापन। नहीं ऐसा वह कदापि नहीं कर सकती। यही परामर्श उसने अपनी सहायिकाओं को भी दे रखा था सहायिकाएँ क्या वे सब भी तो उसकी मित्र ही बन गई थीं। वेतन भोगी तो कोई भी नहीं थी। स्वेच्छा से ही जिसका मन किया कार्य अपने हाथ में ले लिया। समय व्यतीत करने का एक उत्तम साधन मिल गया उन्हें भी। कार्य सम्बन्धी अपनी सलाह वन्दना उनको प्रथम संध्या को ही दे देती। उसकी अनुपस्थिति में वे अधिकाधिक कार्य निपटा लेतीं। बहुत ही सुचारु ढंग से पत्रिका का कार्य कम-से-कम आर्थिक व्यय में चल रहा था। वन्दना इस पत्रिका की ओर से पूर्णतया निश्चिन्त हो चुकी थी। उसके लगाए इस पौधे को कोई-न-कोई आगे बढ़कर सँभालता ही रहेगा यह विश्वास उसको हो चला था। जब भी कभी वह सर्वसाधारण सभा का आयोजन रखती तो अपनी चिन्ता व्यक्त किए बिना न रहती। उसको जो आश्वासन मिलते वही उस पत्रिका के लिए एक सुदृढ़ नींव का कार्य कर रहे थे।

सब ओर से निश्चिंत हो वह कार्य करती जा रही थी यह भी आवश्यक नहीं था कि स्त्रियाँ ही उसकी भागीदार हो सकती थीं। पुरुष अथवा बालक जो चाहे लेखन के माध्यम से अपने को व्यक्त कर सकता।

इस बार की सामग्री में 'तलाक़' शीर्षक से लिखी कथावस्तु ने कई पाठकों का

ध्यान अपनी ओर आकर्षित किंया। स्वयं वन्दना भी उससे अछूती नहीं रह पाई।

× – × – × – × – ×

तलाक़ की कथावस्तु पढ़ वन्दना ने प्रेरित हो रात्रि की नीरवता में कलम उठा लिख डाला। मुक्ति तो उसे भी चाहिए। कब तक चुनती रहेगी अपने मन के शूलों को। जो बात वह अक्षत से भी न कह सकी, वही आज इस कलम को माध्यम बना कहेगी। जब औरों के लिए यह पत्रिका है तो मेरे लिए क्यों नहीं? उसने लिखना आरम्भ किया। अक्षत उन दिनों अपने बीमार पिता की देखभाल के लिए गए हुए थे वरना तो उसको..............।

मेरे श्वसुर ने मेरा गौना पाँच साल के लिए स्थगित कर दिया था। मेरे पिता को उन्होंने कहा था कि अपने पुत्र की स्वच्छन्दता पर अंकुश लगाने के लिए ही वह अभी से विवाह कर रहें हैं अन्यथा अभी गृहस्थी सँभालने के लिए किसी स्त्री का अभाव उनके गृह-परिवार में नहीं है। आप तब तक अपनी पुत्री को जितना और जहाँ चाहें पढ़ा लें। बहुत उच्च लगे थे उनके विचार उस समय मुझे। वास्तविकता समझने की आयु भी तो नहीं थी तब। धन्य हो गई थी उस समय मैं। मेरी पढ़ाई में कोई बाधा नहीं पड़ेगी तो मुझे विवाह से क्या आपत्ति हो सकती थी।

लेकिन जब विवाह के पश्चात मैं ससुराल पहुँची तो वहाँ के पुरुषों की दृष्टि की लोलुपता को कुछ-कुछ पहचान गई थी। कितनी भी छोटी सही कुछ तो समझती ही थी। पति के ज्येष्ठ भ्राता व पिता दोनों की ही कुदृष्टि मुझ पर थी किन्तु शादी के घर में उन्होंने कोई बखेड़ा खड़ा करना नहीं चाहा। वैसे भी नवीन वधू वाले घर में किसी का भी आना-जाना लगा ही रहता। है। वहाँ ऐसा तो मुझे कुछ नहीं मिला। हाँ मेरी जेठानी महारानी की भाँति घूमती दिखाई दीं। किसी से कोई हिचक नहीं । तन के कपड़े कहाँ-से-कहाँ पहुँच रहे हैं उन्हें ठीक करने की भी कोई आवश्यकता उन्हें नहीं लगती थी। परिवार के तीनों पुरुषों में जिसका मन चाहे कोई भी उनसे ठिठोली करले तो मैंने उन्हें क्रोधित होते नहीं देखा बल्कि हँसकर एक ओर निकल जातीं। मेरे सामने भी उन्हें कोई हिचकिचाहट नहीं थी। शायद उन्होंने सोचा होगा कि कुछ समय पश्चात तो मुझे भी उसी चाल से चलना ही पड़ेगा तो इससे पर्दा कैसा?

विचित्र सा लगा मुझे वह परिवार। अपने पिता के या माँ के किसी भी सम्बन्धी के यहाँ ऐसा निर्लज्ज व्यापार नहीं देखा । चलो मुझे क्या अभी तो पाँच वर्ष मेरे पास हैं। अभी से सर खपाने में क्या लाभ? जब समय आएगा तो देखा जाएगा।

पाँच वर्ष के इस अन्तराल में मैंने बी.ए. पास कर लिया। मेरे छात्रावास के कमरे में मेरे साथ भागीदारी करने वाली दोनों ही लड़कियाँ मेरी घनिष्ठ मित्र बन गईं। समय कैसे पंख लगाकर उड़ गया ज्ञात ही नहीं हुआ। जिस दिन विदाई पार्टी हुई उसी दिन एक आघात-सा लगा कि अब हम तीनों पृथक होने वालें हैं। उसके पश्चात न जाने......................।

हम तीनों ही अलग-अलग दिशाओं में चल पड़े थे। मेंने बी. एड. में प्रवेश ले लिया क्यों कि उन दोनों के अतिरिक्त एक और भी था जो मेरी ही कक्षा में था तथा मेरा घनिष्ठ मित्र बन चुका था। न जाने कब और कैसे उसके हृदय में मेरे लिए तथा मेरे हृदय में उसके लिए प्रेमांकुर फूट पल्लवित होने लगा था। उसने बी. एड. में प्रवेश लिया था और उसी के आग्रह पर मैंने। वही तो अन्त में मेरी जीवन नौका का खिवैया बना वरना तो आज न जाने मैं किस पथ की पथिक होती। सम्भव है मेरे श्वसुर गृह की चाल ही मुझे भी अपनानी पड़ती।

मेरी कक्षाएँ आरम्भ होने में कुछ समय शेष था। उसी समय में मेरे पति मेरा गौना करा मुझे ससुराल ले गए और तभी मुझे ज्ञात हुआ कि मेरी जेठानी न केवल मेरी जेठानी है अपितु सास व सौतन भी है। घृणा से मेरा शरीर जलने लगा लेकिन प्रथम बार के निवास में मौन रहना ही श्रेयस्कर समझा, तब तक पर्याप्त समझ मुझ में आ चुकी थी।

और एक दिन मेरी जेठानी ने मुझ से आकर कहा कि "श्वसुर साहेब ने मुझे किसी कार्य से बुलाया है।" उनकी अवज्ञा न करते मैं वहाँ उनके कमरे में पहुँची तो ठगी रह गई। मैने देखा कि मेरे श्वसुर हाथ-पाँव फैलाए निर्वस्त्र अपने बिस्तर पर सीधे लेटे हैं। एक पल भी वहाँ रुकना मुझ से न हो सका। मैं इस प्रकार उलटे पाँव भागी कि जैसे कोई भूत देख लिया हो। भूत होता तो शायद ....।

तत्पश्चात् तो मैं अत्यन्त सावधान हो गई। रात्रि के समय मैंने अपने पति से शिकायत की तो हँसकर बोले, "वह जो कह रहे थे उनकी आज्ञा मान लेतीं तो भी तुम्हारा क्या बिगड़ जाता? हमारे घर की तो यही परम्परा है। यह जो एक लड़का आँगन में खेलता दिखाई देता है, तुम क्या समझती हो कि यह बड़े भाई का पुत्र है? नहीं बन्दू भाई का तो केवल नाम ही इसने पाया है, पुत्र तो यह मेरा ही है जिसे भाभी ने अपनी कोख से जन्म् दिया है।"

यह सुनकर तो मेरे शरीर में सहस्त्रों काँटे एक साथ उग आए और उनकी चुभन का अहसास तो अवर्णनीय है। उस मेरा पति कहलाए जाने वाले युवक से मुझे वितृष्णा होने लगी। जी मिचलाने लगा। मैं तत्काल बिस्तर से उठकर जाने लगी

तो उसने मेरा हाथ पकड़ कर बरबस मुझे रोक लिया।

बहुत ही भोला बनते उसने प्रश्न किया कि, "तुम्हीं बतलाओ सन्तान हम तीनों में से किसी की भी हो रक्त तो एक ही है न? वंश का नाम तो चलेगा उससे।"

मैंने दोनों हाथों से अपने कान बन्द कर लिए चीखकर उसका नाम लेकर बोली, "बस बन्द करो अपनी यह बक-बक, बहुत हो चुका। पिता समान श्वसुर भी पति के स्थान पर शोभित हो तो तुम लोगों को कोई आपत्ति नहीं है। कितने पामर हो तुम लोग। आज तो मुझे तुम्हारी उस भाभी से भी घृणा हो रही है। आज समझ में आ रहा है मेरी विदाई होकर आने के पश्चात् के तुम्हारे भाई-भाभी व पिता के हाव-भाव। उस समय तो मुझे तुम्हारी भाभी का व्यवहार भी विचित्र सा लगा था किन्तु समझ पा रही हूँ कि उस बेचारी को भी विवश ही किया होगा वरना प्रारम्भ में तो वह पुनीत विचारों वाली ही होगी। शेरों के पिंजरे में कोई कब तक स्वयं को सुरक्षित रख सकता है? कभी-न-कभी तो उनका शिकार बनेगा ही। एक बात कान खोल कर सुन लो, मैं उन दोनों में से किसी का भी आहार बनने को तैयार नहीं हूँ। इस वातावरण में तो मैं घुट कर मर जाऊँगी। कल सवेरे ही घर छोड़ कर जा रही हूँ। तुम्हारी भाभी के समान दुर्बल अबला नहीं हूँ। कोई मेरा मार्ग रोककर दिखाए तो। हाँ तुम्हे मैं एक शर्त पर क्षमा कर सकती हूँ कि तुम यह घर छोड़कर मेरे साथ अकेले आकर रहो। तुम्हारे अतीत को मैं एक अल्हड़ का अनजाना अपराध समझ लूँगी। तुम अपने परिवार से समय-समय पर आकर मिल सकते हो लेकिन मैं आज के पश्चात् किसी की सूरत देखना पसन्द नहीं करूँगी।"

मैं अपने पति के बिस्तर से उतर आई थी किन्तु भाग्य देखो कि तब तक मैं गर्भवती हो चुकी थी जिसका मुझे एक सप्ताह के पश्चात् ही ज्ञान हुआ।

प्रातः काल ही मैं बिना किसी की आज्ञा लिए घर छोड़ कर चल दी थी। मेरे पति ने कोई बखेड़ा खड़ा न हो इसलिए बहाना बना मेरा मार्ग निष्कंटक कर दिया। वह समझ चुका था कि मैं उस तरह की लड़की नहीं हूँ जैसा कि उसकी भाभी है। शिक्षा ने मेरा आत्मविश्वास बढ़ा दिया था।

अपने श्वसुर तथा जेठानी को चरण स्पर्श कर प्रणाम करने की भी इच्छा नहीं हुई। जेठानी से इतना ही कहा कि अक्समात जाना पड़ रहा है। हो सके तो मेरे घर पर आना कहकर चल दी। उस बेचारी का क्या दोष उसने भी विवशता में ही स्वीकार किया होगा उस प्रकार का सम्बन्ध, अपनी अस्मिता को दाव पर लगाना सुगम नहीं होता। अनाथ लड़की आश्रय तो चाहिए ही था, इसलिए उसके प्रति मेरे मन का सौहार्द उजागर हो गया।

मेरा पति मुझे स्टेशन तक छोड़ने आया था। सम्भवतः अपने परिवार के झूठे सम्मान के लिए ही वरना तो उतनी औपचारिकता निभाने की भी कोई आवश्यकता तो उस परिवार में दिखाई नहीं दी।

कॉलेज काल में ही मुझे एक अच्छा मित्र मिल गया था सुभीते के लिए जिसे पुनीत कहकर पुकारा जा सकता है। मैं अपने मन में जानती थी कि इसके अन्तरमन में मेरे लिए अत्यन्त कोमल स्थान सुरक्षित है जिसके सम्बन्ध में ना उसने कभी कुछ कहा ना मैने ही पूछा। उसका प्रेम तो "ग्रीष्मकाल में दूसरों की प्यास बुझाने के लिए स्वयं सूख जाने वाले उस महासरोवर की तरह था जो दूसरों की तृष्णा शान्त करने के लिए स्वयं निर्धन हो जाता है" शायद भास की इस उक्ति को उसने अपने जीवन में चरितार्थ करने का प्रयत्न किया।

सीधी मैं अपनी एक महिला मित्र के यहाँ पहुँची तथा वहीं से पुनीत से सम्पर्क स्थापित किया। उसने प्रयास कर मेरी अभिलाषानुसार एक छोटा सा भाड़े का मकान तथा एक प्राइवेट स्कूल में शिक्षिका की नौकरी का जुगाड़ भी कर दिया। मैं समझती थी इतने भर से ही मेरे जीवन की गाड़ी पटरी पर आ जाएगी। प्रसवकाल समीप आने पर मैने पुनीत का परामर्श मान माँ को अपने पास बुला लिया था। पति से पृथक रहने के लिए नौकरी का बहाना अच्छा था। पुनीत का सहयोग मुझे बराबर मिलता रहा। मैंने उसे अपनी ससुराल के सम्बन्ध में कुछ नहीं कहा था किन्तु फिर भी वह बहुत कुछ समझ चुका था जिसे कभी भी वह अपनी जिह्वा पर नहीं लाया।

प्रथम प्रसव में मुझे पुत्र की प्राप्ति हुई थी जिसकी सूचना मेरी माँ ने मेरी अनुमति के बिना ही मेरी ससुराल भेज दी थी। वंशबेल बढ़ाने वाले की सूचना से वे उल्फुल्ल हो गए तथा मेरा पति मुझसे मिलने आया। मुझसे कभ तथा पुत्र से अधिक। उसने मुझ से गिड़गिड़ा कर क्षमा माँगी तो मैंने सर्शत क्षमा करने का वचन दिया।

मैंने कहा, "तुम लोगों का कृत्य क्षंतव्य तो नहीं है फिर भी तुम मेरे पति तथा मेरे पुत्र के पिता हो इसलिए साथ आकर रह सकते हो लेकिन मैं कभी उस स्खलित चरित्र के लोगों के मध्य नहीं जाऊँगी। यदि तुम्हें यह स्वीकार हो तो सम्बन्ध रख सकते हो वरना हम पृथक ही रहें तो अच्छा होगा। तुम चाहो तो विवाह करने के लिए स्वतन्त्र हो मैं कोई बाधा नहीं डालूँगी।"

जाने कैसे उस समय वह उस प्रस्ताव पर तैयार हो गया था जिसे मैं आज तक भी नहीं समझ पाई। खैर उसने छुट्टियाँ होने पर मेरे पास आकर रहना आरम्भ कर दिया। माँ का जो सन्देह था समाप्त हो गया।

दो वर्ष समाप्त होते-होते मैं दोबारा गर्भवती हो गई। इस मध्य मैं पुनीत के

प्रयास से सरकारी स्कूल में स्थायी शिक्षिका बन गई। ससुराल वाले समझ चुके थे कि अब मैं कदापि वापस नहीं लौटूँगी क्योंकि जीवन निर्वाह के लिए पूर्ण रूपेण स्वावलम्बी बन चुकी थी।

नौ मास पश्चात् दूसरा भी पुत्र ही हुआ। मेरे पति से अब शान्त नहीं रहा गया। पिता के परामर्श से उसने अपनी दोनों सन्तानों को अपने साथ रखने का तथा मुझ से तलाक़ ले लेने का निश्चय कर लिया। मैंने कई कानून विदों से उनकी सम्मति ली। सभी ने मुझे यही कहा कि आप अधिक-से-अधिक पाँच वर्ष की आयु तक अपने पुत्रों को साथ रख सकती हैं उसके पश्चात न्यायालय भी आपका साथ नहीं देगा। झगड़ा करें अथवा आपसी समझौता, होना यही है। अच्छा है कोर्ट-कचहरी के चक्कर काटने से बचें। उसमें समय तथा धन दोनों का ही अपव्यय होगा।

पुनीत से विचार-विमर्श कर मैंने अपने पति का प्रस्ताव स्वीकार करते अपने हृदय के टुकड़ों को भारी मन से अपने से सदा के लिए विलग कर दिया। अपने उस अपराध के लिए आज भी मैं स्वयं को क्षमा नहीं कर सकी। जब भी कभी एकाकी होती हूँ यही सोच-सोच कर रोती हूँ कि मेरे उन अबोध बालकों को किस अपराध का दण्ड मिला कि जो माँ के होते हुए भी विमाता के हाथ में पड़ने पर विवश हुए। कौन विमाता किसी दूसरे के जाए को स्नेह से पालती है? क्या सोचते होंगे वे अपनी माँ के लिए जब-जब विमाता उन्हें सताती होगी? यद्यपि आज मेरे पास दो प्यारी-प्यारी सन्तान और भी हैं जो मेरे जीवन का आधार बनी हुई हैं किन्तु वे भी मेरी ही कोख से...........। कैसे भुलाऊँ उन्हें? अपना यह दुःख तो मैं पुनीत के सामने भी....।

एक दिन मेरी अपनी बड़ी बहन कंगन मुझ से मिलने चली आई। तलाक़ का कारण न जानते हुए भी पुनीत को मेरे मायके वाले सभी ने अपना लिया था। कारण उन्होंने कभी जानने का प्रयास भी नही किया। कंगन से ही मुझे सूचना मिली कि किसी अखबार वाली के प्रयत्न से दोनों पुत्र समाचार पत्र की ओर से मिलने वाली सहायता राशि के कारण किसी बोर्डिंग स्कूल में भरती हो गए हैं। अवकाश के दिनों में वह उन्हें अपने पास बुला लेती है। उसकी अपनी सन्तानों के साथ हँस-खेलकर अच्छा समय व्यतीत हो जाता है। वापसी में यथाशक्ति कुछ-न-कुछ उन्हें दे देती है जैसे खाने-पीने का सामान, कपड़े-पैसे इत्यादि। थोड़ी-बहुत राशि तो उनके खर्च के लिए उनके पिता की ओर से भी कभी-कभी प्राप्त हो जाती है। विमाता से तो उनका इतना ही सम्बन्ध है कि यदा-कदा मेरे साथ ही उस परिवार के लोगों से मिलने चले जाते हैं। उतनी देर में विमाता क्या दुर्व्यवहार कर सकती है। उसे भी सन्तोष है कि सौतेले पुत्रों से मुक्ति मिली हुई है।

कंगन से सभी समाचार जान इतना सन्तोष तो मुझे मिल ही गया कि वे घर पर नहीं रहते। माँ का अभाव तो कष्ट देता ही होगा परन्तु विमाता का ....। मैंने कंगन से अनुरोध किया कि वह इस बार जब पाठशाला के अवकाश के दिनों में उन्हें अपने साथ रहने के लिए बुलाए तो मुझसे मिलाने के लिए अवश्य लाए।

मेरी बहन ने मेरा अनुरोध स्वीकार कर लिया था किन्तु उसे पुनीत की ओर से शंका थी। उसकी उस शंका का निवारण मैंने कर दिया था। मैंने कहा, " कंगन पुनीत ने तो मुझे मेरे दोनों बालकों के साथ ही स्वीकार किया था। वह तो उन्हें अपने साथ रख पिता जैसा अधिकार ही देना चाहते थे किन्तु उनके पिता तथा दादा के कारण ही वहाँ छोड़ना पड़ा था। मुकदमे बाजी में भी फँस जाते तो भी परिणाम यही निकलने वाला था। हाँ अशान्ति अवश्य बनी रहती ।"

कंगन मुझे वचन देकर उस दिन चली गई थी। मेरा मन नवीन उत्सुकता तथा शंकाओं के मिले-जुले रूप को लेकर कल्पना की उड़ान भरने लगा। मैं यही सोचती रहती कि बड़ा बेटा तो मुझे पहचान ही लेगा, छोटा तो खैर उस समय कम आयु का था। कैसा व्यवहार करेंगे वे मेरे साथ? क्या प्रतिक्रिया हुई उन पर माँ के स्नेह से वंचित होकर आदि-आदि।

अन्त में वह दिन भी आ गया जब वे दोनों मेरे सामने थे। बड़े ने मुझे देखते ही मुँह फेर लिया था जबकि छोटे को वहाँ पहुंचने पर कोई अन्तर नहीं पड़ा।

लगभग तीन घण्टे वे मेरे साथ रहे। उतने समय में ही बड़े बेटे ने मेरे प्रति अपने मन की घृणा पूर्ण रूपेण व्यक्त कर दी थी। छोटे बेटे को लेकर ही मैंने स्वयं को सन्तुष्ट किया कि चलो कम- से-कम एक पुत्र तो आज भी मेरे प्रति सदय है।

उन दोनों के विदा होने के पश्चात अपने हृदय की दशा का वर्णन करने के लिए मेरे पास पर्याप्त शब्द नहीं हैं। बड़े पुत्र का व्यवहार जान विदाई के समय असहाय-सी मैं उन्हें कुछ भी न दे सकी तथा ना ही अपने हृदय से लगा वात्सल्य कोष लुटा सकी। मैंने पर्याप्त धनराशी कंगन के हाथ में पहले ही पकड़ा दी थी जिसमें से वह उनके लिए अच्छे वस्त्र खाने-पीने के समान तथा उनकी दूसरी आवश्यकताओं की पूर्ति कर दे तथा उनके हाथ में भी कुछ धनराशि मेरा नाम लिए बगैर ही थमा दे। में जानती थी कि बड़े पुत्र का आत्मसम्मान व घृणा उसको मुझसे कुछ भी स्वीकारने के लिए अवश्य ही रोकेगी। भारी मन के साथ ही मैंने उस दिन उन्हें विदा किया।

आज तक मैं अपने इस दर्द को सभी से छुपाती रही किन्तु आज अपने इस

अपराध या विवशता का बोझ मुझसे सहन नहीं हो पा रहा। इसे मैं अभ्यांतरिका के सभी पाठकों के साथ बाँटकर भारमुक्त होना चाहती हूँ। मेरी अपनी अस्मिता की रक्षा के लिए-लिए गए इस निर्णय को यदि मेरे वे त्यक्त पुत्र भी पाठकों में सम्मिलित हो पढ़ें तो उनसे उनके प्राप्य अधिकार, वात्सल्य से वंचित करने के लिए क्षमा याचना करना चाहती हूँ तथा आशा करती हूँ कि वे अपनी माँ कि विवशता को समझ उसकी झोली रिक्त नहीं रहने देंगे। जानती हूँ कि आज भी मैं अपना ही स्वार्थ देख रही हूँ। समय तो लौट कर नहीं आता जो उन्हें उनका अधिकार लौटा सकती। इतना अवश्य कह सकती हूँ-

तबीयत अपनी घबराती है जब सुनसान रातों में
हम ऐसे में तेरी यादों की चादर तान लेते हैं।

मेरे बेटों किसी शायर ने यह पँक्तियाँ किसी के लिए भी लिखी हों किन्तु मैं तुम्हें ही भेंट करना चाहती हूँ। शायद उसने यह मेरे लिए ही लिखी होंगी तुम्हारे छोटे-छोटे चपल कार्य-कलाप आज भी मुझे स्मरण आते हैं तो मेरा रोम-रोम उत्फुल्ल हो उठता है।

अपने जीवन की यह गुप्त स्वीकारोक्ति वंदना ने परिवर्तित नामों से ही अभ्यांतरिका में छपने के लिए भेजी थी किन्तु फिर भी..........। न तो उसमें कहीं पूर्व पति का नाम आया था और न ही वर्तमान पति का। उनका नाम तो परिवर्तित कर पुनीत कर दिया था। जिनको वह समझाना चाहती थी वही केवल उस रहस्य को समझ सकते थे। दूसरों के लिए तो अभी एक पहेली ही था। उसके अपने कार्यस्थल पर भी तो अक्षत के साथ उसका प्रथम विवाह ही था। भूतकाल के सम्बन्ध में कोई कुछ नहीं जानता था।

× — × — × — × — ×

लेखिका के अपने नाम को गुप्त रखते भी इस लेख ने सीमा, रचना, अक्षत तथा आभास-प्रभात को सब कुछ समझा दिया था अपनी अस्मिता को बचाने के लिए ही वंदना ने उनसे विवाह सम्बन्ध स्थापित किया है वह बात अक्षत जान चुके थे। उनका प्रेम क्या उसके लिए एक वंचना ही था यह प्रश्न उनके हृदय को कचोटने लगा।

वंदना के साथ प्रथम दिवस से आज तक की जीवन यात्रा वह अपनी कल्पना में अभीक्ष्ण करने लगे।

पहली-पहली बार जब अक्षत ने वंदना को देखा था उसी दिन अपना हृदय

हार बैठे थे। सीधी-सादी उस साधारण-सी लड़की को देख कोई भी नहीं कह सकता था कि वह विवाहिता कन्या है। अपने पौफेसर मामा के पास ही उस दिन उसको खड़े देखा था। उसके जाने के पश्चात अक्षत ने मामा से वंदना के सम्बन्ध में जिज्ञासा प्रकट की थी। मामा को भी यह ज्ञात नहीं था।

उन्होंने दूसरे दिन ही वन्दना को बुला उससे उसके माता-पिता, घर-परिवार के सम्बन्ध में जानकारी ले ली थी। यह जानकारी भी उन्होंने सीधे-सीधे नहीं ली जो वन्दना अपने विवाह के सम्बन्ध में कुछ बतला पाती बस यूँ ही बातों-बातों में पूछते गए थे। थोड़ा भी तो अनुमान वन्दना नहीं लगा पाई उस दिन वरना तो..........।

उस दिन के पश्चात प्रायः ही अक्षत वन्दना के सामने अपनी मोटर बाइक ले टकरा जाते-

"कहाँ जा रही हैं? मैं भी उस ओर ही जा रहा हूँ," कहकर अपनी बाइक के पीछे बैठा लेते।

प्रोफेसर के भानजे तथा सहपाठी होने के कारण दूसरा कोई भय वन्दना को नहीं सताता था। अपने पति सहदेव से तो तब तक वार्तालाप के द्वार भी नहीं खुले थे इसलिए वह भी धीरे-धीरे अक्षत की ओर आकृष्ट होने लगी। विवाह तो उसका छोटी आयु में ही हो गया था किन्तु पुरुष का अर्थ समझने योग्य तो अभी हुई थी। प्रकृति ने दोनों ओर से कामदेव का वाण छोड़ दिया था।

कुछ समय व्यतीत होने पर ही अक्षत जान पाए थे कि वह परिणिता है, लेकिन यह सूचना उनके निश्चय को डिगा नहीं पाई थी। उन्होंने निर्णय लिया था कि वह आजीवन उसकी पूजा करेंगे। विवाह तो प्रेम की अन्तिम परिणति नहीं है। यह तो आत्मा का पवित्र बन्धन है इसलिए वह तो वन्दना के लिए ही जिएँगें उसी के लिए मरेंगे लेकिन किसी और के साथ अपने घनिष्ठ सम्बन्ध नही बनाएँगे। उन्होंने अपना यह निर्णय वन्दना तक के सामने भी नहीं दोहराया था अपितु उसकी समस्याओं को सुलझाने के लिए उसके भागीदार बने रहे।

वह तो अकस्मात ही था कि वह अपना ससुराल छोड़कर आ गई। तब भी तो सहदेव आते-जाते रहे थे और वह एक से दो पुत्रों की माँ बन गई थी। तलाक़ का निर्णय भी उसके पति की ओर से ही था अक्षत ने तो अपनी ओर से कभी इस प्रकार का परामर्श नहीं दिया।

किन्तु आज आयु के इस पड़ाव पर जब वह वन्दना के साथ गृहस्थ जीवन व्यतीत करते लम्बा मार्ग पार कर आए तो उसके हृदय के उस पन्ने को पढ़ पाए जो उसने कभी उनके सामने खोला ही नहीं।

अक्षत को लेख पढ़कर अत्यन्त आघात पहुँचा। उन्होंने सोचा यदि वह उनके सामने अपनी उस वेदना का प्रकटीकरण करती तो क्या वह उसके निराकरण का कोई मार्ग न निकालते? कितनी भयंकर भूल की है उसने अपने अभ्यंतर में इतने शूल छुपाकर। चलो देर हो दुरुस्त हो, अभी भी वह प्रयत्न करेंगे माँ-बेटों के मध्य की गलत-फ़हमी सुधारने का किन्तु अभीक्ष्ण यह विचार तो उनको आ ही जाता कि आज भी वन्दना उन्हें पूर्णतया अपना नहीं समझती वरना तो ....। उनकी इस पीड़ा ने उन्हें तोड़ देने का कार्य किया। अक्षत ने तो अपनी स्वयं की किसी सन्तान की माँग वन्दना से कभी की भी नहीं। यह तो वन्दना की ही ज़िद थी कि उसे अक्षत की सन्तान को अपनी कोख में रखने पर जो सुख प्राप्त होगा क्या .. ..। अक्षत तो उसकी पूर्व सन्तान का ही पालन-पोषण कर अपने कर्त्तव्य की पूर्ति करना चाहते थे किन्तु उनके वयस्क होने तक प्रतीक्षा तो करनी ही थी। गुप्त रूप से तो वह अब भी उनका दायित्व कंचन के माध्यम से उठा ही रहे थे। उन्होंने भी तो वन्दना से यह रहस्य छुपाकर रखा था फिर उससे शिकायत क्यों वह सोचते लेकिन फिर भी ....। पुरुष का अहम् उससे कुछ भी करा सकता है। स्त्री को यह स्वतन्त्रता वह भी देना नहीं चाहते थे। वह बीमार हो गए।

अक्षत का अकस्मात ही रोगी बन जाने का कारण वन्दना नहीं समझ पाई। अपने अन्तिम जीवन में अक्षत ने एक वसीयत बनवाई जिसमें अपनी समस्त चल-अचल सम्पदा में उन्होंने आभास व प्रभात को भी अपनी स्वयं की सन्तानों के समान ही भाग दिया और यह वसीयत उस दिन खुली जिस दिन उनके जीवन का सूर्य अस्ताचल में जाकर डूब गया। हाथ मलने के अतिरिक्त वन्दना के पास शेष कुछ नहीं था। जिसने उसके कष्टों के समय उसके जीवन की डोर थामी वही आज उसे भँवर में छोड़ गया। बच्चों का क्या है? वे तो सब अपनी-अपनी गृहस्थी को लेकर व्यस्त हो जाते हैं। दैव की इच्छा को सर झुकाकर स्वीकार करना ही तो मानव की नियति है।

× — × — × — × — ×

रचना कई बार वन्दना से मिल चुकी थी किन्तु संयोगवश अक्षत से एक बार भी भेंट नहीं हो पाई। वह अक्षत से भली-भाँति परिचित थी। उसका सहपाठी था इसलिए न पहचानने का तो कोई कारण नहीं था, फिर भी आयु का प्रभाव चेहरे पर पड़कर उसमें परिवर्तन कर देता है यह विचार रचना के मन में कभी नहीं आया। इसलिए उस दिन उसको अक्षत को पहचानने में कुछ समय लग गया।

नियमानुसार प्रतिदिन की भाँति उस दिन भी रचना ने समाचार पत्र पर दृष्टि डाली। शोक संदेश का कॉलम देखना जैसे उसकी प्रकृति का भाग बन गया है। क्यू देखती है उस कॉलम को जिसमें उसके योग्य कोई स्टोरी नहीं होती, फिर भी देखती है कारण वह स्वयं भी नहीं जानती।

उस दिन के समाचार पत्र ने उसके विगत की सभी भ्रान्तियों को तोड़ डाला। एक चित्र पर जाकर उसकी आँखें जैसे वहीं चिपक कर रह गईं। सूरत कुछ देखी-देखी सी जान पड़ी। नीचे नाम व आयु का विवरण देखा तो कुछ परिचय की गाँठ खुलती सी लगी। अक्षत नाम लिखा था व आयु वृद्धावस्था के समीप ही थी। आयु के प्रभाव की छाप छायाचित्र में पता लग रही थी। प्रेषक के स्थान पर वन्दना का नाम देखकर तो रचना जड़ हो गई। एक नाम के कई व्यक्ति हो सकते हैं उसने सोचा किन्तु अक्षत व वन्दना दोनों का नाम संयोग नहीं हो सकता। उसने उस पहेली को सुलझाने का निश्चय किया। वह सोच ही रही थी कि टेलीफोन की घण्टी ने उसके विचारों को छिन्न-भिन्न कर दिया। टेलीफोन ऑफिस की ओर से था।

उस दिन प्रातः काल से ही जड़ता ने चहुँओर से जकड़ रखा था, कारण वह स्वयं भी नहीं जानती। कभी-कभी ऐसा ही होता है कि अकारण ही हृदय शून्य घाटी के चक्कर लगाया करता है। अकारण तो आत्मा पर इतनी दबिश नहीं बनती, कोई-न-कोई कारण तो होता ही है जिसका ज्ञान मानव को उस समय नहीं हो पाता। भविष्य में घटित होने वाली घटनाएँ ही उस ताले को खोल एक नए रहस्य का उद्‌घाटन करती हैं।

रचना का तो कार्यक्षेत्र ही ऐसा है जहाँ नित्यप्रति किसी-न-किसी नवीन पात्र से परिचय होता है। उसके जीवन व चरित्र का भी विश्लेषण करना होता है। उस सब को अपने अन्तरतम में भरले तो श्वास लेना ही दूभर हो जाए इसलिए उसके कार्यक्षेत्र से तो इस जड़ता का सम्बन्ध नहीं होना चाहिए उसने स्वयं ही सोच डाला तो फिर क्यों आज वह स्वयं में इतनी दुर्बल हो गई है।

यही सोचते-सोचते कुछ समय के लिए लेटी तो उसे निद्रा ने स्ववश कर लिया और उसी मध्य एक पात्र उसके नेत्रों के समक्ष आ खड़ा हुआ। वह चित्र था अक्षत का। उसकी तन्द्रा भंग हुई तो उसके विचार ने रचना का पीछा करना आरम्भ कर दिया। वह विगत के अन्धकार में हाथ-पाँव पटकने लगी।

मन की जड़ता का कारण तो उसे मिल गया। वन्दना के घर पर तो वह पहले भी जा चुकी है फिर भी सावधानी के तौर पर समाचार पत्र से पता नोट किया और चल दी।

वंदना ने उसे सूचना नहीं दी थी यह बात उसे जरा भी नहीं खटकी। ऐसे दुःखद समय में किस-किस को सूचित करती। उस के ऊपर दुःख का जो पहाड़ टूटा है उसमें छोटी-छोटी बातों का ध्यान भी कहाँ रहता है। उसके बच्चों को क्या इतना अनुभव है कि किस-किस को सूचित करना है। नाते-रिश्तेदारों को कर दिया होगा बस, वैसे भी वह उसके घर जाती नहीं है। एक-दो बार गई है, समय ही नहीं मिलता। बच्चे उस समय अपने-अपने कार्य पर गए होते हैं। नहीं कोई शिकायत नहीं है। समाचार पत्र द्वारा तो सूचित किया है और वह भी उसके अपने समाचार पत्र द्वारा, इससे बड़ी सूचना और क्या हो सकती है?

जब वह उस पते पर पहुँची तो अक्षत को शमशान गृह ले जाया जा चुका था। लॉबी में एक मध्यम आकार का चित्र रखा था जिस पर ताजे गेंदे के पुष्पों का हार पड़ा था। चित्र में अक्षत को भली-भाँति पहचाना जा रहा था। यह वही मेरे सहपाठी हैं। कोई भ्रान्ति नहीं रह गई थी रचना को।

वह साहस कर थोड़ा अन्दर बढ़ी तो कमरे के एक कोने में स्त्रियों से घिरी वन्दना को बैठे पाया। इतनी भीड़ के बीच भी उसकी दृष्टि शून्य में भटक रही थी। अपने जीवन के सुखद दिनों की स्मृति सम्भवतः उसे झकझोर रही होगी। उस वातावरण में वार्तालाप करना सम्भव न था। वह भी एक ओर बैठ गई तथा स्थान बना धीरे-धीरे वन्दना की ओर बढ़ने का प्रयास करने लगी। लगभग दस मिनट के प्रयास में सफलता मिल ही गई।

श्वेत वस्त्र धारिणी, अर्द्ध श्वेत केशों का छोटा सा जूड़ा बनाए वह तपस्विनी सी लग रही थी। एक मिनट के लिए रचना से उसकी दृष्टि मिली। रचना के नेत्रों में बहुत से प्रश्न आकार लेने लगे। निःसन्देह उसे देख वन्दना कुछ आश्वस्त हुई थी।

"यह सब अकस्मात ही कैसे हो गया वन्दना?" रचना ने उदासीन स्वर में प्रश्न किया।

औपचारिकता निभाने का यहीं से तो आरम्भ होता है वरना तो संलाप का सिलसिला ही ना प्रारम्भ हो। शोक के समय जटिल समस्याओं को तो सुलझाया नहीं जा सकता।

"बस इतने ही समय की मोहलत जीवन ने साथ निभाने के लिए दी थी। कभी-न-कभी तो मानव को जाना ही होता है जो कि अपेल है, और क्या कहूँ? लेकिन तुम्हें.........।"

सम्बन्धियों के जमघट में जीवन के रहस्य तो उद्घाटित नहीं किए जा सकते।

"समाचार पत्र से जाना," रचना ने उत्तर दिया।

सुनकर वह स्तम्भित हुई। अक्षत के बालकों ने समाचार पत्र में शोक सन्देश भेजा है उसे रचना के द्वारा ही ज्ञात हुआ।

उसने कहा, "ओह! यह बात है। मैं इस सम्बन्ध में कुछ नहीं जानती।"

"फिर आऊँगी," कह उस दिन रचना लौट आई थी। जानने को बहुत कुछ था जो विगत की गुफा में कहीं बन्द होगा।

फोन द्वारा उसे शान्ति पाठ का आमन्त्रण प्रेषित किया गया। रचना को ज्ञात था कि उसे जाना ही होगा, उसकी सखी के उस दुःखद वियोग में मित्र साथ नहीं देंगे तो और कौन देगा? वैसे भी जो अनजाना अपूर्ण व अनकहा था अब भी वैसे ही रहेगा तथा वन्दना व अक्षत के सम्बन्धों का रहस्य उसके लिए जटिल पहेली बना रहेगा।

माना कि परिस्थितियों तथा समय के अन्तराल ने हम लोगों को अधिक मिलने नहीं दिया लेकिन हैं तो हम मित्र ही। मित्रता को क्या समय समाप्त कर सकता है? इन परिस्थितियों में तो वन्दना से कम-से-कम सप्ताह में एक बार तो मिलना ही होगा, मार्ग में ही यह निर्णय रचना ने ले लिया था। सीमा को भी उसने उस दिन वहीं पाया था। तो केवल मैं ही नहीं..........। सीमा भी उसके साथ ही लौट आई थी लेकिन कोई वार्ता न हो सकी।

दूसरी बार वह वन्दना से मिलने जा पाती इससे पूर्व ही अभ्यांतरिका की वह प्रति उसके हाथ में पहुँच गई जिसमें वन्दना ने अपने जीवन का गुह्यतम रहस्य प्रकट किया था। अब रचना के लिए जानने को तो कुछ शेष नहीं रहा किन्तु बतलाने को बहुत कुछ था।

यद्यिप वन्दना ने परिवर्तित नामों से ही अपने साथ घटित घटनाओं का उल्लेख किया था किन्तु लेख में अपना ही नाम दिया था।

'विडम्बना' शीर्षक से छपे इस लेख को पढ़कर तथा उसके जीवन साम्य के कारण रचना सीमा व आभास को समझने में किंचित देर नहीं लगी। अक्षत तो छपने से पूर्व ही पढ़ चुके थे इसीलिए..............।

× — × — × — × — ×

आज रचना को वह दिन स्मरण हो आया जब एक अबोध बालक ने अपनी माँ की बाज़ारु औरत से तुलना करते गाय का चित्र बनाया था। वन्दना ने तो नाम नहीं दिया किन्तु मुझे ज्ञात है कि उसके बड़े-बेटे का नाम ही आभास था। कंचन के स्थान पर कंगन अवश्य कहा किन्तु यदि परिचय देते यह न लिखा होता कि

किसी समाचार पत्र ने उनकी सहायता की तो सम्भवतः वह उस प्रसंग को विस्मृत कर चुकी थी। खैर जो भी है उसकी अपनी उत्कंठा तो शान्त हुई।

वन्दना का लेख पढ़ जिन चन्द लोंगों को प्रेरणा मिली तथा उन्होंने अपने भाव व्यक्त किए उनमें से एक प्रसंग का उल्लेख मैं यहाँ अवश्य करूँगी। उसमें लिखा था।

मेरे सामने वाले मकान का लगभग पूरा-का-पूरा भाग मेरे दृष्टिपथ में आता था उसमें तीन लड़कियों तथा दो लड़कों का परिवार रहता था। नहीं जानती कि उन्हें परिवार की संज्ञा दूँ अथवा नहीं क्यों कि उनके माता-पिता दोनों ही अनन्त की यात्रा पर जा चुके थे। परिवार का समस्त दायित्व सबसे बड़ी लड़की के कन्धों पर आ पड़ा। वे सभी बालक अवयस्क थे, इसलिए बड़ी बहन ने न जाने किसकी सहायता से हाईस्कूल तक शिक्षा ले शिक्षिका का प्रशिक्षण ले लिया था। वह एक सरकारी स्कूल में अध्यापिका बन गई थी। आर्थिक समस्या तो समाप्त हो गई किन्तु युवा होती अकेली लड़कियों पर न जाने किस-किस की कुदृष्टि पड़ने लगी। लड़के अभी छोटे ही थे। उन्होंने अपनी सुरक्षा के लिए अपने दूर के एक मामा को अपने साथ रात्रि के समय उपस्थित रहने के लिए तैयार कर लिया। लेकिन उसी व्यक्ति के साथ मोहल्ले वालों ने बड़ी लड़की के अवैध सम्बन्धों की कहानी चटपटी बनाकर प्रचारित करनी आरम्भ कर दी।

में नहीं जानती कि इसमें कितना सत्य है क्यों कि वह मामा जिनको मैंने देखा था वृद्धावस्था में थे तथा शरीर से भी दुर्बल लगते थे, जैसे कोई बिल्कुल सूखी लकड़ी लोगों का क्या है? बिना पाल की नौका समझ उन लड़कियों को...........।

खैर उस प्रचार से बचने के लिए अपनी तथा अपने बहन-भाईयों की सुरक्षा का प्रश्न ध्यान में रखते बड़ी लड़की ने अपना विवाह एक शिक्षक के साथ करवा लिया जिसमें सभी सम्बन्धी सम्मिलत हुए। शिक्षक के परिवार में उसके अतिरिक्त उसका पिता ही और था। विवाहोपरान्त वह भी वहीं उनके साथ आकर रहने लगा। कोई वैचित्र्य भी इस रहने में नहीं हैं किन्तु कुछ समय पश्चात जब बड़ी बहन के गर्भ में सन्तान पल रही थी तो मैंने देखा कि दूसरे नम्बर की बहन अधपकी मिट्टी के बर्तन तोड़-तोड़ कर पूरे दिन खाती रहती है। अखाद्य को खाते देख मुझे कुछ विचित्र ही लगा। इतना ज्ञान मुझे हो चुका था कि गर्भवती महिलाएँ इस प्रकार की वस्तुएँ खाती हैं क्यों कि उनके शरीर में किसी विशेष तत्व का अभाव हो जाता है किन्तु वह तो कुमारी कन्या ही थी उसके लिए तो............।

कठिनाई से एक पक्ष व्यतीत हुआ होगा कि दोनों बहने कुछ दिनों के लिए घर छोड़ कहीं चली गईं । उनकी अनुपस्थिति में मैंने देखा कि कभी वृद्ध तो कभी

उनका जीजा तीसरे नम्बर की लड़की को घसीट कर अन्दर वाले कमरे में ले जाकर कुकृत्य करते हैं। अन्दर वाले कमरे का भी प्रारम्भिक भाग मुझे दिखाई देता था किन्तु उनको भ्रम था कि वहाँ वे सब की दृष्टि से ओझल हैं। बेचारी लड़की हाथ-पाँव पटकती किन्तु पुरुष के शारीरिक बल के आगे शीघ्र ही पराजित हो जाती। इस प्रकार तीनों बहनें पिता व पुत्र दोनों की ही कामाग्नि का शिकार बनती रहीं किन्तु मैं कुछ भी नहीं कर पाई। एक काँटा मेरे मन के अभ्यंतर में कहीं आज तक रडकता रहा।

अन्त में लिखा था जिनको रक्षा के लिए तथा जिनकी रक्षा के लिए घर पर लाकर रखा था वे तो स्वयं ही साधु के वेश में भेड़िए निकले। सम्भव है आज मेरे मन की कसक पाठकों के साथ बाँट कम हो जाए अथवा समाप्त हो जाए।

इस लेख को लेखिका ने 'रँगे सियार' के नाम से भेजा था।

× — × — × — × — ×

"'रँगे सियार' की भाँति एक घटना और उसी प्रकार के सम्बन्ध को लेकर पत्रिका के लिए आई जिसको पढ़कर लगा कि सामग्री बहुत पहले लिखी गई थी किन्तु साधन न होने से प्रकाशित होने के लिए कहीं नहीं भेजी गई। उसका शीर्षक था 'वे हार गए''

लिखा था-

आज उनको गए तेरहवाँ दिवस है। शिक्षा उनके घर जाने के लिए ट्रेन में बैठी है कि उनसे सम्बन्धित विगत की सभी घटनाएँ घटाटोप बन मन के आकाश पर छा गईं।

वह अपनी ममेरी बहन के विवाह में गई थी। वह सीधी-सादी बिना किसी बनाव-सिंगार के रहती थी। रहना भी चाहे तो उसकी अम्माँ उसको कुछ करने नहीं देतीं। शिक्षा की सुन्दरता उसके लिए अभिशाप बन कर रह गई है। अम्माँ इसी भ्रम को पाले रहती हैं कि एक तो लड़की वैसे ही सुन्दर है उस पर श्रृंगार का आडम्बर होगा तो किसी भी दिन कोई मनचला उसे ले उड़ेगा। प्रकृति प्रदत्त उस रूप का वह क्या करे, उसका यौवन तो सादी-सूती धोतियों में भी मँडराने वाले भ्रमरों को लुभा देता है।

विवाह का वह दृश्य उसकी आँखों के आगे आता है। ग्राम्य जीवन, वही पहनावा, वही भाषा। दूल्हे को चारों ओर से घेरे महिलाएँ व लड़कियाँ खड़ी फब्तियाँ कस रही हैं। शादी-विवाह में छेड़-छाड़ का भी अपना ही एक आनन्द होता है। महिलाएँ तो वहाँ वैसे भी बँधी-बँधी सी रहती हैं। ऐसे ही अवसर उन्हें उन्मुक्त करते हैं, और चुहुलबाजी कर

उनके हृदय का जमा अवसाद कुछ समय के लिए समाप्त हो जाता है।

शिक्षा को ये सब रीति-रिवाज़ आकर्षित नहीं करते इसलिए वह जमघट में चुपचाप खड़ी केवल देख-सुन भर लेती है। उन सब के मध्य वही एक शहरी है जो सब से भिन्न दिखाई देती है। अभी-अभी स्कूल की पढ़ाई समाप्त कर चुकी है। उसका भी कुछ तो प्रकाश उसके माथे पर झलकता ही होगा।

दूल्हा वातावरण से वीतरागी-सा बना उसी को निहारता रहा। वह असहज अनुभव कर दूसरी ओर चली गई तो दूल्हे की दृष्टि भी पीछा करती उसी ओर घूम गई। न जाने वह उसमें क्या खोज रहा था।

दूल्हे का नाम संदीप है। वह किसी बड़े शहर का रहने वाला नहीं है किन्तु उसकी शिक्षा-दीक्षा तो राजधानी के कॉलेज में हुई है। उस समय वह भारत सरकार की सेवा में था। सब मिलाकर मिली-जुली संस्कृति। जब कोई बड़ा उसकी ओर देखता है तो वह अपनी दृष्टि नीचे-ही-नीचे दूसरी ओर घुमा लेता है, इससे अनुमान होता है कि वह उच्छश्रृंखल नहीं है। हया उसमें शेष है। उत्सव का आयोजन समाप्त होने पर उसे उठकर जाना पड़ता है।

विदाई के समय एक बार फिर उससे सामना हुआ। वह प्रांगण में जमा भीड़ के साथ था। शिक्षा दूर खड़ी थी लेकिन उसे ऐसा अनुमान हो रहा था कि संदीप की दृष्टि किसी को खोज रही है। निश्चित रूप से वह उसी को ढूँढ़ रहा है शिक्षा समझ गई।

ठीक विवाह के दिन ही वह अपनी पत्नी के अतिरिक्त किसी पर आकर्षित हो चला है तो क्या न्याय करेगा उसके साथ? शिक्षा को अच्छा नहीं लगा। उसे लगा जैसे वह अपनी बहन के खज़ाने पर डाका डाल रही है। ऐसे समय में किसी से भी क्या कहे?

चंचला-शिक्षा की बहन ही नहीं अंतरंग भी है, सखी जैसी। हाईस्कूल की परीक्षा शिक्षा दे ही चुकी थी। परिणाम की प्रतीक्षा थी। विवाह के पश्चात् भी वह उसके घर पर रुकी रही थी। उसकी अनुपस्थिति में एक विराट शून्य का अहसास उसे प्रथम बार उस घर में अनुभव हुआ। छुट्टियों में तो वह प्रायः उसके पास आकर रहती ही है। अब किसके पास आया करेगी? आएगी ही नहीं उसने निर्णय किया।

तीसरे दिन भाई जाकर चंचला की ससुराल से चंचला को ले आए थे। आते ही वह शिक्षा से इस प्रकार लिपट गई जैसे युग-युगों की बिछुड़ी हो। एकान्त मिला था तो उसने बतलाया था जैसे वह ज़ल्दी-से-ज़ल्दी बतला मन का भार कम करना

चाहती थी, उस बात को पचा नहीं पा रही थी।

बिना किसी भूमिका के ही उसने कहा, "जानती है शिक्षा प्रथम रात्रि में प्रथम बात तेरे जीजा ने क्या किया?"

शिक्षा ने अपनी उत्सुक दृष्टि चंचला पर जमा दी। उस दिन तो उल्लसित होकर ही कहा था उसने यदि जानती होती तो ....।

उन्होंने पूछा, "चंचला। भीड़-भाड़ के मध्य वह नितान्त पृथक सी दिखाई देने वाली तुम्हारे यहाँ कौन थी?"

अनायास ही किए जाने वाले प्रश्न से वह चकरा गई, बहुत लोग थे किसके सम्बन्ध में जानना चाहते हैं समझ नहीं पाई। उसने अपनी लजीली आँखों से ही विस्तार में जानना चाहा–

उन्होंने कहा, "अरे! वही गोरी चिट्टी, बिल्कुल श्रृंगार विहीन किन्तु खिले सुमन की पंखुरी जैसी, गाँव की तो नहीं लगती।"

"अच्छा वह, समझ गई किसकी बात कर रहे हैं आप? वह तो मेरी मित्र भी है और बहन भी। शहर में रहती है वहीं पढ़ती है।"

"फिर तो उसे कभी अपने यहाँ आमन्त्रित करना।"

"आप स्वयं ही आमन्त्रित कर लेना। अगले सप्ताह तो उसके घर पर हम लोगों का आमन्त्रण है ही।"

इस सूचना को पाकर जैसे वह असीम शान्ति का अनुभव करने लगे किन्तु चंचला के चेहरे पर भय की रेखाएँ स्पष्ट अंकित दृष्टिगत होने लगीं। शिक्षा समझ नहीं पाई क्यों?

शिक्षा ने उससे पूछा, "क्यों चंचला यह भय कैसा?"

"उन्होंने तेरे जैसी लड़की की आकांक्षा की है शिक्षा, मैं कहाँ पसन्द आ सकती हूँ?"

"देखभाल कर ही तो ले गए हैं, नापसन्दगी का कोई कारण तो होना नहीं चाहिए," शिक्षा ने उत्तर दिया।

"उन्होंने तो उचटती-सी दृष्टि डाली थी। माँ, बहन और भाभियों ने ही तो पसन्द किया था।"

"जिसने भी किया, किया तो सही न। छायाचित्र तो दिखाया ही था तभी तो देखने आए इसलिए सहमति तो उनकी भी रही वरना तो...........।"

"लेकिन तब तक तुझे तो नहीं देखा था ना मेरी बहन.............।"

शिक्षा खिलखिला कर हँस पड़ी बोली," मुझसे भयभीत होने की आवश्यकता

नहीं है चंचला। मुझ से वह मिला भी कैसे करेंगे और साथ ही मैंने तो उन्हें अपनी पसन्द नहीं कहा? सच कहूँ मुझे उन्होंने आकर्षित किया भी नहीं है, निःसन्देह सुन्दर हैं, तब भी नहीं केवल रूप ही तो आकर्षण का कारण नहीं बनता पगली, उसको अभय मिला तो निश्चिन्त हो गई थी

वह अम्माँ द्वारा आमन्त्रण पा शिक्षा के घर आए थे, तब वह दूर-दूर ही रही लेकिन समझ गई कि उनकी आँखों में किसकी तलाश है। मन मार कर उस दिन चले गए थे बेचारे।

शिक्षा से मिलने के बहुत प्रपंच उन्होंने किए। वह प्रायः हाल-चाल जानने के लिए घर पर पोस्टकार्ड डाल देते जो अंग्रेजी में होता उसकी भाषा में जो भाव छुपे होते उनको शिक्षा ही समझ पाती थी।

उनके हृदय की ज्वाला शान्त करने के लिए वह उन्हें पत्र का उत्तर देने लगी थी जिसमें अण्ट-शण्ट फिल्मी गानों की पंक्तियों की भरमार ही होती। वह समझते शिक्षा उनके बगैर बिन पानी की मछली की तरह छटपटा रही है।

पत्र चंचला भी पढ़ती इसलिए एक बार फिर वह भयभीत हो गई। उसने अपने भाई से शिकायत की तो भाई साहेब मेरे पास आए थे।

"शिक्षा तेरे व्यवहार ने चंचला को अन्दर-ही-अन्दर तोड़ दिया है। वह समझती है कि तू उसे दूध की मक्खी की भाँति निकाल उसके पति पर अपना आधिपत्य स्थापित कर लेगी। वह न ठीक प्रकार खाती है और न सोती है।"

एक बार फिर शिक्षा का खिलखिला कर हँसने का मन हुआ किन्तु चंचला की दशा ने उसे विगलित कर दिया।

"मेरी सखी होकर मुझे इतना भी नहीं समझी भाई साहेब? मैंने तो आरम्भ में ही उसे अभयदान दे दिया था। उससे कहिए मैं इतनी मूर्ख व स्वार्थी नही हूँ कि अपनी ही बहन और सखी का घर उजाड़ूगी।"

"फिर तेरे वे पत्र? मैंने भी तो पढ़े हैं," प्रश्नात्मक दृष्टि से उन्होंने प्रश्न किया।

"सत्य ही भाई साहेब! आप भी चक्कर खा गए। वे पत्र केवल जीजा जी के विक्षिप्त हृदय का मनोवैज्ञानिक उपचार मात्र हैं। उनकी जैसी दशा हो चुकी है मेरी निर्लिप्तता के कारण विक्षिप्त होना आश्चर्यजनक नहीं है। आप उसे निःसंकोच अभय दीजिए। उसके पति तो क्या मैं उसकी ससुराल में किसी भी पुरुष को अपने योग्य नहीं पाती। उस दकियानूसी कारागार में रहने की उसमें सामर्थ्य है मुझमें नहीं।"

शिक्षा से अभय पा भाई साहेब चले गए। उन्होंने चंचला को आश्वस्त किया तो वह फिर से खिलने लगी। तत्पश्चात शिक्षा ने पत्र लिखने भी बन्द कर दिए तो जीजा ने अम्माँ से अपने छोटे भाई के लिए उसका हाथा माँगा था जो उसने भी सुना।

अम्माँ ने उससे पूछा था," बोल शिक्षा तेरा क्या विचार है? लड़का अच्छा है, घर-परिवार देखा भाला है, धन का भी कोई अभाव नहीं है। सुखी रहेगी वहाँ।"

उनकी इस चाल ने मेरे हृदय में उन्हें और भी हीन बना दिया।" यह ठीक है अम्माँ मैं धनवान परिवार में नहीं जन्मी लेकिन कोई अभाव भी तो मेरे लिए नहीं रहा। जितना अधिक प्राप्त हो मानव की लालसा बढ़ती ही जाती है। मैं उस दशा में स्वयं को देखना नहीं चाहती। सन्तोष से बड़ा धन तो विश्व में कोई दूसरा है ही नहीं, मैंने उसे पाया है तो धनहीन कहाँ हूँ? आपने यह कैसे सोच लिया कि मैं उस घर में विवाह करूँगी जिसमें मेरी बहन भी गई है। वैसे भी मैं तो किसी पुलिस वाले से विवाह करने की अपेक्षा आत्महत्या करना ही अधिक पसन्द करूँगी। लोगों का रक्त चूसने वाले हृदयहीन लोग..........। केवल धन और सुन्दरता की लोभी तितली मैं नहीं हूँ यह तुम भी जानती हो," इतना बोल वह हाँफ गई थी।

अम्माँ नकारेगीं यह आशा उन्हें नहीं थी। उनका उत्तर पा उन्होंने स्वयं शिक्षा से बात की। उसने तो उस दिन एक प्रकार से उन्हें लताड़ ही दिया था। बोले-

" बहुत गर्व है शिक्षा तुम्हें स्वयं पर, देखना एक दिन मैं तुम्हें अवश्य ही भोग कर दिखाऊँगा चाहे क्षणिक ही सही। यही मेरी अभिलाषा भी है और जिद भी या कहूँ प्रथम दृष्टिया प्रेम सभी कुछ।"

"मैं प्रतीक्षा करूँगी उस दिन की," शिक्षा ने हँसकर कटुता मिश्रित भाव से उत्तर दिया। "लगता है मेरी मित्रता आपको रास नहीं आ रही," उसने साथ ही यह भी जोड़ा।

वे घबरा गए, खिसिया कर कहने लगे," मैं तो मज़ाक कर रहा था परीक्षा लेने को। मित्रता अपने स्थान पर पूर्ववत बनी रहेगी," उन्होंने हाथ पर हाथ धर आश्वस्त भी कर दिया।

वह अपनी योजना का त्याग कर देंगे पूर्व विश्वास उसे उस दिन भी नहीं हुआ, वैसे हर सुख-दुःख में वह उसके साथ खड़े रहने वाली प्रकृति के थे।,

इस बात को हुए एक लम्बा अन्तराल व्यतीत हो गया किन्तु अपना कहा न वह भूले न शिक्षा। हाँ समय की धूल ने उसे धुँधला अवश्य कर दिया।

शिक्षा का विवाह हुए भी बहुत वर्ष व्यतीत हो गए। बच्चे बड़े हो गए। एक तीसरी नई पीढ़ी का भी उद्भव हो चुका शिक्षा की भी और उनकी भी। उन दिनों

वह उनके साथ उनके घर गई थी दो दिन के लिए। वह तो जानते ही थे कि उनकी पत्नी उन रात्रियों में घर पर नहीं होगी लेकिन उसे नहीं बतलाया। बतलाते तो वह जाती नहीं यह वह समझते थे। वहाँ पहुँच कर ही वह वास्तविकता से परिचित हो पाई थी।

उस रात्रि वह और शिक्षा एक ही कमरे में थे। सर्दी का मौसम था। कमरे का द्वार खुला था। बाहर बरामदे में बराबर वाले कमरे में उनके दूसरे पुत्र व पुत्रवधू सोते थे।

रात्रि के तीसरे प्रहर में वह चुपचाप मेरे बिस्तर पर आकर लेट गए। वह नींद में थी। जैसे ही जान पाई छिटक कर अलग खड़ी हो गई। उस समय क्रोध कर चीखना-चिल्लाना सम्भव नहीं था। मीठे शब्दों में उसने उनके व्यवहार की भर्त्सना की।

''यह क्या कर रहे हैं आप? इस घर में सभी मेरे और आपके मैत्री सम्बन्धों से अभिज्ञ हैं। सम्भव है इस ताक में भी हों कि हमारे पिता व मासी को रंगे हाथों लज्जित करें ऐसे में आप क्या करेंगे नहीं जानती किन्तु मेरे पास आत्महत्या के अतिरिक्त कोई मार्ग शेष नहीं होगा। किसी के भी सामने विशेषकर बच्चों के सामने क्या मैं कभी आँखें ऊँची कर सकती हूँ? क्या आप चाहेंगे कि जिस अमानत को दिन में जहाँ से जीवित अवस्था में लाए हैं उसका शव पार्सल कर वहाँ भेजें।''

उस दिन उनकी योजना, आशा और अभिलाषा सभी पर तुषारापात हो गया था। वह भारी क़दमों से अपने बिस्तर पर वापस लौट गए।

वही हुआ जिसकी शिक्षा को आशंका थी। लगभग पाँच मिनट पश्चात उनका पुत्र हाथ में टार्च लिए आया था पर जैसे आया था दोनों को सोते देख उलटे पाँव लौट गया था। इसके पश्चात ही वह आशंका की भयानक सत्यता पर विश्वास कर पाए थे।

कहने लगे,''आज मैं जीतकर भी हार गया शिक्षा। तुम्हारी दूरदृष्टि ने मुझे बहुत बड़ी लज्जा से बचा लिया।''

कुछ समय के अन्तराल पर उस दिन उन्होंने अन्तिम प्रयास किया था। शिक्षा को उनके साथ ट्रेन में जाकर बीच के किसी स्टेशन पर उतरना था। मिले भी हम बीच से ही थे। वह गाड़ी चलने के स्थान से चढ़ी थी और वह बीच से। उसे पहले उतरना था उन्हें आगे जाना था। वहाँ उनके पास सरकारी डाकबंगला भी था क्यों कि अपनी ड्यूटी के कार्य से ही जा रहे थे। बहुत चिरौरी की उन्होंने कि वह उस दिन उनके साथ जाए और रात्रि व्यतीत कर दूसरी प्रातः अपने गंतव्य पर पहुँच जाए। शिक्षा को उनकी चुनौती स्मरण आ चुकी थी। उनके लाख आग्रह पर भी उसने उनकी बात नहीं मानी थी तथा अपने स्टेशन पर उतर गई। शायद उन्होंने अपने मन में सोचा होगा कि पूर्व

अवसर पर बालकों का भय ना होता तो शिक्षा को कोई आपत्ति न थी।

तत्पश्चात ऐसा कोई भी अवसर नहीं आया। वह प्रयास कर हार चुके थे। शिक्षा ने अपनी बहन व सखी के प्रति अपने वचन तथा उस चुनौती के उपलक्ष्य में दिए वचनों की रक्षा की थी किन्तु................।

दैव को क्या स्वीकार है उसे तो वही जान सकता है। कुछ दिनों पश्चात सूचना मिली कि अचानक ही हृदयगति रुक जाने से वह संसार से कूच कर गए।

उस दिन एक घण्टा पश्चात ही ट्रेन ले वह मुझ से मिलने आने वाले थे। इस समाचार से शिक्षा ठगी-की-ठगी रह गई। उसे धीरज बँधाते उनकी पत्नी व उसकी सखी जैसी बहन ने उसे आश्वस्त किया।

"शिक्षा रोने-धोने में क्या रखा है, वह नहीं तो क्या मैं तो अभी जीवित हूँ।"

उस दिन वह जीत कर भी हार गई थी क्यों कि अन्त तक चंचला ने उसका विश्वास नहीं किया था। उसका पत्नी हृदय सदैव ही...........। शिक्षा अपने उन अश्रुओं को कोस रही थी जो न जाने क्यों उनके लिए उसकी आँखों से ढलक आए थे जो विजय के थे अथवा प्रेम व सम्वेदना के?

आज चंचला भी संसार में नहीं है किन्तु शिक्षा का अभ्यान्तरिक मन जानता है कि उसने कदापि उसके साथ विश्वास घात नहीं किया। यह अवश्य है कि अन्त तक जीजा के हृदय के आकर्षण को धूमिल भी नहीं होने दिया किन्तु वह तो केवल मित्रता थी। प्रेम का ज्वार तो कभी भी उसके हृदय की गहराई से उमड़ा ही नहीं।

वे दोनों जहाँ भी हैं विधाता उनकी आत्मा को शान्ति प्रदान करे कह शिक्षा ने दोनों हाथ जोड़ दिए।

× — × — × — × — ×

कहाँ तो अभ्यान्तरिका का दो क़दम चलना ही कठिन लग रहा था किन्तु जब से चलना आरम्भ किया वह प्रगति के पथ पर दृढ़ता के साथ बढ़ती जा रही थी। उसमें आने वाले भिन्न-भिन्न सम्बन्धों से प्राप्त हुए आघातों की संख्या की गणना करनी तो असम्भव ही थी पर प्रथम पृष्ठ के लिए आने वाली आलोचनात्मक प्रशंसा व सुझाव भी कम न थे। उन्होंने उसमें चार चाँद लगा दिए थे। वह केवल महिलाओं के मानसिक तनाव को कम करने का उपचार मात्र नहीं रह गई अपितु पुरुष वर्ग भी उसमें भागीदारी करने लगे जो एक हर्ष का विषय था। एक पुरुष ने लिखा था------------

यह सत्य है कि प्रारम्भ से ही हमारा समाज पुरूषों की आवश्यकताओं को

प्राथमिकता देता रहा है। नारी उनके लिए एक सम्पत्ति की भाँति रही है, जिसमें पुरुष को सुख-सुविधा मिले वही कानून बन गया। नारी के सुख-दुःख, उसके मन का कोई महत्व कहीं था ही नहीं।

व्रत-उपवास, पूजा-पाठ, कब श्रृंगार करना है, कब श्रृंगार वीहीन रहना है सब बातें पुरुषों द्वारा ही तय की जाती रही हैं। कोई दबी-कुचली महिला यदि किसी पुरुष की ओर दृष्टि उठाकर भी देख ले तो बंधकी कहलाई जाती है। भाग्यवश यदि विधवा हो जाए तो पति की मृत्यु का समस्त दोष उस पर मढ़ दिया जाता रहा है। उसके अपने वैधव्य से उसके जीवन का कौन सा भाग शून्य हो गया इसकी ओर कोई सोचता भी नहीं। परिवार के किसी भी सदस्य के सामने अपना मुख खोलना कलह को दावत देना है।

इसके विपरीत यदि किसी पुरुष की पत्नी की मृत्यु हो जाती है तो तेरहवें दिन ही उसका दूसरा विवाह करने का प्रपंच आरम्भ हो जाता है। अल्प से वस्त्र धारण कर, छाती चौड़ाकर घूमना उसकी मर्दानगी का चिन्ह है। एक पत्नी के रहते भी कितने ही पुरुष दूसरी महिला के साथ विवाह कर लेते थे। वेश्यागामी होना अथवा रखैल रखना सामन्ती परिवार का गर्व का विषय था।

यदि कोई स्त्री गर्भ धारण न कर पाए तो भी उसी का दोष है। अपने पुत्र में भी दोष हो सकता है यह कोई भी जानने अथवा मानने का प्रयत्न नहीं करता। पुत्री उत्पन्न होना भी नारी की कोख का ही कलंक माना जाता रहा है जबकि यह तो केवल पुरुष के गुण-दोष के कारण ही होता है।

यदि किसी स्त्री अथवा लड़की के साथ कोई बलात्कार होता है तो उसके लिए नारी को ही लांछित करने की प्रथा है। कोई नहीं सोचता कि उस कुकर्म को करने वाला कोई पुरुष ही है। इतना सब कुछ कहने का तात्पर्य यही है कि नारी को समाज ने इन्सान के रूप में जाना-समझा ही नहीं। पुरुष ने सभी रूपों में स्त्रियों के साथ धोखा किया है।

लेकिन सम्पादक महोदया समय आज द्रुततर गति से परिवर्तित हो रहा है। मैं केवल यह कहना चाहता हूँ कि सम्प्रति नारी ही ठगी जाने की इकाई नहीं रह गई है। इस युग में पुरुष भी बहुत सी नारियों द्वारा ठगे जाते हैं। मानसिक दुर्बलता तो पुरुषों में भी होती है तथा आज की सभ्रान्त नारियाँ ही पुरुष को भी ठग डालती हैं। चारों दिशाओं में देखेंगी तो अवश्य समझ जाएँगी। इति—

× — × — × — × — ×

वन्दना के जीवन के गुह्यतम पृष्ठ खुलने के पश्चात् उसकी जो क्षति हुई उसको किसी और ने चाहे न समझा हो किन्तु उसकी सखी सीमा ने तो अवश्य ही समझा। वही तो उसके मन की सदैव की भागीदार थी लेकिन यह भाग तो उससे भी छुपा ही था। शायद अक्षत को मानसिक आघात देना नहीं चाहती थी, इसीलिए आज जब सहते-सहते टूटने के कगार पर पहुँच गई तो आत्मस्वीकृति के अतिरिक्त कोई मार्ग उसके पास उपलब्ध था भी तो नहीं।

इस पत्रिका का उद्भव भी तो उसके इस मानसिक तनाव को उद्घाटित करने का एक कारण था। उसने विचारा था कि उसके जैसे जाने कितने ही नर-नारी विश्व में भरे पड़े हैं जो किसी-न-किसी विवशता के कारण उच्च कोटि के तनाव को सहन करते रहते हैं। कोई-कोई उदासीन बन संसार त्याग का मार्ग अपनाता है तो कोई विक्षिप्त हो जाता है। जीवन को समाप्त कर देने वालों की भी संख्या तो कम नहीं है। इसके माध्यम से किसी का दर्द बाँट, मानस को मुक्ति के मार्ग पर अग्रसर कर सकते हैं। इसके पश्चात् उनका जीवन सम्भवतः समाज के किसी महान कार्य को करने का साधन बन जाए।

जो भी हो उसने तो अक्षत को ....।

सीमा को भी वंदना से प्रेरणा व साहस मिला। उसने भी अपने उस पृष्ठ को खोलने का निश्चय किया जिसको अन्दर-ही-अन्दर दबा कर वह सौम्य को सहन कर रही थी।

उसने लिखना प्रारम्भ किया–

जीवन के लिए बहुविधि रंग के सपनों का एक जाल सा बुन लिया था लेकिन शायद उस जाल के धागे कच्चे निकले क्यों कि नियति रूपी व्यापारी ने उसको उन धागों को प्रदान करते समय उसे ठग लिया।

अतीव हर्षोल्लास के साथ ही उसने सौम्य के साथ जीवन पथ पर चलने का वचन दिया था किन्तु उक्त जाल की भाँति सौम्य द्वारा दिए वचन भी कच्चे ही निकले।

अभी सीमा के विवाह सम्बन्ध को बने केवल सात मास ही व्यतीत हुए थे कि एक दिन उसे ज्ञात हुआ कि किसी कुमारी कन्या को सौम्य मुझसे पूर्व ही मातृत्व पद प्रदान कर चुके हैं। वह कन्या कोई और नहीं उनके अपने किसी घनिष्ठ पड़ोसी की ही थी।

सीमा की कोख में भी उस समय सौम्य का बोया बीज़ आकार धारण कर चुका था। पड़ोसी क्यों कि धाखड़ थे इसलिए सौम्य के माता-पिता के समक्ष आकर

शिकायत की।

पूरे परिवार ने उनकी बात को सत्य माना क्योंकि सौम्य प्रायः उनके घर पर बैठे दिखाई देते थे इसलिए सर्वसम्मति से निर्णय लिया गया कि उस कन्या को उक्त गर्भ से मुक्ति दिलाने का आर्थिक तथा डॉक्टरी दायित्व सौम्य का था। सीमा के जीवन पर उस घटना का प्रभाव न पड़ने देने के कारण अथवा उसको बहू होने के कारण से उस परिवार का भाग न मानने के कारण सीमा को उस पचड़े से पृथक ही रखा गया।

रात्रि के समय बन्द कमरे में लम्बे समय तक चलने वाली उस सभा ने सीमा के हृदय में शंका का अंकुरण तो कर ही दिया। लगभग दो घण्टे के पश्चात् कमरे का द्वार खुला तथा सौम्य एकाकी बैठी सीमा के पास मौन धारण कर लेट गए। उन्होंने स्वयं तो सीमा को इस योग्य भी नहीं समझा कि अपनी समस्या उसके साथ बाँटते। कई बार पूछने पर उन्होंने कहा–

"वह लबंग है ना उसी की समस्या थी जिसको लेकर बाबेला मचा है।"

"लबंग के बाबेले से तुम्हारा क्या सम्बन्ध सौम्य? मुझे ऐसा क्यों लग रहा है कि तुम ....?"

"हाँ सीमा! मुझसे ही सम्बन्ध जोड़ा जा रहा है," वास्तविकता छुपाते सौम्य बोले।

"लेकिन उसको हुआ क्या है जो तुमसे सम्बन्ध जोड़ा जा रहा है खोल कर कहो ना, मेरी समझ में तो कुछ नहीं आ रहा है?" सीमा ने सौम्य को कुरेदते हुए प्रश्न किया।

"वह किसी के संसर्ग से गर्भवती हो चुकी है यही बस।"

"किसी के संसर्ग से गर्भवती हो चुकी है से क्या तात्पर्य है तुम्हारा? किसी के द्वारा गर्भवती हो चुकी है तो इसमें तुम कहाँ से आ गए सौम्य? मुझे तो दाल में कुछ काला दिखाई दे रहा है।"

"वे सारा दोष मेरे ही सर पर मढ़ रहे हैं," सौम्य ने सफ़ाई देते हुए उत्तर दिया।

"बगैर किसी आधार के सौम्य, कोई भी किसी पर इतना बड़ा दोषारोपण कैसे कर सकता है? मुझे सत्य बतलाओ तुम वरना ....।"

"मैं उसके बिस्तर तक गया था, इतना दोष मेरा अवश्य है, उसके साथ .. ..," बात अधूरी छोड़ दी सौम्य ने।

"कोई पुरुष अर्धरात्रि को किसी कुमारी अथवा विवाहिता पर स्त्री के बिस्तर पर अकारण ही जाएगा, यह विश्वास तो विधाता के लिए भी करना कठिन है," सीमा

ने तर्क दिया।

"मैने विवाह से पूर्व नारी अंगों का अनुभव करना चाहा था, बस सीमा इतनी ही अभिलाषा थी मेरी।"

"नारी क्या खुली प्रदर्शनी है सौम्य! जो तुम मुझे बहलाने का प्रयत्न कर रहे हो। तुम कहोगे और कोई भी नारी अपने अंगों को निर्वसन कर तुम्हारे पास लेट जाएगी। वाह! क्या सुन्दर कल्पना है। यही उत्तर क्या तुमने उन लोगों को भी दिया था?"

"वे तो मेरा कोई भी उत्तर सुनने के लिए तैयार ही नहीं थे, बस सीधा निर्णय सुना दिया।"

"चलो मैं मान लेती हूँ लेकिन यह सब प्रबन्ध कैसे करोगे तुम?" सीमा ने आघात सहकर भी सौम्य की तरफ मैत्री का हाथ बढ़ाया था। वह जानती थी कि घर का कोई भी सदस्य उस समय उसका साथ नहीं देगा तथा वह एकाकी पड़ कोई अन्यथा क़दम न उठा ले। सीमा स्वयं कुछ मास पश्चात् उसकी सन्तान की माँ बनने वाली थी तथा उस सन्तान के पिता को खोने का उसे कोई अधिकार नहीं था।

सीमा को ही आगे बढ़कर उस समस्या को सुलटाना पड़ा था। उसने उन लोगों से अनुनय-विनय की थी कि आर्थिक बोझ तो हम उठाने को तैयार हैं किन्तु दूसरे किसी भी साधन का अनुभव हमें नहीं है। उसका प्रबन्ध तो आप लोगों को ही करना पड़ेगा। इस सब मामले को गुप्त रखना भी तो आवश्यक है इसलिए विश्वस्त सहयोगियों की आवश्यकता है।

वे सौम्य की तो कोई सहायता करने को तैयार नहीं थे किन्तु एक पत्नी जिसके जीवन पर इस घटना का सर्वाधिक प्रभाव पड़ा था की विनती को अस्वीकार न कर सके तथा सहर्ष प्रबन्ध करने को तैयार हो गए।

दूसरे दिन ही सीमा अपनी माँ के पास धन का प्रबन्ध करने गई थी। उसके बैंक की चैकबुक आदि वह उनसे लाई नहीं थी।" मुझे क्या आवश्यकता है अपने पास ही रखो, आवश्यकता होगी तो ले लूँगी," कह वहीं छोड़ रखी थी।

माँ ने पूछा, "सीमा इतने पैसे की तुझे एक दम से क्या आवश्यकता आ पड़ी", तो वह कोई उत्तर नहीं दे पाई। माँ के आँचल की छाँव पाकर वह रो पड़ी थी तथा सत्य उद्‌घाटित करना पड़ा था।

इस प्रकार उसने सौम्य की समस्या को अपना समझ ही भाग दौड़ की थी, किन्तु सौम्य?

सौम्य उस अपनत्व को अपना अधिकार समझ बैठे थे। उन्होंने एक बार भी

यह नहीं सोचा कि सन्देह का लाभ देते सीमा ने उन्हें क्षमा कर दिया है वरना तो....।

उस दिवस के पश्चात लज्जित हो नत होने की अपेक्षा वह अधिक उच्छश्रृंखल व स्वतन्त्र हो गए थे। उन्होंने सोचा होगा कि सीमा को तो किसी भी बात से कोई अन्तर पड़ता ही नहीं है तो क्यों न रंगरलियाँ मनाते जीवन का आनन्द लिया जाए। समस्याओं का वहन करने तथा आवश्यकता के समय भोगने के लिए तो एक पाषाण स्त्री घर में पड़ी ही है। वह तो घर की मुर्गी है जो पिंजरे में बन्द फड़फड़ाती रहकर भी अपना कर्त्तव्य निभाएगी ही लेकिन सौम्य ने यह नहीं समझा कि सीमा यदि उस पिंजरे में बन्द है तो सौम्य के लिए नहीं अपनी उस सन्तान के लिए है जिसको उसने नौ मास कोख में रख जन्म दिया है। उसको किस अपराध का दण्ड दे यही प्रश्न उस समय उसके सामने प्रखर हो गया था। वरना तो...।

यदि सौंदर्य सीमा के जीवन में न आते तो वह यौवन के प्रथम वसन्त में ही पतझड़ की त्रासदी सहने को विवश होती। उन्होंने सीमा के प्रत्येक दुःखद पल में उसको भावनात्मक आश्रय दिया था। तभी तो वह महान-से-महान विपत्ति के पहाड़ को भी सुगमता से लाँघ गई थी। पारिवारिक विपत्ति में कभी-कभी सौम्य ने भी साथ दिया किन्तु न जाने क्यों फिर भी सीमा को उससे बाहर निकलने का कोई मार्ग न सूझता

लंबग वाली उस घटना ने सीमा को सौम्य से कुछ तो विरक्त कर ही दिया। प्रकट रूप में सभी कार्यकलाप सामान्य चलते हुए भी उसके मन पर जो खरोंचे आ गईं पुरने का नाम ही न लेतीं। एक तो करेला कड़वा उस पर भी नीम चढ़ा। जब सौम्य ने अपने ऑफिस से सीधा क्लब का रास्ता नापना आरम्भ कर दिया तब तो उसके सब्र का घड़ा छलकने को हो गया। वहाँ बैठ अर्द्धरात्रि तक स्त्री पुरूषों के जमघट में जुआ खेलना उसको दोहरा आघात देने लगा। सहने की भी कोई-न-कोई सीमा होती है।

आज सीमा का हृदय अपने सभी फफोलों को फोड़ उनकी पीप से मुक्ति पाने को लालायित हो उठा। उसे उस दिन का स्मरण हो आया जब उसकी पुत्री रोगिणी हो बिस्तर पर पड़ी थी। उसने अपने पिता से आग्रह किया था कि उस दिन वह उसके पास रुक जाएँ। वह पूरा दिन अपने पिता के सान्निध्य में व्यतीत करना चाहती थी किन्तु वह आवश्यक कार्य का बहाना बना चले गए। माँ-बेटी दोनों के ही मन चोटिल हो गए किन्तु किसी ने भी दूसरे से इस सम्बन्ध में बात नहीं की। सीमा अपनी पुत्री को अधिक दुःखी नहीं करना चाहती थी और पुत्री माँ को।

लेकिन क्या सीमा की उस समय की वेदना का अनुमान लगाया जा सकता

है जब संध्या समय उसे सौंदर्य द्वारा सूचना मिली कि सौम्य को उनकी प्रेमिका के साथ किसी रेस्तराँ में देखा गया। एक और विश्वासघात।

उसने सौम्य से पूछा था, "क्या आवश्यक कार्य आ पड़ा था आपको सौम्य जो बीमार पुत्री के अनुरोध से भी महत्तर था?"

"किसी का बहुत बड़ा केस उलझ रहा था, उसी को सुलझाने के चक्कर में," नजरें चुराते उन्होंने उत्तर दिया।

"और वह केस कामिनी का था जो किसी रेस्तराँ में ही सुलझ सकता था," तीखी दृष्टि से सीमा ने सौम्य की ओर देखा था।

"तुम्हें क्या मुझ पर इतना अविश्वास है कि मेरे पीछे जासूस लगाए रहती हो?" आपेक्ष लगाते उन्होंने कहा।

"जिसका हृदय निर्मल होता है विधाता ही उसका जासूस बन जाता है लेकिन जो मैंने कहा वह सत्य तो है ना," सीमा ने उपेक्षित दृष्टि से पूछा था।

केवल, "हाँ," कहा सौम्य ने।

"अपनी बीमार सन्तान से भी अधिक सौम्य! आपने तो सभी सीमाएँ लाँघ दी," कहकर सीमा उत्तर की प्रतीक्षा किए बिना ही उठकर चली गई।

जब कई बार सीमा को सौम्य तथा कामिनी के साथ-साथ घूमने की सूचना मिली तो उसका मन कड़वाहट से भर गया। उसने विरक्त होकर उस दिन संध्या समय सौम्य से कहा था-

"सौम्य नित्य प्रति झूठ बोल-बोल कर कामिनी के साथ घूमते ही हो तो अच्छा है उसे घर पर ही लाकर कुछ दिनों के लिए साथ रख लो। कम-से-कम आर्थिक हानि तो नहीं होगी।"

यह विचार सौम्य को रुचिकर लगा था तथा दूसरे ही दिन कामिनी अपने बाल्यदल से साथ आ धमकी थी निर्लज्ज बंधकी।

वह लगभग एकमास तक रही थी। सीमा उन दिनों दूसरे कमरे में सोती थी। जबकि सौम्य कामिनी के साथ एक ही बैड-रूम में। कहने को अच्छा बहाना था कि बालक तो साथ हैं ही, अकेली तो उस कमरे में नहीं है ना। वह अतिथि है, उपेक्षित अनुभव करेगी। सीमा ने तो कभी पूछा नहीं था कि सौम्य उसके अपने पास क्यों नहीं सोते स्वयं सौम्य के मन के चोर ने उनसे इस प्रकार का विदरण दिलवा दिया।

यहाँ पर कामिनी का अल्प सा परिचय दे दूँ, तो उचित ही रहेगा। कामिनी के विवाह से पूर्व भी वह कई बार सौम्य के घर पर आकर रही थी। पिता के मित्रता के सम्बन्धों में थी। चरचा थी कि सौम्य का विवाह कामिनी के साथ ही होगा किन्तु उस

चतुरा ने सौम्य के अतिरिक्त भी किसी और को अपने प्रेम जाल में फाँसा हुआ था।

सौम्य के घर-परिवार का वातावरण उसे स्वयं के अनुकूल नहीं लगा तो उस दूसरे युवक के साथ विवाह रचा सौम्य को धता बता चली गई थी।

विवाह के दस-बारह वर्ष पश्चात् एक बार पुनः अक्समात मिल जाने पर सौम्य को अपने प्रेम-पाश में जकड़ लिया। शायद पति के स्वाद से उकता कर स्वाद परिवर्तन की अभिलाषा ने जोर मारा होगा।

न जाने उसके समझाने पर अथवा सौम्य को स्वयं ही लगा कि सीमा उपेक्षित अनुभव करने लगी है कि उन्होंने ऐसा क़दम उठा लिया जिसने सीमा के मन को चूर-चूर कर दिया। सीमा किसी कार्यवश उस बैडरूम में चली गई थी। सौम्य ने उसे पकड़ कर अचानक ही ....। वह उस समय मौन रहने को विवश थी कि वहीं पर कामिनी तथा बच्चे भी थे। इतने लोगों की उपस्थिति में भावहीन सहवास ....। इतना बड़ा बलात्कार एक पति ने पत्नी के साथ कर डाला कि सीमा का मन अतीव घृणा से भर उठा।

सीमा ने सौम्य के सभी अपराध क्षमा कर दिए थे किन्तु इसको वह आज भी क्षमा नहीं कर पाई। ऐसा ही दुःस्साहस कई वर्ष बाद भी सौम्य ने दोहराया था।

तब सीमा अपने सम्बन्धियों के साथ थी। सीमा सौम्य के प्रति भावनात्मक रूप से हिमशीतल हो चुकी थी। यूँ अपना पत्नी धर्म वह अन्त तक इस प्रकार निर्वहन करती रही जैसे किसी शव के साथ कोई कुछ भी कर जाए।

पता नहीं पुरुष किसी स्त्री के प्रेम को इसी एक कसौटी पर क्यों कसते हैं? वह क्यों समझते हैं कि किसी भी स्त्री की आवश्यकता इसी एक सीमा पर समाप्त होती है? वह भी तो हाड़-मास का एक ऐसा पुतला है जिसके अन्तर्मन में भावनाओं का अनन्त सागर लहराता है। बस उसके शरीर के साथ खेलो और समझालो इसी को वह प्रेम समझ बैठेगी। कितना बड़ा भ्रम पाले रहते हैं लोग।

यह एक प्रश्न सीमा ने बारम्बार कितने ही लोगों से किया है कि क्या भावनात्मक लगाव के बिना संभोग में कोई सुख अथवा आनन्द है? लेकिन आज तक कोई सन्तोष जनक उत्तर नहीं मिला। वह स्वयं ही सोचती है कि शायद पुरुष के लिए हो वरना तो अनायास ही किसी के साथ घटने वाली बलात्कार की घटनाएँ जन्म् ही न लेतीं।

यूँ तो जीवन में बहुत कुछ घटित हुआ है। कामिनी तो स्वतन्त्र रूप से सीमा के सामने ही सौम्य के सीने से लिपट कर लेटी रहती थी। सीमा देखकर भी अनदेखी करती रही है। छोड़ो उसे क्या लेना सौम्य तथा कामिनी से जब उसके अपने मन

के तन्तु ही ....।

× — × — × — × — ×

एक और महत्वपूर्ण घटना सीमा के जीवन में घटित हुई थी। उसी संदर्भ में उसे रचना की स्मृति भी रह-रह कर सता रही है। रचना ने एक बार बतलाया था कि निलय उसे अपने पत्र में पग्गू कहकर सम्बोधित करते थे। वह इस सम्बोधन से अत्यन्त उल्लसित रहती थी जबकि इसी एक शब्द ने सीमा के जीवन को हिलाकर रख दिया।

सीमा की पुत्री अदिति ने बतलाया था कि उसके छात्रवास में कोई-न-कोई लड़की किसी-न-किसी दूसरी लड़की की पग्गू अवश्य होती है। इन समलैंगिक सम्बन्धों ने उसे यौन आकर्षण की ओर अल्पायु में ही धकेल दिया। उस आकर्षण की परिणति जिस भयंकर रूप में सीमा के सामने आई उसने तो उसे विक्षिप्त होने के कगार तक पहुँचा दिया।

किसी अधकचरे किन्तु सम्पन्न परिवार के पुत्र ने उसे संसार के रंगीन सपनों से लुभा उस अल्पायु में ही गर्भवती बना दिया। युग धर्म के अनुसार सीमा ने अदिति को स्वतन्त्रता दी हुई थी किन्तु इतनी नहीं कि देर रात्रि तक क्लब आदि की दुनिया में झूमती-गाती रहे। न जाने फिर भी कैसे कॉलेज के समय में ही ऐसा जुगाड़ वे कर पाए जिसकी सीमा ने कभी कल्पना तक भी नहीं की थी।

पतली-दुबली छरहरी लड़की का कई मास तक तो गर्भ का अनुमान ही नहीं हो पाया क्यों कि वह उस समय के फैशन के अनुसार ढीले-ढाले कुरते पहनती थी। वैसे भी ऐसी कोई आशंका परिवार ने नहीं पाली थी। वह स्वयं भी तो इसी आयु में सम्पूर्ण स्वतन्त्रता का आनन्द उठा चुकी थी किन्तु कभी भी उस फिसलन भरे मार्ग की ओर नहीं बढ़ी। उसके माता-पिता के सम्मान का अंकुश सदैव उस पर शासन करता रहा। वही अपेक्षा सीमा ने अपनी पुत्री से भी की थी किन्तु वह तो छात्रावास से जिस प्रसाद को अपने साथ लाई थी उसका स्वाद माँ ने तो कभी चखा नहीं था ना।

विवाह का झाँसा देने वाले उस परिवार ने अन्ततः अदिति के पिता के सामने प्रस्ताव रखा कि गर्भपात तो इस स्थिति में कराना असम्भव है इसलिए सन्तानोत्पत्ति के साथ ही उसका बध आप कर दें। यह कार्य नारी हृदय के लिए तो असम्भव प्रायः है किन्तु आप पुरुष हैं इसलिए इस कार्य के निष्पादन के लिए सुचारू रूप से सक्षम हैं। इस उपाय से हम दोनों परिवारों को इस व्यर्थ के झँझट से मुक्ति मिल जाएगी।

तदन्तर आप किसी योग्य वर को खोज अपनी पुत्री का विवाह कर सकते हैं।

कुमारी कन्या को माँ बनाने वाले उस पुत्र ने आज्ञाकारी पुत्र की भूमिका निभाते लेश मात्र भी विरोध नहीं किया।

क्यों होते हैं पुरुष इतने निर्मम?

एक दूसरे प्रश्न का अंकुरण सीमा के मन में प्रस्फुटित हुआ। उसकी उस विकट विपदा के समय वंदना तथा अक्षत ने उसको जिस प्रकार सहायता दे सँभाला उसके लिए सीमा के पास शब्द नहीं हैं।

इस लेख के अभ्यांतरिका में प्रकाशित होते ही एक बार तो सौम्य का मन झुँझलाहट से भर गया। उन्होंने सीधे-सीधे तो नहीं किन्तु दूसरे तरीकों से सीमा की आलोचना प्रारम्भ कर दी। सीमा ने निरुत्तर रह उनके आक्षेपों को सहन किया। मारे और रोने न दे वाली कहावत चरितार्थ कर रहे थे सौम्य। अपने चरित्र पर लगे उन सत्य आरोपों से वह बौखला उठे थे किन्तु समय ने उस उबाल को दबा दिया। सम्भवतः उन्होंने अपने चरित्र का स्वयं ही गहन विश्लेषण किया होगा अथवा आयु की वर्द्धता ने उन्हें वैसा व्यवहार करने के लिए उकसाया होगा। जो भी हो वह सीमा के साथ किए गए अन्यायों की क्षतिपूर्ति करने लगे थे। उसके प्रति उनका व्यवहार पर्याप्त परिवर्तित हो गया था। यह उनका अपने अपराधों के प्रति मौन उत्तर था अक्षत की भाँति टूटकर बिखरे नहीं सौम्य सम्भवतः परिणिता के साथ बन्धन का अन्तर.........।

इस पूरे समय सौंदर्य सीमा का भावनात्मक सहारा बने रहे थे। सौम्य के इस परिवर्तित व्यवहार की जानकारी से उन्होंने भी शान्ति की श्वास ली।

× — × — × — × — ×

रचना ने जब इस लेख को पढ़ा तो निलय के प्रति उसके प्रेम का रहा-सहा खण्डहर भी ढह गया। जिस एक शब्द को सीने से लगा, उसकी स्मृति को ले वह अपना एकाकी जीवन व्यतीत कर रही थी अन्ततः वह भी छलना ही निकला। उसके मुख से अनायास ही निसृत हुआ---

"यह क्या किया तुमने निलय मुझे केवल यौन आनन्द प्राप्त करने का एक खिलौना मात्र ही समझा? आज मेरा शेष भ्रम भी सीमा ने तोड़ दिया आज मैं पूर्ण रूपेण लुट चुकी पथिक हूँ इस जीवन मार्ग की, फिर भी तुम्हारी स्मृति............।"

वंदना ने तो स्वयं को इस रचनात्मक कार्य में झोंक दिया। वंदना और रचना दोनों को ही दिशा मिल चुकी थी किन्तु सीमा.................? और एक दिन-

एक रात्रि आकाशवाणी ने एक शोक समाचार प्रसारित किया। रचना ने भी सुना किन्तु वह उस कवि के केवल नाम से ही परिचित थी। प्रायः उसके प्रसारित कार्यक्रम सुनती रहती थी। वह सौष्ठव के लेखन की अगाध प्रशंसक थी किन्तु इससे अधिक उसके सम्बन्ध में नहीं जानती थी। उस दिन उसी को उसकी स्टोरी बनाने का कार्य 'दैनिक प्रकाश' की ओर से मिला था।

सौष्ठव के निवास पर पहुँचते ही वह अवाक् रह गई। अरे! यह तो मेरा परिचित स्थान है मैं सीमा से मिलने कई बार तो यहाँ आई हूँ फिर मुझे पता देख ध्यान क्यों नहीं आया। उसनेसोचा अब मैं क्या करूँ? यहाँ मेरी सखी न जाने किस दशा में होगी और मैं एक रिपोर्टर...................।

अंगद के समान उसके पाँव वहीं जम गए किन्तु जो कार्य मिला है वह भी तो करना ही होगा। अपनी सखी के प्रति भी उसका दायित्व कम नहीं हैं। जो पहाड़ उस पर टूटा है..........। इसी दुविधा में वह अपने कार्यस्थल तक पहुँची। उसने देखा।

द्यौतित जगत के सभी आसंगों प्रसंगो से विमुख सौष्ठव शान्त, निश्चल, निश्छल, निःस्पंद, निस्पृह किसी सन्त के समान वीतरागी सा लेटा था अपनी प्रकृति के नितान्त विपरीत।

आँगन आगन्तुकों से भरा था। लोगों के आवागमन का क्रम निरन्तर चल रहा था। तिल भर भी स्थान रिक्त नहीं था इसलिए नए आने वाले सड़क पर ही प्रतीक्षा करते चबूतरों पर स्थान बना बैठने लगे। जिस किसी ने भी सुना आए बिना न रह सका। आने वालों में स्त्री, पुरुष युवा, वृद्ध, परिचित तथा अपरिचित सभी सम्मिलत थे। समय ही कुछ ऐसा था। सभी के हृदय दुःख एवम् सम्वेदना से ओत-प्रोत थे। जो रिश्ते-नाते में कुछ नहीं थे वे उसके स्वर के शब्दों के माधुर्य के प्रशंसक थे। बहुत मनोज्ञ रचनाएँ होती थीं उसकी एकदम मौलिक, अधुनातन विचारों की वाहक, अभिभूत कर देने वाली। एक प्रकार से नाता तो उनका भी बन ही गया, क्यों कि वे उसके नियमित श्रोता थे।

इस भीड़ में दो ही व्यक्ति ऐसे थे जिनको इस सब से कुछ लेना देना नहीं था, किसी भी हलचल से अछूते निर्लिप्त-निरासक्त। एक वह जो सम्वेदनओं का केन्द्रबिन्दू था दूसरी सीमा जो अहिल्या की भाँति पत्थर बनी बैठी थी। जाने कब बर्फ की वे शिलाएँ जिन पर वह युवक लेटा था खिसक कर सीमा के हृदय पर आसीन हो गईं। प्रत्येक उपस्थित व्यक्ति की सहानुभूति उससे आ जुड़ी। इतना बड़ा पहाड़ टूटा है उस पर कि वह भी उसी पर्वत का एक मूक अंश बन गई। एक प्रचंड दावानल

जो उसके अन्तरमन में सुलग रहा था उसकी तपिश भी उसे पिघला नहीं पाई। सभी तो अपनी ओर से प्रयत्न करके हार गए किन्तु वह फिर भी निष्पलक एक ही ओर दृष्टि गड़ाए बिना हिले-डुले अपने स्थान पर चिपक सी गई, आँखें खुली थीं पर देखने-सुनने की शक्ति ही जैसे विलीन हो चुकी। उसकी उस समय की स्थिति ही अनुमेय थी।

कठिनाई से रचना मार्ग बना सीमा तक पहुँची थी, वह प्रेस का सामान लिए थी इसलिए निकलना सम्भव हो पाया वरना तो एक परिन्दे तक के लिए पैठ बनाना कठिन था। रचना की उपस्थिति का भी सीमा पर कोई प्रभाव नहीं पड़ा। वह भी उसके लिए उतनी ही अपरिचित थी जितने कि शेष सभी। लोगों की कनफुसकियों से ही स्थिति की वास्तविकता का अनुमान लगा पाई रचना।

कोई किसी निर्णय पर पहुँचे तो पहुँचे कैसे? गृहस्वामिनी की दशा स्पष्ट दिखाई दे रही थी। गृहस्वामी ने कभी गृहदायित्वों में रुचि ली नहीं। वह इन सब कार्यव्यापारों से अनभिज्ञ थे। वैसे भी उनकी स्थिति भी कौन ठीक थी। निःसन्देह कुछ कह नहीं पा रहे थे किन्तु पिता होने के कारण इस अनापेक्षित दर्द से स्वयं को पृथक भी कैसे कर सकते थे? बिजली तो उन पर भी गिरी थी, बल्कि दो गुणे वेग से गिरी थी, पत्नी और पुत्र दोनों ही उनसे अतीत हो गए। उसने उन्हें आपाद मस्तक झुलसा कर रख दिया। पुरुष थे इसलिए सहनशील और शक्तिवान होने का नाटक भर कर रहे थे, क्योंकि पुरुष के पास भावनाओं के लिए स्थान नहीं होता, बुद्धि प्रधान सामाजिक जीव किन्तु एकदम भावना शून्य भी क्या कोई प्राणवान जीव हो सकता है। बस एकाएक फूट पड़ते। कोई कुछ पूछता तो उसे दो टूक उत्तर देकर टाल देते—

"मैं नहीं जानता, उसी से जाकर पूछो। वही तो आज तक गृहस्थी की गाड़ी खींचती आई है। मैं भी तो उसके प्रश्रय विहीन ....।"

कर्ता-धर्ता सीमा थी इसलिए आशा भरी दृष्टियाँ उसी की ओर उठतीं-गिरतीं; किन्तु उस जीवित-निष्प्राण पाषाण से टकरा कर लौट आतीं।

उस युवक की पत्नी का नाम महिमा था। उससे बात करने का साहस किसी में नहीं रहा। वह दहाड़ें मार-मार कर आकाश तक अपनी ध्वनि पहुँचाने में प्रयास रत थी, परन्तु सीमा के कानों तक तो वह भी पहुँचने का मार्ग नही निकाल पा रही थीं। सीमा का बुत तो अदृश्य में देखता फड़फड़ा कर खुलते विगत के पन्नों के विश्लेषण में ही व्यस्त था।

अभी उसी दिन की तो बात है जब वह अपना सफ़ारी सूटकेस उठाए था, सिल्वर ग्रे रंग की पैन्ट पर सफेद कमीज़ और उस पर बादामी-कोकाकोला रंग का

पूरी बाजू का फर वाला पुलआवर, कितना जँच रहा था सौष्ठव उसमें। नज़र न लग जाए सीमा ने स्वयं को धिक्कारा।

फाल्गुन का महीना था फिर ठण्डक अपने पूरे जोश में थी, शायद दो दिन पूर्व की वर्षा का प्रभाव है या और कुछ। ऋतुओं का परिवर्तन चक्र भी तो अब परिवर्तित हो चुका है मानव की प्रकृति में अनाधिकार चेष्टाओं से। यह स्वेटर सीमा को बहुत पसन्द था वही तो खरीद कर लाई थी अपने लाड़ले के लिए सैंकड़ों में से छाँट कर। सौष्ठव भी देखते ही बालकों की सी चपलता और उमंग से उछल पड़ा था।

''कितना अच्छा स्वेटर है मम्मी! बिल्कुल मेरी पसन्द का। किसके लिए लाई हो?'' उत्सुकता से प्रश्न किया उसने।

''और किसके लिए लाऊँगी पगले! तेरे अतिरिक्त कोई और भी मुझे दिखाई देता है,'' स्नेह का हलका सा चपत लगाते सीमा ने उत्तर दिया।

उसी समय उसने पहन लिया था, ''बिल्कुल फिट' प्रसन्नता उसके चेहरे से छलकी पड़ रही थी। ठण्ड न होती तो क्या वह पुलआवर पहनता कहता—

''स्वेटर का नाम न लो मम्मी, पहन-पहन कर थक गया हूँ। कितने सारे महीने तो सर्दी में सिकुड़ते व्यतीत हो गए,'' गिनना प्रारम्भ करता दिसम्बर, जनवरी, फरवरी ....।

इसके अतिरिक्त पहाड़ी स्टेशनों पर जाता है तब भी तो गर्म कपड़े पहनने पड़ते हैं।

उसी को पहने खड़ा है वह और सीमा उसकी प्रतीक्षा करती कमरे में बैठ गई। अभी आएगा और कहेगा—

''अच्छा मम्मी चल रहा हूँ। शीघ्र ही लौट कर आऊँगा।''

''ठीक है बेटा अपना ध्यान रखना। पहुँचते ही फोन कर देना।''

''खाना समय पर खाना, ठण्ड में लापरवाही मत करना, मुझे सब याद है,'' हँसकर कहेगा।

वात्सल्य के इसी आवेग को ले दोनों हँस पड़ते। वह चला जाता।

सौष्ठव का कार्य ही कुछ ऐसा है, प्रायः बाहर जाना पड़ता है। उसके जाते ही घर-आँगन में सन्नाटा अपने पाँव पसार लेता है। यूँ तो भरा पूरा परिवार है किन्तु सीमा का कुल दीपक तो ले-दे के वही एक है। उसे अपनी दादी के शब्द स्मरण हो आए। वह कहा करती थीं—

''एक पूत मत जनिओ भाई, घर सूना जन बाहर जाई''

तब तो वह इस कहावत को सुनकर हँसी से लोट-पोट हो जाती। दादी को

कहती—

"दादी आपका वश चले तो सबके घरों में फौज़ तैयार करवा दो।" दादी गम्भीर होकर सुनतीं कहतीं—

"तेल देख, तेल की धार देख बिटिया; जब ऊँट पहाड़ के नीचे आता है तभी पता चलता है। तुम आजकल की लड़कियों को ये बातें समझ में आने वाली नहीं हैं। बस सुना और खिलखिल कर दिया," वह अपने अनुभव का सार निचोड़ कर रख देतीं।

सीमा मुस्करा कर रह जाती परन्तु अब जान पा रही है वह दादी के शब्दों में छुपे तथ्य। सारे जीवन के दुःख-सुख अपने में समेटे थीं वह।

किन्तु उससे क्या? यदि एकलौता न होकर और भी कोई दूसरा होता तो क्या सौष्ठव का महत्व कम हो जाता? कैसी विचित्र बात है ऐसा सोचना भी। माँ के लिए तो अपनी सभी सन्तान एक समान प्रिय होती हैं। वन्दना तो कई सन्तानों के होते भी..............।

सौष्ठव जाता है तो उसका कलेजा मुहँ को आने लगता है उसके कार्य की विवशता को समझ रोक भी तो नहीं सकती। आकाशवाणी के भिन्न-भिन्न स्टेशनों पर जाकर प्रोग्राम देना। वह रिकॉर्डेड प्रोग्राम प्रसारित नहीं करवाता। सीधा प्रसारण होता है उसकी रचनाओं का। भविष्य के लिए साथ-साथ रिकॉर्ड होती जाती हैं।

दो मिनट, चार मिनट, दस मिनट वह प्रतीक्षा करती रही परन्तु सौष्ठव के कदमों की आहट नहीं आई। सदैव ही तो वह कहकर जाता है पर आज,......। सम्भव है वह अभी गया ही न हो। सीमा ने बाहर निकल कर देखा। नहीं कोई तो नहीं है नीचे आँगन में। तो क्या वह इस बार बिना मिले ही निकल गया। पहली बार..।

हृदय आशंकाओं से भर उठा। किसी से भी वह कह नहीं पाई थी कि पिछले एक पखवाड़े से अपशकुनों ने उसे चारों ओर से आवृत कर लिया है। एक विकट संत्रास में जी रही थी वह घोंघा बनी सी स्वयं में सिमटी।

"हे प्रणव, तुम ही रक्षक हो।" आकाश की ओर हाथ उठा उसने विधाता को अपने सुख-दुःख अर्पित कर दिए। सूर्य अस्ताचल को जा रहा था उसके मन-मस्तिष्क की भाँति।

जब उसने प्रथम बार धरती पर पाँव पसारे थे तब भी तो गुनगुनी-सी ठण्ड थी। कार्तिक का महीना था। पूर्वज कहते हैं जन्माष्ठमी पर एक गाड़ी भर जाड़ा आ जाता है ये सब पुरानी बातें हैं अब तो उस दिन भी गर्मी के कारण हालत खराब हो जाती है। कठिनाई से व्रत पूरा करना पड़ता है जो भी है गंगास्नान पर तो सर्दी

का आगमन हो ही जाता है।

सीमा की स्मृति के दायरे में विचार विद्युत गति से कौंध गया। क्षण भर में ही जीवन के अगणित चित्र नेत्रों के सामने से गुजर गए।

हाँ उस दिन पहले आँधी सी आई और उसके साथ-साथ वर्षा सीमा ने मूली कसकर पराँठे बनाए थे। माँ और पिता जी ने शौक से खाए थे। वृद्धावस्था के कारण माँ का एक हाथ कार्य नहीं कर पाता था वरना तो क्या वह अपनी लाड़ली बिटिया से.........। माँएँ ऐसी ही होती हैं उसने सोचा।

मूली के पराँठों से स्मरण आया, सौष्ठव को भरवाँ पराँठे बहुत पसन्द हैं। सुबह नाश्ते में वह किसी भी चीज को भरवा कर ही पराँठा खाता है। न कुछ तो रात की बची सब्जी या प्याज ही हो। घर-परिवार के लोग उसकी इस आदत पर मजाक करते हैं। कहते हैं-

"यही खाकर तो पैदा हुआ है, इसलिए भई दो चटपटे को चटपटी चीजें बनाकर। समय कैसे पंख लगाकर उड़ गया।"

अभी कल ही की सी घटना लगती है। सीमा के माता-पिता ने ढेरों मन्नत माँगी थीं। माँ सबेरे-सबेरे उठकर दुर्गापाठ करतीं फिर हनुमानचालीसा पढ़तीं। पिता जी मन्दिर में जा शिव जी को दुग्धस्नान कराते। साथ-साथ पण्डितों ज्योतिषियों के आश्रय में जाना भी माँ भूली नहीं। उन्हीं के कहने पर शनिवार के दिन उसका तुलादान किया गया। उसके लिए लकड़ी की टाल पर जाना पड़ा क्योंकि छोटी सी तुला से तो काम चल नहीं सकता था। बाप रे! एक ओर वह तथा दूसरी ओर काला कपड़ा, साबूत उड़द, काले तिल, सरसों का तेल न जाने क्या-क्या रख कर उसके भार के बराबर तोल डकैत को दिया गया।

जाने किसने उन्हें भयभीत कर दिया कि यदि वे यह सब पूजा-अर्चना नहीं करेंगे तो उनकी एकमात्र सन्तान सीमा और उसके गर्भ से जन्म् लेने वाला शिशु दोनों ही के प्राण संकट में हैं। उसने माँ को पिता जी से कहते सुना था।

"अजी सुनते हो," माँ ऐसे ही सम्बोधित करती थीं पिता जी को, उस समय पति को नाम लेकर पुकारने का चलन नहीं था। यदि कोई किसी को बतलाने के लिए भी नाम ले देता तो पचास बातें इधर-उधर की सुननी पड़तीं।

"क्या?" पिता जी ने पूछा।

"मुझे रात को नींद से जगाकर उन्होंने चेतावनी दी है।"

"किसने, कैसी चेतावनी? स्पष्ट कहो," प्रश्न कानों से टकराया।

"यही कि अपनी सीमा और उसकी गर्भस्थ संतान दोनों के ही प्राणों को भय है। उपाय भी उन्होंने ही बतलाया है," माँ ने उत्तर दिया।

"किसकी बात कर रही हो?" पिता जी ने पुनः प्रश्न किया।

"वही तुम्हारे कुल देवता जो समय-समय पर हमें सावधान करते रहते हैं," माँ ने स्पष्ट किया।

"क्या कहा उन्होंने?" पिता जी भी उत्सुक हो गए। कुल देवता की बात को तो अनसुनी नहीं कर सकते थे उस समय।

"यही कि हमें प्रतिदिन मन्दिर जाकर शिवजी को दुग्ध स्नान कराना है और हनुमान चालीसा का पाठ करना है।"

"इतना सब मैं कैसे करूँगा, ऑफिस भी तो जाना होता है, इतना समय सुबह-सुबह कहाँ मिलता है?" पिता जी ने शंका की।

"जो भी हो अपनी पुत्री और उसकी सन्तान को आसन्न संकट से बचाने के लिए करना तो होगा ही। न हो तुम मन्दिर जा आया करना, वैसे भी मैं यह कार्य नियमित रूप से कर नहीं पाऊँगी। बीच में मासिक धर्म का संकट खड़ा हो गया तो नियम टूट जाएगा, जो उचित नहीं है। मैं दुर्गापाठ के साथ-साथ चालीस दिन हनुमान-चालीसा का पाठ करूँगी। सम्भव है वह बिना बाधा आए निबट जाए।"

पिता जी ने यह सहर्ष स्वीकार कर लिया और तब से वे दोनों उसे नियम से निभाते रहे।

सीमा देखती रहती लेकिन कोई टिप्पणी नहीं करती, सोचती यदि ऐसा करने से इन्हें सुख-सन्तोष मिलता है तो मेरा क्या जाता है। होना तो वही है जो भवितव्यता को स्वीकार है किन्तु उस दिन उसकी भवितव्यता को क्या कोई पढ़ पाया कि उसके खाते में दैव ने क्या लिखा है?

तब तो उन्होंने इतने उपाय करके संकट टाल दिया किन्तु आज क्या वे कहीं से देख रहे होंगे उस भयावह संकट को, तभी उन्होंने आने दिया होता तो आज के इस प्रलंयकारी दृश्य से तो दो-चार होना नहीं पड़ता। इतने अन्तराल में तो स्मृति कोश में ढेरों सामग्री आ जुड़ी है।

आज वे इस संसार में नहीं हैं। सौष्ठव ने ही तो उनका क्रिया कर्म दाह संस्कार किया है। सीमा व सौम्य ना सही उनको तो सद्गति मिल ही गई। यही उनका सर्वोपरि अभीष्ठ था। पुत्र न हो तो कोई बात नहीं दौहित्र ही सही। उसके जल देने कपाल क्रिया करने से तो सीधा स्वर्ग मिलता है, यही तो सामाजिक परम्परा हैं। परम्पराओं की श्रृंखला ही तो लोगों को अधिक कस कर जकड़े रहती है। पुत्र कामना

का सबसे बड़ा प्रलोभन।

उन्हें स्वर्ग मिल पाया अथवा नहीं यह भी तो ज्ञात नहीं हो पाया किन्तु हाँ जब कभी सीमा किसी उलझन में पड़ती है तो वे दोनों अथवा माँ उसके समाधान के लिए उसके समक्ष किसी न किसी रूप में उपस्थित हो जाते हैं। आज भी जैसे माँ उसे अपने आँचल में समेटे दुलार रही हों। वह गई ही कहाँ थीं?

माँ के देहावसान के सप्ताह भर बाद ही उन्होंने सीमा के समक्ष उपस्थित हो अपनी उपस्थिति का भान करा दिया था। वह उन्हें देख व्यस्त हो उठी थी। माँ अपने अन्तिम समय के कुछ दिन पूर्व ही स्वयं उठ नहीं पाती थीं। चलना-फिरना तो दूर की बात है। उनकी टाँगों का दम ही जैसे सर्व प्रथम निकला हो। उसके पश्चात तो अस्पताल के बिस्तर पर चुपचाप लेटीं जैसे अपने जीवन की एक-एक झाँकी को सामने से निकलते देख रही हों। अन्तिम दिवस से पूर्व उन्होनें सौष्ठव को बुला लाने का आग्रह किया था। सीमा ने आदमी भेजकर सौष्ठव को बुलवाया। उन दिनों वह स्कूल में अवकाश रहने के कारण रिश्तेदारों के यहाँ घूमने के लिए निकल गया था। उसको देखकर ही माँ की आत्मा शीतल हो गई। सौष्ठव ने भी तो उनके अन्तिम श्वास तक दिन-रात उनकी सेवा-सुश्रुषा में एक कर दिए। शायद उनका मन उसी में अटका होगा तभी तो उसको भी उन्होंने अपने साथ मिला लिया।

माँ को उस दिन अपने सामने देख सीमा कौतुक से भर गई थी। उनके गले से चिपट्टी उससे पूर्व ही उसे स्मरण हो आया कि वह तो दिवंगत हो चुकी हैं। आज जो उसके समक्ष प्रकट हुई वह तो केवल आत्मा है, माँ की प्रतिकृति। तो क्या माँ को मुक्ति नहीं मिली? तब उसने सोचा था।

पिता जी जीवित थे इसलिए पूर्ण विधि-विधान से ही उनके मृत्योपरांत के कार्य कलाप निष्पादित किए गए थे। करने वाला सौष्ठव था ही।

एक बार और सीमा ने माँ को अपने बराबर लेटे पाया था। वह तड़के अभी जागी ही थी कि माँ ने उसे चेतावनी भरे स्वर में कहा था कि," देख बिटिया यह दुरात्मा है, इससे सावधान रहना।"

न जाने किस दुरात्मा से वह उसे बचाने किस लोक से यात्रा करती आई थीं। उनका स्वर तो सौष्ठव की पत्नी को भी एक बार उसके परम्परा विहीन आचरण के लिए सावधान करता भयभीत कर गया। वह भय तो अस्थाई ही रहा। महिमा क्या कभी किसी से भयभीत हुई?

ऐसा ही हुआ होता तो सौष्ठव की वह परिणति न हुई होती जो आज हुई है

किन्तु उसको इस समय स्मरण करने से क्या लाभ?

पिता जी ने ऐसी कोई इच्छा-अभिलाषा अपने अन्त के निकट समय में व्यक्त नहीं की। उनकी भी कपाल-क्रिया विधि-विधान से ही हुई। सीमा जानती थी चाहे उन्होंने कुछ न कहा हो लेकिन ऐसा चाहा अवश्य होगा। सौष्ठव ने ही उनको भी मुक्ति दी।

माँ ही सीमा को अधिकांश में दिखाई देतीं। बाद में माँ पिता जी दोनों दिखने लगे। कई समस्याओं का तत्काल समाधान उन्होंने सीमा को सुझाया है। संसार से जाने के पश्चात भी लगता रहा कि वे दोनों सीमा के साथ रहकर उसके कार्यो पर अपनी पैनी दृष्टि रखते हैं।

सीमा को भली प्रकार स्मरण है कि उन दिनों उसे किसी कार्यवश समय से पूर्व उठना पड़ता था। एक दिन किसी कारण से उसकी नींद नहीं खुली तो पिता जी ने उसे हिला-डुला कर जगाया था।

बोले ''उठेगी नहीं,'' और वह हड़बड़ा कर उठी घड़ी देखी तो ठीक वही समय था जिस पर वह उठती थी। वह उन लोगों का स्वर सुनती थी अथवा अपनी अन्तरात्मा का नहीं जानती किन्तु यही भ्रम होता था कि उनकी दृष्टि सतत उस पर लगी है जिसने उसे कभी अनुचित मार्ग का राही नहीं बनने दिया।

सौष्ठव के उस दिन जाने के कुछ दिन पूर्व भी सीमा ने उन्हें देखा था।

सीमा अपने कमरे के द्वार पर बैठी थी कि उसके दाईं ओर उसके माता-पिता मौन खड़े थे। बाईं ओर एक अधबनी दीवार थी जिसके नीचे एक युवक खड़ा था तथा चेतावनी दे रहा था कि,'' यह दीवार गिरेगी।'' वे दोनें जैसे मौन रहकर उसकी बात का समर्थन कर रहे थे तथा उसी प्रकार खड़े रहकर दृष्टि से विलीन हो गए। उसकी ओर पीठ होने के कारण वह युवक को पहचान नहीं पाई थी।

सीमा ने किसी को कुछ नहीं कहा लेकिन उसके अन्तर्मन में भय की एक सीमाहीन सिहरन घर कर गई। तभी तो उसको लगता है कि वही लोग सौष्ठव को अपने साथ जीवित यंत्रणाओं से मुक्ति दिलाकर सदा के लिए ले गए। शायद इसीलिए उन्होंने उसके जन्म के लिए तपस्या की थी या यही भवितव्यता थी कौन जाने। परासत्ता पर सीमा को पूर्ण विश्वास है।

इतनी जल्दी दिखाई थी उसने संसार में आने की कि स्वयं सीमा भी नहीं जान पाई कि आगामी दस मिनट में ही वह प्रसूति में होगी। केवल दो मिनट की प्रसव वेदना और वह एक पुत्र को ले जननी पद पर सुशोभित हो गई। न डॉक्टर न नर्स अस्पताल तक जाने का समय भी उसने नहीं दिया। कैसा संकट-काल आन खड़ा

हुआ। माता-पिता की जागरूकता के कारण ही जच्चा-बच्चा उस दिन जीवित रह पाए वरना तो उसी दिन दोनों का खेल समाप्त हो जाता। कितना शुभ दिन होता सीमा के लिए यदि ऐसा हो जाता तो।

माँ की निरुद्विग्नता के कारण ही सब कुछ सबिस्ते से निबट गया। माँ के हाथ की निस्पन्दता और उस पर सौष्ठव ने अपने गले में नाल की फाँसी लगा कीड़े सा कुलबुलाना आरम्भ कर दिया। यदि माँ की तत्पर बुद्धि ने काम न किया होता तो...........। उसके रुदन से ही पिता जी जान पाए तथा नर्स-डॉक्टर को लिवाने भागे। पड़ोसियों ने कौतुहल से स्वर को सुना दौड़े आए। नवजात बालक का रोदन कहाँ से आया यही असमंजस उन्हें घसीट लाया था। तत्पश्चात तो उन्होंने उपालम्भों की झड़ी ही लगा दी।

"बालक का जन्म भी हो गया और हमें हवा तक भी न लगने दी हम क्या ऐसे पराए हो गए बहन?"

"कुछ समय पूर्व तो आभास अवश्य हुआ होगा। पड़ोसी-ही-पड़ोसी के काम आता है दुःख-सुख में। तुमने हमें इस योग्य भी न समझा?"

माँ किस-किस की बात का उत्तर देतीं। वे बाहर थे और माँ अन्दर अकेली। ना तो सीमा को ही छोड़ सकती थीं जो मूर्छित हो चुकी थी और ना उस बालक को जिसके प्राण संकट में पड़े थे। उन लोगों की भीड़ को भी तो अन्दर बुलाकर क्या करतीं?

दूसरे दिन सीमा की चचेरी बहन आई थी कहने लगी, "कल ही आने वाली थी मैं पर सीमा के जीजा जी बोले–

"अरे! बालक होगा तो कुछ-न-कुछ समाचार आ ही जाएगा तुम तक, दर्द-पीर कुछ तो होंगे। बालक का जन्म् है कुछ कान में से तो निकल नहीं आएगा। गुड़ की डली है कि हंडिया में हाथ डालो और निकाल लो। इतना समीप रहती हो पहुँचने में समय ही क्या लगेगा?" इसने तो वही करके दिखा दिया चाची। लगता है पेट से नहीं हँडिया से निकला है बालक। मैं समय पर सहायता नहीं कर पाई।"

सीमा को एक अकुलाहट ने आवृत कर लिया, सत्य ही वह कितना शुभ दिन होता यदि वही दिन उन दोनों का अन्तिम दिन होता पर वह तो सदा ही चरचा में रहा है उसने सोचा। जन्म् हो अथवा विवाह और वही उसने अपनी अन्तिम यात्रा में दिखा दिया। उसका अपना कार्यक्षेत्र भी तो चरचा का ही विषय था। कितनी आलोचना– प्रत्यालोचना होती उसकी रचनाओं की। इतनी सी अल्पायु में भी कम प्रशंसा नहीं बटोरी सौष्ठव ने। इतना जीवनपरक दृष्टिकोण रहा उसका कि समानता

में कोई खड़ा न हो पाता। तभी तो दूसरे कवि व लेखकों की नाचाकियाँ भी उसे अकारण ही झेलनी पड़तीं और तब उसका हृदय एक अनजाने संताप से भर उठता।

फिर मन वहीं आकर ठहर गया कितना अच्छा होता यदि उसके जन्म् पर ही दोनों का अन्तिम काल भी हो जाता किन्तु कहाँ-कैसे होता सब, यदि वही होता तो आज वह यम के इन विकराल पंजों की दविश कैसे अनुभव करता?

एक दूसरा चित्र सीमा की आँखों में तैर आया है। जितनी शीघ्रता सौष्ठव ने संसार में आने की की उतनी ही शीघ्रता विवाह की भीं की। अभी तो वह उस आयु को पहुँचा ही नहीं था, जो कोई भी उस ओर ध्यान देता लेकिन कब, कहाँ क्या घटित होने वाला है यदि मानव जान पाता तो वह गर्व में चूर हो ईश्वर को ही चुनौती दे बैठता।

सौम्य ने उसे अपने कार्य के लिए एक ऐसे परिवार में भेजना प्रारम्भ कर दिया जिसके बेटों की संगति ठीक नहीं थी और वहीं से उसके पतन की वह काली सरणी प्रारम्भ हो जाती है।

सीमा ने सौम्य को बहुत समझाया ''वहाँ न भेजा करो सौष्ठव को वे लड़के ठीक नहीं नहीं हैं।''

''क्या दोष है उन लड़कों में? हमारा मित्र परिवार है, मुझे तो कहीं कोई कमी दिखाई नहीं देती,'' वह लापरवाही से सीमा की बात को झटक देते।

''आपको दिखाई देगा भी कैसे, कभी घर-परिवार की ओर ध्यान दिया हो तब न, देखती तो मैं हूँ। अपने कमरे में बैठे-बैठे ही उनकी हरकतें दिखाई देती रहती हैं।''

''मैं भी तो कमरे में होता हूँ, मुझे क्यों दिखाई नहीं देतीं?''

''सत्य ही आप कमरे में होते तो हैं किन्तु उस समय जब समस्त मोहल्ला नींद में डूब जाता है,'' सीमा ने सौम्य के आचरण पर भी उस दिन एक छींटा कस दिया था।

सौम्य क्रोधातिरेक में उबल पड़े क्योंकि यह तो स्पष्ट उनकी ओर संकेत हो गया कि वह स्वयं भी ....।

''जिस दिन मैं ऐसा कुछ देखूँगा तभी रोकूँगा, तुम्हारे कहने पर तो पारिवारिक सम्बन्ध तोड़ने से रहा।''

''सम्बन्ध की बात करते हो तो स्वयं जाया करो, बच्चे को क्यों बिगाड़ते हो? अपने पास तो अपनी रंगरेलियों से अवकाश मिले तब तो, अन्धे को अन्धा देखेगा भी कैसे?'' एक अन्वर्थ व्यंग्य उनकी ओर फेंका सीमा ने।

उस दिन वह तिलमिला कर रह गए थे, बात सत्य थी। वह देर रात गए घर लौटते थे। पहले ऑफिस जाते, वहीं से क्लब चले जाते। घर-परिवार का महत्व उनके ताश के पत्तों में ही कट-पिटकर समाप्त हो जाता । वहाँ आई हुई आधुनिकाएँ उनके मन बहलाव के नए-नए साधन जुटातीं। साकी के हाथ का दिया हाला का प्याला चुस्त-दुरुस्त रखता।

प्रारम्भ में तो सीमा रात्रि भोजन के लिए उनकी प्रतीक्षा करती किन्तु उसने अनुभव किया कि सौम्य आते हैं, स्वयं खाना परोस कर खा लेते हैं तथा सो जाते हैं। वह आँख बन्द कर सोने का केवल बहाना किए पड़ी रहती। वैसे भी भूखे पेट नींद कहाँ आती है। वह यह जानने का प्रयत्न तक नहीं करते कि इतना खाना क्या केवल अकेले उनके लिए बना रखा है? सीमा ने खाया अथवा उनकी प्रतीक्षा में चुपचाप लेटी है कि वह भोजन के लिए उसे भी उठाएँगे और तब मानिनी का मान बुरी तरह सौम्य की बेरुखी तले दब-कुचल कर मर्दित हो जाता।

अपमानित अनुभव कर भावातिरेक के कारण कितनी ही रातें उसने भूख की व्याकुलता में व्यतीत की हैं। और फिर उसने भी चिन्ता करनी छोड़ दी। जब सौम्य को मेरी परवाह नहीं तो मैं ही क्यों ....।

बहुत बार चाहा सीमा ने आत्महत्या करले अथवा सब मोह तोड़ कहीं चली जाए किन्तु अपने ही कोख में गढ़े प्रतिरूपों को निराधार छोड़ देने के विचार मात्र से ही भयाक्रान्त हो सभी अन्याय सहती रहती।

जिन बच्चों के स्नेह से आप्लावित वह वैश्विक सम्बन्धों को जलांजलि नहीं दे पाई उन्हीं को अनुचित सरणी का राही बनते कैसे देखती। पुरुष की अहंमन्यता को रौंदती नौकरी करने को तत्पर हो गई। वह एकाकी ही इस भार को उठाकर चलेगी।

आख़िर सन्तति सृजन के सभी कष्टों को तो उसी ने सहा है। पति का भाग तो केवल आनन्द भोग हैं। वह किसी के लिए स्वयं को खटाएँ भी तो क्यों?

और तभी से सौष्ठव को सही मार्ग पर लाने का भार भी उसने अपने सशक्त कंधों पर रख लिया। नारी स्वयं को अबला क्यों समझे? उसका अबला बने रहना ही तो पुरुष समाज चाहता है, उसी चाहत के चलते वह उसको रौंदता अपने निजी सुख की अभिलाषाओं की पूर्ति करता अपनी इच्छाओं की ओर आगे बढ़ चलता है। केवल उदरपूर्ति के लिए रोटी के दो टुकड़े डालदे, कुछ वस्त्र, कुछ आभूषण दे दे, तो अर्द्धांगिनी कहलाई जाने वाली के लिए कुछ कम तो नहीं। नहीं वह पुरुष समाज की इस अभिलाषा को परवान नहीं चढ़ने देगी। वह दुर्बल नहीं है और हो भी तो

क्या? दृढ़ इच्छाशक्ति होने पर विश्व का कोई भी कार्य असम्भव नहीं होता। वह उसी असम्भव को सम्भव करने की सामर्थ्य अपने अन्तर्तम में बटोर कर शक्ति रूपा बनेगी।

लेकिनं तब तक कुछ देर हो चुकी थी। सौष्ठव उनके सम्पर्क में छुप-छुप कर बीड़ी के कश का स्वाद जान गया। उसकी उंगली के चिह्न तथा मुख की गन्ध ने सीमा से यह चुगली कर दी थी।

सीमा ने सौष्ठव को अपने समीप बैठाकर प्यार से समझाया था परन्तु वह उस अल्हड़ आयु में था जहाँ बड़ों की बातें बच्चे एक कान से सुनते हैं तथा दूसरे से निकाल देते हैं। सौष्ठव ने माँ को आश्वस्त कर दिया कि वह उस व्यसन से स्वयं को मुक्त कर लेगा। सीमा के भोले वात्सल्य ने उस पर विश्वास कर लिया। मार-पीट से कोई लाभ नहीं होगा यह वह जानती थी। कोई उपाय सुधार ला सकता है तो वह निश्छल स्नेह ही है।

बच्चों के कारण ही माँ को नौकरी करनी पड़ रही है, यह बात सौष्ठव अल्पायु में ही समझ गया था किन्तु तब तक वे चाण्डाल उससे घर में चोरी भी करा चुके थे जिसका ज्ञान सीमा को तब हुआ जब उसे अपने आभूषण पहनने की आवश्यकता पड़ी।

एक बार पुनः सीमा तथा सौष्ठव आमने-सामने थे। वह भय से कांप रहा था किन्तु सीमा ने लहू का घूँट पीकर सब्र कर लिया। सौष्ठव के अपराध स्वीकारोक्ति के पश्चात् उसने उसे कुछ नहीं कहा था ना ही घर में किसी को भी इस घटना की हवा लगने दी।

इसी घटना ने सौष्ठव में आमूल-चूल परिवर्तन ला दिया। तब वह दसवीं कक्षा में था सीमा ने सोचा, तथा सौष्ठव के शिक्षा काल का सम्पर्ण चित्र उसकी आँखों के सामने आकर स्थिर हो गया।

वह अभी चार वर्ष का था जब उसे स्कूल में प्रवेश दिलाने की समस्या उठी। सब प्रबन्ध सीमा को ही करना पड़ता। सौम्य को तो घर-गृहस्थी के किसी भी कार्य में रुचि नहीं थी। कोई पढ़े-न-पढ़े। कोई बीमार हो, स्वस्थ हो उनके लिए सभी समय एक समान थे। कोई भी कार्य छोड़ सकते थे किन्तु अपने क्लब जाकर ताश खेलने के क्रम में बाधा नहीं आनी चाहिए।

सीमा उसे कई स्थानों पर साक्षात्कार के लिए लेकर गई किन्तु कोई सफलता मिलती। हाँ इस भाग-दौड़ ने उसे इतना अनुभवी तो बना ही दिया कि जिससे जान सके कि साक्षात्कार तो एक बहाना मात्र है वरना प्रवेश अपने परिचितों को ही दिया

जाता है। वह परिचय शक्ति का हो अथवा धन का। सीमा के पास तो दोनों ही का अभाव था जब कि सौम्य के दायरे में परिचय का अभाव नहीं था किन्तु उसके लिए क्या ....। उसके तथा सौष्ठव के पास यदि कुछ था तो केवल बुद्धिबल था। उस बल को कहीं भी कोई भाव नहीं दिया जाता था। घर से दूर वह उसे भेजना नहीं चाहती थी क्यों कि बस पर चढ़ाना-उतार कर वापस घर लाना कौन करता? वह स्वयं तो अपने ऑफिस चली जाती थी।

कितनी कठिनाई हुई थी सीमा को जब ऑफिस जाना प्रारम्भ किया था। सौष्ठव तो एक मिनट के लिए भी माँ से दूर रहना नहीं चाहता था। चिपकू कहीं का। उसे वह प्रसंग स्मरण हो आया जिस दिन सौष्ठव ने जन्म् लिया था तो सीमा की अपनी दशा बिगड़ गई थी। बच्चे को पार्श्व में लिटाना उसे सह्यन नहीं था इसलिए माँ ने उसे पृथक बिस्तर पर सुला दिया किन्तु कहाँ सोया नालायक? जब कि नवजात तो जन्म् लेने की प्रक्रिया में थका-हारा गहन निद्रा में लीन रहता है किन्तु इसके विपरीत वह तो अनवरत हिलता-डुलता रहा था। अन्ततः अपनी पराजय स्वीकार करते सीमा को परिपार्श्व में ही रखना पड़ा था। तत्पश्चात् तो वह क्षण भर के लिए भी हिला नहीं। गर्भ की ऐसी गन्ध समाई थी उसके मस्तिष्क में कि ....।

एक बार जब सीमा बीमार हो गई तो उसे अपने से पृथक सौम्य के पास सुलाने लगी थी। संक्रामक रोग था वह। सौष्ठव भी रुग्न न हो जाए यही भय था माँ को अपने पुत्र के लिए परन्तु वह तो इतना चिपकू था कि रात्रि में जब भी उसकी नींद भंग हो जाती, उठ कर सीमा के पास आकर लेट जाता। विवश होकर सीमा को ही करवट बदल कर सोना पड़ता।

एक बार और ऐसी ही घटना घटी थी, सीमा को किसी अपरिहार्य कार्यवश दो दिन के लिए उसे छोड़कर बाहर जाना पड़ा था। तब वह लगभग अढ़ाई वर्ष का था, उसके क्रोध का पारावार न रहा। इससे जब सीमा लौटी तो पहले तो बिछुड़ी माँ से चिपट गया और उसके पश्चात् तो बाप रे! अपने छोटे-छोटे हाथों के स्नेह पूर्ण घूँसे मार-मार कर उसे बेहाल कर दिया। सीमा को अपने कान पकड़ने पड़े थे तभी सौष्ठव ने छोड़ा।

बात तो उसके प्रवेश की हो रही थी तथा पहुँच गई किसी दूसरी ओर।

हाँ तो सीमा के घर के समीप ही एक अच्छा प्राइवेट प्राइमरी स्कूल था। उसने सोचा एक बार वहाँ भी प्रयास कर देखती हूँ। स्थानीय बालकों को तो महत्व दिया ही जाता होगा परन्तु वहाँ का अनुभव तो दूसरे स्थानों से भी अधिक तिक्त निकला।

सीमा तथा सौष्ठव समय से पूर्व ही साक्षात्कार के लिए पहुँच गए। पहुँचने वालों में सर्वप्रथम वे ही थे, शेष सभी बाद में आए थे लेकिन सीमा को विस्मित करते वहाँ के प्रबन्धक चेहरे पहचान-पहचान कर एक-एक को बुलाने लगे। पर्याप्त समय व्यतीत हो गया तो सीमा का धैर्य समाप्त होने लगा। उसने तीखे स्वर में प्रबन्धक से उस नाटक का कारण जानना चाहा।

सीमा ने कहा, ''यदि आप लोगों को पहचानी सूरतें देखकर ही साक्षात्कार करना था तो हम लोगों को उस प्रथम दिवस ही सूचित कर दिया होता जब फार्म भरा था,'' अतिशय तिक्तता के कारण उसका स्वर भर्रा गया था।

वैसे भी साक्षात्कार करा-करा कर थक चुकी थी। सभी स्थानों पर इसी प्रकार का भ्रष्ट आचारण उसे देखने को मिला था। यदि सौम्य ने थोड़ा भी प्रयास किया होता तो ....। उसने सोचा तथा नेत्र नम हो गए।

प्रबन्धक बगलें झाँकने लगा, ''भूल वश ऐसा हो गया मैड़म'', कह क्षमा माँगने लगा। उसने साधारण सी वेशभूषा वाली स्त्री से ऐसी अपेक्षा शायद नहीं की थी तदान्तर उन दोनों को अन्दर बुला लिया गया। उसने साक्षात्कार कर्ता के कान में कुछ कहा। नाटक का दूसरा दृश्य आरम्भ हो गया। अब साक्षात्कार का प्रहसन प्रारम्भ हुआ। साक्षात्कार के बहाने वे सौष्ठव को नकारने का मार्ग खोज रहे थे, यह अनुमान सीमा ने अपने अनुभव के आधार पर लगा लिया था।

सौष्ठव को उस दिन ज्वर था इस कारण वह थोड़ा व्याकुल था वरना तो उनके द्वारा पूछे गए उलटे-सीधे प्रश्नों का उसी भाषा में उत्तर देना उसके लिए कठिन नहीं था। हाज़िर जवाब जो था।

चार वर्ष के अबोध बालक का उस प्रकार का साक्षात्कार तो सीमा ने अपने तब तक के जीवन में देखा-सुना नहीं था। साक्षातकर्ता ने जब कहा कि आपके बच्चे को तो कुछ आता ही नहीं इसलिए प्रवेश देने में असमर्थ हैं तो उसको कोई आश्चर्य नहीं हुआ। वह तो उसके पूर्वानुमान के अनुरूप ही था। उनके प्रश्नों से उसके मस्तिष्क में पारे-मिश्रित जो बादल सातवें आसमान पर उमड़-घुमड़ रहे थे एकाएक फट कर बरस पड़े। उसने उसी में भीग कर कहा—

''अब मैं आप लोगों का साक्षात्कार लेना चाहती हूँ। यदि आप उसमें उत्तीर्ण हो गए तो मैं चुपचाप अपने बच्चे को ले वापस लौट जाऊँगी वरना अनुत्तीर्ण होने पर आपको अपना पद सदैव के लिए त्यागना पड़ेगा कहिए तैयार हैं?''

वे हैरान होकर सीमा की ओर देखने लगे थे। इतनी स्पष्टवादी, आत्मविश्वास

से भरपूर, दृढ़ ,निर्भय महिला शायद उन्होंने पहले कभी देखी नहीं थी। स्त्रियों के सम्बन्ध में तो वैसे ही पुरुषों का मत इसके विपरीत होता है। अपनी ओर इस प्रकार देखते सीमा ने अपनी बात के अन्त में जोड़ा-

"मैं अपने बच्चे की बुद्धि का आकलन करना जानती हूँ तथा निश्चय के साथ कह सकती हूँ जितने बच्चे अपनी पाठशाला के लिए आज आपने चुने हैं उन सबसे अधिक कुशाग्र बुद्धि इसमें हैं। मैं भी बहुत देर से निरख-परख रही हूँ उन बालकों को भी तथा आप लोगों के कार्य व्यापार को। आप सीधे-सादे ढंग से क्यों नहीं कहते कि आप लोग मुँह देखे टीके काढ़ते हैं। जैसा साक्षात्कार आपने लिया कोई भी प्रबुद्ध व्यक्ति नहीं लेगा। जहाँ के शिक्षकों व प्रबन्धकों का आचरण ही सत्य पर आधारित नहीं है वहाँ से कैसी शिक्षा लेकर विद्यार्थी निकलेंगे अनुमान लगाया जा सकता है," स्वार्थ के पुतले, इतना नाटक कर समय व्यर्थ कर दिया बुदबुदाती सौष्ठव की उंगली पकड़ उठ कर जाने को तत्पर हो गई।

उनकी चेतना जागृत हुई अथवा उन्होंने सोचा कि इस घटना का वर्णन निश्चित ही चार स्थानों पर होगा। चार से चालीस और फिर संख्या बढ़ते जाना असम्भव भी नहीं है। इस प्रकार तो उनके स्कूल की अपकीर्ति ही होगी तथा उनका चलने वाला व्यापार घाटे में पहुँच जाएगा। चुपचाप शान्त होकर बैठने वाली महिला दिखाई नहीं देती। उन्होंने क्षमा माँगते सीमा को रोका तथा प्रवेश शुल्क उसी समय जमा करा लिया।

इस प्रकार सौष्ठव का प्रथम स्कूल प्रवेश हुआ। गर्मी के मौसम में प्रातः साढ़े छः बजे उसे पहुँचाना होता तथा सर्दी में साढ़े नौ बजे। मौसम कोई भी हो छोड़कर आना सीमा के लिए कठिन नहीं था। वापसी के लिए उसे किसी का प्रबन्ध करना पड़ा। उन लोगों का नियम था कि यदि कोई पाँच मिनट भी देर से पहुँते तो स्कूल को द्वार बन्द कर दिए जाते थे। बच्चे को अकेला भी वे वापस नहीं भेजते थे। जब तक कोई ऐसा व्यक्ति लेने न पहुँचे जिसको बच्चा पहचानता हो वे स्वयं रुक कर प्रतीक्षा करते। बच्चों की सुरक्षा के हिसाब से नियम कड़ा होने पर भी उतम था।

सवेरे-सवेरे स्कूल की यूनीफॉर्म पहने सौष्ठव जब तैयार होता तो बहुत प्यारा लगता। धोबी की धुली कलक लगी कड़क सफेद सूती कमीज, नीली निकर, सफेद मोजों पर काले जूते व नीली धारीदार टाई यही उसकी यूनीफॉर्म थी। सीमा उसे अपने हाथ से नाश्ता करा स्वयं छोड़कर आती तो हृदय गर्व और स्नेह से भीग जाता। कभी-कभी यह छोड़ आने का काम सौम्य भी कर देते।

उसे देखकर कहते," वाह क्या ठाठ हैं नवाब साहेब के," मन ही मन प्रसन्न

होते। सीमा उस दिन अपने को धन्य समझती।

इसी प्रकार पाँच वर्ष व्यतीत हो गए। गृह कार्य उस स्कूल में देने की परिपाटी नहीं थी। उनका कहना था कि बच्चे के व्यक्त्वि के विकास के लिए उसे अधिक कार्यभार से दबाना नहीं चाहिए जो उचित ही था।

अगली कक्षा में सीमा ने उसे ऑफिस के समीप के स्कूल में प्रवेश दिला दिया। साथ ले जाती, साथ लाती कोई समस्या नहीं थी लेकिन जीवन की घटनाओं की आधार शिलाएँ कब रखी जाती हैं कोई नहीं जानता। किन्हीं व्यवस्था गत् कारणों से सौष्ठव के स्कूल का समय परिवर्तित हो गया। सीमा साथ ले तो जाती किन्तु लौटते में उसे अकेले आना पड़ता और यही स्वतन्त्र समय उसकी जीवन नौका को संसार सागर के खुले विस्तार में बहाव के साथ-साथ ले उड़ा।

वही लड़के जिनकी कुसंगत से सीमा सौष्ठव को बचाना चाहती थी वही तथा उनके साथ वैसे ही दूसरे लड़के उसको मार्ग में मिल जाते। बालमन प्रलोभनों को सँभाल नहीं पाया। सीमा उसे स्कूल के द्वार पर छोड़ती तथा अपने ऑफिस चली जाती। सौष्ठव के साथियों ने उसे इतना चुस्त बना दिया कि वह स्कूल के अन्दर तक प्रवेश करने का कष्ट भी नहीं उठाता। माँ ऑफिस के अन्दर चली गई अथवा नहीं हरिण की भाँति चौकन्नी दृष्टि में उतार लेता तथा वहीं से लौट पड़ता। किसी खूले मैदान में जाकर अपने साथियों के साथ खेलने में मस्त हो जाता।

खेलने में व्यस्त होने पर भी समय का गणित लगाना कभी नहीं भूला। घड़ी देखकर लौटने की बस लेता और घर पर पहुँच जाता। सीमा उसकी गतिविधि से सन्तुष्ट थी।

और एक दिन अनायास ही वह पाताल में धँसती चली गई जब उसके स्कूल में उसकी प्रोग्रेस जानने के लिए कक्षा अध्यापक से मिली। वहाँ पहुँचकर सीमा को ज्ञात हुआ कि सौष्ठव तो एक मास से भी अधिक समय से स्कूल से अनुपस्थित है। उस दिन वह स्तम्भित हो गई थी। वह स्वयं ही तो स्कूल के द्वार पर उसे छोड़ती है, तब वह कहाँ रहता है? यही प्रश्न उसे बुरी तरह झकझोर रहा था।

स्कूल से अधिक दूर नहीं रह सकता उसने अनुमान लगाया क्यों कि घर पर तो समय पर ही पहुँचता है। उसने किसी को कुछ नहीं कहा। दूसरे ही दिन उसने ऑफिस से छुट्टी ली और आस-पास के ऐसे मैदानों की धूल फाँकनी शुरू की जहाँ उसके होने की सम्भावना हो सकती थी। पूरे दिन चक्कर लगा-लगा कर थक गई किन्तु अन्त में उसे खोज ही निकाला।

एक धीर-गम्भीर दृष्टि से सीमा ने सभी लड़कों को आँखों में उतार लिया। कुछ

पहचाने कुछ अनपहचाने चेहरे। उसने अपने वहाँ होने का आभास तक किसी को होने नहीं दिया, केवल उनकी गतिविधि को जाँचती-ताड़ती रही। निश्चित समय पर केवल सौष्ठव ने बस पकड़ी, शेष सभी वहीं रहे।

सीमा ने आटोरिक्शा लिया और बस के साथ-साथ चलने लगी। बीच में कोई विशेष बात नहीं हुई। सौष्ठव बस से उतर कर लापरवाही से घर की ओर चल दिया। घर पहुँच कर उसने उसी प्रकार बात की जैसे बहुत थक कर स्कूल से लौटा है।

रात्रि तक का समय काटना सीमा के लिए कठिन हो गया। एक बार घर पर पहुँच चुपचाप सौष्ठव की गतिविधि दृष्टि में उतार वह वापस लौट आई थी। इधर-उधर के आलतू-फालतू कार्य समय को व्यर्थ करने के लिए करती रही तथा अपने नित्य के नियत समय पर ही घर पहुँची।

अपने दैनिक कार्य समाप्त कर सीमा ने सौष्ठव को समीप बैठाया। खाना पीना हो चुका था। यह सौष्ठव के स्कूल से मिला गृह कार्य कराने का समय था।

"आज स्कूल में करने को क्या काम मिला है निकालो, नित्य की भाँति सीमा ने निरुद्विग्न हो कहा।"

सौष्ठव ने कई विषय निकाल कर सामने रख दिए। वह तीव्र बुद्धि, चतुर-चालाक बालक था। कोई और दिन होता तो सीमा सन्तुष्ट हो जाती तथा कार्य करा सो जाती किन्तु आज तो वह वास्तविकता जानती थी तथा सौष्ठव की जिह्वा से ही सत्य उद्‌घाटित कराना चाहती थी। उस दिन किए जाने वाला कार्य उसने देखा-

"कल जो कार्य किया था दिखाओ तो, टीचर ने चैक किया तो क्या-क्या अशुद्धि निकाली?"

"कल का गृहकार्य तो टीचर ने चैक नहीं किया मम्मी," उसने भोलेपन का भाव प्रदर्शित करते उत्तर दिया।

"चलो न सही कल का उससे पूर्व का ही दिखाओ।"

अंग्रेजी की कॉपी उसने निकाली वह समझता था कि सीमा का समस्त ध्यान अंग्रेजी या गणित पर ही होगा।

" यह तो चैक ही नहीं है सौष्ठव कई दिनों का कार्य शेष है," सीमा ने अनजान होने का उपक्रम किया।

"हाँ वही तो टीचर एक सप्ताह से अवकाश पर हैं आए ही नहीं।"

"आए नहीं? स्तम्भित हो सीमा ने प्रश्न दागा।"

"हाँ कहाँ आ रहे हैं आजकल वह।"

"तो यह गृहकार्य किसने दिया?"

"वह तो दूसरे विषय के शिक्षक आ जाते हैं, कार्य बता जाते हैं बस इतना ही।"

"ओह! यह बात है," सीमा ने एक उच्छवास का प्रदर्शन किया।

"न सही अंग्रेजी हिन्दी व सामाजिक विज्ञान की पुस्तिका ही दिखा दो।"

सौष्ठव को अनापेक्षित भाव से दंग करते सीमा ने यह माँग रख दी थी। यह सब भी होगा उसके सम्बन्ध में तो उसने कभी विचारा नहीं था। वह प्रतिदिन नियमित रूप से रात्रि को माँ के सामने बैठ किसी-न-किसी विषय का कार्य कर लेता। स्कूल में दूसरे विद्यार्थी क्या कर रहे हैं? किस विषय में कहाँ तक पहुँचे हैं? क्या गृहकार्य मिला? इसका पूर्ण विवरण वह बस में अपने सहपाठियों से ले लेता।

ठीक अथवा गलत कुछ भी हो कार्य वह पूर्ण कर लेता है। कौन-कोई चैक करने वाला है घर में तो अद्यतन जानकारी रहती है ना, बस यही सब को आश्वस्त रखने के लिए पर्याप्त है। इससे अधिक दूर उसका बालमन पहुँच नहीं पाया।

"कोई भी चैक नहीं है मम्मी, अपनी पुस्तिका मैंने भय वश टीचर को दी ही नहीं," आशंका की छोटी सी बदली ने उसके मुख को आवृत कर लिया।

"भय कैसा बेटा? किससे भय है तुम्हें मुझे बताओ तो? मैं तुम्हारी पाठशाला जाकर बात करुँगी।"

"वही यदि कार्य ठीक ना हो तो मार पड़ती है," उसने पुनः एक अवसर लेने का निष्फल प्रयास किया।

"ठीक है कल ही मैं तुम्हारे प्रिंसिपल से जाकर बात करती हूँ। इतना साहस शिक्षकों में कहाँ से आ गया कि वे विद्यार्थियों को इस प्रकार पीटें कि उनको पढ़ाई से अरुचि होने लगे। नहीं यह उचित नहीं हैं," सीमा का यह रूप सौष्ठव के समक्ष आ जाएगा इस ओर तो ध्यान ही नहीं दिया। मम्मी प्रिंसिपल के पास जाएँगी तो रहस्य का वह किला जो उसने अपने लिए निर्मित किया था पल भर में ही ढह जाएगा, विचार उसका चेहरा पीतवर्ण हो गया। शरीर में एक कंपन नीचे से ऊपर तक फैलकर शिथिल कर गया।

"क्या हुआ बेटा? तुम्हारी ऐसी दशा क्यों हो गई? दोष तो टीचरों का है फिर तुम किस कारण से काँपने लगे या सत्य कुछ और है?" कहकर एक तीक्ष्ण, निर्मम दृष्टि उस पर केन्द्रित की।

सीमा ने उसे देखा तो वह स्वयं भी चूर-चूर हो बिखर जाना चाहती थी किन्तु शीघ्रता से अपने मन के किरचे बटोर लिए, सोचा इस समय लोहा गर्म है यदि उस

पर चोट नहीं पड़ी तो वह सही आकार ग्रहण नहीं कर पाएगा। इस समय दयार्द्र होने के अर्थ हैं सदैव के लिए उसे उसी पंक में लोटते रहने की अनुचित राह को स्वतः ही खोल देना। उसके जीवन को एक वह लीक पकड़ाना जिस पर चलकर कहीं भी न पहुँचे। घूम-घाम कर फिर वहीं आ जाए जहाँ से चला था। कठोर तो होना ही पड़ेगा।

अपनी माँ की उस दृष्टि की ताव वह छोटा बालक झेल न सका। अन्ततः फूट पड़ा, सजल नेत्रों से कातर हो बोला,'' मैं स्कूल नहीं जाता।''

''स्कूल नहीं जाते, क्या कहना चाहते हो? प्रति दिन तो मैं स्वयं ही तुम्हें स्कूल के गेट पर छोड़ती हूँ,'' एक बार पुनः सीमा को उसी कृत्रिम नाटक से गुजरना पड़ा।

''मैं स्कूल के पास वाले ग्राउण्ड में खेलने चला जाता हूँ।''

''लेकिन क्यों?'' सीमा उस समय द्रवित नहीं होना चाहती थी।

''मुझे अंग्रेजी में पढ़ाए गए विषय समझ में नहीं आते, अच्छा भी नहीं लगता,'' अश्रु विगलित वाणी में उसने उत्तर दिया।

सीमा को जैसे किसी ने पर्वत शिखर से धकेल दिया हो। पुत्र के कथनानुसार तो अपराधिन वह स्वयं ही सिद्ध होती है। कहाँ चूक हुई उससे? प्रथम दिवस से ही तो वह अंग्रेजी माध्यम से पढ़ रहा है। अंक भी अच्छे ही लाता है, तब वह घटना घटित होने का कारण..........।

सीमा को उसके कथन में किंचित मृषात्व का दर्शन हुआ क्यों कि जिन लड़कों को वह उसके साथ देख आई थी, वे वही थे जिन्होंने उसे कुमार्ग पर चलना सिखाया फिर भी अर्धसत्य ही सही तज्जनित परिस्थिति में उसे माध्यम परिवर्तित कराना ही उचित लगा। वही कराना होगा फिर भी.......एक बार फिर उसने कठोरता पूर्वक प्रश्न किया-------

''किन लड़कों के साथ तुम उस मैदान में जाते हो उनका नाम बताओ मुझे तुम्हारे स्कूल के ही होंगे ना, स्कूल वालों को भी ज्ञात हो कि वे कितना ध्यान अपने विद्यार्थियों का रखते हैं?''

बुरी तरह फँसे आज! मम्मी तो बाल की खाल उतारने पर तुली हैं। और झूठ नहीं बोला जा सकता। उन्हें प्रिंसिपल के पास जाने में जरा देर नहीं लगेगी। वैसे भी उनके परिचित ही तो हैं इसलिए सत्य का आश्रय लेते बोला।

''स्कूल के नहीं हैं। वे तो हमारे घर के समीप वाले हैं, आप उन्हें जानती हैं,'' विवश भाव से उसे बतलाना ही पड़ा।

''तो वास्तविक सत्य अंग्रेजी नहीं, तुम्हारे ये मित्र हैं। उनसे न मिलने

की शपथ तुमने मेरे सामने उठाई थी। इसका अर्थ तो यही हुआ तुम्हारी अपनी जिह्वा किसी मानव की न होकर पशु की है जिसकी बात पर विश्वास नहीं किया जा सकता। तुमने दोबारा सिद्ध कर दिया कि माँ का स्थान तुम्हारे लिए उनसे हेय है। ऐसे मानव को समाज में जीवित रहने का अधिकार देना तो उसे शापित करना ही हुआ,'' माँ के वचनों का निर्मम वज्र समान कोड़ा उसकी पीठ पर पड़ा जिससे उसका सर्वांग तिलमिला कर रह गया। हाथ जोड़ कर गिड़गिडाने लगा।

''एक बार और मुझे क्षमा कर दो माँ, इसके पश्चात् यदि मुझे उन लोगों के साथ देखो तो ....। लेकिन यह सत्य है कि अंग्रेजी भाषा मुझे पसन्द नहीं है, समझ में आ जाए तो भी नहीं। एक दम रूखी-कड़वी कर्कश, भाषा, भावहीन-सी लगती है मुझे,'' सौष्ठव ने अपने मन का पूर्ण सत्य उजागर कर दिया।

इससे अधिक भर्त्सना सीमा नहीं कर पाई, सत्य जानने के पश्चात् तो बिल्कुल ही नहीं। जितनी कर चुकी थी वह भी कम तो नहीं थी। गलना और जलना ही तो उसकी नियति है। न जाने कितनी लकीरें और उसके भाग्य की स्लेट पर खिंची हुई हैं। उसका मौन ही सौष्ठव के लिए पर्याप्त था।

सौम्य उस समय घर पर नहीं थे। वैसे भी वह होते ही कब हैं सीमा ने सोचा। वह तो उसकी जीवन कुंडली में राहू-केतु की वह दशा हैं जिससे छुटकारा पाना असाध्य है। कभी-कभी सीमा सोचती है कि संसार में कितनी ही स्त्रियाँ बन्ध्या होती हैं, यदि उनके स्थान पर वह होती तो कितना अच्छा होता। कम-से-कम इस विवाह बन्धन से मुक्ति का मार्ग तो खोज लेती। कितनी भाग्यशाली है रचना ....।

न हो तलाक़, उसके बिना भी तो एकाकी रह सकती थी। सौम्य को तो ना बच्चों की चिन्ता है, न घर की, न पत्नी की। चिन्ता है तो केवल अपने क्लब और उसमें होने वाले मित्रों की, वह नर हों अथवा नारी आकर्षण सबके लिए ही है। कितना रस ले-लेकर आनन्दविभोर हो उनकी बातों की चरचा करते हैं। सीमा तो केवल आनन्द विलास का एक साधन मात्र है। एक पहिए को लेकर जीवन की यह गाड़ी कैसे खींच पाएगी। उबड़-खाबड़ मार्ग के धचकोले तो केवल उसी के लिए हैं। जिजीविषा का यह कैसा आकर्षण है जिसमें ना देना ना पाना। दो शरीर एक आत्मा किसे कहते हैं, इस राग से तो उसका परिचय नहीं हुआ। सौन्दर्य हैं किन्तु वहाँ तो केवल आत्मिक माधुर्य है। शरीर तथा आत्मा दोनों का सम्बन्ध तो उन दोनों ने जाना नहीं।

सीमा ने तो स्वयं को देना ही चाहा था, सम्पूर्ण समर्पण तन-मन-धन सभी से किन्तु सौम्य ने ही उसकी भावनाओं का अवमूल्यन कर दिया तो खींच-तान कर

कछुवे की तरह उसे भी अपने में ही सिमट जाना पड़ा। अब तो केवल उसके बच्चे ही उसका वास्तविक संसार हैं और वे भी कुमार्ग के राही बन जाएँ तो वह किसे लेकर धैर्य साधेगी?

ऐसा भी नहीं कि सौम्य के साथ कोई सम्बन्ध हो ही न सीमा का, उन्हें कुछ हो जाए तो कर्त्तव्य बोध की डोर से बँधी वह तो मशीन चालित सी सभी कार्य सम्पादित करती रहती है। सौम्य तो इसी भ्रम को पाले हैं कि सीमा तो उनसे अन्तहीन प्रेम करती है। वह बाहर कुछ भी करते रहें क्या अन्तर पड़ता है? जब दोनों हाथों में लड्डू हों तो कोई दूसरे के सम्बन्ध में क्यों सोचे? वह नहीं जानते कि अपनी पत्नी के हृदय-कोटर को तो वह कब के रिक्त कर चुके हैं। वह सब जो सीमा करती है सामाजिक अथवा संस्कारगत प्रदर्शन मात्र है। ऐसे जीवन साथी को लेकर भी क्या कोई भाग्य क्षितिज पर सतरंगी इन्द्रधनुष देखने की आकांक्षा कर सकता है? उसे भी तो कोई भावनात्मक आधार चाहिए ही।

उसने कागज और कलम को अपना आधार बनाया। अपने मन के भाजन में बलकते भावों को कविता का रूप देना प्रारम्भ कर दिया। निराश्रित, हताश, उदभ्रान्त दर्द जब हुलक उठता है तो कविता का जन्म होता है और उन्हीं की प्रसव वेदना में स्वयं को डुबो दिया, किन्तु यह भी तो सौम्य को पसन्द नहीं आता कोई भूला-भटका पन्ना उनके हाथ लग जाता तो कहते निराशावादी बचपने से पूर्ण पंक्तियाँ इन शब्दों से उभरी हैं। कुछ आशावादी दूसरों को सराबोर कर देने वाला लिखो वरना समय व्यर्थ ना किया करो। टीका-टिप्पणी करना तो उनका सर्वोपरि अधिकार है। अधिकारों का तो सभी का ज्ञान है नहीं है तो केवल कर्त्तव्य, का पर उनका क्या? हमारे समाज में पुरुष को तो सभी कुछ करने की खुली छूट है, बंधन तो केवल नारी के लिए गढ़े गए हैं।

वह क्यों नहीं जान पाए कि जिन दंशों को वह झेल रही है उन्हीं ने तो उपहार में दिए हैं, वेदना का भी अपना ही सुख-आनन्द है। उसके आस्वाद को तो वही जान सकता है जिसने उसे चखा हो गूँगे के गुड़ की तरह उनकी दृष्टि में मैं महत्वाकांक्षी बन साहित्याकाश में देदीप्यमान होना चाहती हूँ पर स्त्रियों के अभिसार के आकांक्षी वह इस सुख को जानते भी तो कैसे?

रचना किंकर्त्तव्यविमूढ़ सी सारी परिस्थिति का अवलोकन कर रही थी। वह वहाँ किसी से परिचित थी तो वह सीमा ही थी, उसकी अपनी सखी और आज वही किसी पाषाण मूर्ति में परिवर्तित हो गई है। वैसे रचना के कार्य में परिचय की आवश्यकता नहीं है। उसे तो अपरिचितों के मध्य रहकर ही कार्य करना पड़ता है

किन्तु यहाँ स्थिति कुछ और ही बन गई थी। कभी वह आकुल-व्याकुल दृष्टि से सीमा को देखती तो कभी महिमा को जिसके सम्बन्ध में नितान्त अनभिज्ञ थी। वह देख रही थी, सुन रही थी तथा समझ रही थी। उसने महिमा की ओर ध्यान दिया।

महिमा के आर्त्तनाद से वातावरण अतीव भारी हो उठा था। उसकी माँ चाची-ताई बहन-भाभियाँ ढांढस बंधाने में लगी थीं।

''देख बेटी! सौष्ठव तो रोने-धोने से वापस लौट कर आने से रहा,'' कह कर उसकी माँ आँचल से आँखें पोंछने लगी।

''तेरे चीखने-चिल्लाने से उसकी आत्मा को कितना कष्ट पहुँच रहा होगा यह तो सोच,'' ताई ने बात जोड़ी।

''सच कहा ताई जी, कहते हैं दाह-संस्कार तक आत्मा अपने छोड़े हुए शरीर के चारों ओर मँडराती रहती है और प्रत्येक घटित घटना को देख रही होती है,'' महिमा की बड़ी भाभी ने अपने ज्ञान-भण्डार का एक सुना-सुनाया पाठ दोहरा दिया।

''आपका और ननदोई जी का इतने ही समय का साथ विधि की खतियौनी में दर्ज था दीदी,'' छोटी भाभी ने अपना मन्तव्य प्रकट किया।

''और क्या यही सोचकर सब्र करना पड़ेगा बहन, तू ही इस प्रकार का व्यवहार करेगी तो बच्चों का क्या होगा? उनकी सूरत तो देख कैसे भ्रमित हो रहे हैं?'' एक अमूल्य परिस्थिति जन्य सुझाव दे पाई वह सोचकर छोटी बहन ने स्वतः ही आत्म-प्रशंसा में अपनी पीठ थपथपाली।

माँ, बहन, ताई, चाची और भाभियों के झुण्ड की वार्ता का रस लेती रचना, तब तक दूसरे झुण्ड की औरतों में सुगबुगाहट प्रारम्भ हो गई।

मानव समाज का यही अन्वर्थ सत्य है कि हर्ष-विषाद दोनों ही स्थितियों में इकट्ठा होकर बैठने पर अधिक समय तक चुप नहीं रह सकते। किसी से परिचित हों अथवा न हों बातचीत का सिलसिला जोड़ ही लेते हैं और फिर परिस्थिति जन्य सत्य को ठोस सत्य का बाना पहना प्रस्तुतिकरण में तल्लीन हो जुट जाते हैं।

''देख कैसा गला फाड़-फाड़ कर दुनिया को दिखा रही है जैसे वही अकेली विधवा हुई है। आज से पहले तो किसी और पर ऐसा संकट आया ही नहीं,'' बराबर वाली को टहोका सा मारती एक ने उस समय भी उपहास किया।

''और क्या कोरा दिखावा है। वास्तविक दुःख जिसके हृदय को बींधता है उसकी तो आवाज़ ही नहीं निकल पाती,'' दूसरी स्त्री ने उत्तर दिया।

''ढोंगी छिनाल, नौ सो चूहे खाके बिल्ली हज को चली। हमने क्या इसके

रंग-ढंग देखे नहीं हैं," तीसरी स्त्री बोली।

"सारा मोहल्ला जानता है दीदी। सौष्ठव तो बेचारा कुढ़-कुढ कर मर गया। सदैव उन्मुना सा दिखाई देते सुना नहीं है क्या उसको आकाशवाणी पर, कितना दर्द भरा होता है उसके एक एक शब्द में," एक मास्टरनी जैसी महिला ने ठण्डी आह भरी जैसे सौष्ठव की सम्पूर्ण वेदना उसने अपने अन्तस में समेट ली हो।

"जिसके हृदय का टुकड़ा गया है वह तो बेसुध सी बैठी है," एक अप्रतिम सहानुभूति सीमा के लिए समवेत उमड़ पड़ी।

"बेटे भी जाते देखे हैं, पर इस प्रकार पत्थर बनते तो किसी माँ को पहली बार देख रही हूँ," एक पड़ोसन बोली।

"एकलौता था ना, कितने कष्ट उठाकर पाला था बेचारी ने। अचानक चला गया, बीमार होता तो भी बात थी," दूसरी पड़ोसन ने उत्तर दिया।

"इसीलिए तो असंग हो गई है पत्थर से भी कठोर। रुलाना आवश्यक है रोएगी नहीं तो ऐसी ही रहेगी।"

"उस पर ऐसी बहू सोने पे सुहागा।"

"सोने पे सुहागा नहीं, करेला कड़वा उस पर नीम चढ़ा बोलो दीदी।"

"सभी तो प्रयत्न कर हार गए बहुत देर से देख रही हूँ।"

"ईश्वर ही मालिक है," किसी ने कहा।

दूसरी ओर पुरुष वर्ग था। उसके वार्ता के विषय भिन्न होते हुए भी केन्द्रबिन्दु तो सौष्ठव ही था।

"एकदम सदाचारी बच्चा था, कभी तो ताक-झाँक करते नहीं देखा," एक स्वर सुनाई पड़ा।

"अपने काम से काम रखने वाला," साथ वाले ने उत्तर दिया।

"लेकिन लिखता क्या था यार, प्राण फूँक देता था," एक दूसरा स्वर उभरा।

"मैंने तो आज तक कभी भी उसका कार्यक्रम सुनना नहीं छोड़ा।"

"तब तो आपने परसों रात को भी सुना होगा, सुनते हैं उसी के बाद से उसकी माँ कि स्थिति..............।"

"हाँ सुनी थी उसकी कविता मुमुक्षु सा स्वर लगता था जैसे वह कविता सौष्ठव ने अपनी माँ को ही समर्पित की हो। मुमूर्षा का उन्मेष उसके एक-एक शब्द में मूर्त हुआ सा जान पड़ा मुझे" एक विद्वान जैसे पुरुष ने मंतव्य दिया।

"इसीलिए, इसीलिए शायद माँ ने भी उसी मुमूर्षा को अंगीकार कर लिया है, प्रथम व्यक्ति ने अस्फुट स्वर में कहा।"

"शायद नहीं निश्चित रूप से भाई साहेब! मैं दावे के साथ कह सकता हूँ कि उस समय की सौष्ठव की मूर्त वेदना माँ सह ना सकी होगी, कोई अपठ-गवांर तो हैं नहीं।"

"ठीक कहते हो भय्या जा तन लागै वो ही जाने, हम लोग तो अनुमान ही लगा सकते हैं।"

चतुर्दिश चलने वाले वाक्विन्यासों से ही रचना कुछ-कुछ अनुमान लगा पा रही थी। कितनी विकट परिस्थिति में पड़ गई थी आज वह। अपनी सखी के समीप रह उसके दुःख को बाँटने की अपेक्षा उसे अपने समाचार पत्र के कार्य की ही अधिक चिन्ता करनी पड़ रही थी। आज यह दूसरा अवसर है जब उसे अपनी यह नौकरी रुचिकर नहीं लग रही थी। क्या उसी के भाग्य में है अपनी सखियों से सम्बन्धित रिर्पोट लिखना।

एक वह दिन था जब उसे वन्दना के पुत्र से साक्षात्कार करना पड़ा और आज सीमा और उसका पुत्र ....। सीमा को देख तो वह स्वयं भी नीर्जीव सी हो कार्य सम्पादन कर रही थी।

ओह! इस महिमा का आर्त्तनाद तो सम-विषम गति से चलता ही रहेगा। किसी भी नवागन्तुक को देखते ही वह दहाड़ें मारना आरम्भ कर देती है। उसका हाथ उसकी छाती व जंघाओं पर ऐसे ही पहुँचता है कि बहुत जोर से चोट लगेगी परन्तु हलका सा स्पर्श पाकर लौट आता है।

अरे! मुझे किसके भरोसे छोड़े जाते हो, मैं तुम्हारे बिना जीवित नहीं रह सकती, मुझे भी साथ ले चलो आदि-आदि और साथ-साथ सान्तवना देने वालों के स्वर उभरने लगते।

लेकिन सीमा इस सबसे विरत देख रही थी वह दिन जब महिमा प्रथम बार घर पर आई थी। शायद तभी जीवन क्षितिज पर आड़ी-तिरछी नई रेखाओं का उदय हुआ था।

वह अवकाश का दिन था फिर भी पूरे दिन सौष्ठव घर पर नहीं आया था। विचित्र बात है माँ घर पर हो और सौष्ठव घर न आए। वह प्रतीक्षा करती रही, बाहर अँधेरा फैलने लगा जिसने उसे चिन्ता ग्रस्त कर दिया किन्तु फिर भी आस-पड़ोस वालों को आभास होने देना नहीं चाहती थी।

सम्पूर्ण रात्रि भी इसी प्रकार व्यतीत हो गई। सीमा ने सभी अस्पतालों, सभी मित्रों के घर पर उसे खोजा किन्तु निष्फल।

दूसरे दिन एक रिश्तेदार के द्वारा उसे समाचार प्राप्त हुआ कि सौष्ठव का विवाह हो गया है।

"कब – कैसे? हमारे बगैर ही?" वह अवाक रह गई।

"हाँ पूरा समाज जिस बात को जानता है आप उसी से अनभिज्ञ हैं? विचित्र बात है?" व्यंग्य सा कसते उन्होंने कहा।

इस समाचार के उपरान्त ही आया सौष्ठव। सीमा ने उससे सीधा प्रश्न करना ही उचित समझा।

"मैने तो एक ड्रामा भर किया है मम्मी! सभी पेपर्स तैयार हैं, उनमें विवाह जैसी तो कोई बात नहीं है। आप देखेंगी तो जान जाएँगी," उसने निर्भय पश्चाताप विहीन वाणी में कहा।

"पेपर्स में क्या है मैं नहीं जानती बेटा! किन्तु तुमने स्वयं ही तो कई स्थानों पर जाकर सूचित कर दिया कि तुम और महिमा अब पति-पत्नी हो। इतना क्या पर्याप्त नहीं है?" सीमा ने आक्षेप किया। उसकी दृष्टि भाग्य के शून्य में अटक गई थी उस दिन।

"इससे क्या होता है," सौष्ठव ने अवसर की गम्भीरता को झुठलाते हुए कहा। आधुनिक पीढ़ी ....।"

"हम इसी समाज के अंग हैं बेटा! आज तक कोई भी कार्य मैंने ऐसा नहीं करना चाहा जिसके कारण हमारी ओर किसी की उँगली उठे और वह कह सके कि यह वही परिवार है जिसमें ....।"

"किन्तु मुझे वह लड़की पसन्द नहीं है," लगभग रुआँसा-सा होते सौष्ठव ने उत्तर दिया।

"सोच सौष्ठव! गम्भीरता से सोच कि यदि तेरी अपनी बहन के साथ यह सब हुआ होता तो क्या करता- क्या कहता?" सीमा का प्रश्न एक वेग के साथ प्रकट हो अधर में लटक गया।

बात को बहुत ही हलके से लेते सौष्ठव ने उत्तर दिया, "मैं उनको गोली मार देता," क्रोधावेग से वह काँप रहा था।

"और उसके माता-पिता से भी तो यही अपेक्षा की जाएगी ना, किसी की बेटी को पापवृत्ति में धकेलना, उसे वारवनिता बनाना अथवा उसकी संज्ञा देना ....," सीमा ने बात अधूरी छोड़ दी। वेश्या-वृति की सोच ही वह सिहर उठी।

"फिर मैं क्या करूँ आप ही बतलाइए, मुझे तो कोई दूसरा मार्ग सुझाई नहीं देता," सीमा के शब्दों का अपेक्षित प्रभाव उस पर पड़ा। वह असमंजस की स्थिति में पड़ गया।

"अपराधबोध की भट्टी में दग्ध होते रहने की अपेक्षा जीवन की डोर पकड़ना

ही श्रेयस्कर है बेटा! प्रणव की यही अभिलाषा है तो ....। अपराध का दण्ड तो सहना ही होगा, जैसा भी है,'' सीमा ने लगभग अपना निर्णय दे दिया। इस निर्णय को सहना माँ तथा पुत्र दोनों के लिए ही एक चुनौती था। उनके स्वप्न तो उस तप्त भट्टी में भस्म हो गए थे।

उस एक मांत्र गृह-चिराग और सीमा दोनों ने नियति रूपी सागर के भँवर में अपनी नौका उतार दी। किधर जाएगी प्रणी के अतिरिक्त कोई नहीं जानता।

और फिर एक दिवस ....

बाईस-तेईस वर्ष की एक वयस्क श्यामल युवती जिसे किसी भी कोण से सुन्दर नहीं कहा जा सकता था, फूहड़ सा मेकअप किए सौष्ठव के साथ द्वार पर खड़ी दिखाई दी।

सीमा की प्रश्नवाचक दृष्टि सौष्ठव की ओर घूम गई

''आपकी वधू है माँ,'' सौष्ठव ने सीमा के मौन प्रश्न का स्थिरतापूर्वक उत्तर दिया।

उस समय तक वह अन्तर्द्वन्द्व कर शायद स्वयं को सँभाल चुका था। यह भाव उसके उदास किन्तु दृढ़ चेहरे से स्पष्ट झलक रहा था।

अदिति ने परिस्थिति की नज़ाकत को भाँप भाई-भाभी को आदरपूर्वक अन्दर ला सोफे पर बैठा दिया। वह भी उस समय तक सम्पूर्ण स्थिति से अवगत हो चुकी थी। उस दिन भी सीमा एकाएक चुप हो गई थी किन्तु फिर भी संज्ञा शून्य पाषाण तो नहीं थी। शीघ्र ही सँभल कर साहसपूर्वक अपने लाड़ले की पसन्द को स्वीकार कर लिया था।

वह अपने स्थान से उठी तथा वधू को प्रथम भेंट स्वरूप स्वर्णाभूषण पहना दिए। सौष्ठव प्रसन्न व हलका हो गया। माँ के निर्णय को तो वह पहले से ही जानता था फिर भी एक भय तो था ही कि इस लगभग अपठ व अपरिमार्जित कन्या को देख क्या प्रतिक्रिया व्यक्त करेंगी। उस दिन प्रथम बार उसने अपनी माँ को पूर्णरूपेण पहचाना था। घर आते समय उन दोनों के मन में जो भय समाया था निकल गया।

''माँ ने स्वीकार कर लिया तो समझो सब ने कर लिया,'' कहकर महिमा को आश्वस्त किया।

और उसी दिन से सीमा के साथ-साथ महिमा भी समानरूप से गृहस्वामिनी बन गई। सीमा ने उसे किसी हेय-भावना का अनुभव नहीं होने दिया, यद्यपि तब तक तो वह उसकी प्रकृति, पसन्द अथवा चारित्रिक विशेषताओं सभी से नितान्त

अनभिज्ञ थी। वही क्या सौष्ठव भी तो उसके सम्बन्ध में अधिक नहीं जानता था।

जो भी उसे देखता सीमा के सामने तो प्रशंसा ही करता परन्तु उसकी अनुपस्थिति में कहते—

"क्या पसन्द किया सौष्ठव ने? यह लड़की क्या इस घर के अथवा सौष्ठव के योग्य है?"

ऐसी बातें छुपती कहाँ हैं, किसी-न-किसी रूप में सीमा के सामने आ ही जातीं। सीमा बेचारी विवश लहू का घूँट पीकर रह जाती। अपने एकलौते पुत्र को भी तो अपने से विरक्त नहीं कर पाती।

कुछ दिनों तक तो महिमा नें अपना मन-मोहक जाल फैला कर सबको उसमें फँसाना चाहा। दिन-रात सास-श्वसुर की सेवा में इस प्रकार रत रहती कि लगता सतयुग ही एक बार फिर से आकर दस्तक दे रहा है। सीमा को तो किसी कार्य में हाथ लगाने ही नहीं देती। सौष्ठव तक के लिए उसके पास समय नहीं था।

सीमा कहती, "ऐसे तो महिमा मैं बैठी-बैठी सुस्त और मोटी हो जाऊँगी," किन्तु मन गर्व से भर जाता।

"उसका भी उपाय है माँ," बड़े लाड़ से सास के गले लगकर महिमा उत्तर देती।

"क्या है वह उपाय बहू, मैं भी तो सुनूँ?"

"बस आप प्रातः तथा संध्या समय पिता जी को लेकर सैर पर निकल जाया कीजिए। इससे स्वास्थ्य भी ठीक रहेगा। हो सके तो मार्ग से सब्जी भाजी क्रय कर लाएँ।

"हाँ! यह तो तुमने उचित ही सुझाव दिया," कहती सीमा महिमा पर निहाल हो जाती।

इसी प्रकार दो मास व्यतीत हो गए। महिमा ने चारों ओर से चौकस हो अपनी जड़ें दृढ़ करलीं, ऐसा दर्शाया कि जैसे उसे सौष्ठव की भी परवाह नहीं है जिसका हाथ पकड़ वह द्वार के अन्दर प्रविष्ठ हुई थी। बस उसका एक मात्र उद्देश्य सास-श्वसुर व ननद की प्रसन्नता व सुख है।

अदिती जब भी आती उसे हठ करके बढ़िया नाश्ता कराती खाना खिलाती। वह तो अपने घर के खाने का स्वाद ही भूलने लगी।

भाभी के प्यार व आदर को पाकर वह भी निहाल हो गई। उसकी इस सेवा-भावना व प्रेम ने सौष्ठव के हृदय पर पूर्णतया विजय प्राप्त कर ली।

रात्रि वेला से पूर्व सौष्ठव का महिमा से सामीप्य कठिन ही नहीं असम्भव था।

अवकाश का दिवस था, उसने उस दिन के लिए कई योजनाएँ निर्धारित की थीं परन्तु महिमा है कि बात तक करने का समय भी नहीं देती। माता-पिता की उपस्थिति में वह अधिक बोलता भी तो नहीं था लज्जावान, शील व आदर की प्रतिमूर्ति। करने को कुछ कार्य नहीं था, वह बैठा-बैठा यही सोच रहा था कि महिमा उसके जीवन में किस प्रकार सेंध लगा पाई।

वह प्रारम्भ से ऐसा नहीं था। बहुत ही हँसमुख छरहरे शरीर का सुन्दर युवक था। सीमा को कह-कह कर चुप कराना पड़ता फिर भी सतत बोलते रहने का क्रम जारी रखता।

सीमा कहती, "अरे सौष्ठव तेरे इन नाटकों के डायलॉग सुन-सुन कर मेरे तो सर में दर्द होने लगता है।"

"आप जानती नहीं माँ। यह बड़े काम के हैं। देखना एक दिन मुझे यही कहीं का कहीं पहुँचा देंगे," और हँस देता।

सीमा निहाल हो जाती अपने पुत्र का उत्तर सुन और सत्य ही एक दिन उसने आकाशवाणी तक अपनी पैठ बनाली। वाणी परीक्षा में प्रथम बार में ही चुन लिया गया।

प्रारम्भ में तो वह प्रस्तुतिकरण ही करता था किन्तु उसके पश्चात् तो कविता, कहानी, नाटक सभी क्षेत्रों में आगे और आगे बढ़ता गया। सीमा का माथा गर्व से ऊँचा हो जाता जब भी आकशवाणी से प्रसारित होने वाले कार्यक्रमों में उसका स्वर सुनती। एकदम सधा हुआ स्वर, ध्वनि का उतार-चढ़ाव, उच्चारण कहीं कोई व्यतिक्रम नहीं, सभी में पारंगत।

और एक दिन ऐसा भी आ ही गया कि इसी क्षेत्र में वह आकाश छूने लगा जैसे उसके बगैर आकाशवाणी अधूरी थी। सत्य ही कहा था सौष्ठव ने, उसकी बक-झक का ही परिणाम तो उसे मिला था। जो कहा करके दिखाया धुन के पक्के ने। सीमा अपनी सोच में और गहरी डूब गई।

अभी उसने स्कूल की पढ़ाई भी पूरी नहीं की थी कि संगीता ने उसके यौवन के प्रारम्भ में ही उसे मोहित कर लिया। न जाने कैसे और कहाँ मिल गई। साथ भी तो नहीं पढ़ती थी। घर से कुछ दूरी पर ही उसका निवास स्थान था। उसके कमरे की खिड़की सौष्ठव की छत से दिखाई पड़ती। जब कभी सौष्ठव को छत के विशेष कोने में खड़ा देखती तो सीमा बाहर झाँक कर देखती और तब संगीता को उसकी खिड़की पर खड़ा पाती। उसको समझने में देर नहीं लगी कि यह यौवन की देहरी पर पहुँचने वाला आकर्षण मात्र है और कुछ नहीं।

एक दिन अवसर पा उसने सौष्ठव से पूछ ही लिया—

"सौष्ठव वह लड़की कौन है जो अपनी खिड़की में बैठी तुझे ताका करती है?"

"कैसी खिड़की, कौन लड़की माँ, किसकी बात कर रही हैं आप? मैं तो किसी को नहीं जानता," अनजान बनते उसने उत्तर दिया।

"देख बेटा! मुझे मूर्ख मत समझ, मैं भी कभी इस उम्र से गुज़र चुकी हूँ, कितनी ही बार तो तुम दोनों को मुस्करा-मुस्करा कर संकेतों में बात करते देखा है।"

"जब आप समझ ही चुकी हैं तो पूछ क्यों रही हैं," झेंप भरी मुस्कराहट उसके मुख पर फैल गई।

"यह सत्य है कि समझ तो मैं चुकी बेटा! किन्तु विस्तार से उसके सम्बन्ध में जानना चाहती हूँ।"

"उसका नाम संगीता है माँ जाति से वैश्य है, नवीं कक्षा में पढ़ती है मेरे सहपाठी तथा मित्र की बहन है, इसी से परिचय हुआ और एक दूसरे को पसन्द करने लगे।"

"यह मित्रता परवान चढ़ने वाली नहीं है बेटा, ऐसा न हो कि एक दिन ठोकर लगे और लहूलुहान हो जाए। दोनों का बचपना मात्र है यह और कुछ नहीं। इस मित्रता को गम्भीरता से मत लेना," सीमा ने अपने अनुभव की गाँठ उसके सामने खोलकर रख दी।

सौष्ठव अभी बारहवीं कक्षा उत्तीर्ण ही कर पाया था कि संगीता के पिता ने उसका विवाह कर दिया। दसवीं तक ही पढ़ पाई थी बेचारी विवाह के योग्य भी नहीं हुई थी। सोलह वर्ष की वय और विवाह। माँ का अनुभव ही विश्व का सबसे महान सत्य निकला। सौष्ठव का हृदय अपने प्रथम प्रेम की असफलता के भीषण आघात से कराह उठा।

बहुत कठिनाई से दिलासा देकर सीमा ने पुत्र को सँभाला था। उसे भय था कि कहीं कोई भयानक-अनुचित क़दम न उठा ले और वह अपने आँखों के तारे को खो बैठे।

एक दूसरी झाँकी सीमा के सामने आ खड़ी हुई। सौष्ठव ने कॉलेज में प्रवेश किया ही था कि एक अन्य लड़की उसके जीवन में आ गई। वह अपनी उदासियों से उबर आया है देखकर सीमा ने चैन की श्वास ली। न जाने कैसा चुनाव था सौष्ठव का कि दूसरी लड़की भी उसे वैसी ही मिली। सम्भवतः नाम का आकर्षण रहा होगा क्यों कि वह भी संगीता ही थी।

सीमा ने उसे देखा था। सौष्ठव निर्भय व समझदार हो गया था। इसलिए दो-चार बार उसे घर ले आया था। सीमा को वह भी पसन्द नहीं आई थी। सुन्दर,

गौरवर्ण लम्बी, गठे हुए शरीर की कन्या थी किन्तु छल-कपट से छलछलाती उसकी आँखें बहुत कुछ कह गई थीं सीमा से। परिवार का इतिहास भी विशेष अच्छा नहीं था। तब भी उसने पुत्र को समझाया था-

"यह लड़की भी अच्छी नहीं हैं सौष्ठव खा-खेल कर भाग जाने वालों में से है। जब तक उस पर धन लुटाते रहोगे साथ देगी बन्द करते ही चली जाएगी।"

लेकिन वह समझा नहीं। उसका दोष भी नहीं था। उस वय में कोई भी किशोर-किशोरी माता-पिता के अनुभव बोध को समझना नहीं चाहते।

उस बार की ठोकर उसके लिए असहनीय हो उठी। दो वर्ष पूर्व जिस भय ने सीमा को ग्रस लिया था अब साकार आ खड़ा हुआ। सौष्ठव ने आत्महत्या का प्रयास किया। समय रहते माँ को ज्ञात हो गया तो बचा लिया गया। माँ का भय सीमा पार कर गया तभी तो उसने अपने सर पर हाथ रखवा कर शपथ दिलवाई कि अब वह स्वयं किसी लड़की का चुनाव नहीं करेगा। माँ की पसन्द की लड़की के साथ ही विवाह बन्धन में बँधेगा।

किन्तु कहाँ टिक पाया सौष्ठव अपने वचन पर। संगीता की विस्मृति के उपचार हेतु मद्य के आश्रय में जा बैठा और वही से हुआ महिमा के आगमन का सूत्रपात

सौष्ठव को लड़कियों से घृणा सी होने लगी क्यों कि दो तो उसको बीच रास्ते में ही धता बता कर जा चुकी थीं। उसके हृदय में प्रतिशोध की ज्वाला प्रतिपल भड़कने लगी।

उसने एक विज्ञापन कम्पनी खोल ली जो निवास स्थान से थोड़ी ही दूरी पर थी। समाचार पत्र में विज्ञापन दिए पैम्फलेट छपवा कर समाचार पत्रों के माध्यम से इलाके के घरों में पहुँचाए।

फल स्वरूप शीघ्र ही युवक-युवतियाँ साक्षात्कार के लिए आने लगे। चुन-चुन कर उसने कुछ युवतियों को नियुक्त कर लिया। कुछ समय तक उनसे कार्य करवाया अनाचार किया तथा निकाल दिया।

छोटे से मध्यम वर्गीय इलाके में कोई बात छुपी नहीं रह पाती। आस-पड़ोस के निवासियों ने उसके खुले व्यवहार पर आपत्ति जताई। उनका कथन अनुचित भी नहीं कहा जा सकता युवा कन्याओं के अभिभावकों का चिन्तित होना स्वाभाविक था। बात सीमा के कानों तक पहुँची तो उसने प्यार से पुत्र को समझाया और कम्पनी बन्द हो गई किन्तु उसका ऑफिस वहीं बना रहा तथा सौष्ठव की उपस्थिति भी।

उसी कम्पनी को माध्यम बना आई थी महिमा। कम्पनी का कार्य समाप्त होने

के पश्चात भी महिमा का आवागमन निर्विरोध चलता रहा। सौष्ठव तो पहले ही हाला का प्याला थाम चुका था इसलिए उसी से महिमा का जन्म हुआ। उसी सोम रस को कुछ चाटुकार संगी साथियों ने सौष्ठव को पिला-पिलाकर अनुचित मार्गों के सम्मोहन के जाल में फँसा ही लिया। महिमा से उसके नाम एक लम्बा प्रेम पत्र लिखवा कर भिजवाया जिसका सारांश इस प्रकार था-

आदरनीय सौष्ठव जी!

मैं वर्षो से आपको देखती आई हूँ। आपको सम्भवतः इसका ज्ञान भी नहीं होगा। प्रथम दृष्टि में ही मैंने अपना हृदय आपके नाम कर दिया।

सौष्ठव जी आपको बतलाना चाहूँगी कि मैं अत्यन्त गरीब घराने से हूँ तथा माता-पिता का व्यवहार मेरे प्रति खेदजनक है। यदि उसका वर्णन करने बैठूँगी तो पूरी पुस्तक ही बन जाएगी।

सौष्ठव जी प्रत्येक लड़की का स्वप्न होता है कि किसी के नाम का सिंदूर अपनी माँग में सजाकर एक विश्वसनीय स्थिर रक्षाकवच धारण कर ले।

मैं केवल वही एक अधिकार आपसे माँगना चाहती हूँ इसके अतिरिक्त कभी कोई अपेक्षा आपसे नहीं रखूँगी वचन देती हूँ। आपका छोटा सा त्याग मेरी प्रताड़नाओं को समाप्त कर देगा।

आशा सहित

महिमा

पत्र वही चाटुकार लाए थे जिन्हें सौष्ठव अपना मित्र व हितैषी समझ बैठा था, वे तो महिमा के संगी साथी हैं इसका अनुमान वह भोला, सीधा-सच्चा युवक नहीं लगा पाया। छल-कपट जैसी किसी हीन भावना का उसके घर में साया तक भी नहीं पड़ा था इसीलिए वह उनके कपट जाल में फँस गया।

पत्र उन लोगों ने भी सौष्ठव के साथ ही पढ़ा बोले,"भर दे यार! कौन बड़ी बात है माँग में सिंदूर ही तो लगाना है उससे कौन विवाह माना जाने वाला है? एक बार बेचारी घर से बाहर आकर कष्टों की मार से तो बच जाएगी। उसके पश्चात तू निश्चिन्त रह हम सब प्रबन्ध कर देंगे।"

उसे शंका न हो इसलिए उन्होंने जोड़ा कि," वह तुझसे प्रेम करती है वरना तो हम में से कोई भी यह त्याग उसके नाम पर कर देता। अच्छी लड़की है जिसके जीवन में आएगी उसका तो भाग्य ही खुल जाएगा।"

अतिरिक्त शराब के नशे में उस क्षण उसे देवत्व की श्रेणी में ला बैठाया उन चाण्डालों ने। सौष्ठव तत्क्षण उठ गया, उन मित्रों में से एक उसे अपने घर ले गया

जहाँ महिमा पहले से ही उपस्थित थी। उनकी योजना आकार ग्रहण कर रही थी। वे तो निर्णय करके ही आए थे कि आज इसका उल्लू बना काम साधना ही है। उनमें से एक लड़कियों का व्यापारी था।

सौष्ठव ने गर्व से महिमा की मांग में सिंदूर भर दिया। पूर्व निर्णयानुसार कुछ पेपर्स तैयार किए हुए थे जिन पर महिमा तथा सौष्ठव के हस्ताक्षर करवाए गए और उनको पति-पत्नी घोषित कर दिया। पेपर्स उन चाण्डालों ने अपने पास रखे। सौष्ठव ने महिमा को ले घर में प्रवेश किया।

नशा उतरा तो सौष्ठव स्वयं अपने कृत्य पर अचम्भित था किन्तु करता तो क्या करता तीर कमान से निकल चुका था।

एक बार गृहप्रवेश की हुई लक्ष्मी को सीमा स्वीकार कर चुकी थी, वापस लौटने के मार्ग बन्द हो चुके थे। वह जानती थी किसी भी घर से बाहर क़दम रखे जाने वाली लड़की के शरीर को नर-पिशाचों द्वारा नोचे खसोटे जाने के अतिरिक्त कोई और संसार नहीं होता। उस प्रमथालय का द्वार खोलने का पाप वह अपने सर नहीं लेना चाहती थी, और ना ही अपने पुत्र को उस लांछन का भागीदार बनाना चाहती थी अतएव महिमा सदैव के लिए सौष्ठव की पत्नी बन गई जो स्वयं महिमा को भी पसन्द नहीं आया। वह तो सिंदूर की ओट में दूसरे ही खेल खेलना चाहती थी जिसके लिए गृहस्थ गृह में रहने से मार्ग संकुचित व सकरा हो गया।

प्रारम्भ में महिमा ने आदर्श वधू का जो मुलम्मा अपने चेहरे पर चढ़ाया था धीरे-ध ीरे उसका रंग फीका पड़ने लगा और एक दिन जब पूरा ही उतर गया तो उसका वास्तविक स्वरूप सभी के समक्ष स्पष्ट हो गया। सौष्ठव तो बेचारा एक मोहरा मात्र ही था।

महिमा संसार की रंगीनियों में उलझी रही और सौष्ठव अपने कार्यक्षेत्र में व्यस्त रहता। उसे तो यह भी ज्ञात नहीं हो पाता था कि वह कहाँ गई है, क्यों गई है किसके साथ गई है?

इसके विपरीत महिमा सौष्ठव के प्रत्येक क्षण का खाता अपने पास रखती। वह कब, किसके साथ कहाँ था, क्या खा रहा था, किस-किस से क्या-क्या बातें की आदि-आदि।

इस प्रकार सौष्ठव का मन कार्य से उचट जाता क्योंकि प्रति दिन संध्या समय महिमा दिन भर के कार्य व्यापार को लेकर झगड़ती। जिस कार्य में भी वह हाथ डालता हानि ही होती। महिमा उसके सहकर्मियों के साथ झगड़ा करने से भी नहीं चूकती। स्वयं गायब रहती किन्तु फोन कर-करके उसके सभी पलों का हिसाब रखती। वह एक-एक पैसे को तरसता परन्तु पत्नी पैसों में खेलती हुई उसको अँगूठा

दिखा देती।

सीमा से भी आँख में उँगली देकर लड़ने जैसी बात उठाकर झगड़ती रहती। मातृपद पर होने के पश्चात् भी सहन करने के अतिरिक्त उसके पास कोई चारा न था। जब अपमान सीमा पार कर जाता तो वह सौष्ठव के समक्ष ही अपना हृदय खोल सकती थी किन्तु वह तो स्वयं विवश था।

"जैसे मैं सहन कर रहा हूँ माँ वैसे ही आप भी करो ना चाहते हुए भी मैने तो जीवन से समझौता कर ही लिया है। उसको तो स्वयं विधाता भी पृथ्वी पर उतर आएँ तो सुधार नहीं सकते। हमारी तो गणना ही कहाँ है?" और तब एक गहन उदास मौन उसको आच्छादित कर लेता।

पुत्र की उस दशा का अनुमान लगा माँ का कोमल हृदय टूक-टूक हो जाता किन्तु विवश बेचारी क्या करती?

"अपने अगले-पिछले कर्मों का फल तो बेटा भोगना ही पड़ता है। तेरा अपना ही चुनाव है। तू प्रारम्भ से ही थोड़ा अंकुश रखता तो इस प्रकार बे लगाम की घोड़ी बनी नहीं फिरती। कहीं-न-कहीं तू भी दोषी तो है ही।"

"दोष तो सारा ही मेरा है माँ! मुझे तरस आ गया। लोगों के फैलाए जाल को समझ ही न पाया। सत्य तो यह है मैं होश में ही नहीं था उस समय।"

"जिस नशे ने तुझे बर्बादी के इस कगार पर ला खड़ा किया है उसी में अब और भी अधिक डूबता जा रहा है। कभी दर्पण में अपनी सूरत देखी है। एकदम भिन्न मानव लगता है। वह सौष्ठव तो तुझ में है ही नहीं जिसे मैने गढ़ा था और पहचानती थी।"

"विस्मृति के जगत में पहुँचने का यही मार्ग मुझे रास आता है माँ। अब तो इससे विरत नहीं हो सकता।"

सीमा भी अब चुप ही रहने लगी। इस विषय को कभी भूले से भी नहीं छेड़ती। माँ-बेटे दोनों ही अनकही पीड़ा से गुज़र रहे थे। हर बात की कोई-न-कोई सीमा रेखा तो होती ही है, सहने की भी।

एक दिन जब सहनशक्ति ने अपना बाँध तोड़ दिया तो सीमा अनचाहे ही महिमा को अभिशाप दे बैठी। बात ही कुछ ऐसी थी। प्रातः उठते ही उसने सौष्ठव के लिए ऐसे अपशब्द बोले थे जिनमें उसकी मृत्यु की कामना छुपी थी।

माँ का हृदय विदग्ध हो गया और वह कह बैठी कि "जा महिमा आज तूने मेरी आत्मा को कचोट कर अच्छा नहीं किया। एक दिन तेरा सत्यानाश होगा।"

ये शब्द अनायास ही उसके मुख से उच्चरित हुए अथवा विधि स्वयं ही उसकी जिह्वा पर आ बैठा वह नहीं जानती। बोल कर स्वयं कई दिनों तक पश्चाताप की

अग्नि में दग्ध होती रही क्यों कि किसी का भी बुरा चाहना उसकी प्रकृति के विरुद्ध था। यह तो वह अपनी ही वधू को शाप दे बैठी थी अभागन, जिसने एक दिन उसी को अभिशप्त कर दिया।

सीमा का विवाह हुआ तो ढेरों सपने लेकर ससुराल गृह में गई थी जहाँ उसे जीवन का बंजर भाग ही प्राप्त हुआ। जो अभाव उसके अपने जीवन में रहे थे वे सभी अपने लाड़-प्यार द्वारा महिमा के जीवन से निकाल देना चाहती थी। अपने हृदय का सम्पूर्ण स्नेह वह महिमा पर उँडेल देना चाहती थी किन्तु वहाँ भी उसके बंजर ने उसका पीछा नहीं छोड़ा। उसकी इच्छा-अभिलाषा सदैव के लिए सुप्त हो गई।

आज सीमा के सामने एक बार पुनः वह चित्र साकार हो गया जब उसने अदिति के जन्म के पश्चात गर्भपात करा लिया था। कितना मनमोहक छोटा सा बालक था वह। यदि आज वह भी होता तो कम से कम..............। उसकी तथा सौष्ठव दोनों की ही हत्यारिन वह..................।

उस रात्रि जब सभी भोजन समाप्त कर बैठे थे तो आकाशवाणी से उद्घोषक का स्वर सुनाई दिया। यह आकाशवाणी का....... केन्द्र है।

अब आप अपने प्रिय रचनाकार सौष्ठव जी का कविता पाठ उन्हीं की अपनी आवाज़ में सुनिए।

सभी शान्त सशरीर कर्णशक्ति बन कर बैठे थे तभी सौष्ठव का स्वर सुनाई दिया।

''प्रिय श्रोताओं मैंने आज तक जो लिख कर आकाशवाणी से प्रसारित किया आप लोगों द्वारा उसकी सराहना व आपके प्रेम के लिए मैं अत्यन्त आभारी हूँ अब जो कविता मैं प्रस्तुत कर रहा हूँ वह आप सब को समर्पित करता हूँ। इसका शीर्षक है 'दूध का ऋण' तो सुनिए-

मैंने एक-एक कर मन के
तन्तु अपने मार दिए हैं
और उसी बेला से तन के
अवयव सारे हार दिए हैं।

रिश्ते-नाते सभी जहाँ में
स्वार्थ साधते मिलते हैं
मृदुल-मधुर वाणी में उनके
विष के टुकड़े घुलते हैं।

जितने याम मिले खुशियों के
जिस-तिस के उद्धार किए हैं
अन्तर्द्वन्द्वों के चिन्हित पल
अब मैंने स्वीकार किए हैं।

दूर कहीं हृतगह्वर में
दीपक टिम-टिम करते हैं
उस धूमिल प्रकाश में चलने
मैंने पाँव उतार लिए हैं।

माँ के दुग्धपान के कतरे
तन-मन में छितराए हैं
उसका ऋण चुकाऊँ कैसे
वे अनन्त के खाते हैं।

अन्तिम पल बस जीवन में
वे लम्हे ही साथ लिए हैं
मैंने एक एक-कर मन के
तन्तु अपने मार दिए हैं।''

तत्पश्चात एक मौन आकाशवाणी पर छा गया। सीमा ने सोचा भावावेश के कारण सौष्ठव चुप हो गया है, वह स्वयं भी तो भावुक हो उठी थी और सौष्ठव की वाणी भी आज कितनी उदास व गम्भीर थी, लग रहा था जैसे कहीं दूर से बोल रहा हो।

तभी उद्घोषणा हुई,''क्षमा करिए यह कविता हम आपको पूरी नहीं सुना पाए। हमें शोक के साथ सूचित करना पड़ रहा है कि आकाशवाणी का देदीप्यमान सितारा असमय ही अस्त हो गया है। हृदयगति रुक जाने के कारण सौष्ठव जी का निधन हो गया है। चिकित्सकों का कथन है कि अति भाव-प्रवणता इसका कारण है उनके सम्मान में आकाशवाणी के शेष कार्यक्रम आज के लिए स्थागित किए जाते हैं। धन्यवाद।''

सभी हक्का-बक्का एक दूसरे को देखे जा रहे थे। किसी के मुख से शब्द नहीं निकल पा रहे थे कि सीमा की ओर दृष्टि उठी और चिल्ला पड़े-

''अरे! इन्हें सँभालो कोई।''

और उसी समय से वह बुत में परिवर्तित हो गई थी।

''माँ के दुग्धपान के कतरे

तन-मन में छितराए हैं
उसका ऋण चुकाऊँ कैसे
वे अनन्त के खाते हैं
अन्तिम पल बस जीवन में
वे लमहे ही साथ लिए हैं।"

उसके मुख से भी अन्तिम बार यही पद्य निःसृत हुआ था।

आँगन और सड़क सभी खचाखच भर गए थे। कोई कब तक प्रतीक्षा करता। सौष्ठव के चाचा ने आगे बढ़कर प्रबन्ध अपने हाथ में ले लिया।

अन्तिम यात्रा की तैयारी से पूर्व वह सीमा भाभी को उठाकर अन्तिम दर्शन कराने सौष्ठव के मुख के समीप ले गए। जैसे ही उन्होंने चादर हटाई सीमा ने उसके मुख पर हाथ फेरा। मस्तक को कई बार चूमा।

तदन्तर प्रथानुसार चाचा ने सीमा को वहाँ से हटा दिया था। मध्य में परदा लगा स्नान व कफ़न पहनाने की तैयारी में जुट गए। कफ़न पहनाने के लिए दो पुरुषों ने मिलकर सौष्ठव को उठाया था। ज्यों ही सीमा की ओर उसका मुख घूमा एक धीमी-सी मुस्कान की रेखा सीमा को उसके चेहरे पर दृष्टिगोचर हुई लगा जैसे वह शान्त होकर निर्विकार, सुख सहित चिरनिद्रा में लीन है। कहीं कोई कष्ट उसे नहीं साल रहा किन्तु दूसरे ही पल लगा कि यह विद्रूप भरी व्यंगात्मक मुस्कान है जो प्रतिशोध की विजय के रूप में प्रकट हुई है।

एक बारगी वह मुस्कान सीमा के हृदय को फिर बींध गई। "अरे कमबख्त! यह कैसा प्रतिशोध लिया तूने," चिल्लाती बिलख-बिलख कर रो पड़ी।

जन समूह ने राहत की श्वास ली, "चलो यह रोई तो कैसे भी सही।" वह पाषाण बुत मोंम बनकर पिघल-पिघल कर बह रहा था तभी सौष्ठव के चाचा ने पूछा–

"भाभी दाहसंस्कार कौन करेगा?"

सीमा ने पौत्रियों की ओर उंगली से संकेत किया। वही पूँजी तो वह अभागा छोड़ गया था। कौन जाने उस लोक में उसे सुख प्राप्त होगा अथवा भूलोक की भाँति तचता रहेगा।

रचना ने भी अब प्रथम बार स्वयं को ढीला छोड़ तनाव मुक्त होने का असफल सा प्रयास किया। अपनी ही सखी के इतना निकट होने पर भी एक असीम दूरी के अहसास ने उसे थकान से चूर कर दिया था। उसके आज तक के कार्य सफ़र में इससे पूर्व कभी ऐसा नहीं हुआ। कई-कई दिन तक सतत कार्य रत रही है परन्तु

...........।

× – × – × – × – ×

शवयात्रा के साथ ही उस स्थान पर रचना का कार्य समाप्त हो गया था तथा उसके लिए वह स्थान छोड़ना उसके कार्य की आवश्यकता थी। क्या करती वह अकेली तो नहीं थी। और भी तो टीम के सदस्य साथ थे। वहाँ के वातावरण ने सभी के हृदय एक अनजाने दर्द से भर दिए थे किन्तु रचना?

वह वहाँ अनुपस्थित रहकर भी उपस्थित थी। सम्पूर्ण दृश्य उसके नेत्रों के सामने घूम रहा था।

उसकी भग्नहृदया सखी उसके सामने थी लेकिन वह उसके मानसिक कष्ट को समझते हुए भी कोई उपचार नहीं कर पा रही थी। वह देख रही हैं सीमा की आँखों में पहचान के चिन्ह उभर आए हैं किन्तु फिर भी मौन अन्तर्मुखी होकर बैठी है। रचना ने उसके कंधे पर हाथ रखा तो न जाने कैसी एक दयनीय सी मुस्कान उसके चेहरे पर उभर आई जो सम्पूर्ण जीवन का बखान कर गई परन्तु रचना उसके जीवन के सम्बन्ध में जानती ही कितना है? उसके मन को समझने के प्रयत्न में जुटी स्वयं को पराजित अनुभव करने लगी। कहाँ जान सकती हूँ मैं एक माँ के कष्ट को उसने सोचा। काश कभी माँ बनी होती तो जानती, निलय होते तो आज वह भी उस जननी पद पर सुशोभित होती परन्तु सीमा वह तो माँ बनकर भी आज शून्य में ताक रही है। अदिति भी तो वहाँ नहीं थी। समुद्र पार की दूरियों को लांघने में तो समय लगता है। वही होती तो शायद.............।

ऐसे दूर हो जाने वाले सम्बन्धों से तो सम्बन्धहीन होना क्या श्रेयस्कर नहीं है। उसने एक बार पुनः विवेचना की।

उसका कार्यक्षेत्र भी विवशताओं से भरा पड़ा है। अनिच्छा के चलते भी उसे इस स्टोरी को कवर करके देना है जो उसके जीवन की सर्वाधिक दुर्भाग्य पूर्ण स्थिति की साक्षी है।

अक्षत की मृत्यु पर भी तो वह गई थी परन्तु ऐसा करुणाजनक दृश्य नहीं था। कितना अन्तर है मृत्यु और मृत्यु में। एक आयु प्राप्त पुरुष की मृत्यु पर कोई इतना शोक नहीं मनाता जितना कि एक युवक की। लेकिन यह तो केवल युवक की बात नहीं है। यह है एक माँ के एकलौते युवा पुत्र की क्षति।

उस दिन तो वह केवल वन्दना से ही मिलकर लौट आई थी। स्टोरी तो उसने जैसे-तैसे तैयार करके सौंप दी थी किन्तु उसका मन मस्तिष्क पूरी रात जैसे सीमा

की धुरी के चारों ओर घूमता रहा। माता तथा सन्तान के सम्बन्धों को तो उसने पहले भी भली-भाँति समझा था किन्तु इतने गहन सम्बन्ध की तो उसने कल्पना भी नहीं की थी। कैसी तो पाषाण बन गई थी सीमा और अन्त में उसने कहा था,“ अरे कमबख्त यह कैसा प्रतिशोध लिया तूने?” तो क्या कोई अपराध बोध उसे अन्दर-ही-अन्दर सालता रहा है जिसकी प्रतिक्रिया इस रूप में हुई। शीघ्र ही उसे अपने प्रश्न के समाधान के लिए सीमा से मिलना होगा या सम्भव है वन्दना जानती हो। हाँ स्मरण आया एक बार सीमा ने अपने गर्भपात के पाप को स्वीकारा था तो क्या उसी अपराध बोध ने आज इन शब्दों का उच्चारण उसके मुख से करवाया? वह जननी बनी होती तो................।

× — × — × — × — ×

वन्दना के ‘विडम्बना शीर्षक’ से छपे लेख के पश्चात अभ्यांतरिका के पाठकों ने अनुभव किया कि किसी भी प्रकार के लेखों अपने सम्बन्ध में हों अथवा दूसरों के ‘अभ्यांतरिका’ स्वीकार कर छपने भेज देती है।

जननी के प्रसंग ने उसे इस मास की अभ्यांतरिका में छपे लेख की ओर प्रवृत्त कर दिया। उसने एक बार पुनः पत्रिका निकाल कर पढ़ना आरम्भ किया उस दिन तो रचना ने इसको एक साधारण ही घटना समझ मध्य में ही छोड़ दिया था किन्तु आज जब वह इस सम्बन्ध की गहनता को समझ पाई है तो..........। ‘प्रतिशोध’ शीर्षक से जब सीमा का लेख छपेगा तो क्या प्रतिक्रिया होगी देखते हैं। सीमा का यह लेख तो इतना लम्बा है कि जननी विशेषांक के रूप में ही छप सकता है अथवा किश्तों में धारावाहिक वन्दना से चरचा करनी पड़ेगी इस विषय में किन्तु ‘दैनिक प्रकाश’.............।?मैं भी क्या करूँ जब................।

जननी शीर्षक से छपे उस लेख में लेखिका ने अपना अनुभव दर्शाया है, लिखा था-

सप्ताह भर के अवकाश के पश्चात जब मैं उस ओर निकली तो मुझे कुछ परिवर्तन सा लगा लेकिन क्या? जबकि लोगों की आवाजाही भी सदैव की भाँति थी। सभी दुकानें विधिवत खुली हुई थीं ग्राहक भी अपनी आवश्यकताओं की पूर्ति कर रहे थे फिर मुझे यह सन्नाटा सा पसरा क्यों लगा? प्रश्न मस्तिष्क की गहराई तक पहुँचा और मेरे मन ने अन्वेषक की सी दृष्टि चहुँ ओर घुमाई तभी अकस्मात कौंधा कि लकड़ी की टाल के सामने चाली चारपाई गायब है। वहाँ उसके स्थान पर बैंच पड़ा है जिस पर चन्द लोग बैठे चाय पीते अपनी-अपनी डींगें हांक रहे थे।

ओह! तभी तो मैं समझ नहीं पाई। रिक्त स्थान होता तो सम्भव है शीघ्र ही जान पाती। चारपाई का स्थान बैंच ने जो ले लिया था।

मुझे आदत सी हो गई थी आते-जाते उसे देखने की, कभी चाय पीते, कभी खाना खाते, तो कभी चादर तान कर सोते। सर्दी के मौसम में वह कम्बल या फटी सी गन्दी रजाई ओढ़े बैठी या लेटी दिखाई दे जाती। किसी से बात करते मैंने उसे कम ही देखा था। बोलती भी तो केवल गली में सफाई करने वालों से। मैंने उससे कभी कोई बात नहीं की थी फिर भी एक जुड़ाव सा हो गया था उससे।

ऑफिस जाते समय तो मैं समयाभाव के कारण निकलती चली गई थी, उस ओर ध्यान ही नहीं गया था किन्तु पूरे दिन एक छटपटाहट का सा अनुभव होता रहा। ऑफिस का काम भी पूरे मनोयोग से नहीं कर पाई।

जब भी मैं उसे देखती न जाने क्यों एक बेचारगी उसके अन्दर से निकल कर मेरे अन्दर समा जाती। सोचती कितनी असहाय है यह बुढ़िया। कोई नहीं है संसार में इसका तभी तो यहाँ गली में खुले आकाश के नीचे पड़ी है। कोई दया कर चाय दे जाता है तो पी लेती है, खाना दे जाता है तो खा लेती है। शायद इसी एक विचार ने उससे मुझे जोड़ दिया था फिर भी कभी कुछ वस्तु अथवा नकदी देने का साहस नहीं कर पाई थी। एक प्रकार से अच्छा ही हुआ वरना तो............।

उस एक कृशकाय पतली-दुबली सी बुढ़िया की दशा जैसी मुझे लगती उससे उलट ही सब कुछ निकला जब मैं ऑफिस से वापस लौटी तो। एक तीव्र धमाका मेरे मस्तिष्क में हुआ जैसे कोई बम फूटा हो जब मैंने लकड़ी की टाल पर खड़े होकर पूछा-

" वह बुढ़िया कहाँ गई भय्या जो नित्यप्रति यहाँ लेटी रहती थी गरीब बेचारी असहाय सी।"

" अरे.....रे....! किसकी बात कर रही हैं आप? वह गरीब बेचारी नहीं थी। उसकी तो तेरहवीं थी आज। देख नहीं रहीं आप पत्तलों से जैसे पूरा मार्ग ही अटा पड़ा है, चलने वालों को भी कठिनाई का सामना करना पड़ रहा है। आप भी तो बचती-बचाती ही आई हैं स्वयं को।"

वाह! क्या बड़ी दावत दी है उसके बेटों ने, मज़ा आ गया। उसकी अर्थी भी तो बड़ी धूम-धाम से निकली थी गाजे-बाजे के साथ। आप तो सोच भी नहीं सकतीं बहन जी। बहत्तर दोशाले उढ़ाए गए थे उसको! सोने की सीढ़ी चढ़ गई बुढ़िया। तर गई वह तो, सीधी स्वर्ग गई है। और क्या चाहिए किसी को?

"सन्तान हो तो ऐसी क्या रौनक लगाई है मृत्यु पर भी। पैसा बहा दिया पानी की तरह। पंडित भी वाह! वाह! करते दुआ देते गए हैं। इतना सामान मिला उन्हें

तो कि उन्होंने कल्पना भी नहीं की होगी। सदैव याद रखेंगे लोग इस अवसर को,'' कहकर वह जैसे उस मृत्यु उत्सव के उन्माद में डूब गया हो।

मैं किंकर्त्तव्यविमूढ़ थी। इतना सब सुनकर कल्पनातीत उत्सव जैसा वातावरण मेरी आँखों के सामने साकार सा हो उठा।

बहुत देर तक मैं ठगी हुई सी वहीं खड़ी रही। पैर थे कि आगे बढ़ने का नाम ही नहीं ले रहे थे। हृदय विश्वास करने को तैयार नहीं था। धन-सम्पदा की चकाचौंध के मध्य उसका चित्र मेरे हृदय-पटल पर एक बार फिर से उभर आया, गर्मी के मौसम में लू के थपेड़े खाती, सर्दी की ठिठुरन में सिकुड़ी-सिमटी सी पड़ी, मक्खियाँ भिनभिनाती रहतीं जिनको निर्बल हाथों से भगाने का उपक्रम करती रहती। तभी उस स्वर ने मुझे चौंका कर उस दायरे से बाहर घसीटा। मेरे जीवन का वह तिलिस्म टूट गया।

''आप यही पास में रहती हैं बहन जी?''

''हाँ अगले मोड़ पर रहती हूँ।''

''तभी तो मैं आपको इधर से आते-जाते देखता हूँ। पहचानी-पहचानी सी सूरत लगती है। वह बुढ़िया क्या आपकी कुछ लगती थी?'' मुझे उसमें रुचि लेते देख उसने पूछा।

''नहीं, बस रोज़ देखती थी इसीलिए पूछा,'' कहकर घर की ओर चल दी।

दैनिक कार्य समाप्त कर बिस्तर पर लेटी तो भी नींद नहीं आई। रह-रह कर वही बेचारगी भरा चेहरा नेत्रों के सन्मुख आकर प्रश्न चिह्न बना सा खड़ा हो जाता जैसे उपालम्भ दे रहा हो।

''आज तुम्हे मेरी मृत्यु पर शोक मनाने का कोई अधिकार नहीं है, मेरे जीवित रहते तो एक बार भी मेरी करुण कथा जानने का प्रयत्न नहीं किया तुमने? देख लिया ना तुमने धन का वह लास्य नृत्य जो मेरे पुत्रों ने मेरी मृत्यु पर समाज में उच्च स्थान पाने के लिए दिखाया है। मेरा जीवन तो कष्टों की, करुणा की विभीषिका बनकर ही रह गया। अपने मान-सम्मान की चमक-दमक की जो श्री वृद्धि मेरे पुत्रों ने की है यदि उसका चतुर्थांश भी मुझ पर लुटाया होता तो ....।''

सोचते-सोचते न जाने कब निद्रालीन हो गई।

× — × — × — × — ×

'जननी' लेख के पश्चात् लेखिका ने उसी कड़ी में अगली अभ्यांतरिका के लिए जोड़ा क्योंकि क्रमशः लिख कर ही उस बार छोड़ दिया था। उसने लिखा—

उस दिन उस मृत उपेक्षित बुढ़िया के सम्बन्ध में सोचते-सोचते ही मैं सो गई

थी। निद्रा भी क्या विश्रान्ति है, यदि यह न होती तो मानव विक्षिप्त ही हो जाता किन्तु कभी-कभी वही भूत-वर्तमान तथा भविष्य के द्वार खोल देती है। उस दिन भी निद्रा में ही बचपन की स्मृति टूटे तारों की भाँति परस्पर जुड़ने लगीं स्वप्न में ही। उसने सुना कोई आँगन से पुकार रहा है—

"शन्नो की माँ नीचे आ, देख तेरे लिए दूध लाया हूँ।"

शन्नो की माँ ने जाल से झाँककर देखा। सत्य ही शन्नो के लाला जी के हाथ में दूध से भरा कुल्हड़ था। भैंस का कई घण्टों तक लोहे की कढ़ाई में पका दूध ऊपर मोटी मलाई की तह और उस पर भी मिट्टी के कुल्हड़ की सौंधी-सौधी बू, सोच कर ही शन्नो की माँ के मुँह में पानी भर आया और जल्दी-जल्दी सीढ़ियाँ उतर कर आँगन पार कर कमरे में चली गई तथा पीछे-पीछे दुम हिलाते शन्नो के लाला जी चले। अन्दर जाने पर द्वार बन्द होने की धीमी चरमराहट सुनाई दी। दो तीन दिन तक यही क्रम चला।

एक बार नहीं एक अन्तराल के पश्चात् कई बार यही क्रम चलता और वह देखती रहती शान्त भाव से।

उसकी सोच का दायरा बहुत छोटा था फिर भी सोचती कि बीच-बीच में शन्नो के लाला जी को दूध लाने का क्या चाव चढ़ता है, वैसे तो घर-गृहस्थी के सभी झंझटों से अपने को दूर ही रखते हैं। खाना भी कभी-कभी ही घर पर खाते हैं वरना तो बाज़ार में ही खा लेते हैं। हाँ विशेषकर उन दिनों में तो अवश्य घर पर खाते हैं जब दूध भरा कुल्हड़ लाते हैं। शन्नो की माँ दूध का प्रतिदान इसी प्रकार करती है वह सोचती वरना तो दोनों के मध्य तलवारें सी खिची रहती हैं।

बचपन से ही उसे एकाकी रहने की आदत है इसलिए सोच-विचार कुछ अधिक ही करती है। स्वभाव से भावुक किन्तु कर्मठ।

चन्द दिनों पश्चात उसने देखा शन्नो की माँ चूल्हे से मिट्टी उचेड़-उचेड़ कर खा रही है। जितनी खा सकती है खाती है शेष दिन के शेष भाग के लिए उठा कर रख देती है, एकदम लाल ठीकरे जैसी।

एक दिन उसने जिज्ञासा वश पूछा ही तो लिया, "भाभी यह मिटटी क्यों खाती हो ?" वह उन्हें भाभी ही कहकर पुकारती है क्यो कि शन्नो भी भाभी ही कहती है और पिता को लाला जी।

"देख लड़की की बात! अरे! स्वाद लगती है इसीलिए तो खाती हूँ।"

मिट्टी और स्वाद उसकी समझ में नहीं आया हैरान हो देखती रही बस। समझा कर बतलाया शन्नो की माँ ने-

" अरी! रोज चूल्हे पर इतनी-इतनी चिकनी मिट्टी और काहे के लिए चढ़ाती हूँ? खाने को ही ना। जब भुन कर लाल हो जाती है तो उचेड़ लेती हूँ। ले तू भी खाकर देख," उसकी ओर बढ़ाते शन्नो की माँ ने कहा।

सोचकर ही उसको उबकाई सी आने लगी थी। कुछ मास पश्चात ही उनके घर में दाई ने प्रवेश किया और एक छोटे बालक का रुदन सुनाई दिया।

मिट्टी और बालक में क्या सम्बन्ध है?

मिट्टी और दूध के कुल्हड़ में क्या सम्बन्ध है?

नहीं-नहीं दूध के कुल्हड़ और बालक का क्या रहस्य है?

यही बात तब उसकी समझ में नहीं आई। उसके देखते-देखते ही तीन बालक दूध के कुल्हड़ से उपज-मिट्टी खाते संसार में आकर अपनी कलाएँ दिखाने लगे।

उसकी निद्रा टूट गई। कैसा विचित्र स्वप्न था? नहीं विचित्रता उसमें कुछ नहीं थी। उसने अपनी स्मृति पर दबाव बनाया और जागती आँखों से बचपन के आँगन में पहुँची और तब उसने देखा कि यह तो उसकी आँखों देखा सत्य था।

जैसे आज उस बुढ़िया के रहस्य ने उसे चौंका दिया उसी प्रकार उस कुल्हड़ के दूध मिट्टी और बालक के रहस्य ने भी चौंका दिया।

पुरुष को केवल नारी शरीर चाहिए वह अपनी शक्ति के बल पर प्राप्त करे अथवा लोभ लालच देकर।

यह भी क्या एक प्रकार का बलात्कार नहीं है? यह प्रश्न उसको कोंच गया।

× — × — × — × — ×

रचना ने अभ्यांतरिका के एक और अंक को खोला तो एक और चित्र पर उसकी आँखें अटक कर रह गईं। सभी अंक तो उसके पढ़े हुए हैं परन्तु इससे पूर्व तो उसको इनमें..............।

उस दिन उसने पढ़ा लेखिका ने लिखा था-

सामने समाचार पत्र पड़ा था मुख पृष्ठ पर मोटे-मोटे अक्षरों में छपा था 'एक वृद्धा का शव शयन कक्ष से मिला' ज्योति की दृष्टि उसी समाचार पर अटक कर रह गई।

ज्योति और क्षमता सरकारी दौरे पर थीं। अतिथि गृह में उनके ठहरने का प्रबन्ध किया गया था। रविवार का दिन था इसलिए करने को कोई विशेष कार्य नहीं था। प्रातः काल की चाय के साथ चपरासी ट्रे में दैनिक समाचार पत्र भी ले आया था। उसी से देखकर उन्होंने घूमने योग्य स्थानीय दर्शनीय स्थानों की जानकरी प्राप्त

की। उसके जाने के पश्चात जैसे ही ज्योति ने पत्र उठाया यही मुख्य समाचार नेत्रों में गड़ गया। कुछ समय तक उसी प्रकार उसको देखती रही। तत्पश्चात् पूरा समाचार पढ़ गई लिखा था-

वृद्धा की दशा देख अनुमान लगाया जा सकता था कि वह कई दिनों से रोगग्रस्त थी। कमरे की किसी भी वस्तु से कोई छेड़-छाड़ नहीं की गई। फर्श पर धूल की परत जमी थी। पुलिस ने इसको हत्या का मामला नहीं बताया। आस-पड़ोस में पूछने पर पता चला कि वृद्धा सम्पन्न थी। धन का कोई अभाव नहीं था। सन्तान विदेश में रहती है तथा उसकी आवश्यकता से अधिक ही धन भेजती है। कई दिनों से आया को भी किसी ने आते-जाते नहीं देखा सम्भवतः अवकाश पर होगी। आज जब वह आई तो अन्दर से द्वार बन्द था। काफी देर तक घण्टी बजाने के बाद भी जब द्वार नहीं खुला तो उसने पड़ोसियों को सूचित किया तथा उन्होंने पुलिस को। पुलिस ने आकर दरवाज़ा तोड़ा तो बैडरूम में वृद्धा को मृत पाया। वृद्धा का नाम राजरानी था। पिछले वर्ष पति का निधन होने के पश्चात वह अकेली ही यहाँ रहती थी। दिन में गृहकार्य के लिए सेविका की व्यवस्था थी किन्तु रात्रि में वह अकेली ही सोती थी। अनुमान लगाया गया कि अकेले पन के दबाव के कारण ही उसका हृदयगति रुक जाने के कारण देहावसान हो गया। उसके अन्तिम श्वासों का साक्षी केवल मौन सन्नाटा था।

क्षमता ने ज्योति को एकटक समाचार पत्र पर दृष्टि गड़ाए देखा तो पूछ बैठी "ऐसा क्या पढ़ लिया भई जो आप उसी में उलझी बैठी हैं।"

" आप भी पढ़ो क्षमता जी।"

क्षमता ने समाचार पढ़ टिप्पणी की "अरे ज्योति जी इसमें इतना हैरान-परेशान होने जैसा क्या है? ऐसे समाचार तो आजकल हर दूसरे-चौथे दिन पढ़ने को मिलते रहते हैं।

"मैं सोचती हूँ क्षमता जी आजकल की सन्तान को हो क्या गया है जो माता-पिता को वृद्धावस्था में इस प्रकार भटकने को छोड़ देते हैं।"

" स्वतन्त्रता ज्योति जी स्वतन्त्रता! उसी के लिए तो माता-पिता को छोड़ विदेश भाग जाते हैं। धन भेज कर अपने कर्त्तव्य की इति श्री समझ लेते हैं।"

"इसका आशय तो यह हुआ कि केवल धन ही जीवन का मुख्य आधार है। अपने माता-पिता जिन्होंने उन्हें जन्म दिया, न जाने कितने कष्ट सहकर पालन पोषण कर उन्हें विदेश जाने योग्य बनाया उनके प्रति क्या कोई और कर्त्तव्य नहीं

बनता उनका?"

"इतना सोच लें तो बात ही क्या है। पालन-पोषण के लिए उनके पास उत्तर होता है कि वह तो उनका दायित्व था हमने तो कहा नहीं था कि हमें जन्म दो। तुमने हमारा पालन-पोषण किया हम अपनी सन्तान का कर देंगे। यह तो सनातन चाल है ऐसे ही श्रृंखला बनती रहेंगी।"

ज्योति के मन में कड़वाहट सी घुल गई बोली," क्या वृद्धावस्था उनको नहीं झेलनी पड़ेगी? यदि संतान के पालन की शृंखला बनेगी तो आयु की भी तो बनेगी ही ना?"

"भविष्य की घनी सोच उनके दर्शन में वर्जित है धन-ऐश्वर्य सुख सुन्दरी के मद में डूबे उनके पास यह सब सोचने का समय ही नहीं है," क्षमता ने उत्तर दिया।

"तभी तो आज अल्पायु में ही चले जाते हैं," एक निश्वास के साथ ज्योति ने कहा।

"छोड़ो इन सब बातों को ज्योति ज़ी। इस पर माथापच्ची करेंगे तो दिन ही व्यर्थ हो जाएगा। तैयार होकर घूमने भी तो चलना है,"

कहते हुए उन्होंने चपरासी को बुलाने के लिए घण्टी वाला बटन दवा दिया।

चपरासी को दिन के खाने के लिए मना कर स्नानादि से निवृत होने चल दीं किन्तु ज्योति का हृदय तो उसी घटना पर जमा था। वह अपने बालपन की स्मृतियों में डूब गई थी। उसके अवचेतन के किसी कोने में दबी घटनां उभर आई तभी तो समाचार ने मन में कड़वाहट घोल दी।

वह अपनी माँ के साथ छोटे से शहर में रहती थी। मकान बहुत बड़ा था। स्थानाभाव नहीं था तब भी उसकी दृष्टि एक स्थाान पर जाकर टिक जाती। सोचने-समझने जैसी वयस नहीं थी। पढ़ने-लिखने, खेलने-कूदने में ही समय व्यतीत हो जाता पर वह दृश्य............।

एक दिन वह स्कूल से लौटी थी तो उसने कुछ स्त्रियों को गोलाकर दायरा बना कर बैठे देखा सब ने एक ही प्रकार के श्वेत वस्त्र धारण किए थे और एक बार माथेतक हाथ ले जाती फिर छाती तथा उसके पश्चात जंघा तक, यह क्रम एक साथ चल रहा था। समवेत स्वर में बारम्बार "काली ना करे नी रानी मोरनिया हाय हाय रानी मोरनिया" गाते माथा छाती व जंघा पीटती जा रही थीं।

ज्योति ने देखा तो उसकी समझ में कुछ नहीं आया। अभी थी ही कितनी बड़ी? कठिनाई से सात-आठ वर्ष की रही होगी।

"माँ ये सब स्त्रियाँ इस प्रकार क्या कर रही है?" किंकर्त्तव्य विमूढ़ सी हो माँ से प्रश्न किया।

"बेटा बुढ़िया की मृत्यु हो गई ना ये सब रो-रोकर उसका शोक मना रही हैं।"

"इस घर में तो पहले इन्हें कभी देखा नहीं, फिर इन्हें रोने की क्या पड़ी है माँ ," ज्योति हैरान-परेशान थी।

"ये किराए पर आकर रोने वाली हैं बेटी," माँ ने उसकी जिज्ञासा शान्त की।

"किराए पर आकर रोने वाली, रोने के लिए भी किराए पर स्त्रियाँ मिलती हैं क्या, लेकिन इन्हें रोना क्यों आएगा?" इनका अपना तो कोई होता नहीं जिसके लिए ये आती हैं ज्योति और अधिक उत्सुक हो गई।

"आता है बच्चे आता है, पैसा मनुष्य से कुछ भी करा लेता है," एक निश्वास ली माँ ने।

"पर कौन सी बुढ़िया माँ, इनके घर में तो कोई बुढ़िया थी नहीं?" भ्रमित सी हो पूछा ज्योति ने।

"अरे वही बुढ़िया जो गलियारे में लेटी रहती थी।"

ज्योति और भी अधिक आश्चर्य चकित हो गई यह जानकर कि उस बुढ़िया से किसी का सम्बन्ध भी हो सकता है। वह तो उसे लावारिस ही समझती रही थी अब तक। उस आयु में भी उसका मस्तिष्क उस ओर घूम गया।

ज्योति अपनी माँ के साथ बहुत बड़े मकान में रहती थी। ऊपर की मंजिल पर उनके अतिरिक्त दो किराएदार और थे। नीचे के तल पर सामने के दो कमरों में वैश्य परिवार था जिसमें पुरुषों की संख्या ही अधिक दिखाई देती थी। बच्चा कोई नहीं था इसीलिए ज्योति उनके सम्बन्ध में जान नहीं पाई थी। निरर्थक किसी से बोलना उसकी प्रकृति के विपरीत था। एक महिला आंगन में बैठी साड़ियों पर गाँठ सी लगाती दिखाई देती बस। कभी-कभी बीच-बीच में वह मक्खियों की तरफ जोरदार झपट्टा मारती और एक दो मक्खी मारकर फर्श पर गिरा देती। उसके चारों ओर मरी मक्खियों का जमावड़ा ज्योति के हृदय को और भी गलानि से भर देता इसलिए भी वह उन लोगों से बात नहीं करती।

एक वृद्धा दो मकानों को जोड़ने वाले संकरे से मार्ग पर चारपाई पर पड़ी दिखाई देती जब वह उधर से गुजर दूध लेने जाती। घृणा और बू से उसका सर भन्ना जाता।

कहने को तो वह चारपाई थी परन्तु वास्तव में झंगोला भर था। चारपाई के एक भाग के बान काटकर एक बड़ा सा छिद्र बना दिया गया था जिस पर उसके शरीर का मध्य भाग टिका रहता। उसके नीचे एक चिलमची रखी रहती जिसमें वृद्धा

का मल-मूत्र एकत्रित होता रहता। दिन में एक बार जब जमादारनी आती तो सफाई कर चली जाती, उसके पश्चात किसी को कुछ लेना-देना नहीं था। ज्योति ने उस मरियल सी कृशकाय वृद्धा को कभी बैठे या खाते-पीते नहीं देखा था। इतने दिवस भी वह न जाने किस आश्रय पर जीवित रही।

उसके उस वीभत्स चित्र का स्मरण कर उन रोने वाली स्त्रियों के समवेत स्वर पर जिसमे उसको रानी मोरनिया की संज्ञा दी गई उस अल्प वयस में भी समाज के विद्रूपित व्यवहार पर खिलखिला कर हँस पड़ी थी। तभी उसे स्मरण आया प्रातः काल लोगों के रोने-पीटने, चीखने-चिल्लाने पर समय से पूर्व ही उसकी निद्रा भंग हो गई थी।

उसने माँ से कहा था,'' इतना कोलाहल हो रहा है माँ द्वार बन्द कर दो,''। द्वार बन्द करते माँ ने सूचित किया था कि,'' नीचे वाली बुढ़िया का देहान्त हो गया है बेटी इसी से.............।''

और वह फिर सो गई थी। भूल ही गई की कहीं कुछ हुआ है। मृत्यु नाम की किसी घटना को उसने कभी देखा ही नहीं था इसलिए कल्पना भी व्यर्थ थी।

''सत्य कहा आपने क्षमता जी! जननी की उपेक्षा तो कोई नई बात नहीं है। अपने शैशव से ही देखती आ रही हूँ। यह घटना तो विदेश में गई सन्तान की नहीं है। अपने कई पुत्रों की उपस्थिति में रहते भी............।''

× – × – × – × – ×

जननी की उपेक्षा पर लेख पढ़ते-पढ़ते जैसे आभास तिलमिला उठा। उसकी हततंत्री के स्वर भी उदास हो गए लेकिन उस मास की अभ्यांतरिका ने उसे पुनः प्रफुल्लित कर दिया उसमें एक ऐसे पुरुष की गाथा थी जिसके लिए जननी का अभाव ही सर्वाधिक कष्टदायी हो गया। और वह उस सम्बन्ध की खोज न जाने किस-किस माध्यम से करने लगा। एक ऐसी ही महिला का हृदय रोदन उसमें व्यक्त हुआ था जिसके अन्दर उस पुरुष ने अपनी ममतामयी जननी का रूप खोज निकाला था। उस आत्मिक माँ ने लिखा था-

''जाके न पैर बिबाई वह क्या जाने पीर पराई'' बस कुछ इसी भाव को लेकर उनसे सम्बन्ध जुड़ गया था। हम दोनों ही उस समय अपने-अपने दर्द के ताने बाने में उलझे जीवन के विस्तार को समेटने के अनथक प्रयास में जुड़े थे।

अभाव एक छोटा सा शब्द है परन्तु प्रायः देखा गया है कि समाज उसकी खिल्ली उड़ाता है अपेक्षा इसके कि अभाव ग्रस्त व्यक्ति को सहानुभूति दे, उसकी

सहायता करे। दूसरी ओर यही शब्द जिस किसी के जीवन में मकड़ी की भाँति जाला बुन देता है वही उसमें उलझने की छटपटाहट का अनुमान लगा पाता है।

भावनाविहीन, नीरस, स्वार्थी अवसर वादी लोगों के लिए तो इससे बड़ी मूर्खता संसार में कोई है ही नहीं। वे समझ ही नहीं पाते कि कोई क्यों और कैसे इस मकड़ जाल में अपने को इस भाँति विलीन कर देता है कि उसका अपना स्वत्व ही कहीं नहीं रहता। यदि कुछ है तो केवल वह सम्बन्ध जिसने उसे झकझोर कर तोड़ देने से पूर्व इतना अधिक आसक्त कर लिया कि उसके अतिरिक्त विश्व की प्रत्येक दूसरी डोर अदृश्य हो जाती है।

पिछले कुछ वर्षो में मैंने एक प्रकार से उन्हें भुला ही दिया था। ऐसा भी नहीं कि कभी उनका विचार मन में उदय होता ही न हो किन्तु मैंने स्वयं को उनसे विरत कर लिया तथा मेरी अनासिक्त ने उनकी उस हठ को जिसको उन्होंने उचित और मैंने अनुचित समझा और भी दृढ़ कर दिया। वह सायास उस डगर पर दृढ़ क़दम बढ़ाते चल पड़े जिसने हम दोनों में अलगाव की स्थिति बना दी।

अनुचित नहीं, जो उन्होंने किया उनके अनुरूप नहीं था कहना अधिक सार्थक होगा। उनका जो व्यक्तित्व मैंने जाना था कहीं भी तो वह सम्बन्ध मेल नहीं खा रहा था।

कहाँ वह विद्धत्व तथा दृढ़ चरित्र के स्वामी और कहाँ वह स्खलित चरित्र, अनपढ़, असुन्दर नहीं तो अनाकर्षक तो कह ही सकते हैं एक बालक की माँ और वयस में उनकी पुत्री में समान थी जिससे वह स्वयं को जोड़ बैठे। मैंने उस बालिका को लगभग दस वर्ष की आयु में प्रथम बार देखा था फ्राक पहने बाल्कनी में कूदते फाँदते। वह उन्हें अंकल-अंकल कहकर अपनी गुड़िया लेने के लिए पुकार रही थी जो खेलते समय उसके हाथ से छूटकर उनकी बाल्कनी में आ पड़ी थी।

बस इसी एक अनमेल सम्बन्ध ने मुझे उनसे विरत कर दिया लगा जैसे आकाश से गिरकर पृथ्वी पर आ चकनाचूर हो गई। एक अबूझ सी गलानि मुझे स्वयं पर हुई कि यह भूल मुझसे कैसे हो गई कि एक साधारण से पत्थर को माणिक्य समझ बैठी।

लेकिन आज क्यों मैं भावुक बनी बैठी हूँ कि भूतकाल का लेखा-जोखा करने लगी। एक अन्तराल पूर्व यह विचार मेरे हृदय के किसी कोने में जागृत हुआ कि उनके यहा फोन कर समाचार जानूँ किन्तु दूसरे ही पल बुद्धि ने कोड़ा जमाया कि मूर्ख तू यह भी नहीं जानती कि इस समय तक वह सेनानिवृत हो चुके होंगे और उनका वह निवास जिससे तू परिचित है त्यक्त हो चुका होगा। मस्तिष्क के उस

न्यायोचित तर्क ने मुझे शान्त कर दिया।

आज मुझे लगता है कि सम्भवतः उन्होंने भी उसी अवसर पर मुझे स्मरण किया अवश्य होगा किन्तु उनके अहम ने उन्हें शान्त कर दिया होगा अथवा वह प्रयास करने में समर्थ ही न रहे होंगे। केवल टैलीपैथी ने कुछ क्षणों के लिए हम दोनों के हृदयों के तार में झंकार अथवा कंपन ला दिया होगा। यह भी सम्भव है वही उनका अन्तिम समय रहा हो।

विस्मृति की धूल ही तो जमी थी, विस्मृति भी नहीं मान की एक परत ही तो जमी थी, स्नेह तो कभी चुका नहीं था। जो आज भी शेष है उस दिन तो तर्क ने शान्त कर दिया लेकिन

लेकिन अन्तराल बाद मैं इतनी व्यग्र क्यों हो उठी समझ नहीं पाई। संयम का बाँध अन्ततः टूट ही गया। ढूँढ़-ढाँढ़ कर पुरानी डायरी से उनके पुराने निवास स्थान का टेलीफोन नम्बर निकाल ही लिया यह जानते हुए भी कि शहर के सभी भागों में नम्बर परिवर्तित हो चुके हैं, फोन का डायल घुमा ही तो दिया इस दुराशा में कि शायद उनका निवास सहृदयतावश सरकारी विभाग ने उनकी पत्नी के नाम स्थानान्तरित कर दिया हो जब कि वह इतने बड़े फ्लैट की अधिकारिणी भी नहीं थी परन्तु अपवाद भी मैंने देखे थे इसलिए मेरी शंका का फन शान्त एवं निश्चल हो गया।

टेलीफोन ऑपरेटर का स्वर सुनाई पड़ा कि "नम्बर चैक करिए" एक बार तो आशा और अभिलाषा दोनों पर ही ठण्डा पानी पड़ गया किन्तु बुद्धि ने पराजय स्वीकार नहीं की जाने क्यों उस दिन उनसे बात करने की प्रबल उत्कंठा को मैं शान्त नहीं कर पा रही थी।

कितने ही स्थानों पर खोजने के पश्चात उनके और मेरे दोनों के एक परिचित का नम्बर मिल गया। भय था यही कि उनका भी स्थान परिवर्तन ना हो गया हो और साथ ही दूरभाष नम्बर भी। डरते-डरते मिलाया तो आशा का एक प्रतिबिम्ब हाथ लगा। टेलीफोन ऑपरेटर ने बताया कि "यह नम्बर परिवर्तित हो गया है, कृपया परिवर्तित नम्बर नोट करिए।"

हृदय जोरों से धड़कने लगा। लगा कि उसी परिचय सूत्र से उनके निवास का अथवा सैलुलर नम्बर मिल ही जाएगा जो संप्रति नितान्त आवश्यक हो गया है।

हृदयगति इतनी तीव्र थी कि एक बार में पूरा नम्बर नोट नहीं कर पाई दूसरी बार, और फिर तीसरी बार मिलाने पर पूरा नम्बर लिखा। किसी के झुँझलाने का भय नहीं था क्यों कि स्वर कम्पयूटर द्वारा रिकार्डेड था।

उस धड़कते दिल से ही दिया हुआ नम्बर मिलाया इस आशंका के साथ कि कहीं यह नम्बर किसी और को अलाट न हो गया हो लेकिन इस बार भाग्य ने साथ दिया। साथ क्या दिया जैसे उठा कर जोर से पटक दिया।

उधर से 'हेलो' का स्वर परिचित सा लगा।

निश्चित करने के लिए पूछा," क्या यह नम्बर श्याम किशोर जी का है?" मन जाने कैसा तो हो रहा था।

"जी"! कहकर उन्होंने प्रतिप्रश्न किया

" आप कौन बोल रही हैं?"

" पहचानिए ना," मैंने अपने स्वर को थोड़ा धारदार बना परिचय का जामा पहनाया।

लेकिन अपने मस्तिष्क पर दबाव बना उन्होंने शीघ्र ही पहचान लिया।

" ओह! आप मिसेज बत्रा बोल रही है ना?"

"कमाल की स्मरणशक्ति है आपकी श्याम जी! मान गई आपको कई वर्षों के पश्चात भी आपने सुगमता से पहचान लिया," अभिभूत हो मैं उनकी प्रशंसक बन गई।

"स्वर से नहीं आपके बात करने के तौर-तरीके से। मिसेज बत्रा के अतिरिक्त तो निर्भीक स्वर में बतियाते किसी नारी को अपने अब तक के जीवन काल में मैने देखा नहीं," उन्होंने परिचय की गाँठ पर विश्वास की एक मोहर लगा दी।

उनके तथा उनके परिवार की कुशल-मंगल के पश्चात् मेरी वांछित जिज्ञासा ने पंख पसार दिया।

"आपके सम्बन्धियों के क्या हाल हैं श्याम जी?" अपने वास्तविक उद्देश्य पर आई मैं।

"मित्र ही नहीं रहे तो शेष सम्बन्धियों से कोई क्यों सम्पर्क रखेगा मिसेज बत्रा?" इस बार झटका देने की उनकी बारी थी।

एक बार मुझे अहसास हुआ कि उनकी मित्रता भी मेरे सम्पर्क की तरह निस्तेज हो गई है। दूसरी जो शंका उठी उसको मन ने बलात् दबा दिया। कुछ भी अप्रिय सुनने की इच्छा नहीं थी किन्तु मनचाहा क्या कभी होने दिया है भवितव्यता ने जो अब ....।

"मित्र नहीं रहे आशय?" कुछ कंपित स्वर में प्रश्न किया मैने।

"अरे! तो क्या आपको ज्ञात नहीं?" उनका स्वर भीगा हुआ तथा चकित था।

"मेरा तो कई वर्षों से सम्पर्क रहा नहीं है, यह बात आप भी जानते तो हैं।"

"हाँ जानता तो हूँ किन्तु मैंने सोचा शायद ....," बात मध्य में ही छोड़ दी उन्होंने।

"आपने अपनी बात पूरी नहीं की, वास्तविकता क्या है, बताइए ना, आप चुप क्यों हैं बोलिए ना?" दीनता पूर्ण स्वर में मेरे प्रश्न वायु में ही फड़फड़ाने लगे।

"आपके मानस पुत्र मिसेज बत्रा अब नहीं रहे। वह तो दो वर्ष पूर्व ही दिव्यलोक की यात्रा पर निकल गए।" इस त्रासदी का संप्रेषण भाग जैसे उनको कहीं कचोट गया। एक घनिष्ठ मित्र का निधन एक बार फिर से हिला गया। मेरा स्वर भीग आया था फिर भी भर्राए कंठ से कारण जानना चाहा।

"हार्ट अटैक," कहकर वह मौन हो गए।

मेरे जानने को और कुछ शेष बचा नहीं था। कुछ देर और बात कर फोन रख दिया। मेरे अन्तस का वह अंश जो उनका दाय था सुन्न हो गया। ओह! तभी उस दिन मैं इतनी व्यग्र हो उठी थी किन्तु ....।

आज मेरा वह पुत्र मुझे पुत्र विहीन होने का अभाव दे अदृश्य में विलीन हो चुका था। मैं उनके जननी भाव की पूरक बन गई थी। वह पूर्णतया सन्तुष्ट हो चुके थे तभी तो अनुचित मार्ग पर चल पड़े थे किन्तु वह आज नहीं हैं फिर भी मेरा मन आज भी फिर से व्यग्र क्यों हुआ समझ नहीं पा रही। इसको तो टैलीपैथी भी नहीं कह सकती।

आयु के जिस मोड़ पर मैं खड़ी हूँ वहाँ मेरी कोख से उनके पुनर्जन्म के सम्बन्ध में भी नहीं सोच सकती। कोख से जन्मे भी तो ....।

एक लम्बी दास्तान वह मेरी स्मृति में ही दफना कर छोड़ गए कि उस कब्र की मिट्टी आज भी जैसे उतनी ही ताज़ा है जैसे अभी-अभी उससे निकल मुझ पर आक्रमण करने को तत्पर है। मैं शिकवा-शिकायत भी करूँ तो किस से?

मैं जानती हूँ यह उनका क्रोध नहीं मान था जिसने उनको मुझसे दूर कर दिया। वह भी कहाँ जानते होगें कि अनायास और अकस्मात जीवन लीला का मंच धराशायी हो जाएगा वरना तो परिष्कार अवश्य करते। यह दृढ़ विश्वास मुझे आज भी है और वही इन स्मृतियों को तरोताज़ा किए है, जैसे ओस की स्वच्छ बूँदें प्रतिदिन सिंचित कर सुवासित कर देती हैं।

जिसके सम्बन्ध में इतना कुछ कह गई वह सब क्यों घटा अब तक बतालाया ही नहीं। तो जानिए—

मेरे जीवन के अभाव ने उस समय मुझे इस प्रकार से आवेष्ठित कर लिया था कि उचित-अनुचित का होश ही नहीं था और ना ही किसी भी कार्य में मन ही

लगता था।

रक्षाबन्धन हो या भाईदूज, ये त्यौहार तो मुझे अपने जीवन की शून्यता का अहसास सदैव कराते ही थे। भाई जैसी अमूल्य निधि को तो मैं ऐसे समय में गवाँ-चुकी थी जब होश भी नहीं संभाला था, परन्तु आज मैं उस सम्बन्ध की गरिमा को समझ पाती हूँ और विराट शून्य में खो जाती हूँ।

मेरा अपना भाई मेरी अबोध दृष्टि के सन्मुख ही धरा की निर्मम गोद में समा गया। उफ! वह दुर्घटना क्या विस्मृत की जा सकती है। माँ तो उस शोक से पागल जैसी स्थिति में ही पहुँच गईं। लोगों को हर्षोल्लास से भर देने वाला नव वर्ष का प्रथम दिवस मेरे हृदय को दर्द के अहसास से भर जाता है।

किन्तु इस समय तो मैं इस अभाव की नहीं किसी दूसरे ही अभाव की बात कर रही थी। मेरा प्यार, मेरा जीवन धन मेरी पकड़ से दूर कहीं छूटता जा रहा था और उसी टीस के काले बादलों ने मेरे अन्तस को आवृत कर रखा था।

ऐसे ही समय में उनसे मेरा परिचय हुआ। बाह्य सुन्दरता तो उनको छू भी नहीं गई थी किन्तु मैंने तो उनकी आन्तरिक सुन्दरता के ही दर्शन किए थे।

समाज के उस वर्ग का प्रतिनिधित्व वह कर रहे थे जिसे हेय दृष्टि से देखा जाता है और उसी वर्ग के अनुरूप ही उनका देह-सौष्ठव भी था। उखड़ा-उखड़ा सा आवनूसी रंग का चेहरा जिस पर आँखों में एक तरल व शून्य भाव-तैरता मुझे दिखाई दिया जिसे वह बरबस लोगों की दृष्टि से छुपाने के व्यर्थ प्रयत्न में जुटे रहते, लेकिन उनके उस प्रयत्न के पार झाँक कर भी देखने वाले नगण्य ही होंगे। केवल वे ही जो भावजगत के पारखी हैं।

न जाने क्यों उनकी तरल दृष्टि ने मुझे अपनी ओर आकर्षित कर लिया तथा धीरे-धीरे उन्हें उस भाव या अभाव से निकालने के प्रयास में जुट गई और एक दिन उनकी वेदना का सूत्र खोज निकालने में सफलता प्राप्त कर ही ली।

"मेरे होते तुम्हें इस अभाव का अनुभव नहीं होगा," मैंने उनके हाथ पर हाथ रख आश्वस्त किया था। उनके नेत्र सावन की घटा बनकर झरने लगे थे। उनको दर्द मुक्त करने के उसी प्रयास काल में उनके जीवन का अभाव मेरा अपना दर्द बनकर उभर आया।

वह अपने माता-पिता की एकलौती सन्तान थे। पिता व्यभिचारी किस्म के थे और माता बालपन में ही एकाकी छोड़ स्वर्ग सिधार गईं अतएव विमाता के हाथों में पड़े।

विमाता की अपनी कोई सन्तान न होने के कारण इस पुत्र की ममता की डोर उसने दृढ़ता से पकड़ ली। अपने ममत्व का अतिशय दान दे, उनको भाव-अपंग बना

वह तो पंचतत्व में मिल गई किन्तु उनके जीवन में जो रिक्तता आई वह किसी भी रूप में भर नहीं सकती थी। कितनी ही प्रेमिकाएँ मिलकर भी अपना प्रेम उंडेल-उंडेल कर व्यक्ति को स्नात कर दें तो भी क्या एक जननी का स्थान भर सकता था। कदापि नहीं। यह एक ऐसा अभाव है जिसको भुक्त भोगी ही समझ सकता है गूँगे के गुड़ की भाँति।

मैंने समझकर भी उन्हें मँझधार में छोड़ दिया यही दुःख आज मुझे द्विगुणित होकर साल रहा है। कोई और शायद कर दे किन्तु मैं तो स्वयं को इस जीवन में क्षमा नहीं कर पाऊँगी।

बस यही है एक जननी तथा पुत्र की छोटी सी गाथा जो उनको मनोमंथन की प्रेरणा अवश्य देगी जो अभावों की पगडण्डियों के राही हों।

× — × — × -- × — ×

अभ्यांतरिका के नियमित पाठक सभी उन आन्तरिक वेदनाओं के साझीदार अवश्य रहे होंगे जो उसके माध्यम से प्रेषित होती थीं।

'आभास' जिससे हम प्रारम्भ में ही मिल चुके हैं को भी इस पत्रिका ने अपनी ओर खींचा। सम्भवतः सम्पादिका के नाम का आकर्षण हो अथवा उसने उनसे अपनत्व का सूत्र खोज निकाला हो जो भी है प्रथम दिवस से ही वह उसके आकर्षण में बँध गया था तथा कोई ऐसा अंक नहीं था जो उसने ना पढ़ा हो बल्कि उसकी मित्रमण्डली उसको चिढ़ाती थी और हँस-हँस कर आनन्द लेती थी।

"यार क्या औरतों वाली पत्रिकाएँ पढ़ता रहता है। यह भी कोई पढ़ने योग्य होती हैं, सास-बहू के झगड़े अथवा पाकशास्त्र व साज श्रृंगार को बढ़-चढ़ कर प्रचारित करने वाली सामग्री से भरपूर।"

वह उनको उत्तर देता कि "पाकशास्त्र तो कोई अवहेलना की सामग्री नहीं है बन्धु! उसके बिना तो तेरी जिह्वा भी शान्त नहीं होती," कहकर रहस्यमयी मुस्कान बिखेर देता।

अभ्यांतरिका में निकलने वाले उन वेदना-विकल पलों में वह स्वयं को ही कहीं खोजता रहता। कभी-कभी तो पूरी रात भटक कर उन कारणों की खोज करता जिनके कारण वे घटनाएँ घटीं।

अभ्यांतरिका तो चलती ही रही तथा चलती ही रहेगी। किन-किन घटनाओं का उल्लेख किया जाए। संसार में ढूँढ़ने निकलो तो दुःख-कष्टों का अभाव नहीं है किन्तु जननी से सम्बन्धित जो कष्ट कथाएँ उसने पढ़ीं उन्होंने उसको आपाद-मस्तक परिवर्तित कर दिया।

उसने स्वयं उसके लिए सामग्री तैयार कर छपने के लिए प्रेषित की क्योंकि पत्रिका में ऐसी कोई शर्त नहीं थी कि महिलाओं की ही सामग्री केवल उसमें छपेगी। वह अपने बचपन में पहुँच गया जहाँ उसने अपनी माँ को लेकर कुछ तीखी टिप्पणी की थी। अभी तक भी वह उसको भूला नहीं था क्योंकि माँ के लिए जो घृणा उसने अपने मन में पाल ली थी उसको जीवित रखने के लिए वह तरह-तरह के उपाय करता रहता किन्तु अभ्यांतरिका में पढ़ी औरतों की विवशताएँ तथा उन पर होने वाले अत्याचारों को अब उसने मन से पढ़ा तथा समझा। उसने अपनी माँ के लिखे पन्नों को भी पढ़ा तथा उसके आन्तरिक - मार्मिक अश्रुओं में स्वयं को डुबो ही तो दिया। यह सत्य है कि उसने माँ से स्वयं को दूर कर लिया था किन्तु उसकी उस समय की विवश घुटन को आभास ने पहचाना।

माँ का वह कृष्ण-काल अब उसका अपना बन एकाकार हो गया। अपने मन की बात कहे तो किससे इसलिए उसने भी अभ्यांतरिका को ही अपना माध्यम बनाया। वह जानता था कि कोई पढ़े अथवा ना पढ़े माँ तो अवश्य ही पढ़ेगी और माँ एक ऐसी दिव्यात्मा होती है जो कि सन्तान की त्रुटियों को सदैव क्षमा करने को तत्पर होती है। अब वह उन दिनों की कल्पना करने लगा जिनमें वह अपनी जननी की गोद में लेटा होगा तथा दोनों की आँखों से निकलती गंगा-जमना की धारा मिलकर एक होंगी। उसने लिखा–

हे मेरी जन्मदात्री, ममतामयी माँ!

अभ्यांतरिका के माध्यम से अपने ये दग्ध हृदय के पतित अश्रु तुम्हारी पावन हृदय रूपी सुरसरि में अर्पित करने के लिए प्रेषित करने का एक अल्प सा प्रयास कर रहा हूँ इस अडिग विश्वास के साथ कि तुम तक अवश्य पहुँच जाएँगे।

माँ! मैं तुम्हारा घोर अपराधी हूँ लेकिन मेरा भी क्या दोष? दोष है तो केवल मेरी बालबुद्धि का स्वयं रवीन्द्र नाथ ठाकुर जैसे विद्वान का कथन है कि "हम संसार को गलत पढ़ते हैं और कहते हैं, वह हमें धोखा देता है।"

माँ ख़लील जिब्रान का कथन है कि, "तुम भले हो जब तुम अपने लक्ष्य की ओर दृढ़ता और साहस पूर्वक क़दम बढ़ाते हो। लेकिन तब भी तुम बुरे नहीं हो जब तुम उस तरफ सिर्फ लगड़ाते हुए जाते हो, इस तरह जाने वाले भी पीछे की तरफ नहीं जाते, आगे ही बढ़ते हैं।" इन्हीं चन्द शब्दों ने मेरे अन्तर्मन में उत्साह का संचार किया और मैंने तुम्हारी ओर भयभीत पग बढ़ाने आरम्भ कर दिए।

माँ इसी पत्रिका में प्रकाशित चन्द पँक्तियों ने मेरे आन्तरिक भावों में आशा के दीप जलाए और उसी प्रकाश में मेरे डग मुझे पराजित कर स्वतः ही इस ओर बढ़

चले। वे पँक्तियाँ सम्भवतः तुम्हें भी अवश्य ही स्मरण होंगी जो कवि सौष्ठव जी ने अपने अन्तिम काल में अपनी माँ को अर्पित कीं।

"माँ के दुग्ध पान के कतरे
तन-मन में छितराए हैं
उसका ऋण चुकाऊँ कैसे
वे अनन्त के खाते हैं?
अन्तिम पल बस जीवन में
वे लमहे ही साथ लिए हैं।"

माँ और कुछ रहा हो अथवा नहीं किन्तु यह कहना तो अतिशयोक्ति नहीं होगा कि नौ मास तुम्हारे गर्भ में रहकर तुम्हारे ही लहू से पोषित होकर धरा पर आया हूँ, तत्पश्चात् तुम्हारे हाथों कि सिहरन का अनुभव करते तुम्हारी छाती से रिसते दुग्ध का पान करते-करते ही उदरपूर्ति कर बड़ा हुआ हूँ इसलिए माँ तुम्हारा अंश तो मुझ में विद्यमान है ही। यह मेरा अपना ही दुर्भाग्य है कि मैंने अपने तन-मन के उस अंश को बरबस धमका कर सुप्त कर दिया।

माँ वेदव्यास ने भी कहा है कि, "माता के रहते मनुष्य को कभी चिंता नहीं होती, बुढ़ापा उसे अपनी ओर नहीं खींचता। जो अपनी माँ को पुकारता हुआ घर में प्रवेश करता है वह निर्धन होता हुआ भी मानो अन्नपूर्णा के पास चला आता है।"

माँ मुझ पर भी तो तुम्हारा यह ऋण शेष है। मैं मूढ़ नराधम कैसे उतारूँगा समझ नहीं पा रहा हूँ। अपने अज्ञान के चलते मैं तुम्हारा सर्वाधिक दोषी बन गया हूँ किन्तु माँ डिजराइली ने कहा है "अपने अज्ञान का आभास होना ही ज्ञान की तरफ एक बड़ा कदम है।" और आज मुझे अपने अज्ञान का पूर्णतया आभास हो चुका है।

माँ मैंने तुम्हें बहुत कष्ट दिया है किन्तु किसी ने कहा है, "कष्ट हृदय की कसौटी है।" और उसी कसौटी पर हम दोनों ही भवितव्यता के हाथों कसे गए हैं।

माँ!"शोक की सर्वोत्तम औषधि कार्य में संलग्न रहना है," यह किसी विद्वान का कथन है और तुम्हे देखता हूँ स्वयं को उसी ओर झोंके रखा है।

माँ सिसरो ने कहा है कि," ऐसा कोई शोक नहीं जिसे समय की गति कम और हलका न कर दे।"

महात्मा गाँधी के अनुसार "आवेश और क्रोध को वश में कर लेने से शक्ति बढ़ती है और आवेश को आत्मबल के रूप में परिवर्तित किया जा सकता है।" तुमने तो वैसा ही आचरण किया है माँ। मैं ही अभागा......................।

मैं तो आजन्म अपराधी हूँ। भूल ही भूलें की है किन्तु" सोई हुई आत्मा को जगाने के लिए भूलें एक प्रकार की दैविक यंत्रणाएँ हैं जो हमें सदा के लिए सतर्क कर देती हैं," यह मेरा नहीं महान लेखक प्रेमचन्द का कथन है।

माँ तुम कहोगी कि तुम्हारा यह अभागा पुत्र कितनी बड़ी-बड़ी बातें करने लगा है। यह पत्र लिखा है अथवा विद्वानों के कथनों की डायरी किन्तु माँ इससे यह तो तुम्हें ज्ञात हो ही जाएगा कि मेरा मन भी सदैव अशान्त ही रहा है। मैंने पुस्तकों के ढेर में स्वयं को खो देने का निरर्थक प्रयास किया है क्यों कि मनुस्मृति में लिखा है,–

"शरीर जल से पवित्र होता है, मन सत्य से, आत्मा धर्म से और बुद्धि ज्ञान से पवित्र होती है।

किन्तु जब तक मन में शान्ति न हो सभी ज्ञान अधूरे दिखाई देते हैं। उसी अन्धकार का वासी मैं प्रकाश तथा शान्ति की खोज में दर-दर भटकता रहा हूँ और अन्त में यही निष्कर्ष निकाल पाया हूँ कि माँ की ममता की अश्रु गंगा में स्नात हुए बिना विश्व में शान्ति प्राप्त करना असम्भव ही है और योगवासिष्ठ के अनुसार भी "अपने भीतर शान्ति प्राप्त हो जाने पर सारा संसार भी शांत दिखाई देने लगता है," तो मुझे भी तो...................।

माँ रवीन्द्रनाथ ठाकुर ने उपदेश दिया है, "मनुष्य का जीवन एक महानदी की भाँति है जो अपने बहाव द्वारा नवीन दिशाओं में अपनी राह बना लेता है।" और तुमने वही किया है इसलिए मेरी जन्मदात्री माँ तुम्हें अपने इस निकृष्ट पुत्र का शत-शत प्रणाम है।

तुम चाहो तो अस्वीकार भी कर सकती हो क्यों कि यह तुम्हारा अधिकार है। मैं माहात्मा गाँधी के उस सुझाव की ओर बढ़ चला हूँ जिसमें उन्होंने कहा है कि "पुरुषार्थ परिस्थितियों को अपने अनुकूल बनाने में है।"

" परिवर्तन ही सृष्टि है, जीवन है। स्थिर होना मृत्यु है? जयशंकर प्रसाद के शब्दों को अंगीकार करते हुए मैं परिवर्तन की दिशा में अग्रसर हो गया हूँ।"

आज जिस ज्ञान का दीप मेरे अन्तर्मन में प्रज्जवलित हो गया है काश उस समय भी हुआ होता जब मैंने एक गाय को माँ के रूप में स्वीकार करते हुए बाज़ारू औरत से उसकी उपमा दी थी। मैं स्वयं जब से समझ पाया हूँ तो अपने को घृणित तथा भर्त्सना का पात्र मानने लगा हूँ। मेरा प्रयास आरम्भ हो चुका है तथा तब तक चलता रहेगा जब तक अपनी माँ के हृदय में जमे उस कलुषित धुएँ को धो-पोंछकर साफ न कर दूँ जो मेरी ही जलाई अग्नि से उठा था।

"माँ तुमने मेरे जैसे अधम के पतित शब्दों को जब पढ़ा होगा तो हृदय टूट कर बिखर गया होगा, लेकिन माँ सदैव माँ होती है इसलिए मैं आज भी तुमसे क्षमा की आशा करता हूँ। विश्व में सभी का कथन है कि "पुत्र-कुपुत्र हो सकता है किन्तु माता, कुमाता नहीं हो सकती।"

इतना तो माँ तुम भी अवश्य समझती होगी कि हम भाईयों को जब तुमने त्यागा था केवल कच्ची मिट्टी भर थे, उनको जैसा आकार समय ने दिया वही सोच तो हमारी भी विकसित हो गई। तुम्हारी विवशताओं को समझने की वय कहाँ थी। तब माँ।

खोज-ख़बर तो तुम भी अवश्य रखती होगी माँ! इसलिए तुम्हें विदित ही होगा कि तत्पश्चात् हम दोनों घर-परिवार से दूर ही रहे। जाने किन एक दयामयी महिला ने हमारी अच्छी शिक्षा का प्रबन्ध किया कम-से-कम आज कुछ समझने के योग्य तो बने वरना आज हम भी परिवार की उसी लीक पर चलते तो वही कुछ बनते जिसने तुम्हें अपमानित किया, लज्जित किया, तुम्हारी अस्मिता को ललकारा माँ। हम भाग्यशाली हैं कि आज हम वहाँ नहीं हैं।

तुम्हारी सन्तान ने एक पृथक ही संसार बसा लिया जिसमें ना माता है न पिता।

उस दिन माँ तुम पर ना-समझी में क्रोध आया था किन्तु आज परिवार के सभी पुरुषों पर आक्रोश है। दो-चार दिन के लिए जब कभी हम वहाँ गए एक घुटन भरे वातावरण में श्वास लेते थे। कोई भी तो वहाँ अपना नहीं लगता था। नितान्त अनाथ बनकर ही रह गए तो बताओ हमारी सोच का क्या दोष माँ?

आज जब सत्य समझ में आया है तो बहुत देर हो चुकी है किन्तु कहते हैं "देर हो, दुरुस्त हो" समय तो वापस लौटकर आ नहीं सकता माँ, ना ही हमारा नष्ट हुआ बचपन लेकिन आज तुम तक पहुँचने का एक साधन अवश्य मिल गया है इसलिए प्रायश्चित करने का अधिकार तो हमें अवश्य दोगी माँ, यह मेरा दृढ़ विश्वास है।

विद्वानों की बड़ी-बड़ी उक्तियों के भार से लदा यह पत्र माँ! अपनी विद्वता दर्शाने का दम्भ नहीं है। वास्तविक सत्य यह है कि अपने मन के भावों को व्यक्त करने के लिए मेरे पास शब्दों का नितान्त अभाव था इसलिए महानुभावों के शब्दों का आश्रय ले अपने गत जीवन के घावों का सत्य सिद्ध करने का एक छोटा-सा साधन मात्र है।

अपने तथा अपने छोटे भाई की ओर से क्षमा माँगते माँ मैं इस पत्र को डाक

में डालूँगा। भाई तो बेचारा तब बहुत छोटा था, उसने तो मेरे सामने भी अपना कोई कष्ट कभी व्यक्त नहीं किया किन्तु मैं समझता हूँ कि इतना तो वह भी जानता है कि हम अनाथ नहीं हैं फिर भी अनाथों का जीवन व्यतीत करने को विवश हैं।

एक नहीं अनेक माएँ इस वेदना शास्त्र को पढ़ेंगी और सम्भव है उनकी भी कोई वंचित सन्तान होगी तो उसके दुःख-दर्द को समझेंगी।

कहने-सुनने का तो कोई अन्त नहीं है। आज तक की जीवन यात्रा के क्या सभी छाले फोड़ कर दिखाए जा सकते हैं? अपने ही मन से दूसरे के मन को पढ़ने की कला पर विश्वास करते इसे यहीं समाप्त करता हूँ इस आशा के साथ कि यह मेरी माँ तक अवश्य पहुँचेगा तथा उत्तर भी माँ के साक्षात दर्शन में मिलेगा। मेरी माँ को पता अवश्य ज्ञात होगा।

आशा तथा विश्वास की साकार मूर्ति
अभागा पुत्र

× — × — × — × — ×

माँ के नाम एक पुत्र के उस पत्र के अभ्यांतरिका में छपते ही जैसे उसके पाठकों में हलचल सी मच गई। किस ने क्या समझा कौन जाने किन्तु वंदना, सीमा तथा रचना ने उसके वास्तविक उद्देश्य को पहचान लिया तथा प्रेषक को भी। निश्चित ही यह आभास द्वारा लिखा हुआ है वे समझ गई थीं।

रचना को तो गाय के चित्र वाला विस्मृत प्रसंग स्मरण हो आया और आज तो उसे वंदना के सम्बन्ध में बहुत कुछ ज्ञात है इसलिए समझना सरल ही था।

सीमा को लगा जैसे उसका खोया सौष्ठव पुनः वापस मिल गया है। सखी का दुःख भी तो उसका अपना ही दुःख था।

और वन्दना उसने तो उस पत्र को पूरी रात्रि में जाने कितनी बार पढ़ा होगा कोई गणित नहीं है। उसे वह पत्र नहीं अपितु लगा जैसे आभास ही उसके सामने बैठा अपने वेदना-अश्रुओं से अपनी माँ के चरणों का प्रक्षालण कर रहा हो और वंदना के अपने अश्रु भी उसके साथ मिलकर प्रवाहित होने लगे। एक लम्बे अन्तराल का शून्य पल भर में ही मिट गया।

दूसरे दिन ही अपनी बड़ी बहन कंचन से आभास का पता ज्ञात कर पुत्र के सामने उपस्थित हो गई। माँ थी, अतएव पहचानने में भूल नहीं की। बड़ा होकर कितना चेहरा-मोहरा बदल गया है, कुदृष्टि ना लग जाए मेरी ही इसलिए उसने लकड़ी को हाथ से पकड़ लिया।

आभास के लिए माँ को पहचानना दुर्लभ नहीं था। हाँ प्रभात अवश्य ही विचार निमग्न हो देखता रहा। उस समय का माता-पुत्रों का स्नेह मिलन या संगम देव-दुर्लभ ही कहा जा सकता है, शब्दातीत तो था ही वह पल।

वंदना विगत के सभी कष्टों को भूल गई। अक्षत की सन्तान ने भी उन दोनों भाईयों का पूर्ण समादर किया।

अभ्यांतरिका के सम्बन्ध में क्या कहूँ? वह तो दुःख-दर्दों को वहन करने की आदी हो गई है। सभी की कष्ट कथाओं का वर्णन करना तो असम्भव ही है। ऐसे अगणित पात्र उसमें समाए हैं जिनकी मानस-मृत्यु हो चुकी लेकिन उन मृत मनो के भार को लेकर भी जीवन पथ पर सर उठाकर अपने-अपने कर्त्तव्यों से विरत नहीं हुए। जो मुख्य थे उन्हीं को इस कलेवर में स्थान मिल पाया है शेष मुझे क्षमा करें। और मैं स्मृति सब के अन्तर्मनों को झकझोरती, दुलारती, कभी गुदगुदाती, कभी हँसाती कभी रुलाती चल रही हूँ, चलती रहूँगी। यही मेरी अनन्त काल से चली आती अनन्त काल तक की भावी सांसारिक निर्धारित यात्रा है। इति–